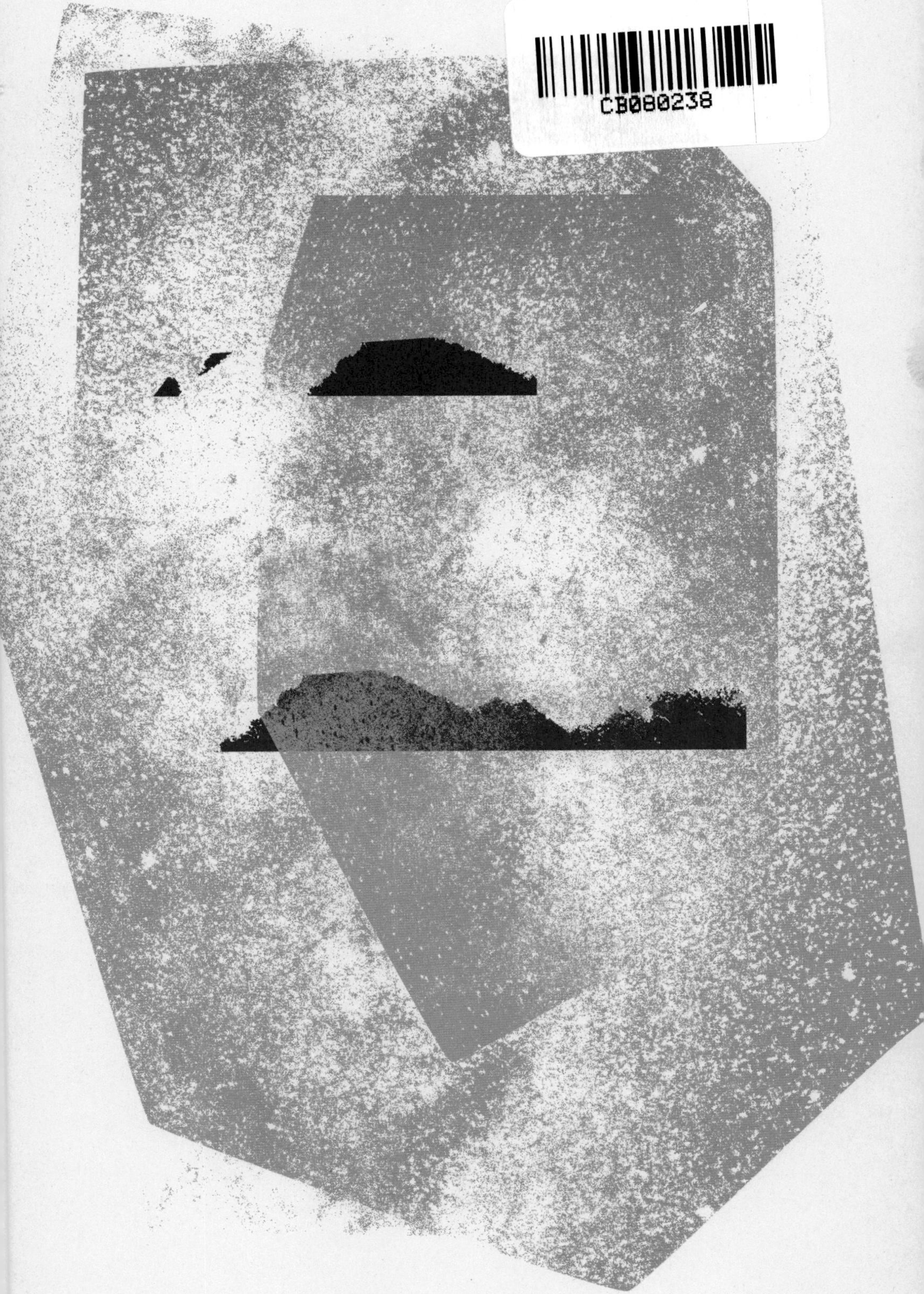

MEMÓRIAS DE ÁGUA E SAL

DAHLMA LLANOS-FIGUEROA

PRIMAVERA EDITORIAL

Dedicatória

Eu não poderia escrever minhas histórias sem a presença constante dos meus ancestrais, que me aguardam em meus sonhos e meditações, sussurrando suas histórias e me lembrando do que me esqueci. Este livro é dedicado a eles, porque suas histórias passaram tempo demais sob as águas do Caribe, não reconhecidas e em um silêncio forçado.

Que haja luz para iluminar verdades que ainda serão contadas.

Lembrança, Parte 2
Por Carmen Bardeguez-Brown

Para entender
É preciso provar
Memórias de água e sal
Sangue
Correntes
A
 F
  O
   G
    A
     N
      D
       O
No meio do oceano
Um barco cristão
Línguas estranhas
Memórias
Sons

Desespero leva almas
Yemayá
Yemayá
Llévame
Yemayá

1. PERDENDO YEMAYÁ

Hacienda Paraíso,
Piñones, Porto Rico, novembro de 1849

Pola, a mulher que antes se chamava Keera, espera até não conseguir mais esperar. Seus olhos examinam a clareira. As outras mulheres na cabana roncam, deitadas imóveis depois de um dia de dezesseis horas sob o calor e o sol. Do outro lado do quintal, a cabana dos homens está escura e silenciosa. O ranger das redes já cessou há muito tempo.

O capataz da Hacienda Paraíso, um homem de hábitos, guardou seus chicotes e está dormindo, cansado de seu último saque aos aposentos das mulheres. *La familia*, bem-alimentada e confortável, é ninada pela música dos *coquís*. O cheiro do último charuto do *patrón* há muito se dissipara. Com um aceno de mão, a *patrona*, penteada e preparada para a cama, dispensou sua escravizada doméstica; agora ela provavelmente está se aconchegando no travesseiro, abandonada ao descanso. Pola, absolutamente imóvel na escuridão, quase consegue vê-los se revirando em suas finas roupas de cama, contentes em seus sonhos de gente branca. Roncos saem flutuando pelas janelas abertas de toda a fazenda. As lanternas já esfriaram.

As nuvens estão baixas no céu, bloqueando a luz das estrelas e seus reflexos. Pola olha em volta do *batey*. Seus olhos examinam cada sombra, cada movimento no quintal. As galinhas estão silenciosas, seguras em seus poleiros. Os estábulos estão quietos. O eventual guincho do leitão logo some. As ervas que ela salpicou na comida dos cachorros os mantêm sonolentos e desorientados. A noite se acomodou em seu ritmo. Desta vez ela vai até o final. Desta vez ela não vai voltar.

Olhando em volta uma última vez, ela respira fundo e parte. Agachada, corre para os arbustos mais próximos, atrás do volume estreito da latrina e depois dos currais. Um farfalhar na folhagem a faz parar de correr. Ela expande seus sentidos, garantindo, sem arriscar. Os poucos momentos de imobilidade apreensiva parecem intermináveis e, nesse espaço de tempo, memórias dolorosas voltam correndo. *Uma menininha, boquinha se fechando em meu mamilo inchado, leves sons de mamada, uma filha*. Outro movimento no arbusto a traz de volta. Um casal de *pitirres* voa para as árvores e desaparece.

Pola afasta as imagens dolorosas que a seguem por toda parte. Não pode se dar ao luxo de se distrair, não agora. Ela invoca sua determinação e continua a jornada, mantendo-se nos fundos das cabanas, deslizando de uma barraca para outra, abraçando os troncos de palmeiras amarrados que formam as paredes dos quartos dos escravizados. Espera que, mesmo que haja algum olhar escondido, ela seja só mais uma sombra na noite. Logo contorna o espaço aberto do *batey* e segue caminho.

A estrada é escura e vazia. Em uma noite fresca como esta, a maior parte das pessoas busca o calor das cobertas e dos companheiros de cama — algo que ela nunca conheceu. Agora que está longe dos prédios da fazenda, ela se estica totalmente, massageando os músculos das pernas antes de seguir para Hoyo Mulas, a vila à beira-mar da qual ela ouviu falar, na costa nordeste da ilha. Pola segue para o lugar do sol nascente e reza para chegar ao seu destino antes de ser traída pela luz do dia.

Seu olfato a guia. Primeiro os pastos de gado de Don Guillermo e então seus abatedouros. Os animais se inquietam quando ela passa, mas estão longe o suficiente da casa-grande para que ela não tenha medo de incomodar ninguém lá. Movendo-se com rapidez e cuidado, ela segue em frente, agachando-se de novo para se camuflar, só por precaução. Em seguida, a Hacienda Ubarri. Suas canas maduras estão prontas para a colheita e dão a ela alguma proteção. Aqui ela pode se erguer um pouco, dando às suas pernas e músculos doloridos a chance de se alongarem. Ela é grata pela cobertura, mas, quando passar dos campos, vai ter que se aproximar da casa. Esta é mais perto da estrada e mais arriscada. Todas as luzes estão apagadas, mas ela não vai arriscar. Escuta em busca de barulhos ou para detectar algum movimento mínimo. Nesses momentos de quietude, a lembrança da menininha retorna. *Um olhar perdido impresso em sua cabecinha, punhos pequeninos imóveis sobre o peito negro dela; um choro suave por comida, algo molhado pingando em sua mão.*

A cãibra na perna a traz de volta, mas, sem ter o luxo do tempo, ela segue em frente, passando pela dor, sabendo que à frente estão os campos de abacaxi dos Suárez. O aroma enjoativo da fruta madura faz seu estômago revirar. Ela examina o campo grande e reúne coragem mais uma vez antes de deixar o abrigo das canas-de-açúcar. Aqui vai ter de redobrar o cuidado, movendo-se mais devagar, com mais cautela. Com as plantações baixas que a deixam exposta, esse vai ser o trecho mais longo e perigoso da jornada. Ela se agacha, se deita na relva e começa a rastejar pelo campo. Como nunca estivera em um campo de abacaxi, Pola não espera as esporas da planta que rasgam sua carne exposta conforme ela avança. Rangendo os dentes, a mulher se força a seguir, ignorando os pequenos cortes e arranhões que começam a cobrir seus braços e pernas. Leva mais tempo do que tinha antecipado e teme que o tempo perdido e seus membros agora ensanguentados possam facilitar a detecção pelos cachorros que serão inevitavelmente mandados atrás do rastro dela. Ela afasta essa ideia, focada em cruzar o campo o mais rápido que pode. Quando finalmente ultrapassa as plantas, ela se ergue até ficar de pé, suas panturrilhas ainda queimando e sangrando. Recusa-se a ceder à dor e às cãibras enquanto manca adiante, atravessando um canavial após o outro, até chegar aos limites da vila que ela nunca viu, mas sobre a qual ouviu tantos sussurros.

Do primeiro grupo de construções, o caminho mais direto ao seu destino é cortar a praça pela diagonal, mas isso é perigoso demais. Muito campo aberto. Ela não pode arriscar. Um cheiro humano estranho deixaria os cachorros da cidade doidos, e isso seria o fim. Outros já caíram vítimas do faro de cachorros no passado. Ela escutou e aprendeu bem e tomou precauções. A mistura de óleos de pinha e magnólia com a qual ela cobriu a pele camuflou seu cheiro até aqui. Mas quanto mais rápido ela seguir em frente, melhor. Mais uma vez, ela expande seus sentidos, não escuta nada e não vê ninguém. A sombra dela rasteja pelas paredes dos fundos das casas da vila. O final da viagem não tardará, depois que ela passar desse último obstáculo.

Mais uma casa antes do início do bosque. Ela está na metade do último dos quintais quando uma porta se abre de repente. Uma mulher grande segurando uma lanterna aparece, apertando os olhos para a noite. Nesse exato momento, uma nuvem se move, e Pola reflete um raio perdido de luar, destacando-se com clareza. Ela congela, observando a mulher que a observa. Prende a respiração, esperando o grito de alarme.

Mas a mulher não grita. Em vez disso, ergue a lanterna, e seu rosto redondo e negro, agora iluminado, mostra-a focada na figura parada em meio à roupa pendurada para secar. Enquanto a mulher absorve todos os detalhes, os traços de seu rosto mudam, os olhos registrando compreensão. Pola vê os lábios dela se esticarem em um sorriso conspiratório. A mulher espia à direita e à esquerda. Satisfeita por estarem sozinhas, faz um aceno de cabeça e um rápido gesto com a mão. Devagar, o sorriso dela se transforma em lábios franzidos sobre uma boca sem dentes. Ela apaga a luz com um sopro, vira-se e farfalha de volta para a escuridão da cozinha, desaparecendo tão silenciosamente quanto apareceu.

Pola está presa em seu lugar, quase sem respirar, seus ouvidos afiados, olhos absorvendo cada detalhe, esperando. Ela já ouviu histórias de fugitivos traídos por seus iguais. Ela hesita por um momento, então cruza com rapidez os últimos poucos metros até a área arborizada à frente. Por misericórdia, as nuvens se movem de novo, bloqueando a luz. Assim que ultrapassa as casas e desliza para dentro das primeiras árvores, ela dispara em uma corrida e em pouco tempo está oculta pelas sombras da floresta.

Não há trilhas. A jornada fica mais lenta quando é preciso desviar de galhos caídos e pular por cima de cipós enroscados. O luar prova não ser mais um inimigo que revela a sua fuga, mas um aliado poderoso iluminando seu caminho. A folhagem densa torna o progresso lento, mas agora ela segue o olfato e deixa que o forte cheiro de sal a guie. Seu destino deve estar logo à frente, do outro lado da floresta de palmeiras.

Galhos baixos chicoteiam seu tronco enquanto ela abre caminho por eles, forçando adiante. Ela sente teias de aranha grudando no rosto e cabelo. Seus braços e pernas falham; sua respiração é pesada. Pola se esforça para seguir em frente, ignorando as sombras ameaçadoras que se erguem e somem à sua volta. Finalmente, chega a uma clareira, onde cai exausta. Conforme sua respiração desacelera, ela se torna mais ciente de seu entorno.

A floresta almiscarada se ergue ao seu redor. Ela sente o cheiro das folhas apodrecendo e de carcaças escondidas. Os *coquís* criam uma muralha familiar de música que a acalma, mas o grasnar áspero das *cotorras* a ataca no denso dossel acima de sua cabeça. Um lagarto, incomodado em seu mundo noturno, desliza pelo braço dela, deixando um rastro pegajoso para trás. Um coro profundo de sapos coaxando a manda embora. O som de uma coruja solitária enche a noite de desconhecido. Então ela sente o deslizar pegajoso e molhado por entre suas pernas. Não é preciso ver o vermelho para saber que está sangrando, deixando um cheiro que poderia ser detectável com facilidade. De manhã, os cães farejadores e capatazes atentos seguirão um mapa claro de seus movimentos.

Esse pensamento lhe dá o ímpeto de seguir em frente. Assim que começa a corrida, uma nova dor aparece. Ela leva a mão automaticamente à barriga. Todas as horas na cadeira de parto lhe voltam correndo — a pressão, a dor que a perfura até ela se tornar uma massa de suor, sangue e agonia mortificadora e sufocante. Ela precisa de toda força de vontade que tem para ignorar o aperto nas entranhas e continuar. Seu corpo não pode e não vai traí-la, não quando ela está tão perto. A mulher fecha a mente para a dor que aumenta e se concentra em prosseguir.

Enquanto avança, Pola não sente mais os galhos batendo em si. Ela se força, abstraindo da dor nas pernas, da queimação no peito, dos pensamentos. Desacelera, tropeçando, se arrastando. O sangue agora escorre por suas coxas. Logo ela não poderá mais continuar. Finalmente, cai onde está.

Ela respira pela boca, engolindo grandes golfadas de ar. Suor pinga em seus olhos, cegando-a. Sente os rios que descem por seu rosto, sem saber ou se importar se são suor ou lágrimas. Têm o cheiro salgado do medo.

De repente, o cansaço a domina, e ela sente os braços e as pernas derretendo. Deseja se deitar e se entregar ao sono. Mas um pensamento luminoso abre caminho. Se não se levantar agora, *agora*, nunca mais vai conseguir, e aí será realmente o fim. Uma imagem flutua no ar em frente a ela — sua bebezinha, cabeça redonda contra seu peito — e então... nada. Ela se foi. Como se nunca tivesse existido. Quantas vezes? Quantos úteros traídos e braços vazios? Não, Pola não consegue mais fazer isso.

Ela agarra o barro úmido do chão e o esfrega contra o rosto, com força e aspereza, raspando o sono para fora de seus olhos. Mais alerta agora, nota que as estrelas desbotaram, e o céu está ganhando um tom salmão que anuncia o nascer do sol. Pola sabe com certeza que, se ficar ali, a derrota virá com a luz do dia. O medo da captura a faz se levantar e se mover.

A floresta se abre. A folhagem muda de uma vegetação baixa e densa para as palmeiras esguias e acolhedoras que ladeiam a costa.

Então ela escuta o *vuuuuush* das folhas na luz crescente.

Palmeiras, altas e elegantes, emolduram a praia. *Vushhhh, vushhh* — o som de milhares de folhas preenche o ar e acalma seu espírito. Enquanto tenta controlar a respiração, ela fareja o ar: perfume. O cheiro da mãe a intoxica, empurrando-a adiante. O mar a atrai para seu destino, canta seu caminho para casa.

Ela se esquece de tudo, menos do som acolhedor das ondas. Esse é o reino de sua Mãe Sagrada Yemayá, o lugar de todo perdão e toda segurança. Agora Pola começa a se mover, em transe, na direção do seu destino. Ela mal sente a água enquanto continua em sua jornada. O mar está diante dela, erguendo-se para receber seu corpo, e a dança sedutora das ondas faz parecer fácil, muito fácil.

Com os braços estendidos em súplica, ela começa seu pedido: *Mãe Eterna, provedora da vida, realizadora de sonhos, mãe de todas as mães*. A água se ergue ritmada, subindo por seus joelhos, acariciando suas coxas. Agora Pola ouve apenas o som da voz que mora em sua cabeça e que voa para fora da sua boca como borboletas recém-libertadas. *Você me esqueceu, sua filha amorosa e devotada, aquela que você chamava de Keera*? A água escura encharca o corpete dela até pouco abaixo dos seios. *Você deve saber da minha angústia, do meu luto e do meu desespero*. Os passos dela seguem fortes e firmes, mesmo com a água em seus ombros. *Me banhe em suas águas amorosas, leve minha dor e me liberte desse tormento*. Com a água agora espirrando em seu rosto, Pola alcança outro nível de consciência. Ela observa o mar aberto, sente o cheiro da maresia e escuta o som das ondas, um lamento fúnebre. E então, alegre, abandona-se à corrente.

Abaixo da superfície, a água toca com frescor suas pernas, púbis e braços. Algas acariciam suas pernas, e ela sente os peixes roçarem seu corpo. A Mãe lhe dá as boas-vindas, e ela, Pola, a filha, Pola, a perdida, está voltando para casa e se tornando parte do reino Dela. O movimento de balanço lhe oferece descanso, aceitação e um cuidado amoroso. Abraça seu corpo e acende sua alma. Nota a canção das ondas desaparecendo no alto enquanto imerge em um silêncio reconfortante. Aceita o que virá, abandonando toda vontade, bloqueando todo conhecimento, tornando seus ouvidos surdos ao medo que grita em seu peito. *Faça comigo o que desejar, mas me tire desse mundo de pessoas tão perversas*.

Lentamente, as águas começam a girar, puxando-a para uma dança que se expande sem parar. Ela se rende à sabedoria de Yemayá. A água a puxa para baixo, para baixo, cada vez mais para baixo, para as profundezas, e Pola se alegra com a bênção da Mãe. Não existe nenhuma resistência, nenhuma visão, nenhum som, apenas o abraço quente da Mãe, a volta para casa. Seu último pensamento é o prazer de se render. Ela abandona corpo e mente e se permite ser levada. O alívio tão necessário, tão desejado e conquistado a duras penas a espera. Ela está quase lá.

Mas então as imagens surgem, invasivas e cheias de estilhaços e espinhos, seguindo-a mesmo naquele mais sagrado dos lugares. El Caballo, um homem como um garanhão selvagem, tomando-a por trás, deliciando-se com a destruição dela, enfiando-se em todas as suas aberturas. El Puerco, grunhindo e roncando como o porco que é, com cheiro de chiqueiro e putrefação, enterrando seu focinho dentro dela, sorrindo como um idiota. El Lobo mordendo-a até sangrar e estapeando-a até ela implorar por ele. Todos eles, animais de circo para o *patrón* — um público de um homem só, ou talvez mais, se ele estivesse se sentindo generoso.

E então Luisito, um menino-homem, na verdade, que não queria, ou não conseguia, fazer o que lhe era ordenado. Ele deitou por cima dela com lágrimas manchando seu belo rosto negro enquanto o chicote lhe mordia as costas, e os outros incentivavam. "Achávamos que vocês, cabritos, eram tão machos. É isso o melhor que consegue fazer? Que feio para um negro forte e robusto como você." No fim, o menino desmaiou, o corpo dele imobilizando-a. Ela beijou seu rosto inerte antes que ele fosse levado embora. Nunca mais o chamaram de novo. Seu desempenho ruim tinha feito o *patrón* perder tempo, e ele não tinha oferecido nenhum entretenimento.

Por misericórdia, essas imagens desaparecem, e Pola flutua em suaves redemoinhos. Então eles vêm até ela, seus bebês. Aparecem em silhuetas, sem rostos, sem nomes, como foram em vida. Mas ela os reconhece, já que são parte de seu próprio corpo. Cada um deles emerge com os braços estendidos, buscando-a, ela, a mulher que não os protegeu, a mãe que nunca esteve ali. Ela se lembra do espaço frio que ficava quando eles eram levados embora. Ela se lembra do buraco em seu coração que espelhava o vazio de seu útero. Ela não esteve com eles. Os meninos foram levados, e ela não fez nada. Mas não, eles não vieram recriminá-la. Eles sabem, eles entendem bem demais. Eles não vêm como acusação, mas como proteção, oferecendo braços calorosos. Os meninos flutuam, a tocam, a ninam até um lugar de calma e amor. Seus dedos trazem calor e perdão. Eles trouxeram a dádiva da redenção e vieram guiá-la até sua casa. Feliz, ela se deixa levar para as profundezas. É isso que vinha buscando desde sempre.

Mas em algum lugar há uma mudança gigante nesse seu mundo de água. Algo começa a girar, e os meninos recuam; suas silhuetas se dissipando e indo embora com o redemoinho. A ondulação suave se foi, e ela fica pendurada em um lugar vazio e estranho. Está sozinha, à deriva num mundo frígido e espiralado. Cada fibra do seu corpo grita: NÃOOOOO! Ela estica os braços na direção do vazio. Sua mente chama A Mãe, mas tudo é silêncio e ausência em volta dela.

Algas grudam, prendendo seu corpo, e ela rodopia cada vez mais rápido, seus membros emaranhados e inúteis. Os peixes agora se alimentam do corpo dela, dando mordidinhas, deixando pequenas feridas. O frio a paralisa. A água muda de novo, agora se erguendo, apertando, empurrando, arrefecendo por um momento antes de empurrar de novo, empurrar, empurrar, de novo e de novo, empurrando, empurrando-a para cima, empurrando-a até ela ser finalmente expelida pelo ar.

Então mãos ásperas, agarrando-a e puxando-a. Ela engasga, seus pulmões sugando uma inspiração, então outra. Inspirar queima, com o ar correndo para seus pulmões, ferindo e queimando em seu peito, o corpo gelado dela encharcado, grudento, e as mãos puxando e então se fechando em volta de seus braços. Exausta e seminua, ela é arrastada pela areia. Sente as cordas cortarem sua pele, enroladas várias vezes, atando-a a um mundo do qual ela pensou ter se livrado.

Quando finalmente encontra seu pensamento, ela percebe que falhou. Sabe que suas orações voaram com o vento. Não há nada mais, nenhum outro lugar para onde ir. Ela se força a relaxar embaixo das mãos brutais, soltando todo o peso do corpo. Está pesada de arrependimento.

A fé de Pola escoa dela para a areia. Tudo que resta é um sentimento avassalador de traição. A traição se torna raiva; a raiva, fúria, e a fúria que lhe preenche o espírito endurece em ferro bem ali, na areia. Não há esperança, não há escapatória, nenhum lugar para onde ir. Tudo foi em vão.

Pola não tem mais nada para dar e mais nada para pedir. Ela fecha os olhos e ignora a voz do homem, sabendo muito bem que daqui para a frente não há saída.

Eles jogam o corpo amarrado dela por cima de um cavalo. Pola agora virou pedra e não se importa mais com o que farão com ela.

2. UM NOVO MUNDO

Hacienda Las Mercedes,
Carolina, Porto Rico, novembro de 1849

Ondas de escuridão se movem acima dela, abaixo dela, do lado de dentro. Ela deixa que passem e espera, esforçando-se para escutar através das sombras que recuam.

As vozes a ancoram.

— Eu ouvi que Don Tomás a ganhou em um jogo. O velho Don Sicayo a mandou como acerto das dívidas.

— Como? Aquela mulher quebrada e semimorta na carroça? Foi isso que o *patrón* ganhou? Para mim parece mais que ele perdeu.

— Não vai poder trabalhar por um bom tempo... As costas são puro sangue... O chicote abriu o rosto dela também...

A cobra serpenteia, o barulho do chocalho aumentando, aumentando na cabeça dela. As palavras se apagam, e Pola também.

*

A luz empurra a escuridão para trás de suas pálpebras fechadas, invadindo lentamente seu campo de visão. Pola abre os olhos devagar. Ela está deitada de barriga para baixo, sua cabeça aninhada em um anel acolchoado que lhe permite ver apenas o chão imediatamente abaixo. Ela escuta. Um farfalhar leve em algum lugar próximo. Pola tenta se mover, mas a cobra vivendo em seu rosto afunda as presas na cabeça dela, começando na têmpora direita e torturando sua carne na diagonal por cima do nariz, descendo pelo maxilar à esquerda da boca. A explosão de dor é demais para ela e, por misericórdia, a escuridão a leva antes que ela possa formar outro pensamento.

*

Iorubalândia, África Ocidental, 1831

Eles estavam sentados no jardim silencioso, bem ao lado do gigante jasmim em flor. O sol era quente, e o aroma das flores enchia o ar. Keera, aos treze anos, estava sentada em uma esteira de palha, entre as pernas da mãe, remexendo-se enquanto os dedos de Iya abriam túneis pelo seu cabelo, sua voz brincando nos ouvidos da filha.

— Seu dom é muito especial, o dom do toque profundo... A bênção de Yemayá... Ela te deu uma forma de saber que vai além do que a maior parte das pessoas vê. Seus dedos são sua segunda visão, talvez até a primeira. Você verá o coração e a mente. Mas com grandes dons vêm grandes responsabilidades. Tome cuidado. O dom pode te dar grandes poderes. Pode te inflar como um tolo-tolo ou pode te tornar humilde. Busque humildade.

"Você vai precisar estudar bem suas facetas. Você tem que aprender quando se abrir para ele e quando bloqueá-lo. Tome cuidado. Examinar o coração dos outros pode ferir e marcar seu próprio coração suave.

Colha o conhecimento, pois alguns vão receber bem sua ajuda, mas outros vão se ressentir de você por isso. Às vezes ele vai te proteger, mas às vezes vai te deixar aberta para mundos nos quais você não quer entrar."

De novo! Keera já ouvira o sermão de Iya antes. Por que a mãe dela estava sempre tão preocupada?

— Se você não se lembrar de mais nada, se lembre disso. Nem tudo que é sabido deve ser dito…

Keera, impaciente para se juntar aos amigos, lembrou-se da noite em que sentiu pela primeira vez o dom correndo por seus dedos, por seus braços. Ela afastou a ideia da mente.

— Fique quieta, Keera. Estou quase terminando.

Mas ela se acostumara a ser especial. As pessoas a olhavam com respeito.

— Você se delicia com seu dom agora, mas eu temo que irá te custar, minha filha, mais do que eu ou você podemos imaginar… Dons, especialmente os dados pelos deuses, muitas vezes vêm com um preço alto.

A mãe amarrou a última trança. Keera se ergueu de um salto, tocando as tranças.

— Obrigada, Iya. Eu sei que estou linda.

Deixou um beijo rápido na bochecha da mãe e saiu correndo do jardim, as palavras da mãe já esquecidas.

*

Hacienda Las Mercedes,
Carolina, Porto Rico, novembro de 1849

Um chão de terra batida se ergue na direção dela. Ela se lembra. Seu rosto, suas costas. Até o menor dos movimentos faz uma dor insuportável deixá-la sem fôlego. Ela fica deitada imóvel, esperando que a pontada arrefeça. Morde os lábios com força para engolir o grito.

Está impossibilitada de mover o corpo, mas expande seus sentidos. Ouve um roçar baixo, perto do chão. Deve haver uma mulher se movendo em volta dela. O som vem e vai.

Só o esforço de concentração consome todas as suas forças, e a luz começa a se apagar. Pola desliza para fora do mundo.

*

Iorubalândia, África Ocidental, 1835

Keera manteve as mãos em concha sobre o coração da mãe enlutada. Aos dezessete, ela mesma ainda não era mãe, mas suas mãos lhe diziam tudo que ela precisava saber sobre o medo de uma mãe que sentia ter perdido um filho. Sob o toque de Keera, a histeria da mulher descontrolada se acalmou até se tornar um choro, e elas ficaram sentadas assim durante horas, Keera segurando o pânico que vivia logo abaixo de suas mãos curativas. Ao pôr do sol, os homens finalmente trouxeram de volta o corpo mole do menino, ensanguentado e quase inconsciente, mas vivo... A mãe correu para aninhar o filho. Ela olhou de volta para Keera, uma gratidão sem palavras escrita em seu rosto.

*

Hacienda Las Mercedes, Carolina, Porto Rico, novembro de 1849

Há sons baixos em sua cabeça. Alguém está sussurrando. Pola não consegue distinguir as palavras. Ela está imóvel, esperando até que não haja som. Nenhum movimento. Sozinha agora, ela pensa, respira profundamente. Perguntas começam a tomar forma. Onde está? Como chegou a esse lugar? Há quanto tempo está aqui? Por quê?

Ela move a boca. Há dor. Pola se lembra disso também, então move-se lentamente. Cuidadosamente. Apertando os dentes, ela se empurra para cima. Seu rosto roça o anel acolchoado que estava amparando sua cabeça. Uma dor penetrante corta-lhe o rosto, tirando seu fôlego e a paralisando no meio do movimento. O tempo para enquanto ela espera, imóvel, que a dor alivie o suficiente para ela continuar.

A cobra se enrola e enfia as presas em todo o seu corpo. Ela precisa de toda a força de vontade que tem para se apoiar em um cotovelo, mordendo os lábios para abafar o grito. A dor rasga suas costas, mas ela invoca sua determinação e trabalha o corpo até estar totalmente sentada. Por um tempo, tudo que consegue fazer é ficar sentada, os olhos fechados, a dor empurrando todo o resto para longe. Mas Pola se força a focar além do ataque torturante ao seu corpo e abre os olhos.

As paredes de madeira são forradas, do chão ao teto, com estantes de *ditas* empilhadas, cabaças secas e curadas, algumas já marrons ou pretas, cortadas em tigelas de diferentes tamanhos. São dúzias delas, muitas cobertas com decorações coloridas — círculos, animais, flores e desenhos geométricos — entalhadas ou pintadas na superfície. Fardos de juta estão pendurados no teto. Alguns parecem misteriosamente pesados, enquanto outros — bolsas menores — ondulam com a brisa. Maços de plantas secas e punhados de gravetos também estão pendurados no alto. A combinação dos cheiros pungentes, misturada com o fedor de peixe, lhe dá ânsia.

Engolindo o amargor na boca, ela continua examinando a cabana, notando as paredes de tábua, as vigas firmes que cruzam um teto que desaparece na escuridão. Uma pesada cortina meio fechada divide o cômodo. Perto dela, várias camas estão posicionadas contra a parede. Uma pequena mesa tem uma lanterna e uma bacia de água. Na outra ponta, logo depois da cortina, fica uma única cama e outra pequena mesa. Naquele lado do cômodo, uma longa mesa de trabalho ocupa quase toda a largura do espaço. Em vez da rede com a qual está acostumada, Pola nota que ela estava deitada em uma cama firme e bem-feita. O chão de terra foi batido e varrido. Uma única janela grande deixa entrar o ar fresco, a luz e o som distante das pessoas. A porta está totalmente aberta, sem nenhum guarda à vista.

É diferente de todas as *chozas* de escravizados que Pola já vira. Ela está acostumada com as paredes das cabanas serem de folhas de palmeiras amarradas com vinhas, os buracos tampados com lama, e redes penduradas em postes rústicos. Essa é uma cabana de madeira de verdade, com vigas finalizadas, com camas de tecido, um espaço amplo — uma porta aberta! Ela está sonhando?

De repente, ela é tomada pelo medo. Perguntas invadem sua mente. Quem mora aqui? Eles a trouxeram para a casa de um capataz? Que torturas a esperam nesse lugar estranho? Quem é o senhor dela agora? Pola está certa de apenas uma coisa: precisa escapar. Ela cerra os dentes para se impedir de gritar enquanto junta todas as suas forças e se ergue até ficar em pé. Quando está prestes a dar o primeiro passo, seus joelhos cedem, e ela se sente cair.

Um braço forte a cinge, restringindo seus movimentos. *As mãos de um homem. Não! Não de novo, nunca mais isso.* Os dentes dela se fecham e apertam até ela sentir gosto de sangue. O homem, que a pegou antes de ela cair no chão, grunhe e a empurra de volta para a cama.

Imediatamente ela se afasta, raspando as costas já inflamadas contra a parede.

— ¡*Aaay*! — O grito escapa antes que ela consiga engoli-lo. Ela se prepara para o golpe. Mas não há punição. Em vez disso, o homem segura sua mão ensanguentada e a olha como se ela tivesse enlouquecido. Mas ele não tenta se aproximar de novo.

— ¡*Mira, malagradecía*! — Uma voz de mulher atravessa o cômodo. — Ele só está tentando te ajudar! Qual seu problema?

A mulher solta sua carga.

— *Ven pa'ca,* Simón. Deixa que eu cuido disso. — Com o rosto enrugado de preocupação, ela examina a mão ensanguentada do homem, enquanto o afasta. Então se vira para Pola do outro lado do cômodo. — Só espere até eu estar boa e pronta para te pegar. Talvez aí você se lembre dos bons modos que aprendeu antes de vir para cá. — Os olhos da mulher brilham enquanto ela tenta controlar a raiva. — *Malcriá,* se ele quisesse te machucar, você não estaria aqui agora. Pense nisso!

Pola não tira os olhos do homem. Ele está sentado imóvel, às vezes olhando para ela enquanto a velha cuida de sua mão. Ela lava a ferida e espalha um emplastro verde nos dedos machucados, tudo isso enquanto murmura baixo:

— ¡*Descará, sinvergüenza, desfachetá*!

Enquanto o par se mantém longe e concentrado no sangramento do homem, Pola observa os detalhes. O rosto do homem está coberto por cicatrizes que vão de uma orelha à outra. Ela já viu muitas cicatrizes, é claro, mas elas normalmente indicam violência e punição. Estas são diferentes, ocorrendo com intenção e regularidade. Não são as cicatrizes raivosas do chicote, parecem mais uma *decoração*, padrões simétricos cruzando o rosto dele, acentuando suas maçãs do rosto altas e sobrancelhas arqueadas. Ela se lembra de, muito tempo atrás, quando era uma criança, algo a respeito dessa prática entre as pessoas do norte. Mas nunca tinha visto algo assim aqui.

Continua seu exame. Os olhos dele são profundos e brilhantes, os olhos de alguém que viu muitas coisas e as carrega como calos interiores. As linhas de seu rosto revelam anos de dor. Ele inesperadamente ergue o olhar na direção dela, e seus olhos se demoram. Apesar da mão ferida, não há raiva ou vingança em seu rosto. Pola se afasta ainda mais, tomando cuidado para não raspar as costas de novo.

Quando a mulher termina de cuidar da ferida do homem, ela o manda embora com um aceno. Sem dizer uma palavra, ele pega suas coisas da melhor forma que consegue e dirige-se à porta, olhando de volta para Pola uma última vez antes de sair, sem um comentário.

Pola o observa até não conseguir mais distinguir a figura dele se distanciando. Então, e só então, ela se volta para a velha mulher parada ao lado da mesa. A mulher joga suas palavras por cima do ombro, de volta para o cômodo.

— Eu sou velha, mas não cega, e notei que você passou por coisas difíceis. Te usaram mal onde você veio, mas *aquele* — ela aponta um dedo trêmulo para a porta —, *aquele* homem é a melhor alma desse lugar e ele vem tentando te ajudar. Você precisa aprender a identificar quem é amigo ou inimigo por aqui. E rápido.

Pola olha para a porta, garantindo que ele não voltou.

A mulher se vira e olha para Pola.

— Ainda com vontade de morder ou vai me deixar te ajudar?

Pola leva um tempo lendo o rosto da mulher e por fim acena uma vez com a cabeça.

— Bom! Nos entendemos. Onde você acha que vai? E o que te faz pensar que está forte suficiente para chegar lá?

Pola observa a figura cambaleante da mulher enquanto ela se move pela cabana. Baixa e redonda, tão larga quanto alta, com tufos macios de cabelo grisalho escapando de um lenço em sua cabeça e brotando de cada orelha. Há várias voltas de corda, na qual estão pendurados maços de plantas secas, enroladas em sua cintura. Os maços ondulam contra os joelhos dela e mancham sua longa saia quando ela volta para a mesa. Ela tira os cintos e se curva sobre as plantas, seus dedos ágeis soltando, separando e agrupando as folhas em diversas tigelas.

— Eu Rufina, a *curandera*, e essa minha cabana. Estou cuidando de você faz uma semana agora. Algumas dessas — ela aponta para as três tigelas na mesa — te ajudam a dormir quando a dor é pior. Gosto ruim, mas cura boa. — Ela fala enquanto segue trabalhando, amassando folhas e água em uma pasta grossa. — Aquele era Simón.

Mais uma vez Pola examina a porta.

Rufina continua:

— Ele me ajuda a cortar e trazer os fardos mais pesados. Homem mais gentil que já conheci. Estava bem aqui quando te trouxeram. Tem passado ver como você tá desde então. Não precisa brigar ele... nem eu. Não vamos te machucar.

Pola não diz nada, mas enrola seus braços em volta de si e recua.

— Você precisa deitar de volta para eu poder fazer isso. — A mulher fica esperando.

A exaustão de Pola cai em torno dela como uma cortina. Ela viu e ouviu demais para absorver tudo de uma vez. Sua mente está embaçada, borrada nas bordas. E então a escuridão a leva de novo.

*

A luz se molda em torno dos pequenos corpos. São dois meninos de três ou quatro anos. Eles estão sentados nus sob um raio de sol que bate no chão a apenas alguns metros dela. Um deles é cor de terra molhada e tem um carpete de cabelo grosso. É um menininho de peito largo, com braços roliços. Seu irmão tem cabelo de chama e é miúdo, menor e mais magro, e sua pele tem um tom de cobre. Por mais diferentes que sejam, de alguma forma Pola tem certeza de que são irmãos. O que eles estão fazendo aqui?

Ela se move de leve.

— Água. — É a única palavra que consegue sair de seus lábios ressecados.

Assustados, os menininhos se viram para encará-la com olhos enormes. *Ela acordada.* Eles ajudam um ao outro a levantar. O mais novo desliza a mão para a do irmão, e eles cambaleiam até ela. Um deles estica o braço para tocar o rosto dela. Pola faz uma careta e estremece antes que ele consiga tocá-la.

— Desculpa. Ainda dói? Não preocupa. Melhora logo. Você ver.

O irmão acena a cabeça concordando. Eles articulam palavras um para o outro, mas não fazem sons. Antes que possa dizer mais alguma coisa, a luz começa a desbotar, e Pola se vai de novo.

*

O rosto redondo de Rufina a está encarando.

— Então, você de volta. Resmungou um monte dessa vez. Talvez foi para um lugar ruim.

Pola não diz nada.

— Estava esperando você. O remédio pronto. — Rufina mistura uma poção grossa enquanto fala. — *Ceniza de bálsamo* e grãos de café, são os piores. *Duele mucho,* eu sei. Espero que você não lembre muito disso. Precisou ser feito. Pior da dor já passou agora. Homens crescidos guincham alto quando eu esfrego isso. Mas funciona. — Rufina pega mais tigelas e segue falando. — Feridas vão sarar. Não sei o que você fez ou o que *pensaram* que você fez, mas te chicotearam bem. Seu rosto dói porque o rabo do chicote te pegou no nariz. Meus remédios vão cuidar disso. Leva um tempo, mas as cicatrizes não vão ficar tão feias. Sorte que o chicote não pegou no olho... — Ela para, pesando as palavras antes de continuar em um tom mais suave. Aponta. — Fizeram muito mal ali. — Rufina seca os olhos com a ponta do avental. — Não sei quantos deles ou por quanto tempo, mas eu imagino que você passou por um inferninho. *Hijo'e su puta madre* — cuspiu as últimas palavras.

Silêncio. Pola não quer essas imagens na sua cabeça de novo.

— Na maioria das vezes, nós não podemos mudar o que fizeram com a gente. Mas podemos lutar. Eu sei que você sabe alguma coisa disso, da parte de não desistir. Eu sei que você é uma guerreira, porque você ainda tá aqui.

Rufina desvia seus olhos brilhantes, permitindo que suas palavras se assentem. Ela pega os galhos deixados por Simón. Trabalha em um maço depois do outro, sua indignação quase saltando para fora de seu corpo enquanto ela rasga e arranca as folhas macias. Quando apenas os galhos nus sobram, ela quebra um após o outro, partindo-os e enfiando-os em uma caixa no canto. Então para e seca o rosto, resmungando maldições em voz baixa.

— *Hijo'e puta, ma'rayo lo'parta, satanás, animales, mal parío...*

A mulher treme de raiva enquanto recolhe os gravetos deixados na mesa, amarrando cada maço com um longo barbante, partindo muitos dos galhos delicados que foram reunidos com tanto cuidado. Ela para por um momento, fecha os olhos e se inclina por cima da mesa de trabalho, abaixando a cabeça e inspirando lenta e profundamente antes de voltar ao serviço.

Quando termina, Rufina se acomoda no banco, mais uma vez tirando um momento para fechar os olhos e regular a respiração. Então, seu corpo começa a ondular ritmadamente, as maldições em *staccato* substituídas por um canto suave e repetitivo em uma língua que Pola nunca ouviu. Os movimentos da mulher são fluidos, e ela fica totalmente absorvida em sua tarefa. Com um gesto experiente, ela joga cada maço fresco por cima da viga no alto, puxando um maço seco no lugar. Continua assim até que todas as plantas recém-colhidas tenham sido separadas e estejam penduradas para secar.

Ela se levanta e volta para a mesa de trabalho. Enquanto amassa as folhas no pilão, fala com Pola de novo.

— Eu sei que ainda queima como o diabo. Eu te dou algo pra aliviar. Uma semana ou duas, você levanta. Não precisa correr. Você vai precisar da sua força logo, logo.

Volta-se para sua paciente, respirando fundo. Os olhos dela são gentis; e suas palavras, suaves.

— Cuidei de todo aquele sangue. Deu trabalho. Você sarou lá embaixo também. Costurei todos os rasgos. — Ela hesita e então prossegue: — Sem mais bebês, porém. Sinto muito por isso. Muitos anos de... muito dano...

Pola afasta o resto das palavras. Um grande peso se agita no peito dela. Sente como se nunca fosse se mover de novo. As imagens que nunca estão longe a atacam mais uma vez. Um homem branco depois do outro cutucando, empurrando, rasgando e então desdenhando enquanto recebem o pagamento. E, mais tarde, depois de horas e às vezes dias de trabalho de parto, braços vazios, sangue, gritos animalescos, mulheres soluçando e por cima de tudo a risada sardônica de um homem. Bebês perdidos, bebês levados, bebês desaparecendo na noite.

Ela salta quando sente um toque em seu ombro, mas agradece por ele afastar as imagens.

— Deixa eu passar mais desse *menjunje* nas suas costas. Ficar se esfregando na parede piorou. Isso esfria o fogo morando ali.

Pola não consegue encontrar forças para se mover.

— *M'hija*, eu conserto seu corpo, mas a alma... isso leva mais tempo e é por sua conta.

Ainda assim, Pola não quer se mover. Até esse momento, ela se proibiu pensamentos sobre o futuro, e agora, aqui, essa mulher está abrindo um novo mundo de feridas que Pola nunca considerou de verdade. Seus pensamentos fluem para visões de uma vida na qual nunca haverá o som de seus próprios filhos rindo, ou pequenos braços procurando-a, ou a palavra "*mamá*" chamada durante a noite. Ela nota que esteve tão focada nas perdas do passado, que não tinha realmente se preparado para as do futuro. Como ela poderia?

Levaram o corpo dela há muito tempo. Levaram seus bebês. Ela nota agora que, em algum lugar, escondido bem no fundo, em algum lugar impenetrável, ela abrigou a esperança de que de alguma forma, algum dia, talvez... mas não mais. Levaram isso também. Nem sequer pôde conhecer essa possibilidade antes de ela também ir embora.

Pola quer que a escuridão a engula de novo... o abençoado não saber. É isso que ela quer. Mas a escuridão não vem ao seu desejo. Ela se senta e encara a realidade do vazio que irá para sempre habitar seu útero.

Rufina baixa os olhos para Pola, cujo corpo ficou mole, como se todos os músculos tivessem perdido a definição, e tudo que restou é um substituto pobre da mulher que se defendeu cegamente do desconhecido Simón. Toda a luta abandonou-a.

La curandera já viu isso antes — corpos que ela consertou andando por aí vazios e sem alma. Muitas vezes o vazio ganhou, e o corpo simplesmente definhou. Mas essa mulher tem vida demais restando para isso, e Rufina trabalhou duro demais para salvá-la.

— Não importa quão escura seja a noite, o sol sempre sai de trás das nuvens do outro lado da meia-noite. — Mas as palavras de Rufina soam vazias até mesmo para seus próprios ouvidos.

La curandera consegue ver sua paciente se afastando, não da dor de ser espancada, mas da dor da sobrevivência. Mesmo enquanto vê o espírito de Pola murchando, Rufina se recusa a desistir da mulher com os dentes que cortam e os olhares que ferem. Ela viu um lampejo do espírito de luta de Pola, e precisa conjurá-lo de volta. Então, procura em sua mente as palavras certas.

— O quê? Depois de tudo que você passou, você vai deixar aqueles babacas brancos ganharem? — Pola está muito quieta. Não está reagindo, mas pelo menos também não está se retraindo. — Aqueles *animales*, aqueles bárbaros... Você vai dar sua vida pra eles, assim, depois de todos esses anos? Você vale tão pouco que não vai nem lutar pela própria vida?

Muito lentamente, Pola ergue o olhar, e Rufina agarra sua chance.

— Ou talvez eu esteja errada. Talvez eles já levaram tudo e não sobrou nada pra lutar. Acho que não te li direito. Achei que você ainda valia uma coisinha. Mas talvez você já esteja morta e nem sabe disso.

Os pequenos músculos nos cantos dos olhos de Pola se contraem, e ela começa a ofegar, as narinas se abrindo com o esforço de controlar a respiração. Seu corpo não se move, ele infla com uma indignação crescente.

Rufina pega a transição do desamparo ao desafio, da raiva à fúria.

— Bom, então... — ela agarra os ombros de Pola. — Então você precisa lutar. Você precisa de mim agora. Vai levar um tempo antes de lutar sozinha. Eu te ajudo no que posso, e outros aqui ajudam também, mas essa é *sua* luta, e você precisa ganhar. Para fazer isso, você precisa ficar bem. Você tem nome?

Mas tudo que Pola consegue fazer é respirar, alto e com força. Ela não consegue colocar para fora nenhuma palavra enquanto está sentada ali, tentando organizar seus pensamentos e suas emoções em chamas.

— *Espérate, vengo ya.* — Rufina larga a tigela e sai, voltando com outra cabaça, essa na ponta de um longo graveto. — Beba.

La curandera ajuda quando Pola inclina a cabeça para trás e dá um longo gole, deixando que a água fresca acalme sua garganta. Mas antes de poder terminar, Rufina puxa a concha para longe. Mantendo-a à vista, mas fora do alcance da paciente, ela pergunta de novo:

— *¿Tu nombre*?

Pola engole com força, seus olhos fixos na cabaça que flutua imediatamente fora do seu alcance. Ela não tinha notado o quanto estava com sede.

— Pola. Me... chamam de Pola.

Rufina assente e solta a concha nas mãos de Pola.

— Com calma, Pola. Eu sei que você quer mais, mas primeiro terminamos o que começamos. Vai deixar eu te ajudar?

Pola faz uma careta quando se move um pouco para Rufina alcançar suas costas expostas.

— Não preocupa, isso é bom, esfria a queimação. — Os dedos de Rufina trabalham rápido, espalhando suavemente a pasta grossa pelas costas feridas de Pola. Quando termina de aplicar o emplastro de batata, Rufina enrola sua paciente em longas tiras de tecido branco. Então oferece água mais uma vez e observa Pola secar a concha.

Ao se acomodar de novo na cama, Pola resmunga:

— O que é este... lugar? Como eu... eu... cheguei... cheguei aqui?

— Aqui Hacienda Las Mercedes, Carolina. Alguns dias a cavalo da cidade e, assim falam, ainda mais da capital. Eu mesma nunca fui em San Juan. Você chegou de carroça depois de uma das viagens do *patrón*. Ele te mandou direto para minha cabana e me mandou cuidar das suas feridas, até decidir o que vai fazer com você. Esse lugar não é paraíso, mas melhor que a maioria das *haciendas* por aqui. — Apontando para o rosto de Pola, ela acrescenta: — E muito melhor que o lugar de onde você veio.

Quando Rufina começa, não para de responder perguntas que não foram feitas.

— Os *patrones*? *Blancos* são *blancos* e podem fazer o que quiser... isso em toda parte. Como o resto deles. Nos trouxeram aqui para trabalhar duro no lugar deles e às vezes fazem a gente trabalhar dia e noite. Mas os de onde você veio — ela cospe —, *hijo'e putas sucias, bestias*. Agora, Don Tomás e Doña Filo, eles não gostam de tortura e surras. Não entenda mal, eles ainda são senhor e senhora, e ainda somos escravizados. Mas eles não têm prazer de chicotear e aleijar, como alguns. E eu juro que Don Tomás é mais interessado em *comer* açúcar — Rufina empurra a pélvis para a frente — do que cultivar, se entende o que quero dizer. Mas ele nunca entrar escondido nas cabanas. Onde quer que ache seu prazer, não é aqui, não com as costureiras de Doña Filo. Doña Filo não é nenhuma beleza. Essa rosa perdeu o frescor um tempo atrás, mas ela é o cérebro. O marido, ele se importa mais com o que tem nas calças que nos bolsos, mas ele é o dinheiro. Dizem que o velho *patrón* decidiu que era melhor achar uma esposa para Don Tomás que tivesse bom senso, ou o filho perdia tudo. Todo mundo sabe, o jovem *patrón* e Doña Filo têm um arranjo. Ele ama suas *puterías* e não vai abrir mão disso. Ele viver e morrer um *picaflor*. Doña Filo teve o último de seus pretendentes tempos atrás e não quer morrer uma *jamona*, sozinha e indesejada aos olhos do mundo todo. Não foi de fato um casamento por amor. Mais um negócio. Então, Don Tomás ainda apronta por aí como sempre fez. Mas, deixando claro, Doña Filo é La Señora, a voz dele quando ele não está. E La Señora cuida da fazenda com punho de ferro. Conhece cada folha de grama e cada trabalhador do lugar e tem uma cabeça para números melhor que muito homem. E o que ela diz é ordem. Os capatazes odeiam isso, a odeiam, mas ela *la patrona*, ponto-final, e todo mundo sabe. Aquele Romero, o *hijo'e puta mayoral*? Ele, você precisa ficar de olho. Ama mexer com as mulheres no campo. Agora, Las Agujas, a cabana de costura na colina? O bebê de Doña Filo. Aquelas negras têm mãos talentosas e ganham muito dinheiro das senhoras do condado, que amam suas costuras e coisa assim. Então Romero fica longe delas, porque sabe o que é bom pra ele. Fique longe dele, se puder. Por mais que ame tomar mulheres à força, *el gran cabrón*, ele ama seu "trabalho" mais... adora aqueles malditos chicotes. Tem toda uma coleção deles pendurada na varanda. Unta e acaricia como se fossem suas amantes. *Pero*, ele não pode se deixar levar. Uma vez quase matou um homem por quem o velho *patrón* tinha pagado um bom dinheiro, e naquela noite foi Romero quem levou o chicote. Nós todos lembramos disso, porque nós o escutamos implorando e gritando, mesmo por trás das portas fechadas da biblioteca. E por dias depois disso vimos Romero mancando por aí, xingando baixo. — Rufina dá um tapa no joelho e ri. — Mesmo agora, ele não andar bem. Nós celebramos isso domingo que vem também. Doña Filo sai e pensa que estamos honrando o dia sagrado da Páscoa deles e até manda comida extra pra ocasião. Nós agradecemos e deixamos ela pensar o que quiser. Afinal, tem coisas que ela não precisa saber.

Ela continua a história enquanto limpa a mesa de trabalho e joga folhas em uma panela de água fervente. Enquanto cuida da área em volta da cama de Pola, não para de falar.

— Hoje em dia, Romero forçado a controlar temperamento, porque o jovem *patrón* fica de olho. Don Tomás não aguenta *poca vergüenza*. Ainda assim, se ele acha que pode se safar, Romero encontra maneiras de nos bater sempre que pode. Quando ele decide, de um jeito ou de outro, ele toma o que quer de uma mulher. *M'hija, ten cuidado*. Se você dar meia chance pra ele, e algumas dão, a próxima coisa que você vai notar são as mãos dele em você. Então, *oye bien*, fica o mais longe dele que puder.

La curandera desaparece atrás da cortina e volta com outra cabaça de beber. Desta vez a água é amarga e solta vapor.

— Aqui, bebe, é *tilo*, *valeriana* e *naranjo*. Ajuda a dormir. Quando acordar, você vai se sentir melhor e então me conta sua história.

Mas Pola já deslizara há muito tempo para um sono profundo. Seu rosto, exceto pela cicatriz horrorosa, está suave e relaxado. Rufina olha para a paciente e fica feliz por ela ter mais uma vez encontrado uma fuga da dor. Haverá tempo mais do que suficiente para revisitar o passado dela no futuro. Por enquanto, Rufina é grata por seus remédios poderem dar a Pola alguma paz. Ela não sabe exatamente o que aconteceu com essa mulher, mas, pelo dano que teve de reparar, consegue imaginar.

Sacudindo a cabeça, ela baixa seu peso para um banco próximo e pega um charuto. Sentada e fumando, observa a paciente, recusando--se a aceitar os rasgos que descem pelas bochechas dela. As cicatrizes, verrugas e calos que cobrem essa mulher por dentro e por fora contam a história dela, uma história que Rufina já ouviu muitas vezes antes. Ela sopra fumaça acre para a noite e pega no sono em sua vigília.

3. AOS OLHOS DE SIMÓN, I

Essa nova mulher é um mistério. Ser negro e escravizado é viver ferido. Ser negro e escravizado e ter nascido neste lugar é não conhecer nada além da escuridão. Ser um *bozal*, negro e escravizado, que se lembra dos tempos de antes, é carregar uma ferida dupla, vivendo na escuridão e constantemente se lembrando da luz. Essa mulher guerreira está ferida, perdida e ainda lutando contra a escuridão. A luz, que ainda não se foi, brilha nos olhos dela. Interessante...

4. AS MÃOS DOS HOMENS

Iorubalânida,
África Ocidental, julho de 1836

A viúva Monifa desmaiou na cerimônia de enterro, e Keera, agora com dezoito anos, correu para ver se podia ajudar. Um toque, e Keera sentiu o raio e viu tudo: o penhasco, a queda do homem no rio correndo lá embaixo... afundando, buscando a mulher, gritando por ajuda... Monifa virando as costas para os últimos gritos do marido. Keera sabia, e Monifa sabia que Keera sabia, e nunca a perdoaria por saber.

*

As palavras antigas de Iya se mostraram verdadeiras, as mãos de Keera lhe contavam tudo e, às vezes, mais do que ela queria saber. A dádiva do saber de Yemayá tinha sido mais do que a menina podia querer ou imaginar... O caso amoroso condenado de Abé... o coração partido de Yetunde... a alegria de Oni por sua gravidez desejada há tanto tempo, o bebê já morto em seu útero... o ódio ciumento de Titilayo por Adamma, que fazia as cabeças virarem. O saber se tornou um fardo. E logo os murmúrios começaram. "Ela sabe demais", "Tome cuidado", "Atenção às mãos dela". As pessoas da vila se afastaram, temendo que seus segredos fossem expostos. Amigos se tornaram desconfiados. Keera desejava sua inocência de volta, a opção de não saber. Mas o distanciamento começou, e com o conhecimento veio também o isolamento. Keera não tinha escutado, mas Iya estava certa. Às vezes a dádiva era uma maldição.

No ano anterior, ela tinha aprendido a guardar os olhos e proteger as mãos. Ela tinha aprendido a ver e não ver, sentir e não sentir, saber e não saber e, mais importante, selar seus lábios.

Um dia os navios estrangeiros apareceram no horizonte, seus mastros altos esfaqueando o céu. Os navios trouxeram os homens-fera com as mãos brancas e os chicotes e as correntes. E nada, nada nunca mais foi igual.

*

Passagem do meio, Oceano Atlântico, agosto de 1836

Keera acordou assustada em um lugar como uma caverna escura. O fedor atordoante dos muitos corpos enchia o espaço apertado de forma que ela mal conseguia respirar. Ela teve ânsia e precisou conter o vômito. Quando se recuperou, começou a se concentrar no lugar. Conseguia sentir o calor de um corpo nu à sua frente e outro atrás. Ela se sentiu corar ao perceber que estava nua também. A modesta Keera, reservada Keera, cuidadosa Keera, agora estava nua, se esfregando no corpo de dois estranhos. Eles estavam deitados em um chão de madeira dura, e o espaço ondulava. Ela cutucou a pessoa na frente e perguntou onde estavam. Mas a resposta foi um resmungo de sons irreconhecíveis. Eles estavam amarrados uns aos outros pelos pés e pelas mãos, então ela não podia se virar e perguntar para a pessoa de trás. Ficou muito quieta e escutou. Respiração a toda sua volta — um choro, um soluço, murmúrios. Então distinguiu o som de água lambendo o exterior da parede próxima e focou o movimento do espaço, a ondulação.

Agora ela sabia onde estava. Seu medo crescente explodiu. Talvez nunca mais visse sua casa outra vez. Ela perdeu controle de seu corpo, aumentando o horror do ar. A vergonha foi substituída pelo terror.

Respire, respire. Você precisa respirar!

Levou um tempo, mas ela finalmente controlou o medo o suficiente para se concentrar. O teto era baixo, mal permitindo que se ficasse em pé. O fedor dos corpos espremidos no espaço confinado era insuportável. Os olhos de Keera estavam grudados na luz que aumentava e diminuía em uma escotilha próxima, engolindo o medo, esperando, contra qualquer esperança de que pudesse encontrar uma saída.

Concentre-se.

Os olhos dela se ajustaram à luz fraca que entrava pelas pequenas janelas cortadas bem no alto das paredes do navio. Estava em um cômodo amplo, um corpo em meio a uma multidão de outros corpos negros que se estendiam para dentro das sombras, todos eles deitados no chão e algemados pelos calcanhares e pulsos. Ela estava amarrada a quatro outras mulheres. O menor movimento era respondido com o estalo e a tensão da corrente que prendia cada mulher à próxima.

Keera começou a sentir vibrações emocionais vindas de seus companheiros de prisão. A confusão desesperada, a dor penetrante, a raiva ensurdecedora, o desespero anestesiante — tudo isso começou a fluir pelos dedos dela. Na escuridão, as palavras de sua mãe lhe voltaram mais uma vez. *Você se delicia com seu dom agora, mas eu temo que irá te custar, minha filha, mais do que eu ou você podemos imaginar*. Ela se moveu o suficiente para fechar as mãos em punhos e bloquear o ataque das emoções de seus vizinhos, que chegavam com rapidez. Já era difícil o suficiente impedir seu próprio pavor pulsante de se tornar um pânico completo. No final, ela ficou deitada tão indefesa quanto o resto, abandonada por toda energia e se perguntando o que viria a seguir.

*

Durante as primeiras horas no barco, houve um murmúrio constante, mas, quando o navio zarpou, gritos encheram o deque, rebatendo e ecoando nas paredes do espaço apertado. Foi assim por horas, os gritos, guinchos agudos e prantos de partir o coração.

Crianças, vendo a agitação dos pais, aumentaram o ruído. As vozes ressoavam em diversas línguas; algumas arrefeceram depois de um tempo, enquanto outras se ergueram em protestos retumbantes. Em algum momento as vozes frenéticas, e agora roucas, dissiparam-se em sussurros ásperos e finalmente desbotaram em gemidos graves. As palavras já não tinham sentido. Apenas sons crus saturavam o ar.

Na escuridão, os gritos raivosos de uma única criança cortaram os soluços insistentes. Durante horas os guinchos da criança encheram o espaço. A raiva desse único bebê, atirado contra a barbárie, carregava toda a indignação e fúria aprisionada de todos eles. Depois de uma eternidade, um súbito silêncio estrangulado foi seguido pelo pranto angustiado de uma mulher. A quietude que se seguiu foi muito, muito pior. Eventualmente, os sussurros ásperos se dissiparam em um silêncio insuportável.

Começou em algum lugar do setor feminino: uma mulher ergueu seu pé acorrentado e o bateu contra o chão. Então outra se juntou, e outra, e mais outra, até que toda a massa humana estivesse expressando sua indignação contra o navio em si. O som se multiplicou, e os movimentos continuaram, chegando a danificar a madeira do chão, fazendo farpas voarem mesmo quando pulsos e tornozelos já estavam feridos e ensanguentados. Quando já não tinham mais energia para levantar os membros envoltos em metal, o silêncio que se seguiu foi ensurdecedor.

Não houve reação de cima. Era como se os homens-fera estivessem simplesmente esperando que seus prisioneiros se cansassem. A luz nas pequenas janelas veio e foi embora duas vezes antes que o alçapão se abrisse acima dos prisioneiros famintos e sedentos. Os dejetos humanos no espaço quase sem ar haviam vencido até o mais forte dos cativos. Não havia mais nenhum movimento, nenhum som.

Um dos homens-fera desceu e deu uma olhada em volta, chutando um ou dois corpos inertes próximos dele com suas botas imundas, garantindo que não haveria resistência. Só então os outros trouxeram baldes de água e pão mofado coberto por alguma substância não identificável. Aqueles que ainda tinham energia suficiente para se mover correram na direção da refeição mínima e a devoraram. Alguns exaustos finalmente pegaram a água e o pão oferecidos. Outros só ficaram deitados. Alguns já tinham morrido, de um corpo quebrado, de um espírito quebrado ou de doença. Keera conseguia ouvir fechaduras tilintando, correntes se movendo, e então os homens brancos levaram os corpos moles escada acima.

*

Iorubalândia,
África Ocidental, 1831

Ela se deixou ser engolida pelo forte aroma de jasmim. Sentiu asas de borboleta roçando seu rosto. Ficou deitada ali e sorriu, relutando em abrir os olhos e se mover para o resto do dia. Toda tarde ela cochilava no jardim, e toda tarde Iya a acordava suavemente, amorosamente. Ela tinha pegado no sono embaixo do arbusto, no jardim delas. Deleitou-se com as sensações de calor e segurança em sua vida, finalmente abrindo os olhos para um mundo de pequenas flores brancas penduradas sobre sua cabeça, os raios do sol atravessando o dossel. E lá estava Iya, acariciando o rosto dela com um ramalhete de flores. "Hora de ir."

*

Seus olhos se abriram de repente, e então ela ouviu o gemido ali perto. O fedor dos corpos não lavados mais uma vez a atacou, e ela se lembrou. Os dias de Iya e jasmins haviam terminado.

Mais tarde, muito mais tarde, talvez dias depois, após tudo ter ficado em silêncio, e a sede ter sugado sua energia, e a fome ter deixado de esfaquear sua barriga, Keera ficou deitada, rezando. Repetidas vezes ela libertou sua mente e viveu na terra da memória, o mundo do vilarejo naquele último dia.

*

Iorubalândia, África Ocidental, 1836

Eles tinham tomado a vila ao nascer do sol e atacado quando as pessoas correram para se defender. A maior parte dos invasores foi atrás dos homens, mas alguns foram direto nas mulheres. Ela golpeou o primeiro homem que colocou as mãos nela, a pedra em seu punho pegando a lateral da cabeça dele. Ele deu um salto para trás, agarrando a orelha, o fio de sangue já descendo pelo pescoço.

Encorajada, ela o golpeou de novo enquanto ele ainda encarava a mão ensanguentada, dessa vez mirando o outro lado da cabeça. Queria ver a cabeça dele se abrindo. Queria vê-lo morrer, em prantos e derrotado. Mas desta vez ele estava preparado. Enraivecido, saltou em cima dela.

As mãos se fecharam em volta do pescoço dela, a ergueram e a bateram contra o chão. Ela sentiu o golpe reverberar, subindo e descendo por sua espinha. Antes que pudesse reagir, ele saltou em cima dela, seus braços e pernas prendendo-a contra o chão. Quando enfiou as mãos entre eles, empurrando o peito do homem freneticamente, viu a força superior dele e sua própria energia diminuindo. E então ela sentiu. A onda monumental que entrou pelos seus dedos, correu por seus braços e a deixou estupefata. Era frígida, inflexível e tão inesperada, que por um momento ela se perdeu.

O homem-fera, tomando a confusão por rendição, a ergueu e segurou seu corpo ereto contra a parede, enquanto gritava para alguém próximo. Foi só um momento, mas a distração deu clareza a Keera. Ela abriu a boca em busca de ar, reuniu suas últimas forças e enfiou os dedões nos olhos dele. Ele a soltou imediatamente e caiu no chão. Ela se virou para correr, mas não conseguia respirar. E, antes de conseguir dar um passo, outro a agarrou por trás. O primeiro golpe acertou a parte de trás da sua cabeça, e então ela não sentiu mais nada.

*

Para a jovem Keera, suas preces a Yemayá a afastavam do insuportável. O som que tinha inicialmente despertado seu terror, o som do oceano lambendo as tábuas, tornou-se sua única fagulha de esperança. Aquele som, e apenas aquele som, a lembrava que Mãe Yemayá não a tinha abandonado, que nem todo lar tinha sido deixado para trás. Enquanto esse som vivesse na cabeça dela, confiava que não importava o que acontecesse no navio, a deusa venceria.

Ela tinha passado tanto tempo na terra das preces, que não ficou surpresa quando uma nesga de luz se abriu acima. Finalmente, uma resposta a seus apelos. A Mãe tinha feito a escolha final por ela?

Botas imundas, pernas, os homens-fera desceram no meio deles, chutando, gritando e xingando através de dentes podres. E então as mãos voltaram — peludas, apalpando, puxando e ofegando até ela estar de pé. Isso não era um resgate, só outra face da captura. As mãos puxaram Keera para cima até o quadrado de luz brilhante. A luz do sol reluzente, a golfada de ar fresco, a imensidão da água a chocaram tanto que ela ficou imóvel. O aroma da Mãe despertou uma leve esperança de resgate, que se apagava, mas ainda não tinha sumido... sempre um "talvez", um "quem sabe", no fundo de seu poço de desespero. Mas seus poucos trapos sendo arrancados e os baldes de água lançados sobre eles a trouxeram de volta para a realidade. As mulheres, ela no meio, encolheram-se no deque, tentando inutilmente cobrir seus corpos nus.

À volta delas, pernas cobertas por calças meladas e rasgadas se aproximaram. E então os homens-fera estavam sobre elas. Os monstros gulosos tomaram as mulheres, montaram uma após a outra, sem distinção.

Quando terminaram, eles foram embora, sem sequer olhar para suas vítimas, a soberba da conquista como sua única recompensa.

Durou horas até que as mulheres estivessem largadas em seu choque, quebradas ou inconscientes. Algumas rastejaram, buscando desesperadamente algum saco ou pedaço de tecido para se esconder, qualquer coisa para cobrir sua exposição e vergonha. Uma mulher, que ainda tinha capacidade de brigar, gritou através de lábios partidos, cuspindo, mordendo qualquer um que se aproximasse. Três homens saltaram sobre ela. Ela chutou e arranhou, rugindo de raiva, e enfiou o calcanhar em uma virilha flácida. O homem gritou e caiu de joelhos. No mesmo momento, braços peludos serpentearam em volta do corpo lutador dela. Um agarrou seus pulsos e outro seus tornozelos, e então lá estava ela, balançando entre os homens-fera que cantavam.

— !*A la una*! ¡*A las dos*! ¡*A las tres*! — Eles a balançavam cada vez mais alto, uma rede humana, seus gritos crescendo e diminuindo com cada ida e volta, até que a soltaram, e ela saiu voando, erguendo-se na direção do azul e suspensa por um momento, antes de descer. Pernas e braços se debatendo, sua boca vazia de som, uma caverna redonda e negra. Finalmente, o som alto de água, e ela afundando. As outras mulheres observaram em silêncio enquanto a água a aceitava em seu lar. Os homens-fera comemoraram. Fechando os olhos, Keera enviou uma prece silenciosa: *Mãe, proteja-a, tome-a em seu seio.*

A risada dos homens-fera voou por cima das ondas. Eles passavam uma jarra e se davam tapinhas nas costas. Enquanto celebravam sua vitória, Keera teve tempo de examinar o grupo. Alguns eram velhos e grisalhos, alguns firmes de corpo, mas com dentes podres ou cicatrizes, alguns mais jovens, ágeis, sua crueldade deformando suas bochechas suaves. Um era baixo e magro e ria mais alto e por mais tempo que os outros. Ele engolia o líquido enquanto os homens mais velhos o provocavam, apontando para as mulheres e se deliciando com o desconforto dele. Ele deu um longo gole na jarra, tirando coragem de seu conteúdo, ergueu as calças e se moveu na direção das mulheres que se encolhiam ali perto. O resto dos homens o seguiu.

Rápido demais eles caíram sobre as mulheres restantes. O arco da queda da mulher ainda estava na cabeça de Keera quando o jovem veio atrás dela. Tudo nele fedia — hálito quente e forte, corpo coberto de suor e trapos imundos. O corpo dele estava preto de fuligem, suor e sangue, sua pele branca quase invisível.

Quando as mãos dela pressionaram o peito dele, a explosão de energia a pegou desprevenida. Dessa vez foi uma corrente em chamas que fluiu pelos seus dedos e subiu pelos braços, mandando ondas de vermelhos flamejantes e laranjas ofuscantes para a mente dela. Nesse, não era a espada gelada do ódio. Não, havia outra coisa... Tanta raiva enchia a alma desse homem, um caldeirão fervente de ressentimento que transbordava e viajava para além dos limites do corpo dele e emergia como mal derretido. Eles se encararam por um segundo antes que ela entendesse algo mais profundo. Aos olhos dele, ela não era uma pessoa, apenas um incidente, um meio conveniente para que ele se provasse para os outros. Ele olhava para ela, mas não a via. Keera tinha conhecido o medo, mas agora estava provando todo um tipo de terror inédito.

Na luta, os joelhos dela cederam, e a cabeça bateu contra o deque duro. Ele agarrou seus tornozelos e a arrastou. Ela tinha certeza de que seria a próxima a ser mandada pelos ares. Mas não. Ele olhou em volta, garantindo que tinha capturado o olhar dos outros homens. Eles lhe passaram a jarra e se afastaram para assistir, antes de agirem sobre suas próprias conquistas. E ele usou o corpo dela como quis. Tornou-se um carneiro de briga, soltando o corpo contra o dela como uma arma, ferindo e batendo até ficar cansado ou entediado.

Keera, marcada e ferida, ergueu os olhos bem a tempo de ver o orgulho no rosto do homem. Ele foi embora sem nem sequer olhar para a mulher que ele deixou sangrando encolhida no deque. Esqueceu-se dela no segundo em que se afastou. Agora ele parecia apenas entediado. Mas isso não o impediu de encontrar a próxima, sem preocupação ou consequência.

Um depois do outro, os homens vieram, sua malícia se enfiando dentro dela. Pela primeira vez na vida, Keera tentou afastar a dádiva. Seu tato a tornava muito mais vulnerável que seu corpo. Esse conhecimento era mais do que ela podia aguentar. As emoções colocavam fogo em seu cérebro e a torturavam enquanto eles continuavam a atacar. Depois do quarto ou quinto ataque, sua mente recuou para muito além daquele lugar de terror.

Ela virou seu rosto para a água, o lugar do naufrágio, e cantou para A Mãe um som de alívio e liberdade. Mais do que qualquer coisa, queria não saber, não sentir. A canção se enrodilhou na cabeça, várias vezes, orando por qualquer coisa que acabasse com essa vida que não era vida. Ela mandou seus pensamentos para muito além da selvageria, para o horizonte, o lugar de santuário, a cama profunda e ondulante da Mãe abençoada. Desejava esse santuário mais do que já tinha desejado qualquer coisa na vida.

O tempo e o som pararam, e, por trás da espiral hipnótica de sua prece-canção, ela se tornou ciente de um arrefecimento, uma libertação. Conseguia sentir a energia vazando para fora de si até que seu corpo já não tivesse qualquer sensação. Em resposta ao apelo, a dádiva havia se esvaziado. Misericordiosamente, sua prece tinha sido atendida.

Ela queria seguir a mulher afogada para as profundezas pacíficas. Mas antes de terminar esse pensamento, outra ideia se desdobrou dentro dela.

Seu corpo é apenas um recipiente. Sua essência está inviolada. É só quando você abandona sua alma que está perdida.

As palavras nadaram na sua mente. Essa ideia cresceu e tomou todo o resto. Ela soube com certeza inegável que aguentaria tudo que eles pudessem criar para destruí-la. Eles não tomariam seu verdadeiro eu, aquele que vivia além da imaginação limitada deles, aquele que lhe foi dado pelo Criador de Todas as Coisas. Quaisquer planos que eles tivessem para ela, ela sobreviveria. Não podiam destruir o que não podiam alcançar. Ela já estava além deles.

*

Keera ficou muito quieta. Tinha ganhado e perdido consciência durante dias, mas alguns lampejos do que sua vida havia se tornado ficaram com ela. Ela se lembrava de ter sido levada escada acima várias vezes. Mãe Yemayá, em sua bondade infinita, a tinha abençoado, levando embora o saber. Suas mãos estavam mortas pela primeira vez desde que era criança.

Ela sabia que estava de novo no deque dos escravizados, mais uma vez com seu tornozelo acorrentado a algum corpo anônimo, mas era grata por estar mais uma vez deitada perto do casco, onde ainda conseguia ouvir a canção da Mãe e sentir suas vibrações. O som das águas da Mãe lavava as imagens dos ataques e fazia Keera se sentir limpa de novo.

*

Ela tinha há muito perdido noção do tempo, mas seu corpo ainda não. Então fez um exame. Seus lábios estavam secos e rachados. Conseguia visualizar a nascente onde brincava quando criança, a cachoeira logo depois do vilarejo, uma tigela de água fresca do rio. Tentou erguer a cabeça, mas parecia quilos mais pesada. Talvez nunca mais fosse conseguir erguê-la de novo. Soltou a tensão no pescoço e tentou mover as mãos. Incrivelmente, não estavam mais algemadas. Ela precisou de toda força que tinha para erguer as mãos e tocar o rosto. Tudo parecia bem, porém… havia dentes faltando, tinham caído ou sido arrancados. Ela sentiu as maçãs do rosto, afiadas contra a pele. O formato do seu rosto tinha mudado.

Então, erguendo mais as mãos, ela sentiu áreas carecas em seu cabelo antes grosso. Sentiu luto por seu antigo eu e teria chorado, mas suas lágrimas tinham sido todas usadas. Ela só queria dormir pelo resto da sua vida, por mais curta que fosse.

*

Mais tarde, quando conseguia ir além do próprio corpo de novo, notou que o mar de corpos negros havia diminuído. Havia mais espaço para se mover entre aqueles que tinham restado. Há quanto tempo era prisioneira nesse navio infernal? Quando seria a vez dela de ser jogada pela amurada, ou pior?

Quando o alçapão acima se abriu de novo, uma golfada de ar fresco e luz desceram sobre ela, e, por um momento, ela cedeu ao alívio. Mas então as pernas desceram, e ela se preparou para mãos que a levariam para cima de novo. Mas não, dessa vez os homens-fera riram entre eles e seguiram para outra parte do compartimento. Ela ouviu apelos, choros e então os viu levarem para cima meninos jovens de aparência viçosa. Nenhuma mulher estava entre os prisioneiros entregues à boca lá em cima. Os meninos chutaram e resistiram o máximo que puderam. Mas eles também tinham recebido porções escassas de comida e água e não podiam enfrentar os homens bem-alimentados que se banqueteariam com eles agora.

*

Um dia Keera acordou e notou o navio estranhamente parado. Conseguia ouvir a lateral do barco raspando contra madeira, e então, de repente, houve muita ação lá em cima. A tripulação pastoreou um grupo de negros para um canto e foi embora, deixando um guarda para trás.

Logo um outro homem, que ela nunca tinha visto antes, desceu pela escada. Ele era grande e, diferente dos captores, estava limpo, lavado, e sua pele era da cor de amêndoas, mas todo o resto nele era de um branco puro: sapatos, chapéu, roupas, até mesmo o lenço que ele levava ao nariz. Carregava uma tábua com papéis.

Esse homem desceu e andou entre os prisioneiros, parando para examinar o grupo selecionado pela tripulação. Sacudindo a cabeça, fez sinal para se sentarem e seguiu em frente, parando de vez em quando, sondando homens, mulheres e jovens — seus dentes e gengivas. Ele sentiu seus membros, aplicou um longo tubo nos peitos, jogou uma luz contra as peles e checou os couros cabeludos. Conforme seguiu, sua expressão se tornou cada vez mais azeda. Ele falou energicamente com outros de seu tipo. Subiu a escada, raiva franzindo seu cenho. Keera conseguiu ouvir a voz levantada deles indo de um lado para o outro antes do alçapão ser novamente fechado. Ninguém foi tirado do navio, e seguiram viagem.

Depois desse dia, as rações ficaram maiores. Os que se recusavam a comer eram alimentados à força. O pão meio podre e a meleca por cima dele aumentaram. A tripulação, provavelmente entediada, não atacava mais mulheres ou homens. Os homens-fera desciam todo dia para remover os cadáveres. Pela primeira vez, Keera notou que alguns na tripulação pareciam tão doentes quanto os prisioneiros.

*

Porto de San Juan, Porto Rico, novembro de 1836

Quando foi levada de seu lar, ela era Keera, uma jovem mulher bonita com quadris arredondados, pernas fortes e sorriso luminoso. A mulher que chegou nessa outra costa, esse Porto Rico, agora renomeada como Pola por seus captores, tinha três dedos tortos, quatro dentes faltando e havia sido brutalizada por todos os membros da tripulação. Depois que a lua cheia tinha vindo e partido quatro vezes, e o inferno flutuante havia feito quatro paradas, menos da metade do grupo original de prisioneiros havia restado. Pola foi levada ao deque superior pela última vez.

Ela tinha passado tantas semanas lá embaixo, que o sol a cegava. Quando seus olhos finalmente se adaptaram à luz, ela viu um novo mundo. Esse, parecia, seria seu destino. Subindo e descendo a costa, uma longa fila de navios havia ancorado em um lugar no qual o mar tinha dado uma grande mordida na terra. Tábuas de madeira se esticavam do navio até a costa.

Pola e o resto dos prisioneiros foram pastoreados para o deque sob vigilância. Mais cedo eles tinham sido molhados e esfregados até ficarem limpos, sob o olhar cuidadoso da tripulação. Receberam roupas improvisadas que mal cobriam sua nudez. Mulheres receberam panos para cobrir seu cabelo emaranhado. Os homens perderam a barba embaraçada e tiveram a cabeça raspada. A comida tinha se tornado mais farta nas últimas semanas, e agora eles receberam a última refeição a bordo. Durante a viagem, tinham sido separados por gênero, mas agora foram acorrentados em configurações específicas, incluindo homens, mulheres e meninos novos.

O grupo de repente estava no meio de uma agitação que Pola não via desde que tinha deixado sua casa. Homens negros sem camisa ou correntes trabalhavam sob o sol da manhã. A maior parte desses trabalhadores tomava cuidado para não olhar diretamente para os prisioneiros em farrapos e correntes. Os trabalhadores só passavam, determinados a soltar seus fardos, que então eram levados até os prédios baixos ao longo da costa. Alguns andavam com cuidado em volta do grupo acorrentado, carregando fardos grandes, de formatos esquisitos, e enormes sacos que iam diretamente para carroças à espera. Nenhum deles disse uma palavra, fingindo não notar o bando de pessoas negras seminuas e esqueléticas, em sua maioria homens, que estava ali ao lado.

Um menino novo tropeçou, derrubou seu fardo e se abaixou para pegá-lo. Quando se levantou de volta, olhou bem nos olhos de Pola por um momento. Ela o encarou de volta e sustentou o olhar. Ali conseguiu ler tudo que precisava saber sobre a vida dele e pôde ver que ele tinha lido tudo que precisava saber sobre a dela. Pola reconheceu a tristeza que ela sentia apertando seus olhos viva nos dele. Ele deu um aceno minúsculo de cabeça. Ela apertou devagar o farrapo que mal cobria seus seios nus. Alguém chamou. O menino se assustou. O momento havia passado, e eles seguiram para encarar a vida nesse lugar que nenhum deles havia escolhido.

O navio deslizou em meio a dezenas de outros que já tinham lançado âncora ou estavam atracados no porto; seus mastros, uma coleção de palitos cutucando o cobertor baixo das nuvens. Enquanto esperava que a carga não humana fosse retirada, Pola ficou chocada com o número de pessoas que enchiam a área lá embaixo. Parecia que nesse lugar o mercado ficava bem na costa, como se as pessoas não pudessem esperar até que os mercadores chegassem ao centro da vila para fazerem as vendas.

Mas antes que ela pudesse observar muito mais, um forte puxão em seu braço chamou sua atenção. Estava sendo puxada em direção a uma tábua estreita que ligava o navio à costa. Acorrentada a uma fila de homens e mulheres, fez uma careta ao imaginar um deles escorregando e todos se afogando em meio aos destroços encharcados e apodrecidos entre o navio e as docas. Comida velha, animais mortos e dejetos humanos enchiam o ar com um fedor sufocante. O som de vozes que se erguia ao redor deles no píer era ensurdecedor. Não soava como nenhuma fala que Pola já tivesse ouvido, as palavras misturadas, sons ásperos que atacavam o ouvido. Notou que estava ouvindo não uma, mas várias línguas diferentes e reconheceu uma ou duas palavras da língua de seus captores. A língua deles era tão ofensiva quanto seu comportamento.

Então os olhos de Pola caíram sobre as mulheres brancas na multidão. Elas usavam vestidos longos que as cobriam do pescoço aos pés, muitas apontando para caixas e escolhendo em meio a pacotes abertos — tecido, recipientes, frutas, peixes, ferramentas de metal e enfeites — sendo vendidos bem na beira d'água. Ela notou que algumas das mulheres tinham cabelo cor de palha até a altura dos ombros. Elas carregavam pequenos guarda-chuvas e usavam caixas redondas na cabeça com redes finas flutuando na frente do rosto. Pola se lembrou das máscaras coloridas e enfeitadas com miçangas usadas pelos crentes que dançavam para os deuses em casa. Mas essas eram pálidas em comparação. Elas eram sem cor e frágeis. Não havia nada cerimonial nos movimentos das mulheres diante dela que estavam focadas em agarrar e trocar papel por objetos.

Homens brancos estavam em pé acenando com palitos e fazendo gestos para os homens negros de peito nu que erguiam e puxavam a carga amarrada. Da ponte, eles pareciam formigas trabalhadoras, indo de um lado pro outro entre os produtos que já tinham sido descarregados. Mas, de perto, Pola conseguiu ver seu cansaço, os corpos se esforçando, sentir o cheiro do suor dos trabalhadores que, como ela, não tinham tempo para cuidar de si mesmos.

A fila de cativos serpenteava pela multidão do porto, até uma área aberta cheia de homens de chapéu que ficavam em pé gritando e acenando seus braços, rindo e passando garrafas. Ela foi levada a um canto da praça para esperar sua vez no estrado ao centro, onde um prisioneiro depois do outro era exibido para homens que agitavam pedaços de papel. Havia muito vaivém, e então o papel trocava de mãos, e a compra era levada embora.

Quando foi a vez dela subir no bloco, Pola foi solta de suas correntes e arrastada para cima da plataforma até o poste, onde foi amarrada mais uma vez. *Mãe Yemayá, onde você está agora, quando mais preciso de ti*? Pola fechou os olhos. Ela pensou em tudo que já tinha sido tirado dela: seus lindos dedos, seus dentes, seu corpo, sua feminilidade intocada, sua risada. Mas eles não tinham levado tudo. Ela se agarrou a sua fé, sua alma e seu segredo: a semente que ela sabia que estava crescendo no fundo dela.

Sentiu cheiro de tabaco, suor e hálitos rançosos quando os dedos vieram cutucar e mãos examinaram seu couro cabeludo, apertaram seus seios e deram tapas em seu traseiro. Alguém puxou o lábio dela para trás e fuçou em sua boca. Ela mordeu o mais forte que pôde. O grito alto do homem foi seguido por um tapa ardido que a derrubou, deixando-a pendurada pelas cordas que a prendiam ao poste. Ela foi arrastada de novo. E então mãos esfregaram sua barriga e abaixo dela, cavando e cutucando seu interior ferido. Homens riram, então discutiram. As mãos sumiram e havia terminado.

Um homem, baixo, gordo e satisfeito consigo mesmo, parecia especialmente feliz ao se aproximar. Os outros riram e lhe deram tapas nas costas. Sorrisos satisfeitos, dinheiro trocado e guardado.

O leiloeiro cutucou um menino jovem esperando atrás da plataforma. Ele estava usando calças e uma camisa, como alguns dos homens no fundo da multidão.

— !*Apunta tú ahí*! *La negra* Pola, agora propriedade de Don Sicayo Duchesne, senhor da Hacienda Paraíso. Próximo! — O menino anotou alguma coisa em um longo pedaço de papel. E então acabou.

Agora as correntes de Pola foram substituídas por uma corda grossa em volta de seus pulsos. O homem comprou cinco africanos naquele dia. Enquanto ele observava, eles foram puxados para uma carroça. Sua camisa branca estava esticada sobre uma barriga grande e brilhava no sol. O chapéu de palha bem trançada dele cobria boa parte de seu cabelo comprido, que tocava a gola. O bigode escuro emoldurava lábios finos, e dentes brancos e pontudos mordiam com força o charuto, enquanto ele se ocupava de suas novas posses. Ela não sabia naquela época, mas ele a tinha comprado como compraria uma égua parideira. O verdadeiro pesadelo estava prestes a começar.

5. HACIENDA LAS MERCEDES

Hacienda Las Mercedes,
Carolina, Porto Rico, janeiro de 1850

Pola fica acordada a maior parte do tempo agora. Ela ainda não consegue sair da cama, mas seus ouvidos estão atentos a tudo que acontece do lado de fora da porta. Esse é realmente um novo lugar, mas uma fazenda é uma fazenda, e algumas coisas nunca mudam. Ela escuta os capatazes gritando ao reunirem os trabalhadores. É tempo da *zafra*, a colheita, e todas as costas estão curvadas no campo.

Quando o sol nasce, ela escuta os sons do *batey* com o dia começando e o murmúrio de muitas pessoas em um espaço pequeno.

Ali perto, consegue facilmente distinguir o som de potes e panelas batendo e a conversa das cozinheiras colocando as longas mesas. Ela escuta mulheres chamando e, pela primeira vez em anos, escuta vozes, às vezes até a risada, de crianças. Pola se maravilha com os sons do quintal. Em sua experiência de fazendas, ela vira apenas crianças pequenas brancas, e de longe. Mas essas não podem ser vozes de crianças brancas a quem se permite brincar no *batey*, um lugar de trabalho negro. ¡*Imposible*! Crianças brancas teriam o luxo de uma casa inteira para comer, dormir e brincar. Por que elas estariam aqui fora? Ao nascer do dia?

Então Pola considera uma ideia antes inimaginável. No mundo como ela conhece, bebês negros desaparecem antes de chegarem à idade da linguagem ou das risadas. Seria possível? Se são crianças negras, como permitiram às mães mantê-los? Com a atenção de volta à cena próxima, Pola ouve as mães chamando, colocando os pequenos na fila do café da manhã.

Rápido demais, a voz autoritária dos capatazes afoga todo o resto, chamando os homens para se alinharem em frente à casa do *mayoral*, para pegarem suas ferramentas de trabalho. É hora de preparar as machetes, reparar o trapiche, cuidar das carroças e dos animais que vão aguentar o peso da colheita. Ela imagina todos eles, correndo, afobados, para começar seu dia de trabalho sob o olhar flamejante do sol, com certeza sob o olhar atento de um capataz impaciente. Os sons de dúzias de pés marcham na direção dos campos, e um silêncio pesado cai sobre o *batey*. Tudo e todo mundo está concentrado na temporada de colheita que se aproxima. Algumas coisas nunca mudam, não importa qual seja a *hacienda*.

Deitada em sua cama estreita, Pola escuta a vida da comunidade negra à sua volta, imaginando os próximos meses, quando as equipes de trabalho sairão logo depois do amanhecer e também quando se arrastarão de volta bem depois do anoitecer. Ela consegue ver tudo isso com sua mente, sabe que eles terão que entregar suas machetes gastas de noite antes de seguir para as mesas de comida para pegar seus pratos. Então vão se sentar em uma área logo em frente à cabana de Rufina para comer no silêncio cansado do trabalho. Haverá um murmúrio baixo, a conversa de pessoas exaustas que só querem comer e dormir. Logo as vozes irão gritar: "*Hasta mañana*, Pancha" e "*Buenas noches*, Jacinto". Então os ruídos dos pés vão desaparecer noite adentro, quando os trabalhadores buscarem um descanso merecido, mas curto demais.

Pola também sabe que, em mais ou menos um mês, tudo irá se centrar nas exigências da cana madura. Solteiro ou casado, adulto ou criança, esses trabalhadores serão levados à exaustão. Ela se lembra de sua própria fadiga ao final de cada dia, logo antes de desmontar em sua rede. Às vezes, ela pegava no sono com o último bocado de comida ainda em sua língua.

Agora ela os escuta se acomodando para a noite. Rufina disse a ela que aqui cada família tem sua própria *choza*, e que os homens e mulheres solteiros vivem coletivamente em cabanas separadas. Para Pola, não é preciso muita imaginação para antecipar o que a espera assim que ela se recuperar.

*

Conforme sua condição melhora, e alimentada pelas descrições detalhadas e opiniões não solicitadas de Rufina, a curiosidade de Pola a vence, e ela se sente atraída a testemunhar a vida se desdobrando ao seu redor.

Como *la curandera*, Rufina tem muitas tarefas que preenchem seus dias. Ela cuida das necessidades de Pola toda manhã antes de sair para cortar ervas frescas e colher as frutas e os vegetais necessários para as refeições do dia. Quando volta da cozinha, vai para o bosque, a fim de coletar plantas medicinais e reabastecer seu estoque. Depois de dar uma olhada na paciente, trabalha à mesa separando, secando e misturando seus remédios. De tarde, sai para ajudar as cozinheiras a prepararem as diversas *viandas* para os trabalhadores que voltam.

Uma manhã, Pola espera que Rufina saia antes de ir até a pequena janela. Ela se move lentamente, apoiando-se no caminho. Suas costas estão muito melhor, e, embora ainda doa, já consegue se levantar sem a dor lancinante que a manteve de cama todas essas semanas. Está ansiosa para pôr os olhos nesse novo mundo para o qual foi trazida, essa Hacienda Las Mercedes.

Ela afasta a cortina e se agarra ao parapeito da janela. Pola vê que o *batey* está dividido em três seções diferentes; há uma casa em cada ponta de uma avenida que divide os aposentos dos escravizados em duas fileiras com oito cabanas cada uma. A de Rufina é a primeira na fila dupla de *chozas* que ficam logo abaixo da porta dos fundos da cozinha.

A maior casa da fazenda, uma enorme estrutura branca com persianas verdes, fica logo acima e à direita da janela de Rufina; com certeza a casa dos *patrones*. Na mesma elevação e logo atrás da casa-grande, com suas cortinas diáfanas e janelas amplas, ficam duas outras estruturas. Uma, a que chamam de Las Agujas, é uma longa cabana com uma grande mangueira na frente. Os galhos da árvore, que jogam sombra sobre a extensa mesa abaixo deles, enchem o ar com o aroma de suas frutas carnudas. Perpendicular à casa principal fica a segunda estrutura, a cozinha, o único prédio do *batey* que se conecta à casa principal por um caminho cercado de colunas. Entre essas duas estruturas e logo atrás da porta dos fundos da casa-grande, há um enorme pátio.

Na elevação oposta, logo depois das *chozas*, fica o menor dos dois casarões. Esse prédio de madeira de dois andares não é pintado e é cercado por uma larga varanda que dá ao seu ocupante uma visão clara de toda a fazenda: os aposentos dos escravizados, os fundos da mansão à frente e os canaviais e pomares que se abrem logo atrás. Bem abaixo da varanda, um amplo quintal está repleto de arados, pás, partes metálicas de *trapiches*, pedras de moer sobressalentes e outros equipamentos agrários esperando reparo. A varanda em si dá para o *batey* mais baixo, onde os trabalhadores escravizados vivem. Uma porta divide essa área em duas partes iguais. De um lado do teto da varanda, estão pendurados machetes de todos os tamanhos e formas: *mochos*, as lâminas menores e mais largas com pontas cegas usadas pelos trabalhadores dos campos, e *sables*, as lâminas mais finas e elegantes, mas letais, usadas pelos capatazes e responsáveis pela plantação. A outra metade do teto é dominada por um mecanismo que guarda uma coleção de robustos *látigos* — chicotes de couro ou corda, cintos, chicotes para touros e cavalos e o temido gato de nove rabos, rígido, flexível, com tachas ou liso —, uma floresta de chicotes pendurados como serpentes prontas para o ataque. Essa é a casa de Romero, o capataz.

Pola volta sua atenção para as únicas atividades acontecendo no *batey* inferior. Três mulheres mais velhas trabalhando na ponta do caminho divisor, mais perto da casa do *mayoral*. A mais velha das mulheres entra e sai pela porta dos fundos da cozinha, carregando pratos até o pedaço sombreado onde as duas mulheres mais velhas preparam a refeição.

A mesa, coberta totalmente por uma longa placa de metal, é sustentada nas duas pontas por apoios de tijolos. Uma camada de madeira e fibra de coco foi espalhada e solta fumaça na superfície logo abaixo da placa. De cada lado uma mulher cozinha em um *fogón*, três pedras em uma formação triangular que sustentam enormes *calderos*, um para arroz e outro para feijão.

Hoje é domingo; eles comerão carne no jantar. Assim disse Rufina.

Pola está tão envolvida em observar as mulheres, que não escuta *la curandera* entrar, carregando um saco de juta. Ela dá uma olhada em Pola enquanto segue com suas tarefas.

— Vejo que você está bem melhor. Bom. Hoje janta conosco.

No mesmo minuto, Pola recua.

— Não, não, eu não posso...

Rufina ergue os olhos lentamente.

— Como assim *não pode*?

— Eu não quero...

— Você pode e vai! Desde quando *nós* decidir o que querer ou não? Você esquece quem é.

Os dedos de Rufina apontam na direção da elevação.

— *Mira*, Pola, eu os mantive longe por semanas, mas não posso mais. *La patrona* já perguntou de você e cansou de desculpas. Eu te dei um tempo. Mas logo você recebe trabalho, não importa se você acha que está pronta ou não.

A voz dela fica mais suave.

— Eu digo a eles que você ainda não pode ir pros campos, não com essas costas. Então Don Tomás te deixa para a esposa dele, por enquanto. Doña Filo precisa de ajuda em Las Agujas, a cabana das costureiras do lado da casa-grande. Se você é esperta, você se controla e aproveita. Se tiver sorte, talvez ela te mantenha lá e longe da cana.

Pola cruza os braços e fecha o rosto.

— Desde quando *eu* já tive sorte?

*

Rufina puxa Pola para longe da porta e na direção do círculo de pedras, no centro da clareira, entre a fila dupla de *chozas*. Ela encontra uma pedra chata para se sentar não muito longe da porta e bem perto da mesa de cozinhar.

Pola sabia que mais cedo ou mais tarde este dia chegaria. Tudo que ela queria era continuar a comer sua refeição na solidão tranquila da cabana da curandeira. Mas Rufina é inflexível. Se Pola quiser comer, a partir de agora ela terá que se juntar aos outros.

Enquanto caminham para o círculo, Pola está ciente de olhos que a seguem. As mulheres param suas atividades por um momento quando a nova mulher se junta a elas. Logo alguém grita por comida, e Pola fica aliviada ao ver as outras retornarem para suas tarefas e irem na direção da tenda da cozinha na ponta do *batey*. Rufina joga uma coberta grossa sobre a pedra chata e ajuda Pola a se sentar.

— Eu volto em uns minutos. Só senta e descansa. — Ela começa a ir embora, mas para, olhando para sua paciente. — Sorrir não dói.

Assim que Rufina vai embora, Pola examina a clareira até encontrar a árvore mais próxima. Seus galhos baixos lhe dão o que precisa. Ela usa toda sua força para se levantar e se arrastar poucos metros até lá, onde se abaixa cuidadosamente até o chão, apoiando-se com cautela contra a superfície áspera do tronco. A dor ainda é torturante, mas ela engole um gemido. Vale a pena para se sentir menos exposta. Ela respira fundo e relaxa um pouco. Preferiria ignorar as idas e vindas do quintal, mas sua curiosidade a vence.

Observa um menino mais velho subir por um dos muitos coqueiros que ladeiam a clareira. Lançando uma fita grossa para o alto, ele se ergue e então repete a ação até desaparecer na copa da árvore. Suas pernas estão quase invisíveis, e as frutas verdes parecem cair como mágica nos braços de um menino mais novo abaixo, que as pega no ar antes de passá-las para Pastora, a cozinheira da família, que então corta fora o topo de cada coco antes de passá-lo pelo círculo.

Os homens ficam longe, fumando ou parados em grupos em volta do quintal. Pola reconhece o rosto marcado de Simón entre eles. Ele está em pé sob um limoeiro, escutando seus companheiros; seus olhos, cavernas escuras, voltados bem para ela. Pola se inquieta em seu lugar, desconfortável sob o escrutínio dele. Ela fica grata quando Rufina volta com uma oferta de água de coco e bloqueia a visão dele. Não diz nada sobre a mudança de lugar de Pola.

A atenção de Pola está focada em um grupo de negros chamados para a refeição. Como ela esperava, são homens parrudos e mulheres fortes do campo. Mas ela fica chocada com as crianças entre eles

— crianças pequenas, bebês nos braços das mulheres, além de jovens quase crescidos.

Pola não vê tantas crianças negras desde que foi levada de seu vilarejo. Uma mulher está sentada um pouco longe do resto e puxa para fora um seio inchado. O bebê imediatamente se gruda nele, e eles ondulam para frente e para trás como uma unidade. Poderia esse ser um lugar no qual não se roubam úteros? No qual mães negras podem amamentar, guiar, alimentar e brincar com seus bebês? Onde elas podem vê-los se tornarem homens e mulheres, talvez até se casarem e terem seus próprios filhos?

A visão de Pola se anuvia quando ela se lembra de uma mão pequenina apoiada em seu seio, uma boca faminta se fechando sobre seu mamilo, a dor de um espaço vazio onde seu bebê estava antes. A dor e o desejo por seus filhos perdidos emerge quando ela menos espera. Ela morde os lábios para manter os sentimentos do lado de dentro e sacode a cabeça para limpar a memória, forçando a atenção à cena à frente.

Ao chamado, as pessoas tomam seus lugares em volta do círculo para começar a refeição. Simón se senta entre os homens do lado oposto, seus olhos fixos nela. Ele trabalha em um pedaço de corda, torcendo-o em nós enquanto espera sua porção. Ele ainda tem dificuldade em mover a mão direita, e uma mancha vermelha se espalha pela bandagem enquanto ele se esforça em sua tarefa. Pola se remexe onde está e desvia o rosto. Ele não deveria ter colocado a mão nela, ela pensa. Ela já se cansou dos homens e seus olhos, suas mãos e suas partes.

Enquanto se recusa a retribuir o olhar de Simón, Pola examina todos e todo o resto. Os adultos se sentam no grande círculo, conversando e chamando uns aos outros enquanto, o que ainda é incrível para Pola, crianças correm e brincam ali perto. Algumas das meninas mais velhas se sentam a uma distância respeitosa da conversa dos adultos e sussurram umas para as outras, ao passo que os meninos mais velhos fingem não notar. Essas pessoas podem estar exaustas e famintas, sentadas com *ditas* vazias nas mãos, esperando por sua refeição. Mas eles não são *enclenques*, não há ossos aparentes, nem barrigas distendidas, nenhum olhar fixo ou membro faltando, não há medo entalhado permanentemente nos rostos. Não há chicotes, correntes ou capatazes rodeando, pelo menos não que se veja daqui. Mas olhos novos podem ser enganados.

Enquanto observa a área, ela é atraída por um movimento do outro lado do círculo. Ali, logo atrás de Simón, vê dois menininhos, nus como recém-nascidos e em constante movimento. Eles costuram para dentro e para fora do homem enquanto ele come, ignorando a brincadeira. Os meninos provocam um ao outro e riem. *Risada*! Pola não ouve a risada de criança há anos.

Os meninos prendem a atenção dela. Parecem familiar. Mas como pode ser? Como se sentissem o escrutínio dela, eles param e olham diretamente para Pola. Quase como se a esperassem, eles dão sorrisos largos e acenam, antes de continuar a brincadeira. Quem são essas crianças? Parecem tão confortáveis com a presença dela. Mas antes que ela consiga reconhecê-los, Rufina volta e dá a Pola uma *dita* com uma porção generosa de um cozido cheiroso.

— Come, bebe. *El agua de coco* ajuda a curar, e o cozido te deixa forte de novo.

Os meninos são esquecidos quando os olhos de Pola grudam no que lhe é ofertado. Sua boca se enche de água quando ela cheira sua porção de *gandinga*, um prato que ela está conhecendo pela primeira vez. Mais tarde, ele se tornará seu favorito, um ensopado grosso e vermelho feito dos miúdos cuidadosamente separados dos bons cortes de porco que aparecem na refeição dos *patrones*. Servido com arroz branco simples, parece um banquete de chefe para Pola.

Desde que chegou, ela vinha recebendo pequenas porções de comida simples. Agora Pola sente prazer na porção farta colocada diante de si. Pega a comida, e os sabores explodem em sua boca. Nunca provou a mistura complexa de *culantro*, *orégano*, *lauráceas*, *ajo* — temperos que tornam os cortes indesejados de carne uma refeição suntuosa. Ela se perde nos sabores e aromas da comida, reunindo o conteúdo da tigela com dedos em gancho, sugando cada pedaço, rodando-os por sua boca e mastigando com cuidado, fazendo durar. Ela lambe o lado de dentro da tigela até deixá-lo limpo e brilhante. Finalmente, coloca a boca na abertura em cima do coco e inclina a cabeça para trás para sorver o líquido doce de dentro. Quando termina, fica ali, maravilhada. Quase tinha se esquecido do gosto de boa comida, preparada com amor. Essa refeição a leva de volta para sua vila. A memória leva lágrimas aos seus olhos.

6. AOS OLHOS DE SIMÓN, II

A mulher come como se esta fosse sua primeira e última refeição. Ela se perde com o abandono de uma criança. O líquido respinga e mancha suas roupas, e ela está envolvida demais para se importar com quem a vê devorando a comida, cortando as carnes com ferocidade e engolindo pedaços inteiros de vegetais. Ela engole o arroz e lambe cada dedo. Não há embaraço no óbvio prazer que tira do ato de comer. Que caminho a trouxe até aqui? A que horrores e dificuldades ela sobreviveu? Quantos outros prazeres lhe foram negados? *Eu vou te observar, Pola. Eu vou te observar e avaliar sua vida. E, então, veremos.*

7. OS MUNDOS DAS MULHERES

Hacienda Las Mercedes,
Carolina, Porto Rico, janeiro de 1850

Pola se mantém ao longe e olha para as enormes pedras que cercam as construções da fazenda. Começam de um lado da casa-grande e se curvam por trás da cozinha, descendo para a cabana do açougueiro e os estábulos, passando pelas *chozas*, pelos fundos da casa de Romero e por trás das latrinas, voltando pela inclinação em volta de Las Agujas, e terminam do outro lado da casa-grande. Elas criam uma moldura que guarda todas as pessoas de Las Mercedes com um portão perto dos fundos da casa de Romero que dá acesso aos campos de cana.

Ela encara, atraída para o verdor da floresta além das pedras.

*

Algumas semanas depois de começar a fazer suas refeições da noite com o grupo, Pola observa a velha mulher com a trança grisalha, aquela que eles chamam de Tía Josefa, cruzar o *batey*. Já a havia observado pela janela de Rufina. Ela sabe que a mulher vive na construção comprida que eles chamam de Las Agujas, lá na colina. É a casa das mulheres que trabalham com tecido.

Pola sabe tudo delas também. Elas vivem perto de La Señora e são todas negras domésticas. Ela nunca viveu entre mulheres assim, mas já viu muitas delas na vida. Elas nunca ficam com calos grossos nas mãos, nunca são cortadas por um golpe descuidado de machete, nunca crescem corcundas por causa dos anos curvadas, cortando e juntando a cana. Têm barrigas cheias e vestem saias finas. Cobrem seus cachos soltos com chapéus de palha e se preocupam se sua pele vai ficar muito escura. *Mulatas*[1], *morenas, jabás, mestizas, jinchas* — misturadas, que é o que elas são. Essas são negras especiais — não, não *negras*, mas *trigueñas* ou *de color* ou *claritas*, qualquer coisa menos *negras* como as trabalhadoras dos campos, como ela, cujo trabalho está escrito em seu corpo. Essas mulheres negras são especiais, com certeza. Ninguém pergunta quem é o pai delas; não é preciso.

Agora, essa Tía Josefa, essa bruxa que se aproxima, é a chefe das negras domésticas. Em volta da cintura, ela usa uma longa corrente que vai até seus joelhos, e nessa corrente está um molho de chaves. Pola nunca viu uma mulher negra carregando chaves antes. Como elas não têm nada, não têm o que trancar.

Pola a observa se aproximar e se deita deliberadamente na cama, com as costas para a porta. Mas ela se esforça para ouvir. A mulher caminha até a porta e entra direto na cabana, como se ela vivesse ali ou coisa assim, como se tivesse o direito.

Tía Josefa tinha ouvido falar dessa novata de língua afiada e péssimo gênio. Ela endireita os ombros, cruza as mãos na frente do avental e ignora o insulto.

— *Buenos días*, Pola.

— Rufina não está — Pola responde, suas costas ainda para a porta.

— Eu sei. — Tía Josefa aguarda.

1 Optamos por manter o termo "mulata" em todas as suas ocorrências como na obra original pelo contexto social e histórico apresentado neste livro, embora seja um dos termos mais polêmicos do vocabulário antirracista. [N.E.]

Pola deixa o tempo passar, esperando que a mulher só vá embora. Tía Josefa não cede. De má vontade, Pola finalmente se vira para encará-la.

— Eu vim ver *você*. — Tía Josefa olha direto para Pola, sem mover um músculo.

Nenhuma resposta.

A mulher mais velha aperta mais as mãos, respira fundo e continua.

— Eu sou Tía Josefa e comando Las Agujas, a oficina do outro lado.

— Sim, eu sei.

As sobrancelhas de Tía Josefa se erguem. Contaram-lhe dessa aí, a que parece estar sempre pronta para o ataque. Bem, ela vai ter que aprender seu lugar.

— Você vai me fazer o favor de olhar para mim quando eu falo com você.

Tía Josefa espera, examinando abertamente essa nova mulher reposicionar seu corpo devagar, fazendo caretas a cada movimento. Ela sabe que, embora Pola tenha se recuperado bastante, dificilmente está em condições de ir para os campos como o senhor sugeriu para sua mulher ainda hoje à tarde.

— Eu ouvi que você está ficando mais forte, se sentindo melhor.

Pola dá de ombros, estremecendo quando alonga músculos rígidos.

— Eu ouvi que você conheceu parte da nossa gente. Eles estão, todos estamos, curiosos a seu respeito. Eu acho que você gostará de nós. Não é tão ruim aqui como em outros lugares. Somos alimentados, abrigados, vestidos e...

— Alguns de nós melhor do que outros, eu notei. — Pola mede Tía Josefa rudemente, da cabeça aos pés. As palavras dela estão carregadas de desdém. — Você fica lá na casa-grande. Você sempre recebe o melhor. Eu estou acostumada com os campos, onde...

Tía Josefa já ouviu o suficiente.

— Também ouvi da sua língua afiada e gênio ruim. Imagino que você tenha passado por durezas. Vou colocar sua má-educação na conta disso. Você não sabe nada de mim ou qualquer outra pessoa aqui. Você mal colocou o pé por essa porta e já acha que sabe o que acontece?

Para além das palavras, algo na postura e nos modos da mulher alerta Pola para ter cuidado. Ela ajusta seu tom de voz, mas a mensagem é clara.

— Uma *hacienda* é uma *hacienda*, e escravizados são escravizados. Alguns sempre se dão melhor que outros. Nada muda isso.

Tía Josefa alisa cuidadosamente a saia, permitindo-se um momento para se acalmar.

— Eu vim te dizer que a partir de amanhã você vai trabalhar conosco em Las Agujas. Vai se mudar para lá esta noite, depois do jantar. Assim eu posso te mostrar nossa rotina e o que será esperado de você quando começarmos de manhã cedo. Doña Filo não está, mas quando voltar ela vai decidir se você fica lá de vez ou é mandada para a cana.

Com isso, a mulher mais velha gira sobre os calcanhares e está prestes a ir embora, mas se vira de volta.

— E, antes de chegar lá, é melhor você aprender a controlar sua língua. *Y que se te quite esa mierda*. Nenhuma de nós vai tolerar sua insolência. Eu menos ainda.

Pola olha feio.

Tía Josefa respira fundo e cresce alguns centímetros bem diante dos olhos de Pola. A voz dela sai afiada, mas controlada.

— Não me teste, menina. Eu posso ser sua maior aliada ou pior inimiga. É você quem decide. De qualquer jeito, você *irá* até lá esta noite. E cuide de trazer quaisquer bons modos que você tenha. Estamos entendidas?

As palavras de Tía Josefa foram ditas em um tom baixo, mas Pola reconheceu os sinais de aviso. Essa mulher impôs um limite. Ainda assim, Pola é incapaz de ceder.

Tía Josefa se endireita em frente à porta e a encara. A raiva que ela manteve controlada durante a conversa agora se enrosca em suas palavras. Desta vez, as palavras saem fortes e afiadas.

— Eu te fiz uma pergunta. Espero uma resposta.

Pola sabe quando baixar a guarda. Relutante, ela responde:

— Você quem manda.

Tía Josefa endireita a coluna.

— Sim, eu mando. Não se esqueça disso. — Agora que as posições foram estabelecidas, ela vai embora sem nem sequer olhar para trás.

Pola se recusa a ceder, mas um novo tipo de medo entrou em seu peito. Ela acabou de se acostumar ao mundo de Rufina no *batey* inferior. Agora vai ter que começar tudo de novo. Nunca recebeu ordens assim, não de outra mulher negra. Quem ela pensa que é, essa tal Tía Josefa? Ela se senta na cama fervendo até Rufina voltar. Então solta a raiva sem engolir nada.

Ainda espumando, Pola questiona a autoridade de Tía Josefa para lhe dar ordens.

— *¿Quién se cree que es, esa jodía vieja*?

Rufina baixa suas coisas e começa a organizar a mesa. Ela respira várias vezes antes de se dirigir à paciente.

— *Mira*, Pola, você já estar aqui comigo há várias semanas, e nós nos acostumamos com a companhia uma da outra, mas não esquece com quem e onde está. Eu ver você ficando um pouco confortável demais aqui e esquecendo quem é.

Pola está prestes a discutir, mas Rufina ergue uma mão e a interrompe antes dela sequer começar.

— Isso — ela faz um gesto ao redor do quarto — é só um lugar temporário até você ficar forte o suficiente pra trabalhar. E desde quando *nós* decidir o que acontece em qualquer *hacienda*? Nós todos fazer o que mandam. E de onde você tirou o direito de criticar Tía Josefa? Ela faz o trabalho dela assim como eu faço o meu e você faz o seu. E aquela *jodía vieja*, como você diz, é a única coisa que talvez, só *talvez*, te salve de acabar nos campos de novo.

— Ela não é como o resto de nós, andando por aí como se fosse dona do lugar.

Rufina também não vai aguentar a impertinência de Pola.

— Eu tomava cuidado, se sou você. Você tem sorte de te mandarem para o *taller*. Trabalhar em Las Agujas melhor que trabalhar cana, ou não lembra? — Rufina deixa suas palavras se assentarem. — Acho que você está morrendo de vontade de pegar uma machete e suar até morrer na cana. Ferida ou não, você vai acabar lá fervendo no sol antes de um mosquito piscar o olho. Você não é tão agradável e tão talentosa que todo mundo te quer perto. E seu gênio com certeza não é sua melhor qualidade. Então cuida da sua língua, especialmente com Tía Josefa. Ninguém responde pra ela... *ninguém*. Sua gente não te ensinou nada sobre respeito aos mais velhos? Eu te dou um conselho antes de você ir. Mantém olhos e ouvidos abertos e boca fechada. E reza para o deus em que você acreditar para Doña Filo não descobrir como você é "encantadora".

Rufina está prestes a sair do quarto, quando hesita. Ela respira fundo algumas vezes antes de se virar para Pola de novo. Sua voz sai mais suave, mais calorosa.

— *Mira, m'hija*. Nenhum de nós pediu para vir para cá, mas aqui estamos. Nunca espere justiça de *los blancos*, mas nós esperamos respeito uns dos outros. O que vale uma vida se sua própria gente não confia em você? Tía Josefa não é sua inimiga. Na verdade, ela seu abrigo. Lembra isso antes de usar a boca para desrespeitá-la.

*

No jantar daquela noite, Pola se recusa a se juntar aos outros, ficando na cabana e se alimentando de sua raiva. Rufina deixa. Horas depois, a porta se abre devagar, e Simón está na entrada segurando uma *dita* e um coco aberto. Pola agarra o pilão de pedra de Rufina e o ergue ameaçadoramente acima da cabeça enquanto recua para a parte do quarto que fica mais longe da porta.

Simón dá alguns passos para dentro da cabana e coloca o jantar dela na mesa.

— Rufina achou que você poderia estar com fome.

Pola segue cada movimento dele, ainda armada do pilão.

Ele fala baixo.

— Eu não vim aqui para te machucar.

Pola está pronta para se defender, todos os seus músculos tensionados como uma corda enrolada.

Simón dá um sorriso triste e sacode a cabeça.

— Vou te deixar agora. *Buen provecho*. — E então sai do quarto, as mãos abertas diante dele em um gesto de rendição.

Pola leva um momento para soltar a tensão de seus músculos. Ela vai até a janela e o observa recuar. Quando tem certeza de que ele não vai voltar, baixa o pilão de pedra e cai sobre a cama. Suas feridas, esquecidas durante o confronto, começam a queimar de leve. O que ele queria? O que eles todos querem dela? Por que eles todos não podem só deixá-la em paz?

Naquela noite, uma das mulheres de Las Agujas vem buscá-la. Sem dizer uma palavra, Pola se ergue para segui-la. A caminhada é de apenas alguns metros subindo a colina e cruzando o *batey*, mas para ela parece que mais uma vez está prestes a entrar em um mundo estrangeiro.

Está perdida em seus pensamentos a respeito dessa nova vida, quando nota duas pequenas silhuetas, crianças sentadas muito quietas. Ao se aproximar, vê as suas sombras se levantarem e adiantarem a caminhada delas até a cabana das costureiras. Elas entram e saem do raio da lanterna, nunca se materializando totalmente na plena luz. Mas, conforme se aproximam do brilho mais forte de Las Agujas, Pola consegue percebê-las um pouco melhor. As crianças param uma de cada lado da porta e esperam até que a mulher entre. Meninos, um par. Onde ela já viu essas crianças antes? Ela ainda está tentando reconhecê-las quando se vira para olhá-las. Mas os meninos mais uma vez se tornaram parte das sombras. E então eles desaparecem.

*

Tía Josefa tem o único quarto verdadeiro em Las Agujas. Ele fica à direita da entrada e dá a ela alguma privacidade e segurança para os tecidos mais finos que são guardados trancados. As outras mulheres dividem o espaço maior, onde ficam duas fileiras de camas individuais parecidas com as da casa de Rufina. Perto dos fundos e o mais longe possível da entrada, uma cortina separa as duas últimas camas da cabana principal.

A única função das mulheres solteiras que vivem aqui é trabalhar o tecido para as clientes de Doña Filomena. O trabalho delas é conhecido por sua fina qualidade e técnica, o que dá a Doña Filo muito orgulho e uma renda considerável. Suas clientes incluem algumas das mulheres mais ricas e exigentes da ilha, cujos maridos poderosos são bens inestimáveis para Don Tomás também. Tía Josefa é a escravizada em quem ela mais confia.

Vinte e três mulheres estão se acomodando depois de um longo dia de trabalho quando Pola chega à cabana das costureiras. Um anúncio geral é feito de que ela está se juntando ao grupo. Um coro a recepciona enquanto ela olha com cautela em volta do cômodo.

Há uma menina nova de aparência saudável guardando sua cesta de trabalho. Cachos soltos caem pelos ombros e emolduram o rosto marrom. Seus dentes brilham brancos e fortes quando ela ri do comentário de alguém. Ali perto, uma mulher de quadris arredondados, talvez com seus vinte e tantos anos, pequena, de cabelo vermelho-telha e pele cor de mel, ajuda a dobrar os últimos tecidos. Outra mulher assente com a cabeça quando Pola ganha a cama ao lado da sua. Ela ergue os olhos da toalha de mesa meio bordada na qual está trabalhando, seus olhos claros impressionantes contra sua pele escura. Ela dá um sorriso largo e volta para o tecido. Mais uma está sentada na cama, massageando os dedos. Uma cascata de cachos cai por cima do seu rosto enquanto passa um punhado de uma substância parecida com manteiga nas mãos.

Na outra ponta do quarto, a cortina separando as últimas duas camas do resto foi puxada de lado, e depois dela estão duas mulheres. A mais nova está trançando o cabelo da mais velha, às vezes se curvando para sussurrar algo no ouvido da parceira. Ela ri, e seus cachos sacodem sobre sua cabeça. Quando desliza a última trança para o lugar, ela apoia a mão no outro ombro. As mulheres erguem os olhos para Pola, e as duas dizem "*bienvenida*" exatamente ao mesmo tempo. São tão diferentes uma da outra, mas ainda assim combinam.

Essas mulheres têm uma coisa em comum: elas são todas *mulatas.*

Enquanto Pola vai até a cama que lhe foi dada, nem tenta se lembrar de todos os nomes e rostos. Já viu mulheres assim antes, e perde o interesse enquanto elas se apresentam uma de cada vez. Olhando em volta, imagina que não vai ficar ali muito tempo. Nenhuma dessas mulheres tem os caracóis apertados de Pola emoldurando o rosto, nem a escuridão profunda de sua pele cor da meia-noite. Elas não têm cicatrizes no rosto ou feridas no corpo. Não, mulheres como Pola raramente são mantidas à vista da casa-grande. A cor da pele delas e suas feições largas as condenam ao mundo do trabalhador invisível, o mais longe possível dos olhos dos *patrones*. Então por que ela foi mandada para cá?

Enquanto Pola assume seu lugar como lhe foi ordenado, em meio a essas mulheres, ela se remove emocionalmente dessa comunidade. Sua cama na ponta da cabana fica bem na frente da cortina. As mulheres seguem com suas atividades, e ela é deixada em paz, que é exatamente o que queria. Está certa de que, embora possa viver com essas mulheres por um tempo, nunca será uma delas.

*

No dia seguinte elas acordam antes do amanhecer para tomar um café da manhã composto de café e pão com manteiga, ou *sorullitos*, ou *funche* e molho, ou tripa fria e bananas da terra, ou *pan sobao* velho com ovos, ou *habichuelas con viandas*, os tubérculos umedecidos com sobras de caldo de feijão — a refeição depende do que sobrou do jantar da família na noite anterior. Sobras ou não, quentes ou frias, os olhos de Pola se arregalam quando ela vê e sente o cheiro desse café da manhã. Em comparação ao pão velho e à gordura gelatinosa que lhe davam na antiga fazenda, essa refeição farta e saborosa é um banquete. Ela mistura tudo e pega uma enorme porção, enfiando-a na boca e engolindo rapidamente. Cria grandes montes na boca que precisa se esforçar para deglutir. Tía observa Pola lamber o resto do inhame que ficou em sua *dita*.

— Tem tempo e comida suficientes. Ninguém vai tirar nada do seu prato.

— Eu não sei disso. — Pola pronuncia as palavras com a boca cheia de batatas.

Comida é uma atração à qual ela não consegue resistir. Embora preferisse ser deixada em paz, Pola entende que, se quiser comer, ela precisa se juntar às outras. Relutante, paga o preço da interação social.

Enquanto toma café da manhã, Pola observa esse novo mundo de uma perspectiva diferente. O *batey* em si, ou o que ela chama de *batey* superior, em oposição às *chozas* dos escravizados no *batey* inferior, é uma grande área que cobre toda a largura da casa da família, a casa-grande, na colina mais alta ao norte. Aqui o chão é limpo, alisado pelos anos de pessoas vivendo e trabalhando sobre ele. As plantas em volta são bem cuidadas e não há lixo. Ela não tinha notado originalmente as pedras que cercam o perímetro por causa das plantas que separam os lugares de habitação e trabalho da fazenda dos campos e da floresta em volta.

O *batey*, inferior e superior, normalmente fica em silêncio enquanto os trabalhadores dos campos passam o dia fora, os quais raramente são vistos nessa área da fazenda. Esse é o reino das trabalhadoras domésticas — faxineiras, cozinheiras, costureiras e artesãs escravizadas. Eventualmente, o açougueiro ou alguém dos estábulos vem trazer mantimentos ou outras necessidades.

Bem rápido, Pola vai aprender que esse é o reino de três mulheres negras. Tía Josefa, chefe de Las Agujas, é a escravizada de maior confiança de *la patrona*, uma vez que ela já estava aqui quando Doña Filo chegou como uma jovem recém-casada. Las Agujas trouxe para a senhora uma fortuna pessoal considerável e uma boa reputação para a fazenda. Pastora, a cozinheira, é outro tesouro. Graças a ela, a família é famosa por suas refeições deliciosas e fartas que competem com as feitas para qualquer autoridade estrangeira. Pola ainda não conheceu Celestina, a governanta que cuida para que até o menor capricho de Doña Filo seja antecipado. Sem essas três mulheres, a família não poderia viver a vida de conforto e facilidade de que tanto gosta.

Las Agujas, uma cabana grande, com quatro vezes o tamanho da maior das *chozas* do *batey* inferior, é uma estrutura feita com tábuas de madeira pintadas de verdade. A longa mesa de trabalho em frente à porta da frente ocupa toda a largura da cabana e fica sob a sombra de uma enorme mangueira. Em frente e conectada à casa da família fica a cozinha de Pastora, conhecida por sua ordem e limpeza. As colunas entre os dois prédios escondem a cozinheira e suas ajudantes enquanto elas vêm e vão, recebendo ordens e levando as refeições da família. As trepadeiras protetoras subindo pelas laterais protegem e refrescam o corredor do sol escaldante. Pastora é muito amada; embora só seja responsável pela mesa da família, ela garante que as cozinheiras que alimentam os trabalhadores recebam mais do que lhes caberia das sobras e partes indesejadas da casa-grande.

Pola ouviu dizer que Celestina comanda as trabalhadoras domésticas com punho de ferro. Ela quase nunca é vista interagindo com outros negros da fazenda. O que ela faz, e como, fica fora da vista de Pola, que prefere assim. Quanto menos for notada, melhor.

A colina que desce na direção das *chozas* fica de frente para a cabana de Romero, na fronteira sul da área habitada da fazenda. Agora Pola observa os trabalhadores do campo fazerem fila diante da casa do capataz, coletando suas machetes cegas. As filas de homens, mulheres e crianças começam a serpentear para a cana. Pola dá a última mordida de seu café da manhã enquanto olha para os campos, e um arrepio sobe por sua espinha.

*

Depois do café da manhã, as mulheres limpam a mesa e arrumam seu trabalho. De um lado e outro da comprida mesa, as mulheres descarregam suas cestas e se preparam para um longo dia no comando de suas agulhas. A maior parte delas se senta com projetos pela metade, trabalhando em grandes pedaços de seda, linhas delicadas e renda fina.

Pola fica de lado, esperando que Tía Josefa lhe dê instruções. Como ainda não confiam nela com tesouras ou agulhas, Pola passa o dia fazendo tarefas que ajudam no trabalho das outras mulheres. Organiza material de costura adicional, coleta sobras e guarda o material que não é mais necessário no dia. Seus trabalhos não são difíceis e não exigem muito esforço, mas quase não há momento em que a ajuda dela não seja necessária para uma ou outra das duas dúzias de costureiras. No final do dia, Pola está suada e cansada, mas nem de longe tão exausta quanto ficava no final de um dia torturante nos campos. Ela é grata por isso.

Depois de uma semana, Tía Josefa puxa Pola para dentro da cabana e lhe passa um enorme par de tesouras e uma pilha de tecido barato, roupas velhas e lençóis rasgados para praticar. Leva um tempo, mas entre suas outras tarefas, Pola aprende a cortar em linha reta e diagonal. Aprende a diferença entre cortar calicô para as roupas dos trabalhadores dos campos, fina gaze de algodão para roupas íntimas da família e linho para vestidos de tarde. Começa a sentir as nuances do tecido e a pressão necessária para trabalhar cada um deles. Aprende como medir e reconhecer as marcas no padrão. Quando sua habilidade de corte melhora, ela conquista um lugar na mesa de trabalho com as outras mulheres. Sentada na ponta onde há mais espaço, corta as longas tiras de tecido em peças menores, que então empilha diante das mulheres treinadas, que vão transformá-las em guardanapos, aventais, cortinas, capas de almofada e outros itens de cama e mesa. Depois de se provar com essas pequenas peças, lhe confiarão tarefas de corte mais importantes. Quando ela estiver mais forte, carregará as pilhas pesadas do tecido luxuoso usado em vestidos de baile e roupas de cama de luxo que fazem a fama da oficina.

As mulheres experientes da mesa fazem alfaiataria, dobras e pregas que exigem mão firme e tensão constante. As trabalhadoras mais valiosas fazem a costura chique. Suas mãos voam sobre tecidos delicados em movimentos minúsculos que produzem linhas de bordado intrincadamente trabalhado, pregas e o muito valioso *mundillo*, necessário para as roupas de baixo das mulheres brancas ricas, assim como as *guayaberas* usadas por seus maridos. Outras ainda trabalham nos padrões complicados que mais tarde se tornam vestidos de noite ou de tarde para mulheres que fazem pouco trabalho e têm muito tempo livre para visitas sociais.

Pola usa um vestido folgado e sem forma que às vezes não cobre direito parte de suas costas. Quando ela se inclina para a frente, a parte de cima escorrega, e os grandes vergões ficam visíveis, vermes inertes deitados por cima do fundo cor de chocolate amargo da pela dela. Suas mãos grandes e calejadas são ágeis, mas não talentosas.

Uma jovem e audaz Ceci, com suas bochechas rosadas e riso fácil, provoca a novata.

— Não se preocupe, Pola, tenho certeza que Tía Josefa vai encontrar *alguma coisa* para você remendar; afinal, suas mãos não estão acostumadas com esse tipo de trabalho.

As orelhas de Pola começam a esquentar. Por que essa gente não pode deixá-la em paz? Quem são elas para falar, essas mulheres mimadas que passam o dia sentadas quando tantos estão se exaurindo sob o sol quente? Ela se lembra dos avisos de Rufina e tenta segurar a língua.

— Ceci, *mujer*, não. Nem todo mundo gosta de seu...

— Ah, vamos lá, ela aguenta uma piada. Certo, Pola? Dá um sorriso.

Com a referência a seu rosto desfigurado e bem ciente de suas limitações, Pola dispara de volta.

— *Mira, condená*, nem comece. Meu rosto pode não ser bonito. Eu sei que meus dedos são gordos e desajeitados. E, sim, minhas mãos estão mais acostumadas ao balanço da machete e à dureza da cana que à fragilidade das suas coisas de mulher chique aqui. — Ela aponta para o tecido na mesa. — Talvez eu não tenha nascido para me curvar e rastejar pela chance de morar perto da casa-grande, mas eu posso lidar com você e qualquer outra que ache que pode fazer piada de mim. — Ela olha feio para as outras mulheres em volta da mesa. — Não se enganem achando que são melhores que eu. Estamos todas a só um passo do chicote.

— Pola, *cálmate, mujer*. Não fique tão agitada — acalma Emiliana, que solta seu trabalho e se inclina para a frente. — Ceci só está te provocando. Você não reconhece uma piada?

Ceci se mete.

— *No, muchacha,* o sol naqueles canaviais queimou o senso de humor dela. — Risinhos por trás de mãos à volta de toda a mesa.

Mas Pola não quer ser acalmada.

— Vocês acham que eu não pertenço a este lugar, não é? Que uma trabalhadora do campo não devia estar sentada com vocês, *mulatas* domésticas. — Ela olha feio para os rostos em volta da mesa. — Bem, eu sei quem sou. Vocês podem dizer o mesmo? Ou se esqueceram de uma coisinha no caminho?

Emiliana tenta de novo aplacar a mulher furiosa.

— Pola, somos todas iguais aqui. Trabalho é trabalho. Não tem diferença...

Mas Pola não consegue deixar passar.

— *¿Qué mierda es esa*? Você acha que sou idiota? Se não tem diferença, então pegue *você* uma machete e vá pro campo. — Silêncio em volta da mesa. Várias mulheres baixam os olhos e ficam muito quietas. Outras coram e se calam. — Ah! Aí vocês mudam de tom bem rápido.

— ¡*Por Dios, no peleen*! — interrompe Belén. — Um dia, se Deus quiser, todos nós seremos livres. — Suas pequenas mãos fazem o sinal da cruz.

— ¡*Qué Dios, ni qué Dios*! De que deus você está falando? — Pola afasta as mãos hesitantes de si. — O deus *deles*? Você está contando com o deus *deles*? Não seja tonta! Você vai esperar um bom tempo para que aquele homem branco magricela desça daquela cruz e *te* salve. Nossos deuses não são melhores. Onde estavam eles quando aqueles demônios queimaram meu vilarejo? Onde estavam meus deuses quando eles mataram os velhos e doentes? Quando eles nos jogaram fora como lixo? Onde estavam eles quando esses demônios brancos nos trouxeram para cá para trabalhar até morrer? Onde eles estão agora?

— ¡*Ay, virgen de los cielos*! — Uma Belén indignada faz o sinal da cruz de novo.

— Ah, acorde, *zángana*! Estamos nisso, e nenhum deus falso está correndo para vir nos salvar. Esse é o deus *deles*, que serve pra *eles*. Os deuses, todos eles, desistiram de nós há muito tempo. Nós só não sabíamos. — Com isso, Pola agarra sua tesoura e se vira para voltar para dentro da cabana, quando dá de cara com Tía Josefa, que estava escutando ninguém sabe há quanto tempo.

— *Buenos días*. Que bom ver que estamos todas nos dando tão bem.

*

Hacienda Paraíso,
Piñones, Porto Rico, novembro de 1836

Ela foi mandada para uma das *chozas* femininas, uma longa cabana de sapé sustentada por um grosso mastro no centro. As paredes de pau a pique foram cobertas por fora com folhas de palmeira, amarradas por trepadeiras. Do lado de dentro, uma floresta de pilastras mais finas irradiava do centro, para reforçar o teto e segurar as *hamacas*, que serviam como sacos de dormir. Não havia janelas, e a única porta fora fechada e trancada antes que ela pudesse se acomodar na rede que lhe foi designada. A porta se abriria de novo ao nascer do sol, quando ela e os outros seriam chamados e receberiam seu café da manhã escasso: um pedaço de pão e um copo de água. Então eles seriam enfileirados para a caminhada até o campo de cana-de-açúcar, a oitocentos metros de seus aposentos.

No primeiro dia, ela foi para o campo com os outros. Uma marcha ao nascer do sol, então um dia infinito de se curvar, colher, cortar e amarrar os longos caules de cana sob o sol flamejante. Eles recebiam pouca água e nenhuma comida até voltar para as cabanas à noite. No final do dia, seus dedos estavam tão inchados que mal conseguia comer a gororoba que era jogada diante dela. Os trabalhadores do campo eram trancados durante a noite, separados em cabanas masculinas e femininas, estas muito maiores, exceto as mulheres nas cabanas de parto, que se pensava estarem adiantadas demais em sua condição para trabalhar ou tentar fugir.

A cabeça de Pola continuava um mundo de perguntas, mas ela segurou a língua até estarem trancados e os guardas terem levado as lanternas. Quando o brilho das luzes diminuiu, os olhos de Pola seguiram o brilho, observando pelas rachaduras da parede até a escuridão ter engolido a última fagulha.

Assim que as luzes se apagaram, ela chamou sua vizinha desconhecida no escuro.

— Que lugar é aquele com as luzes no final do caminho?

Pola deu um salto quando uma voz respondeu perto de seu ouvido.

— Aquele é o teatro.

— Teatro? O que é isso?

A mulher se moveu, Pola mal conseguia distinguir sua forma a menos de um metro de distância.

— Quando o *patrón* está entediado, ele nos leva lá.

Pola sentiu outra mulher se aproximar. A voz dela se juntou.

— Eles vêm a noite. — Respiração profunda. — Às vezes um ou dois, às vezes mais... Eles nos levam para lá e fazem... o que quiserem. — A que falava respirou diversas vezes antes de prosseguir. — Eles nos trazem de volta antes do amanhecer. — Pola a ouviu se virar. — Eles querem engravidar todas nós o mais rápido e com mais frequência possível. Se conseguissem achar um jeito de nos manter grávidas o tempo todo, ficariam felizes.

— Mas eu sou uma trabalhadora do campo. — Pola estava tentando entender as regras do lugar.

— Todas nós trabalhamos no campo até nossa hora e então parimos os bebês na cabana que fica separada, nos fundos da *hacienda*.

— Mas todas essas mulheres... onde estão seus bebês?

— Não há nenhum bebê.

— Mas...

— Os bebês são levados assim que nascem. Não são *nossos* bebês. Nós só os carregamos por nove meses, e então eles se vão.

— Vão? Vão para onde?

— Só vão.

— Sem mais perguntas.

Nenhuma das mulheres queria falar mais. Logo não havia mais movimento. O coral de *coquís*, o coaxar dos sapos e o eventual canto de uma coruja invisível preencheram a cabana. O tempo passou. Então até esses sons morreram. O silêncio era um cobertor pesado que emudecia todo o resto, em reverência aos mortos e desaparecidos.

Pola encarou a caverna escura do teto. O tremor começou em seus pés e subiu. O que era esse lugar? Quem eram esses homens selvagens? Quem eram essas mulheres quebradas? Pola não tinha respostas. Ela se acostumaria aos silêncios e a ler a vida observando corpos em vez de ouvindo palavras.

*

Hacienda Las Mercedes,
Carolina, Porto Rico, janeiro de 1850

Pé ante pé até as pedras, Pola chega ao lado das rochas e encara o mundo verde logo além delas. Fora das pedras há paz, silêncio, solidão e espaço para respirar. O verdor da floresta não guarda capatazes ameaçadores ou mulheres cheias de provocações; nenhuma corrente, chicote ou algema. Como seria sentir a liberdade do céu aberto e o cheiro do verde da floresta ou tocar o orvalho nas flores de novo? Tudo isso a apenas alguns metros de distância, logo depois das enormes pedras.

— Nem pense nisso.

Pola salta o mais longe que pode da voz profunda. Romero está ali rindo, mastigando seu *puro* apagado.

— Ou talvez você devesse. Faz tempo que ninguém tenta, e eu adoraria ter a chance de te caçar. Eu até te daria uma dianteira, uma ou duas horas. Só pra deixar a perseguição mais interessante. — Ele a olha com raiva antes de tirar o charuto da boca e cuspir nos pés dela. Então ele vai em frente, deliberadamente, jogando a cabeça para trás e rindo. — Você me faria um favor. Nada me agrada mais que uma boa caçada.

A risada dele ressoa, preenchendo o *batey* com malícia. Enquanto ele se afasta, sua maldade reveste a pele dela e a recorda que cobras surgem de diversas formas e são uma presença constante e imprevista. Ela não pode baixar a guarda.

*

Estava escuro, um negror — tanto que ela nem conseguia saber se estava do lado de dentro ou de fora. A única coisa de que ela sabia era que precisava fugir. Se ela conseguisse só enxergar, ter alguma mínima fagulha de luz para poder encontrar o caminho... Mas, enquanto dava passos hesitantes nessa direção e depois naquela, conseguiu sentir que não estava sozinha. Havia uma respiração logo à frente — não, atrás. Ela recuou, esticando uma mão, protegendo-se com a outra. E então sentiu um cheiro de fumaça, tabaco. Conseguiu sentir uma corrente soprada em seu rosto e deu um salto. Algo roçou seu braço esquerdo e então seu tornozelo direito e depois seu pescoço e surgiu uma risada logo atrás de seu ouvido direito. Antes de conseguir se recompor para dizer qualquer coisa, surgiram mãos — grandes, peludas, mãos de homem... outras... mais do que um... e então elas estavam por toda parte, as mãos, apalpando, agarrando, dilacerando. As vozes risonhas se juntavam, então se separavam e se juntavam mais uma vez.

Ela sentiu suas roupas sendo puxadas e rasgadas... Ela sentiu o ar em seu corpo... mais mãos — algumas pegajosas, outras duras e parecidas com garras, calejadas, algumas frias como gelo e outras fervendo. Como se tivessem ensaiado, todas elas começaram a rasgar a carne dela... Ela abriu a boca para gritar e nada... em sua cabeça... Não, não, não... e aí uma mão agarrou o pulso dela e puxou... Não... não... nãoooo. Ela se sentiu cair.

*

Os olhos de Pola se abrem de repente. Os gritos a acordam. Sua boca ainda está aberta e seu coração bate como um tambor.

— *Ya*, Pola, *cálmate*. Foi só um sonho. Está tudo bem agora. Olhe pra mim. Olhe!

Pola leva um momento para se concentrar. Ela encara seu pulso, que Tía Josefa solta imediatamente.

— Me desculpe. Você estava se debatendo, e eu achei que você ia derrubar a lanterna. Você disse coisas...

Pola continua a encarar, ainda tremendo, tentando se acalmar. Não foi o primeiro sonho desses, mas esse foi particularmente vívido.

— Quer me contar dele?

Pola sacode a cabeça e se vira de costas. Puxa as cobertas e afunda a cabeça no travesseiro. Mas a velha não vai embora. Pola consegue sentir sua presença pairando ali. Ela a ignora e finge dormir.

A voz da velha é reconfortante no escuro.

— Nós todas carregamos nossos pesadelos em lugares silenciosos. Os detalhes podem ser diferentes, mas o resultado é o mesmo. Eles querem roubar nossa humanidade para aliviar o peso em suas próprias almas. Não permita isso. Não dê a eles o único pedaço que eles não podem tomar. Não se torne o vaso oco que eles querem acreditar que você é.

Pola escuta Tía Josefa se acomodar na cadeira ao lado de sua cama. Com relutância, ela admite para si mesma que há conforto no calor da voz da velha. Ela pega no sono sob o brilho da lanterna da Tía.

*

Pola nunca domina a fina arte da agulha, mas se torna uma cortadora hábil. Por mais ocupadas que sejam, não há corte suficiente para justificar a presença de Pola em Las Agujas o dia todo. Depois que termina as tarefas da manhã para Tía Josefa, é enviada para auxiliar Pastora na cozinha, voltando à oficina à noite para ajudar a guardar os materiais e organizar tudo para o dia seguinte.

Pastora, como Tía Josefa, tem grandes responsabilidades. Enquanto duas mulheres negras mais velhas preparam a comida para a comunidade negra da fazenda, a única função de Pastora é manter a mesa dos *patrones* abarrotada de comida deliciosa e variada. Dia após dia, ela prepara pães frescos e ensopados grossos, *asados* e saborosos pratos de arroz cheios de *chorizos*, frutos do mar ou grossos pedaços de carne.

A cozinheira é uma das posses mais estimadas de Doña Filo. *La patrona* pagou uma fortuna pela mulher, que aprendeu suas habilidades na cozinha do governador, onde dominou a arte da culinária francesa. Era importante para a família impressionar convidados especiais com os altos suflês, patês cremosos ou *ratatouille* apimentado de Pastora, tudo isso seguido de uma doce e ácida *tarte Tatin*.

A cozinheira também é muito amada por *los negros*, porque ela cuida para que eles recebam todos os miúdos e outros restos que *los blancos* se recusam a comer, assim como as sobras da mesa. Ela superestima de propósito as porções da família, o que resulta em sobras generosas. Estas ela manda pela porta dos fundos da cozinha para a comunidade escravizada no *batey* inferior.

Para Pola, que viveu de rações quase não comestíveis, essa é uma nova experiência. Ela ama trabalhar com Pastora e fica ansiosa para ajudar num lugar onde pode viver em meio aos sabores e aromas da boa comida. É o fim dos dias de vegetais fedidos e mofados e carnes impossíveis de identificar fervilhando de vermes. Compartilhar refeições com os trabalhadores do campo é uma maravilha para ela. Mas estar na cozinha da família é uma experiência inimaginável. Ela se maravilha com a forma como esses mantimentos são transformados pelas mãos das cozinheiras. Entranhas de porco se tornam *morcillas* saborosas ou *cuchifritos* aromáticos ou *gandinga* apimentada. Orelhas, rabos e pele de porco são fritos até se tornarem um *chicharrón* crocante ou são acrescentados a deliciosos *guisados*. Pequenos cortes se tornam os ingredientes de um denso *sancocho* — algumas batatas, feijões, pedaços de carnes diferentes e uma porção saudável de tubérculos cozidos em um *sofrito* de coentro, orégano, pimenta do reino e muito alho. Nada nunca é desperdiçado, e, no final da semana, *los negros* não ficam sem uma refeição saborosa.

*

Sem confiar que as criadas farão jus à sua especialidade, Pastora leva os pratos de filé-mignon até a mesa do *patrón*. Pola usa a oportunidade para guardar um bom pedaço de bife que foi deixado no balcão da cozinha. Mesmo escondido no bolso de seu avental, o pedaço emana um cheiro sedutor, e a sua boca começa a salivar antes de ela alcançar o canto do quintal da cozinha no qual se acomoda para devorar o lanche. Ela está mergulhada em sua guloseima quando para, a mão congelando no meio do ar, a boca aberta.

Pola encara o fantasma parado na porta dos fundos da casa-grande. Deve ser algum espírito maligno que assombra a fazenda e que agora está ali, com uma magreza de morte. Ela — porque é claramente uma forma de mulher — é alta e magra, um poste inflexível. Vestida de roupas tão brancas quanto sua pele, ela protege os olhos, vigiando a área. A mulher tem olhos pálidos de leoa que se misturam com sua pele de amêndoas. Não, não é um fantasma. Também não é uma mulher branca, apesar da cor da sua pele. Ela não tem nenhuma variação dos tons de oliva, rosa ou bronzeado dos brancos que Pola já viu. Em vez disso há um leve tom amarelado em sua pele e cabelo, este uma enorme juba amarrada por uma faixa preta que acentua sua cor espectral e que se espalha pelos seus ombros como uma nuvem de tempestade.

Notando a textura do cabelo, Pola volta para reexaminar o rosto da mulher e leva outro choque. Seus lábios largos e o nariz redondo são muito parecidos com os da própria Pola. Essa mulher branca na verdade é uma mulher negra drenada de sua cor natural. Em toda sua vida, Pola nunca viu nenhuma negra, *ninguém*, que chegasse perto de se parecer com essa pessoa. É como se toda a cor tivesse vazado para fora dela.

Quando Pola se recupera, ela nota o que está testemunhando. Deve ser Celestina, a chefe das trabalhadoras domésticas. Pola sabe que existem apenas três mulheres negras que carregam chaves em Las Mercedes; Tía Josefa carrega as chaves do depósito de tecidos em Las Agujas; Pastora tem as chaves das dispensas e da cozinha; e essa mulher deve guardar as chaves dos armários e guarda-roupas da casa. Ela é encarregada da roupa de cama e mesa e da porcelana e prataria e todas as coisas que embelezam a casa dos *patrones*.

De início, a mulher fica imóvel, mas logo se mexe, causando um tilintar nas chaves penduradas em sua cintura. Crianças pequenas e galinhas se dispersam ao som da aproximação dela. Pola fica sentada, ainda presa no lugar. Sua respiração para quando os estranhos olhos sem cor da mulher se grudam nela. Ela se sente totalmente exposta quando a mulher franze o cenho em sua direção, erguendo a mão para bloquear a luz do sol e ver melhor. O brilho daqueles olhos pálidos guarda uma ameaça, uma determinação cruel que faz Pola congelar.

Sem aviso, a mulher se vira e desaparece para dentro da casa, batendo a porta atrás de si. Pela janela da sala de jantar, Pola consegue vê-la abordando a cozinheira, que está posicionando uma enorme tigela sobre a mesa de jantar. Os braços magros da mulher se lançam na direção de Pola e ela gesticula com veemência. Pastora olha na direção de Pola e se volta para Celestina. Lábios se movendo com rapidez, Pastora passa por Celestina e volta a posicionar a tigela sobre a mesa.

Pola ainda está sentada no mesmo lugar, lanche meio comido, quando Pastora se junta a ela. Cuidadosamente deslizando seu lanche para o bolso do avental, ela torce, rezando para que a raiva de Pastora não a exile de volta a Las Agujas ou pior. Ela se prepara para a reprimenda.

— Cuidado com aquela ali, *la tal* Celestina. — Ela aponta com o dedão para a janela, de onde a mulher estranha ainda olha. — *Hija de puta,* não tem nada que ela ame mais que causar problemas pra uma de nós. A mulher é um escorpião descolorido.

Pola solta um suspiro de alívio. Pastora não deve ter notado seu roubo. Ainda assim, Pola toma cuidado para não chatear a cozinheira. Ela muda de assunto.

— O que há de errado com ela? Por que ela tem essa aparência?

— Nasceu assim. Tiraram seu coração humano quando tiraram sua cor.

— Ela é *negra, blanca, mulata, o qué*?

— Ela provavelmente esfaquearia qualquer um que a chamasse de negra. Na verdade, eu a ouvi dizer uma vez que ela é a única pessoa verdadeiramente branca aqui. ¡*Más blanca que las blancas*! Eu me pergunto o que a *patrona* pensaria se a ouvisse dizer isso. Mas Celestina sabe quando guardar a língua.

— Qual é o problema dela?

— Celestina, *la muy presumida,* acha que sua aparência a torna melhor que o resto de nós. Quanto mais pra baixo puder empurrar qualquer uma de nós, mais alto ela acha que fica. Ela está sempre atrás de problemas. Mas é melhor ela olhar por onde anda. Ela não deveria pisar no calo de Tía Josefa.

Ela dá um olhar sabido para Pola.

— Agora termine seu lanche. Temos trabalho a fazer. E da próxima vez que quiser provar algo, não precisa esconder. Você pode comer o que quiser na minha cozinha. Só se lembre de ficar longe de Celestina.

8. ALÉM DE LAS AGUJAS

Hacienda Las Mercedes,
Carolina, Porto Rico, março de 1850

A lua cheia veio e se foi três vezes desde que Pola se mudou para o alto da colina, e ela está se acostumando com a rotina em Las Agujas. Ela se mantém fechada e, embora as mulheres continuem a provocá-la, nota que as palavras já não têm pontas tão afiadas. Percebe que elas riem umas das outras tanto quanto dela. Está começando a respirar com mais facilidade. O peso que esteve por anos em seus ombros está começando a aliviar.

Nessa noite, as outras mulheres já tinham levado o trabalho para dentro, e ela fica para limpar e guardar as peças de linho nas quais se ocuparam o dia todo. Enquanto arruma a mesa de trabalho, pensa na refeição chique que vai ajudar Pastora a preparar no dia seguinte. Sonha com o creme que sabe que será servido no final da refeição e se pergunta se haverá alguma raspa sobrando na tigela para ela.

O cheiro da fumaça acre de charuto a traz de volta para a tarefa do momento. Os músculos de seu estômago se contraem imediatamente em uma massa sólida, e o gosto da náusea cobre sua boca. Girando, ela se vira para ver Romero a apenas alguns metros de distância. As palavras de Rufina lhe voltam em um lampejo: *Gosta de tomar mulheres à força* e *Adora aqueles malditos chicotes.*

Imediatamente as mãos dela buscam a tesoura que mantém no bolso do avental. Mas, tendo terminado o trabalho do dia, deixou-a na mesa, longe do alcance. Não diz nada, mas olha feio para o homem nas sombras crescentes do crepúsculo e se prepara para o que acontecer. Seus olhos correm pelo *batey*, buscando desesperadamente algum item benigno que possa se tornar uma arma em suas mãos.

Mas o homem só ri.

O conteúdo do estômago dela se revira em uma dança desestabilizada.

— Então é você a *cocola* feia da qual me falaram. Deu sorte, foi? Pode ficar aqui em cima, ouvindo gente da elite... *por enquanto.*

O estômago dela se amarra em uma corda. Pola mantém a boca bem fechada.

— Não vai falar?

A náusea está aumentando e ameaça sair de um golpe.

Ele finge um ataque, e ela dá um salto para trás, arranhando a coxa na mesa.

— Não, não precisa se preocupar comigo. — A risada sardônica dele é baixa e fria. — Eu gosto das mais novas e com mais carne nos ossos. E bem melhores de se ver.

Ela não tira os olhos dele mais do que tiraria de uma cobra.

— Não preciso nem quero o seu tipo. Outras são mais agradáveis, e muitas estão mais dispostas. Além disso, você não vale o esforço. Nem parece que consegue brigar muito. Encare, você é feia, magrela, negra, sem dente e passou do ponto faz tempo. E eu ouvi que te usaram tanto lá embaixo que nem vale o esforço. Eu não iria...

— Romero! Eu não te chamei uma hora atrás? — A voz de Don Tomás enche o *batey.*

Imediatamente o capataz endireita a coluna.

— *Sí, sí, patrón, ya voy.* — Ainda assim, ele a segura com o olhar.

— Bem, corra. Eu não tenho a noite toda. O que você está fazendo aí, aliás?

Romero grita de volta:

— *Ya voy, jefe* — garantindo ao *patrón* que está a caminho. Mas antes de se mexer, o homem desdenha. — Não se gabe. Você seria um desperdício do meu tempo e energia, mas alguns dos meus homens podem ficar desesperados o suficiente. Cedo ou tarde, você vai cair nas nossas mãos, e então vamos ver. — Com isso, ele dá as costas para ela e começa a seguir para a casa-grande, onde o *patrón* o espera na varanda dos fundos. Romero não consegue resistir a lançar um último olhar à mulher que ainda não recuou.

Don Tomás, agora andando de um lado para o outro pela varanda, chama de novo.

— *¿Romero, coño, qué pasa*? *¡Apúrate*!

— *Sí, patrón, aquí estoy.* — Seu tom submisso não aplaca a óbvia irritação no tom de Don Tomás.

Pola espera que Romero saia pisando duro sob o crepúsculo antes de se permitir cair de novo por cima da mesa. As mãos ainda estão tremendo quando ela guarda a tesoura no bolso e segue levando o resto do tecido para a cabana. Sua mente está acelerada. Ele não a deseja, é óbvio. Deixou isso claro. Em homens como Romero, a questão é quebrar as coisas. Com todos os homens que ela já teve a infelicidade de encontrar na vida, a questão sempre foi degradá-la e humilhá-la. Nunca amor, nunca paixão, apenas dor e ódio. Esse Romero não é diferente.

Ela tentou acreditar no que disseram, que essa não é a Hacienda Paraíso, que aqui em Las Agujas ela está segura. Mas ela sabe que o homem-fera vive a apenas metros de distância, e que nenhuma mulher escravizada pode contar com segurança, que a qualquer momento de guarda baixa ela pode acabar vítima de Romero ou alguém como ele.

Pola vai para a cama logo depois do jantar, quando a escuridão cai sobre ela como um cobertor que a protege, mas seus sentidos estão aguçados, e a memória daquela coluna de fumaça de charuto serpenteando por cima do seu ombro a transporta para um lugar que ela preferiria esquecer.

*

Hacienda Paraíso,
Piñones, Porto Rico, dezembro de 1837

A primeira vez que El Caballo veio atrás de Pola, ela resistiu, afastando-se até um canto. Ela sabia o que a presença dele significava e começou a tremer assim que ele apontou para ela. Pola nunca tinha chegado perto do teatro, mas o medo no rosto das mulheres que eram levadas para lá e os gritos que viajavam noite adentro lhe contavam tudo que ela precisava saber. Ela estava trabalhando na cana há meses e ninguém tinha vindo atrás dela. Não importava o quanto as outras mulheres tivessem tentado prepará-la para esse dia, ela tinha rezado para que seu trabalho nos campos fosse suficiente. Agora, ela tremia enquanto implorava em seu espanhol insuficiente. Então, em desespero, começou a apelar em sua língua materna iorubá. Cansado da baboseira dela, o homem acima lhe agarrou o braço.

— *¿Cómo qué no*? ¡*Vámonos ya*!

Ela ainda se recusou a segui-lo, então ele a agarrou e a empurrou porta afora. Assim que ela passou pela entrada, saiu correndo, cega, em busca de qualquer abrigo que conseguisse encontrar. Mas depois de alguns passos ele já a havia alcançado. Ela o chutou para longe, enfiou os pés na terra e o socou com punhos fechados. Enraivecido pela resistência inútil dela, deu-lhe um tapa, com força, e a arrastou na direção do caminho que levava ao seu destino. Histérica, ela caiu no chão e se tornou o mais pesada que podia. Mas o homem a jogou por cima do ombro com facilidade. Ela se debateu com pernas e braços, fazendo-o se desequilibrar, e logo os dois estavam no chão. Recuperando-se com rapidez e irritado pela luta sem sentido, o capataz golpeou-a na têmpora com seu punho apertado.

Quando Pola voltou a si no quarto cheio de fumaça, estava nua e amarrada, arreganhada, a quatro estacas no chão. As lanternas, uma em cada canto do quadrado iluminado, ofereciam uma visão clara do corpo dela para o *patrón* e seus convidados, que já estavam em suas cadeiras, obviamente impacientes para seguir com o entretenimento.

Ela sentiu o cheiro da fumaça de cigarro que circulava no quarto e ouviu os espectadores incentivando o capataz nas extremidades sombreadas. Além da luz, havia o barulho surdo das moedas chovendo em volta dela. El Caballo era um homem alto e musculoso. Já de peito nu, ele não perdeu tempo, descartando o que tinha sobrado de suas roupas, e então o espetáculo começou. Ele ficou em pé na luz, exibindo seu físico. Todo o corpo dele parecia oleado e brilhava num preto da meia-noite sob a luz. Seu pescoço de touro segurava uma cabeça pequenina. Suas mãos eram enormes e famintas, dedos feitos para a dor. Os enormes braços e ombros eram os de um touro reprodutor. As longas pernas pareciam troncos se erguendo acima dela, e do meio delas brotava um pênis torto se contraindo de impaciência. Ele agia com entusiasmo e era bem pago. Durante todo o tempo, ela ouviu homens rindo e apostando em sua animação bêbada. A voz deles se misturava e borrava.

*

Quando as vozes voltaram, elas tinham os tons finos, agudos e suaves das mulheres.

— Ela está voltando. Acho que está bem.

— Ela é um enigma. Por que fica tão isolada?

— *Mira,* ela é estranha. É só o que posso dizer.

— Bem, eu acho que está começando a amolecer.

— Você acha? Não sei. Às vezes parece que nem está aqui.

— *Así, mij'mo.* O corpo está aqui, mas a mente está em outro lugar.

— Vocês nunca foram "a novata"? Leva um tempo para descobrir onde você se encaixa.

— Às vezes você nunca se encaixa.

— Não eu. Nascida e crescida bem aqui.

— Pobre mulher. Quem sabe pelo que ela passou?

As mulheres se movem pela cabana, preparando-se para dormir. Por trás de seus olhos fechados, Pola está bem acordada enquanto os movimentos desaceleram; lanternas são apagadas e roncos substituem vozes. Ela fica acordada até bem depois da respiração ao seu redor ter se acomodado no ritmo constante do sono. A lua está alta, e a mente dela continua acelerada.

Ela nunca mais vai deixar outro homem montá-la. Não, não vai. Nem mesmo se o preço for a morte, dele ou dela própria.

*

Hacienda Las Mercedes,
Carolina, Porto Rico, abril de 1850

A *zafra* está quase acabando. Quanto tempo faz desde que ela chegou? Pola está em pé sob a mangueira e olha para o quintal. A fila de trabalhadores está se formando abaixo, sob o olhar vigilante dos capatazes. Ela pensa em seus dias no canavial e, embora seja uma manhã amena, estremece. Durante meses, Pola esperou para saber seu destino. Mas não disseram nada. Ela se acostumou ao ritmo da vida em Las Agujas e agora se preocupa que, quando ela menos esperar, *la patrona* vai notar que tem uma trabalhadora do campo perto da casa e vai mandá-la de volta para seu lugar.

— Pola, *mujer*, *¿qué pasa*? Onde está essa mulher? — A voz de Tía Josefa a desperta de seu devaneio. A velha a chamou para o provador nos fundos da casa da família.

Doña Serafina chegou uma hora atrás para seus últimos ajustes. Faltam apenas alguns dias para a *fiesta*, e as costureiras estão dando os toques finais nos vestidos de baile, então nenhuma delas está livre para ajudar na prova. Pola nunca pôs os pés na casa-grande e não está ansiosa para fazer isso agora.

— Pola!

Pola dá um salto, pega o vestido de seda azul da mesa e segue para a casa principal. Ela está quase lá quando a voz de Tía Josefa ressoa por uma janela aberta. — E não se esqueça das tesouras e dos alfinetes.

— *¡Ay, carajo*! — Ela xinga para si mesma e corre de volta para pegar a cesta que deixou para trás. Gotas de suor brotam em sua testa, e suas mãos estão meladas.

— Traga o vestido verde também. — Essa é a terceira vez que a chama. Ela sabe que *la patrona* e sua convidada estão esperando. A Tía normalmente é paciente, mas até ela tem limites.

Pola seca as mãos na saia antes de reunir os muitos metros de tecido que foram cortados e costurados com todo o cuidado, até virarem vestidos elaborados. Ela hesita, olhando em volta em busca de ajuda, tentando desesperadamente escapar disso. Mas não há como.

Organiza com cuidado as dobras do tecido para evitar amarrotar as roupas. Então passa o braço pela alça da cesta. Equilibrando tudo o melhor que pode, mais uma vez segue para a casa onde Tía, Doña Filo e suas clientes estão esperando.

— *¿Dónde estará esa mujer*? — Dessa vez é a voz de Doña Filo, e ela está cheia de irritação. — *No tenemos todo el día para esto.*

De repente, Pola consegue ver o campo em todos os seus detalhes: a cana que se ergue, os escorpiões e ratos correndo por baixo dos pés. Consegue sentir o calor, o suor pingando de suas axilas. Consegue sentir o fedor de dúzias de corpos laborando sob o mesmo sol fervente. Mais forte que tudo, ela consegue ver Romero e seus homens esperando por ela.

Essas imagens a impelem para a ação. Enquanto corre pelas escadas dos fundos e segue para a porta aberta, esbarra em Tía, que perdeu a paciência e foi ela mesma buscar as coisas. A velha olha feio para ela e estica os braços para ajudar com as roupas pesadas. Pola reza para que suas mãos suadas e rosto pingando não tenham manchado o tecido precioso.

Ela segue Tía para um cômodo à esquerda. Uma das clientes, uma mulher alta e loira, só com as roupas de baixo, está em pé em um tablado de prova. Pola já viu essas roupas de baixo antes, é claro, mas nunca em uma pessoa real. A renda e as fitas costuradas tão cuidadosamente na seda branca agora estão colocadas contra uma pele quase tão branca quanto o tecido em si.

— *¡Ayúdame, mujer*! — Pola corre para ajudar Tía a prender o corpete com as dezenas de botõezinhos, mas seus dedos são desajeitados e estão úmidos demais. Os olhos de águia de Tía Josefa afastam os dedos de Pola, e ela cuida dos botões sozinha. Enquanto isso, Pola presta atenção para que as dobras da saia fiquem arranjadas de modo a favorecer a figura da provadora. Elas se afastam e examinam o caimento. O corpete abraça o torso perfeitamente, mas a saia precisa de barra. Com a fita métrica pendurada no pescoço e alfinetes entre os lábios, Tía faz as modificações necessárias. Pola lhe passa os alfinetes e pega as sobras de tecido cortadas. Quando Doña Serafina termina de admirar seu reflexo, ela se inclina e usa o ombro de Pola como apoio para descer do banquinho. Com um gesto de Tía, Pola pega a blusa leve e a saia bordada da mulher. Esta apresenta seus braços e entra nas roupas, enquanto conversa com Doña Filo. Quando termina, ela vai embora, sem nem sequer olhar para a mulher que acabou de vesti-la.

— Obrigada, Pola. — A voz da Tía soa deliberada. Mas a mulher já foi, deixando instruções finais para a entrega enquanto Tía e Doña Filo a seguem para fora.

Pola fica para trás para limpar. Está aliviada de estar sozinha nesse cômodo, que agora pode inspecionar abertamente. Assim que entrou na casa, notou os azulejos frescos sob seus pés. Agora tem tempo de olhar os detalhes com mais cuidado. A luz entra por uma janela de vidro colorido, lançando padrões intrincados sobre o chão. As paredes são de um tom pálido de salmão, e os adornos de madeira entalhada foram polidos até brilhar. Três longas mesas dominam o cômodo, com vestidos de todas as cores e texturas jogados sobre elas como flores murchas. Mas de todas as características incríveis do cômodo, a que mais fascina Pola são os espelhos. Quatro espelhos de corpo inteiro forram as paredes, oferecendo reflexos dela para onde quer que olhe.

Quando menina, ficava comovida com seu reflexo na água parada. Lembra-se de um dia em particular: estava brincando perto de um lago, quando parou para olhar suas profundezas. Sua imagem flutuou até ela: suave, com covinhas, dentes fortes e um arbusto enorme de cabelo, tudo isso ondulado na água. Os meninos andavam atrás dela naquela época. Era conhecida como uma beldade naquela época.

Mas isso é muito diferente. Ela nunca tinha visto seu reflexo em um espelho antes. A imagem é muito mais definida e dolorosamente impiedosa, com a luz captando cada detalhe. Pola se demora, forçando-se a examinar seu reflexo na precisão implacável desse vidro milagroso.

A mulher que olha de volta para ela é alta e tem um corpo robusto. A pele dela tem uma riqueza profunda e quente que algumas invejariam. Mas ela deixa passar tudo isso, porque o único detalhe no qual está fixada é a longa cicatriz que corta o osso de seu nariz. As metades superior e inferior de seu rosto parecem não se encaixar direito — *uma costura malfeita,* Tía Josefa diria. O vergão resultante parte um pedaço de seu lábio também, então ela não consegue dar um sorriso de verdade. As bochechas redondas das quais ela se lembra agora estão afundadas. O chicote levou embora uma covinha, e a outra desapareceu em solidariedade. Ela puxa os lábios para trás e examina os buracos escuros onde antes ficavam seus dentes. Que homem iria querer olhar para esse rosto? Uma monstruosidade.

Por instinto, ela ergue os punhos para obliterar a imagem, mas para no meio do movimento. Espelhos são um luxo, e retaliação certamente viria de seu golpe. O chicote já causou dano mais que suficiente ao corpo dela; ela não deveria convidar mais. Ela força as mãos a se abaixarem, uma segurando a outra, para garantir que seus punhos não vão traí-la. Em vez disso, vira-se rapidamente, junta suas coisas e corre para fora do cômodo, limpando a umidade do rosto antes de sair para o corredor. Outra pessoa vai ter que vir buscar os vestidos.

Quando sai, ela é confrontada pela visão de outra mulher parada diante de um espelho. Essa mulher é pequena e magra, sem quadris que se vejam — só uma menina, na verdade, com seios, mãos e pés pequeninos. Mas a coisa mais impressionante nela é o cabelo: uma cortina de preto brilhante que se abre sobre seus ombros e cai até abaixo de seus joelhos, como uma catarata escura acariciando as curvas de seu corpo.

A menina está em pé, de costas para a porta, arranjando itens em uma mesa estreita logo abaixo do espelho de meio-corpo. O fôlego de Pola falha quando a mulher subitamente olha para ela pelo espelho. Os olhos da mulher são redondos perto do nariz e se alongam na direção da lateral do rosto. Têm pálpebras pesadas e cílios pequenos e rígidos. Quando ela sorri, seus dentes brancos dominam o rosto. Mas sua pele, sua pele é da cor de caramelo, açúcar líquido. Pola nunca viu alguém como ela.

Ela encara a mulher com o rosto estranho e cabelo incrível que está enrolado na pele errada. Ela nunca viu uma pessoa negra com essa combinação de traços, não negra e... o quê? Branca? Não, não branca. Não exatamente. Mas não negra também. Pola deixa a cesta cair.

As duas se assustam com o barulho e correm para juntar os itens caídos: carretéis de linha, fitas métricas, alfinetes, tesouras e agulhas. Pola se amaldiçoa por ser tão descuidada. Juntas, elas reúnem tudo, a mulher dando um sorriso cúmplice para Pola.

— Meu nome é Adela. Eu cuido das coisas de Doña Filo e dela mesma, cabelo, unhas, itens pessoais.

— Eu sou Pola. — Ela tenta não encarar, mas não consegue se impedir. — De onde você é?

— Daqui. — Elas se levantam, ainda olhando uma para a outra.

— Mas você é tão…

— *Sí, diferente.* Papá era *un chino* que cruzou as águas para trabalhar.

Pola não consegue se segurar.

— Eu também, mas…

Adela olha em volta para ter certeza de que ainda estão sozinhas e puxa Pola para dentro do quarto.

— Papá veio trabalhar na grande estrada. Então um dia ele se apaixonou por Mamá, uma negra que trabalhava para Doña Filo, e logo eu estava a caminho. E…

Do outro quarto, a voz de Doña Filo corta a conversa delas.

— Adela, *¿qué pasa*? Eu estou atrasada, e Tomás está esperando. Me traga o leque amarelo e as luvas brancas de renda. Rápido!

Adela corre para pegar as coisas de La Señora, e Pola desliza silenciosamente para fora do quarto, sua cabeça cheia de perguntas enquanto volta para Las Agujas. Ela se questiona quando verá essa mulher esquisita de novo para ouvir o final de sua estranha história.

*

Doña Filo, uma mulher profundamente devota, *más católica que'l papa*, exige que seus escravizados cumpram o Sabá, especialmente durante o *tiempo muerto*, quando a cana foi cortada e mandada embora e não há urgência para se completarem tarefas secundárias.

Nos meses de primavera e verão, a família veste roupas finas e se acomoda em sua *calesa*, cavalos de pelo brilhante levando-os à missa de domingo. Atrás deles vão as trabalhadoras domésticas e finalmente os do campo, todos enfiados nos mesmos carros de boi que levaram a cana algumas semanas antes. A *calesa* para no lado norte da praça da cidade, deixando a família na porta da frente da catedral. Na porta dos fundos, as carroças descarregam os escravizados, que sobem pelas outras escadas até o sótão do coral. Não é incomum que os fiéis elegantes lá embaixo precisem se esforçar para ouvir a missa por cima dos roncos que descem do alto, onde trabalhadores exaustos têm seu primeiro descanso real da semana.

Quando voltam à plantação, os escravizados recebem seu único tempo "livre", sua oportunidade semanal de brincar, fazer música e cortejar. Não que não estejam sob olhos vigilantes, mas, durante o dia do Senhor, *la patrona* insiste em uma atmosfera mais relaxada. Segunda de manhã, o Senhor é posto de lado de novo, e a labuta diária continua.

Os trabalhadores sabem que, assim que Doña Filo entrar, Romero vai montar em seu cavalo e partir em suas próprias buscas. Os outros guardas passam garrafas de *cañita* e bebem até o estupor. Só então *los negros* da fazenda respiram aliviados.

Depois que os trabalhadores voltam a Las Mercedes, Pola se senta de lado, reparando na vida à sua volta no *batey* inferior. Ela observa a comunidade relaxar, cada um buscando preencher o tempo à sua maneira.

Mães se revezam em dar o banho semanal nos filhos em enormes tinas de lavar roupa. Meninos e meninas ficam com a água turva até os joelhos e se inquietam na antecipação de ser liberados para brincar com os amigos. Meninas praticam ser jovens mulheres, caminhando em grupos e dando risadinhas depois de ter esfregado *cerezas* nos lábios e nas bochechas, com a intenção de impressionar os meninos adolescentes, que barbearam rostos sem pelos e se arrumaram na esperança de chamar a atenção de alguma garota. Mulheres solteiras esfregam óleo de coco na pele seca, borrifam água de rosas e colocam flores no cabelo. Tomam o cuidado de ficar na vista dos homens solteiros, que ficam sob a sombra das árvores e bebem uma bebida caseira, falam um pouco alto demais e exibem músculos duros como rocha. Casais se afastam do grupo em silêncio e sem ser notados, em busca de seu próprio espaço. E então a música começa.

Primeiro, os tambores majestosos da África aparecem, *barriles* de rum pintados de vermelho, verde e azul brilhante, réplicas de outro tempo e lugar, e tomam conta do palco. Os músicos amarram lenços coloridos em volta dos instrumentos, em homenagem a divindades atemporais — vermelho para Changó, verde para Osaín, azul para Yemayá. Eles testam a firmeza da pele de cabra por cima e enrolam os dedos para produzir um som melhor. Então posicionam os enormes barris entre as coxas.

A eles se juntam músicos com a *cua*, gravetos de madeira que ajudam a manter a batida. Maracas redondas e cheias de semente acrescentam um sensual *shuh, shuh, shuh* ao fundo. Seus primos, os guiros, em formato de pera, cabaças entalhadas, soltam seu *ca-chi, ca-chi, ca--chi* quando são raspados por um garfo de metal.

Eles começam, como sempre, com *bomba*. Os ritmos ancestrais provocam os dançarinos, jovens e velhos, a saírem para a clareira. Cada dançarino se aproxima dos músicos, faz uma saudação, e a dança começa, o movimento dos quadris dirigindo a batida do tambor, levando finalmente dançarino e músico a uma oferenda conjunta do espírito. Mais tarde, os outros instrumentos, aqueles trazidos da Europa, se juntam. Homens puxam violões rústicos e *cuatros*. O *pan, pan* deles acrescenta outra camada à batida pulsante.

E durante esse curto tempo nas tardes de domingo, os trabalhadores habitam um mundo melhor onde não há escravizados, não há senhores, não há guardas, correntes ou chicotes — apenas um mundo suspenso em música onde cada um se torna um com o ritmo natural da vida. Durante uma tarde ou noite, cada pessoa pode simplesmente *respirar*.

Pola absorve a música e a camaradagem da comunidade. Há semanas ela observa os dançarinos e aproveita os ritmos em silêncio. Uma ou duas vezes ela se pegou ondulando e batendo o pé no chão com a batida familiar.

Porém mais do que qualquer coisa ela deseja solitude, um bem que não é permitido aos escravizados. Durante toda sua vida adulta, ela viveu entre outras pessoas. A única coisa da qual ela nunca se cansaria é o luxo da privacidade. Nessa ocasião, ela se senta afastada e espera até que a dança esteja a todo vapor. Observa Romero montar o cavalo e sair para a cidade. Os outros guardas, bem longe da diversão, estão a meio caminho de se embebedar. Então ela sai discretamente.

Ela vem pensando no bosque desde que o descobriu; algo nesse lugar a chama. Quando menos espera, pega-se desejando ir até lá, passar pelas rochas, sair dos limites da *hacienda*, explorar o mundo selvagem e livre logo além.

O perigo de ser capturada está entranhado nela. A memória das chicotadas e de tudo que veio depois nunca a deixa. Seu rosto é um lembrete constante. Mas a floresta guarda um fascínio, uma atração física e atordoante que supera seu bom senso e medo inato. Se ela pelo menos conseguisse chegar até lá, só por alguns minutos, só desta vez...

Pola planejou bem. A celebração, a bebida e a comunidade em união lhe dão a melhor distração que ela poderia esperar. Todo mundo, brancos e negros, se rendeu à sua forma preferida de prazer. Ninguém observa ou se importa com uma mulher taciturna que prefere sua própria companhia.

Quando toma a decisão, não considera mais o resultado, apenas a chance de se perder nos sentimentos liberados pela folhagem e pelas frutas da floresta. Ela se afasta lentamente, tomando cuidado para não fazer movimentos súbitos ou atrair olhares curiosos. Longe das atividades do *batey*, experimenta vários lugares até encontrar um onde as pedras estão afastadas o suficiente para ela poder deslizar o corpo por entre elas. Seus sentidos estão aguçados quando ela entra na sombra sob o dossel da floresta. Enquanto pode ouvir os rastros distantes da música, sabe que está perto o suficiente para voltar rápido, antes que sua ausência seja notada. Sob a sombra da copa das árvores, ela respira o ar fresco, e com ele um sentimento desejado de liberdade.

Pola fica parada, rendendo-se ao verdor, indo além dos sentimentos para a observação, em detalhes, da vida fervilhante ao seu redor. Acerolas vermelhas estão penduradas em cachos nos galhos, e *pajuiles* dourados balançam bulbosos acima, ambos espiando-a através do verde profundo. *Margaritas* de pescoço amarelo e trepadeiras violeta de *flor de reyes* a cercam. As *guanábanas*, em uma amplidão de seios verdes e espinhosos, estão suspensas de forma inesperada nos galhos altos. E as vagens de tamarindo ondulam com a brisa da tarde. O estalar do bambu preenche o ar e a seduz mais para o fundo da floresta; ela fica intoxicada por seu mundo farto. Está tão envolvida em observar a abundância natural, que tropeça em uma *calabaza* e aterrissa em um tapete de ervas. Os cheiros amassados do *culantro*, do *culantrillo* e da menta são liberados e dançam em volta um do outro, envolvendo-a em sua mistura inebriante. Ela descansa ali, deixando que o aroma cerque seu corpo e a nine até a imobilidade. Ela fica ali deitada. Em algum lugar ao longe ela ouve água correndo. Não há destino. A luxúria irresistível a convida a ir mais fundo em seus segredos, seus mistérios mais interiores.

Então a intromissão distante de vozes. O som suave dos outros invade seus pensamentos, e ela nota o quanto se afastou do *batey*. Há quanto tempo está aqui? A dança terminou? Estão procurando por ela agora? Os sons a amarram à fazenda, com todas as suas camadas de complexidade.

Ela se vira e busca desesperadamente reconstituir seus passos. Como pode ter sido tão descuidada? As vozes, elas poderiam ser um guia em vez de um sinal de perigo. Ela as segue, indo devagar na direção dos sons, agora mais altos, e das vozes reconhecíveis. Consegue distinguir um jovem casal, seus sussurros frenéticos enquanto terminam de arrancar roupas e desaparecer para dentro dos arbustos. Pola segue em frente, observando-os de longe, até se ver perto do fundo dos estábulos, onde ela desliza para dentro do *batey* e vai até a porta dos fundos da cozinha.

Pastora, já amarrando seu avental em volta da larga cintura, chama sua ajudante.

— Onde você estava, *mujer*?

Em sua distração, Pola havia se esquecido de que, com ou sem dança, os *patrones* ainda esperam seu jantar de domingo na mesa, mais tarde, mas não tão tarde.

— Eu estava te procurando por toda parte. ¡*Date prisa*, Pola! *La patrona* já deve estar na mesa. — Pastora faz questão de olhar para a fileira de pedras e então para Pola. Decide guardar a língua.

*

Sempre que tem chance, Pola se esgueira pelas pedras para o bosque. Às vezes ela consegue fazer isso vários domingos seguidos. Outras vezes se passam semanas sem a possibilidade de um escape. Mas ela está sempre alerta a qualquer oportunidade de sair sem ser notada.

É durante uma dessas tardes de domingo que ela descobre sua árvore da cura. Quando passa das pedras, algo a atrai perigosamente para mais longe do que já esteve disposta a ir. E ainda assim algo a puxa mais para o fundo da floresta. Ela está caminhando por uma área mergulhada na sombra quando encontra uma árvore sozinha em um círculo de luz.

A única árvore de um preto puro que ela já viu se ergue majestosamente, mais alta e mais grossa que qualquer uma de suas vizinhas. Cinco homens altos com braços estendidos não conseguiriam abraçar seu tronco gigante. Só o tamanho já demonstra uma força que atrai, parecendo oferecer o refúgio que ela busca com tanto desespero. Pola imagina que mesmo ventos ferozes, *huracanes*, não conseguiriam movê-la. Ela com certeza tomou posse desse ponto desde o início e ficará aqui até o fim dos tempos.

Pola observa a árvore a convidando, tentando, seduzindo. Depois do que devem ser semanas de domingos, fecha os olhos para a precaução e se rende à atração. Deixou para trás a música, as pessoas e a fazenda, está encantada, se concentrando apenas nessa grandeza imponente.

Por mais que a árvore a chame, Pola não está acostumada à vida nas florestas. Sua gente era um povo do vale. Cultivavam inhame, mandioca e feijão. Aravam o solo e observavam os horizontes largos da terra cultivada. A vegetação era baixa, arbustos e moitas em vez de *árboles majestuosos*.

Subir em árvores não está no sangue dela. Mas toda vez que ela é atraída para a presença passiva dessa árvore, suas mãos e pés coçam para escalá-la. Ela deseja subir e subir até aprender todos os segredos do seu interior. Durante semanas ela rodeia o tronco, acaricia a aspereza da casca, seu medo natural de altura lutando contra o impulso de escalar.

Então ela dá seus primeiros passos hesitantes, encontrando apoio para os dedos e agarrando os galhos ásperos de baixo com as mãos. Ela se ergue até alcançar o primeiro galho grosso o suficiente para sustentá-la. Acomodando-se no canto do galho, agarra o tronco até seu coração desacelerar. Fica ali, de olhos fechados, soltando a tensão na solidez da árvore e descobrindo cada ruga e nó com seu corpo. É o suficiente até a próxima vez.

Quando fica confortável com a primeira escalada, ela deseja mais. Sobe para o próximo patamar, sabendo que os galhos abaixo lhe darão proteção. Leva muitos meses até conseguir chegar à copa.

Uma vez lá, descobre um tesouro inesperado: um carpete de copas de árvores verdes apontando para o céu. Ele a convida a cair em seu verdor luxuriante, e parece que poderia sustentar a ela e a todos os seus problemas. Ela fecha os olhos, sente o sol na pele, escuta o vento nas folhas e, em sua mente, se une a esse mundo verdejante que se estica ao longe. Quando abre os olhos de volta, descobre a vastidão do céu flutuando acima dela e se perde no azul. Sabe que encontrou um lugar só seu, onde ninguém pode segui-la. Qual escape pode ser melhor que o próprio céu?

Mas, por mais que Pola pense na floresta como seu esconderijo, nunca consegue se esquecer totalmente das rédeas que a amarram ao mundo dos escravizados. Abandonar-se nesse lugar é perigoso. Então ela desce devagar e corre de volta, torcendo para ninguém ter sentido sua falta.

Ela logo descobrirá que muitos outros encontraram escape nesse bosque.

9. DE VOLTA AOS CAMPOS

Hacienda Las Mercedes,
Carolina, Porto Rico, janeiro de 1851

Os mosquitos zumbem e às vezes aterrissam em uma bochecha perfumada. Doña Filomena e suas damas mexem o açúcar do café da tarde com pequeninas colheres e falam de coisas sem importância. Sombras de negras sem rosto as circulam em serviço silencioso. Don Tomás e seus cavalheiros bebem rum doce e se recostam para tragar *puros* depois de um longo dia comprando e vendendo o trabalho de outros homens. Para além da casa-grande, os canaviais de Las Mercedes se abrem como um mar ondulante, onda após onda de plumas cremosas, as *guajanas*, que balançam suavemente, as plumas sussurrando para a noite. A *zafra* logo chegará de novo.

Quando as flores caem, e o chão fica coberto com seus restos murchos, e enquanto ainda está escuro, os *jornaleros* descem pelas colinas. Desesperados por trabalho, os pobres migrantes brancos deixam as montanhas e suas famílias emaciadas para trabalhar por alguns centavos por dia lado a lado com *los negros,* que não ganham nada. Eles carregam lanternas piscantes penduradas em longas hastes e suas lancheiras vazias. Parecem colares de pérola avançando montanha abaixo.

Quando chegam ao vale, o sol acabou de surgir por cima das colinas. Os canaviais de Las Mercedes aguardam sob a brisa da manhã. Logo os *jíbaros* se juntam à fila de negros cortando os caules. Braços anônimos golpeiam, cortam, sobem e golpeiam de novo. As lâminas cortantes reluzem sob o sol; abas quebradas de chapéu estremecem com o esforço de cada golpe. Costas curvadas seguem, juntando os caules e jogando os fardos para dentro dos carros de boi que aguardam. Homens, mulheres e animais trabalham, puxam e pingam suor. O fedor do trabalho braçal flutua no ar.

Romero fica sentado em seu cavalo, bem acima da fileira de trabalhadores em movimento. A silhueta dele rasteja por cima dos corpos suados, ombros angulares; capa e chapéu inclinado o transformam num enorme urubu, a postos e prestes a dar o bote e se banquetear com sua presa. Os bois estão prontos, pisoteando as larvas sob seus cascos e babando, enquanto a carga fica cada vez mais pesada. E, por baixo de tudo isso, o suco grudento e doce da cana atrai insetos e roedores famintos.

Em uma fazenda, não existe esforço desperdiçado. O mesmo carro de boi que coleta a safra da manhã e a leva para o trem entrega água fresca e a refeição do meio-dia para os canaviais. Se um desses elementos ficar fora de lugar, tempo e energia são desperdiçados, e alguém vai pagar o preço da disciplina. Pouquíssimos erros ocorrem.

*

Depois de um acidente inesperado, a mulher que normalmente leva as refeições do almoço para os trabalhadores do campo fica ferida e não pode fazer sua entrega. Pastora está frenética, preparando um almoço de improviso para visitas-surpresa de Doña Filo. A casa está um caos.

Não há nada que se possa fazer exceto mandar Pola como substituta. É a primeira vez que Pola é enviada aos campos desde que chegou. Embora ainda se ressinta das mulheres escravizadas da casa, com o que ela percebe como ar de superioridade, ela odeia os campos ainda mais. Não importa há quanto tempo seja uma das costureiras dessa *hacienda*, ainda não esqueceu seus anos de labuta incessante sob o sol. Quando sobe no carro de boi, o sol escaldante morde seus ombros e costas. O chapéu de palha que cai dos dois lados de seu rosto oferece pouca proteção.

Assim que a carroça sai do *batey* e segue para o primeiro setor do canavial, ela se lembra da sensação dos insetos rastejando sobre sua pele, a doçura enjoativa do caldo de cana, as picadas constantes dos mosquitos atraídos pelo suor cobrindo os braços e as pernas. Os homens pelo menos têm calças esfarrapadas para cobrir as pernas; as mulheres precisam aguentar formigas e aranhas subindo pelas saias e se agarrando aos pelos em suas partes íntimas. Ela tem um arrepio, mesmo sob o sol do meio-dia.

Flaco, o condutor da carroça, deixa-a na beira do campo e começa a descarregar os itens mais pesados. Eles levam seis caixas de raízes cozidas — *ñames, yautía, chayote* — e quatro enormes *calderos* de feijão marrom ainda fumegando. Enquanto Flaco cuida dos quatro barris de água da chuva que irão substituir os quatro barris vazios perto dos trabalhadores, Pola busca o caule de bambu, sua única ajuda para erguer os recipientes pesados. Ela posiciona a proteção para o pescoço e os ombros e amarra as cordas dos dois primeiros *calderos*, um de cada lado do caule. Quando o caule se encontra seguro sobre seus ombros e a carga está equilibrada, ela segue para a tenda de alimentação ali perto. A fila de trabalhadores não está longe, mas ela não espera ajuda. Eles devem seguir golpeando com as machetes e recolhendo os caules cortados até o último minuto. Romero e dois de seus homens, chicotes prontos, estão sentados sob uma árvore próxima, cuidando para que a linha não se desmonte nem um segundo antes do necessário.

Ela para duas vezes para ajustar sua segunda carga e secar o suor que pinga sob seu chapéu. Quando olha para o campo, vê a linha de homens e mulheres. Pisa, golpeia, corta, joga para trás — o ritmo do corte nunca arrefece e não varia de uma fazenda para outra. Ela observa os trabalhadores: negro ébano, marrom terroso, café queimado — tons de pele que ela não encontra em Las Agujas, uma casa de *mulatas* com cachos soltos e compleições diluídas. É uma boa sensação ver seu tom de pele refletido nas pessoas diante dela. Mas os ombros curvados e as roupas esfarrapadas também a lembram da vida que deixou pra trás, uma vida para a qual ela pode facilmente ser mandada de volta. Ela é um deles, mas não está com eles, não neste momento.

Na colina, ela se acostumou a uma vida mais fácil. Durante os dias quentes e abafados, ela aprecia a sombra das árvores no *batey* superior e o passo mais lento, assim como a camaradagem fácil das mulheres em Las Agujas, onde não há um chicote presente ou vozes erguidas que cortam o ar assim que o trabalho abranda para um momento de descanso. Ela afasta esses pensamentos, reajusta o bambu e segue para a tenda. Enquanto caminha, nota os olhares feios de uma ou duas mulheres que colocam os feixes de cana na carroça agora vazia.

Os capatazes vêm primeiro e pegam suas *fiambreras* individuais, as latas de alumínio empilhadas que mantêm as refeições separadas e quentes. A própria Pastora as arruma, e ninguém mais pode tocar nelas. Um dos capatazes agarra os recipientes de metal sem nem sequer notar a mulher que os entrega. Os outros estão agora sentados em volta de uma mesa, na tenda coberta que os protege do sol feroz. A bebida caseira já está sendo passada.

Em seguida vêm os trabalhadores homens. Os *macheteros* primeiro, troncudos e suados. Cada um deles tira seu *sombrero* rachado e aceita as *ditas* que ela entrega a eles — tubérculos molhados em caldo de feijão. Pola pega e serve sem nenhum comentário. Ela tem trabalho demais e interesse de menos nos homens que se enfileiram diante dela. Um homem estende a mão e espera. Mesmo depois de ela ter lhe servido a porção dele, ele segue firme.

— *¡Bueno, ya*!

Irritada por ele estar segurando a fila, ela ergue os olhos e vê um rosto familiar.

— Não dói mais tanto. — Ele ergue sua mão direita e ri da própria piada. É ele que chamam de Simón. Pola sente o rosto esquentar quando se lembra do gosto do sangue dele naquele dia, tanto tempo atrás.

Um sorriso provocador continua brincando nos lábios dele.

— Rufina fez um bom trabalho... em nós dois, não acha?

Pela primeira vez, ela não tem uma resposta pronta. Ela não o vê há meses e fica atordoada com sua aparição repentina. Os rumores eram de que ele tinha sido emprestado para outra *hacienda*. Agora está de volta, e há algo desconcertante nele, parado ali, encarando.

Impaciente pela comida, outro homem quebra o momento.

— Simón, ¡*coño, que hace hambre*!

Simón assente, e a fila segue antes que Pola tenha chance de reagir. Os homens pegam as *ditas* com as mãos calejadas e se sentam no chão sob uma árvore próxima, de pernas cruzadas, devorando com os dedos em gancho. Simón está entre eles. Ele come devagar, e seus olhos nunca saem dela. Mas Pola tem trabalho demais para prestar atenção nesse homem.

As mulheres vêm em seguida. A maior parte fica na fila, cansada e ansiosa para se sentar. Elas aceitam a refeição oferecida em silêncio, mal notando as mãos estendidas de Pola. Enquanto esta entrega uma porção após a outra, vozes altas vêm do final da fila. Uma mulher com um lenço de cabeça verde e sujo fala alto o suficiente para garantir que Pola a escute.

— *Mira*, Micaela, o que temos aqui? Uma *cocola* passando por *mulata*.

Risos cúmplices das outras mulheres, as vozes ficando mais claras conforme se aproximam.

Pola para por um momento, abstrai da risada e segue pegando e servindo.

— ¿*Quién se cree que es*? — A voz provocadora se ergue acima das outras. — Ela não é melhor que a gente.

— Cuidado, Leticia. Ouvi que ela é brava — Micaela avisa com um risinho.

— ¡*Que se joda*! Deixa ela ouvir. Hora dela parar de andar por aí como se fosse melhor que a gente.

A voz de Leticia está ficando mais alta, e um grupo de três ou quatro mulheres se junta, apreciando o espetáculo. Pola segue com seu trabalho, limpando repetidas vezes a transpiração que brota de todo o rosto. Suas orelhas ficam quentes, e os músculos de seu pescoço se tensionam. Suas mãos coçam enquanto ela continua distribuindo a comida. A cada refeição servida, a zombaria se aproxima do início da fila.

— Olha pra ela. Com esse cabelo ruim e nariz chato, devia estar aqui suando com o resto das *cocolas* igual a gente. Ela não é superior.

O coro de vozes femininas a apoia. As cabeças se unem, tornando-se uma fera de muitas cabeças, múltiplos braços, mas uma voz única.

— ¡*Presumida*!

— Tá ficando metida porque senta lá perto da casa-grande.

— Nariz empinado! — Quanto mais elas falam, mais desdenhoso se torna o tom. — Ela nem de longe é bonita o suficiente ou...

— Ela esquece o quanto é preta.

— ¡*Presentá*! — A mulher de verde quase cospe a palavra. — Ela *precisa* lembrar, *precisa* aprender uma lição.

Os pelos da nuca de Pola se arrepiam. As provocações se aproximam e se afastam enquanto ela volta da mesa para a carroça a fim de substituir os *calderos* vazios. Ela larga os vazios e posiciona os cheios, pesados e inclinados de forma perigosa em cada ponta da haste. Se ela derrubar a comida, os trabalhadores terão que passar o dia todo sem comer. Ela se lembra de como era isso, as garras no fundo do estômago, a tontura, e esse tempo todo o chicote do capataz pronto, caso ela diminuísse a velocidade da linha. Ela não deseja isso para ninguém. Então, não, por mais que queira arrancar a condescendência dessa mulher com um tapa, ela não vai fazer isso. No lugar, controla seu gênio, tomando muito cuidado para não derramar nenhuma gota. Tenta ignorar as provocações, mas as palavras são implacáveis e começam a criar raízes dentro dela.

Os capatazes terminaram uma garrafa de destilado e estão trabalhando na seguinte. Alguns já roncam; outros se inclinam sobre a mesa, cheios e satisfeitos depois da refeição. A bebida e o calor os deixam sonolentos.

As vozes continuam, mais distintas agora.

Uma voz aguda e penetrante se sobressai.

— Aposto que está abrindo as pernas para *el patrón* toda noite.

Micaela a incentiva.

— Leticia, o que você acha? Vai ver ela tem alguma coisa ali embaixo que a gente não tem.

— Essas semanas todas enfiada na cabana de Rufina, vai ver ela arranjou um poderoso pó de xoxota pra deixar o senhor feliz e ficar lá em cima, onde ela não tinha que estar. Ou talvez tenha algum talento escondido que só ela pode oferecer pro *patrón*. — Risadas generalizadas.

— Ou vai ver ela tem algum suco especial da selva pra amarrar o senhor e fazer ele pensar que ela é alguma coisa. — Micaela dá um tapa em seu joelho.

— Ele consegue bunda preta em qualquer lugar, então que talento especial ela tem aí embaixo? — A voz de Leticia se projeta cada vez mais.

Um novo tom de controle entra na conversa.

— Agora, espera um minuto, Leticia — a mulher interrompe. — Nenhuma de nós precisa fazer nada pra ter *los blancos* olhando embaixo da nossa saia, ou você não lembra? Eles só pegam o que querem... não tem nenhuma mágica nisso.

— *Ay, mira pa'llá,* Magdalena tem língua. — O sarcasmo pinga das palavras de Leticia. E então a ameaça, logo depois: — Quem te perguntou?

— Quero dizer — em um tom mais baixo —, você se deixa levar, só isso. Por que você não deixa a mulher em paz? Ela não tem mais voz no que acontece aqui do que a gente.

Leticia volta sua atenção para a nova mulher.

— Quem raios é você para me dizer, nos dizer, o que fazer? — Ela olha em volta, buscando apoio de suas amigas. — Fica na sua ou vai se machucar.

Risos nervosos.

As palavras da outra mulher se encolhem até os sussurros hesitantes de uma garotinha.

— Só estou dizendo que tudo que a gente sabe...

— ¡*Ay, cállate ya*! Não me faça perder a paciência... e você sabe que fico má quando perco a paciência...

Silêncio. Não há mais objeções.

Pola continua a servir comida em cada *dita,* até que finalmente a mulher magrela com as pernas tortas e um trapo verde na cabeça, a que eles chamam de Leticia, trota até a mesa e estufa o peito. O desdém dela é inescapável enquanto espera sua comida.

Preparada para o confronto, Leticia fala diretamente com Pola, olhando-a de cima a baixo com desprezo.

— *Una negra colá*. O que *você* está fazendo lá na casa, vivendo como mulher branca ou como bastarda de um branco? Com um rosto e cabelo desses...

Pola sente as palavras se enroscando na boca do estômago, assumindo uma forma mais definida.

— Eu tomaria *muito* cuidado se fosse você. — As palavras saem lentas e frias. Ela serve uma concha cheia e a joga na tigela de Leticia com tanta força que metade do conteúdo espirra na saia da mulher.

A mulher dá um salto para trás.

— ¡*Coño*! ¡*Ten cuidado*! Que raios é seu problema?

— Que pena. — As palavras de Pola estão recheadas de falsidade, seu sorriso entalhado em escárnio. — Não tenho problema nenhum. Parece que é você que tem um problema. *Lengüilarga*, talvez, se prestasse mais atenção no que devia estar fazendo em vez de ficar balançando a língua, você conseguisse segurar sua comida.

Pola enche a concha de novo.

— Próxima!

Há silêncio na fila. Ninguém desafia Leticia la Loca. Ela não é mulher de ser testada. As outras mulheres recuam para dar espaço.

Leticia está prestes a se esticar por cima da mesa e agarrar o rosto de Pola quando a voz de Romero corta o ar.

— ¡*Mira, Loca*! ¡*Muévete*! — Ele cutuca a mulher enraivecida com o cabo de seu chicote, mandando o resto da refeição dela para o chão. — Você está segurando a fila.

— E minha comida? — Leticia aponta para a sujeira aos seus pés, quase explodindo de indignação.

— Você já recebeu sua porção, vá em frente!

A mulher cospe no chão. Não diz nada para o capataz, mas seus olhos mandam adagas na direção de Pola, enquanto ela sai pisando duro e resmungando para si mesma.

— *Me debes una y me la vas a pagar*. — A ameaça nas palavras dela é tensa e pronta para explodir. Leticia olha de volta para Pola quando é forçada a deixar a fila, a língua entre os dentes.

Indiferente, Pola devolve:

— Eu vou estar aqui, bem aqui. Não vou a lugar nenhum por enquanto. — Ela se vira para a próxima pessoa, mas suas mãos ainda estão coçando. Quando serve a última refeição, Pola começa a guardar as coisas, tentando com muito esforço controlar seu gênio. Ela se lembra do encontro com Romero e a previsão dele de que ela acabaria sob seu controle. De repente um arrepio gelado desce por sua espinha. Ela não vai arriscar perder seu trabalho na colina por causa da boca suja dessa mulher. Ela não vai deixar a malícia de Leticia torná-la uma trabalhadora do campo de novo. Há muita coisa para guardar na carroça, e esse medo escondido impele Pola a terminar rápido e ir embora o mais depressa possível.

Os trabalhadores terminaram faz tempo a refeição e estão esticados na sombra depois de uma manhã de trabalho torturante. Logo mais, precisarão pegar suas machetes e voltar para a linha de corte. Alguém puxa um par de claves e soa um ritmo familiar com os bastões — três lentos, dois rápidos: *ta, ta, ta, ta-ta.* Alguns se sentam e começam a bater palma; outros ainda acrescentam suas vozes, criando ritmos sincopados e complexos com mãos, vozes e madeira.

As mulheres também terminaram de comer e estão sentadas, falando baixo, abanando as saias esfarrapadas para tomar um ar. As crianças, ali perto, que trabalham no campo lado a lado com os adultos, entraram em um estupor do meio-dia. Com frequência elas caem num sono pesado antes de ser chamadas para a *faena* da tarde, a hora mais perigosa do dia, quando, sonolentas e letárgicas, trabalharão sob os amplos golpes dos *macheteros.*

Pola guardou a maior parte dos itens e está prestes a colocar os últimos utensílios de servir, quando sente alguém vindo atrás dela. Ela se vira e encara Leticia a menos de meio metro de distância, maxilar travado, ombros para trás, narinas ventilando, mãos se abrindo e fechando nas laterais do corpo. Os músculos do pescoço dela são cordas repuxadas, e sua respiração é profunda e errática. Ela está em pé com as pernas plantadas para um bote fácil. Pola reconhece um touro prestes a atacar.

Mas ela mantém o rosto tranquilo, aparentemente indiferente à mulher enraivecida ali tão perto. Em um lampejo, todas as fibras de seu corpo estão alertas. Algo antigo, guardado há muito tempo e perigoso, uma combinação de vigilância e calma extrema, crescendo dentro dela. Seus sentidos absorvem cada detalhe. Ela consegue até sentir o cheiro da hostilidade acre queimando o ar entre elas.

— Algum problema?

— Você me custou minha comida — Leticia cospe.

Quanto mais cautelosa Pola se torna, mais controlada fica sua voz.

— Sua boca grande te custou sua comida.

— Você sabe muito bem que a gente tem um assunto pra terminar. — Ela estufa o peito e se aproxima.

Por instinto, Pola agarra a concha com cabo longo ao seu lado. Ela não está mais pensando, só reagindo à ameaça iminente.

— Você precisa tomar muito cuidado com o que sai desse buraco fedido que você chama de boca. — A ameaça agora passa para as palavras de Pola. — Talvez você devesse sair do meu caminho antes que alguém se machuque.

— Ah, alguém vai se machucar com certeza. E não vai ser eu. Você está aprontando com a pessoa errada.

Pola ainda está agarrando a concha que usou para servir a refeição. Algo dentro dela se abriu e não vai voltar. Ela não se permitiu sentir essa sensação em anos, mas se lembra bem dela, reconhece seu rosto. Houve vezes demais em que ela não pôde se defender. Esta não é uma delas. Pola sabe que não pode evitar o que vai vir, independentemente das consequências. Suas mãos começam a coçar de novo.

— Terminou agora? Eu quero ter certeza que você terminou, porque quando eu acabar você não vai falar mais nada por um bom tempo. — A voz de Pola é firme, baixa, precisa.

— O que você vai fazer? — Leticia se aproxima, enfiando seu rosto tão perto, que Pola consegue sentir o hálito da mulher.

Ela olha bem nos olhos de Leticia. Balões de calor por trás de seus olhos. Suas orelhas já estão pegando fogo, e seu corpo inteiro está pronto para explodir. Ela consegue sentir os músculos dos braços e pernas se contraindo, sabe que eles estão ganhando definição sob a pele. Ativados. O lábio inferior de Pola começa a tremer com o esforço de conter sua fúria.

Leticia erra o cálculo.

— O que temos aqui? Um coelhinho assustado? Vai correr de volta pra casa-grande e reclamar pro seu...? — Leticia empurra Pola.

Pola tropeça, mas, antes que alguém possa reagir, ela retoma o equilíbrio e a concha arqueia para o alto e faz contato com a boca de Leticia. Dentes saem voando e sangue esguicha para fora da boca quebrada da mulher. Assustada, ela cai para trás, o choque surgindo em seu rosto quando ela sente o sangue brotando em suas mãos. Ela é rápida o suficiente para evitar que o segundo golpe atinja seu rosto, mas a concha acerta a lateral da sua cabeça. O lenço verde esfarrapado é lançado longe, e o cabelo dela se ergue sobre sua cabeça.

Furiosa, Leticia se esquece de se proteger e agarra o cabelo de Pola. As duas mulheres caem. Elas rolam, um emaranhado de saias enroladas, pernas nuas e braços voadores. Leticia parte para cima dos olhos de Pola. Pola protege seu rosto, mas Leticia mais uma vez agarra seu cabelo. Pola a afasta e grita quando Leticia sai com chumaços de cabelo. Rugindo agora, Pola enfia as unhas no rosto de Leticia, acrescentando mais sangue à blusa já ensopada. Há uma confusão de membros, e então, de peito nu e pernas moles, elas se agarram enquanto continuam a rolar no chão. Pernas e coxas expostas estão logo incrustadas de comida, sangue e lama.

As amigas de Leticia torcem por ela, adorando o espetáculo. Não a chamam de Leticia la Loca sem motivo. Outras mulheres ficam para trás, esperando que os homens separem a briga feroz. Mas a multidão de homens está ocupada demais aproveitando o entretenimento para interrompê-lo, observando a exibição das partes íntimas das mulheres rolando no chão.

Os capatazes estão anestesiados demais pela bebida do almoço e indiferentes demais para se importar com umas vadias pretas que vão ter o que merecem mais tarde. Desde que as mulheres voltem ao trabalho a tempo e não atrasem a linha, os *capataces* não se importam com o que acontece entre os escravizados.

Simón, cujo cansaço se sobrepôs à admiração que tem por Pola, escuta a comoção e se levanta de um salto. Ele abre caminho pelo círculo em volta do par enroscado e desliza o corpo por entre as mulheres que ainda brigam. Empurra Leticia para longe e pega Pola por trás, fechando os braços em volta dela e prendendo os dela na lateral do corpo. Ele vira as costas para Leticia, cujo golpe acerta inutilmente o ombro dele em vez do alvo.

Finalmente, alguns homens entram em ação e seguram Leticia. Quando não consegue alcançar Pola com seu corpo, Leticia atira maldições e mais insultos na direção dela. Mesmo enquanto os homens afastam as mulheres, elas continuam chutando, dominadas demais pela raiva para entender que a briga acabou.

Os homens arrastam Leticia la Loca de volta para suas amigas e esperam para ter certeza de que o conflito não vai ressurgir. Enquanto isso, Simón ergue Pola e a carrega para longe, ainda prendendo seus braços por trás, tirando-a do chão e dando grandes passos para se afastar o máximo possível das outras mulheres. É a primeira vez em anos que ele pôde chegar perto o suficiente para tocá-la, e não quer soltá-la. Ele a carrega de volta para a mesa de servir. Quando se aproxima, ele se abaixa para se sentar na borda, ainda segurando Pola, que está lutando para ser solta. Agora ela não está se debatendo, mas ele continua a segurá-la até que sua respiração se acalme e ele consiga sentir a tensão do corpo dela começando a recuar.

Quando Pola finalmente relaxa sobre o corpo dele, ele alivia o controle e a sente redobrar suas defesas. Mais uma vez ele aperta. É então que ela nota o som vindo da garganta de Simón. Ela não sabe se esteve ali o tempo todo, mas agora que está parada, ela escuta o murmúrio e sente as vibrações do peito dele contra suas costas, que imediatamente a acalmam. Ela não consegue localizar ao certo, mas o som revive uma memória distante. Onde ela já ouviu isso antes?

O som a aquieta.

— Você pode me soltar agora.

Sentindo a briga se esvair dela, Simón afrouxa os braços para que Pola possa ficar em pé sozinha. Ela se liberta com um dar de ombros.

Ele retira os braços, e ela se vira para olhá-lo. Encarando-o confusa, ela se afasta e volta a limpar seu espaço de trabalho.

— Deixa eu te ajudar. — Ela se recupera com o som da voz dele, afastando a memória fugaz. Longe dele, fica mais ciente de seu estado. Recolhe rápido o que sobrou de seu vestido sem forma, puxando as pontas esfarrapadas e espanando a sujeira. Ainda de olho nele, rearranja seu cabelo emaranhado o melhor que pode.

Ele rasga um pedaço do tecido que ela havia usado como proteção para o pescoço. Mergulhando-o no que sobrou da água limpa, estica o braço para limpar o sangue do rosto e cabelo dela. Ela afasta a mão dele, pouco disposta a deixá-lo se aproximar de novo. Ele se distancia, braços cruzados, e a observa, não com desdém ou achando graça como os outros. Examina-a, verificando, enquanto ela se move, se não há nenhum osso quebrado ou dano mais sério.

— Tudo bem agora?

Ela o ignora.

—*Mujer* — ele ergue a voz, recusando-se a deixar para lá —, você está bem?

— Arranhões. Só isso.

— Ah, então você *consegue* ser educada?

Ela o olha com raiva, buscando no rosto dele algum significado velado. Não encontra nenhum.

— Aqui. Eu te ajudo com essas coisas.

— Não preciso de ajuda. Consigo me virar sozinha.

— Estou vendo. — Ele sorri.

Mais uma vez, ela se pergunta como interpretar as palavras dele.

Ele se abaixa e começa a guardar as coisas dela. Pola o observa em silêncio. Ela acha perturbadora a visão das costas curvadas e dos músculos ativos. Ninguém, *ninguém*, nunca a ajudou a carregar seu fardo. Este homem, o que ele quer? Por que ele está sempre ali?

Ouve-se o chamado para que os cortadores voltem para a fila. Simón corre para colocar as últimas coisas dela de volta na carroça antes de inclinar o chapéu e seguir seu caminho. Ela não se lembra da última vez que expressou gratidão para alguém, nem mesmo para Rufina.

— *Señor.* — A palavra escapa antes que ela possa impedir.

Ele para, surpreso com a voz dela.

— Simón, a seu serviço — ele a corrige e hesita, esperando que ela continue.

— *No, nada, nada.* — Ela desvia o olhar, sem saber se a confusão está estampada em seu rosto.

Mais uma vez, ele inclina o chapéu.

— *Buenas tardes.* — E se vai.

Ao longe, ela ouve os vagões se aproximando. Flaco, o cocheiro, precisa entregar a carga da manhã e se preparar para a segunda viagem. Com muita dificuldade, Pola se ergue pela borda da carroça cheia de cana. O corpo dela está registrando os resultados da briga. Sua cabeça está estourando, mas o sangramento parou. Ela toca ansiosa os pontos carecas em sua cabeça. Baixa os olhos para o vestido manchado de sangue, aquele que ela tinha tomado tanto cuidado para manter limpo e arrumado. Ele é sem forma e feio, mas é a única coisa que ela possui.

Pola se lembra do rosto das mulheres. A imagem de Leticia la Loca, com dentes quebrados e cabeça inchada, fica com ela enquanto Flaco sobe para seu assento. Por que tanto ódio vindo de uma mulher que Pola nunca tinha visto antes? Ela pensa em todas as outras mulheres também, as que se seguraram, mas estavam igualmente com raiva dela. Ela se senta imóvel, sua mente correndo.

Seus anos no campo não foram há tanto tempo que ela tenha se esquecido. Pola foi uma delas antes. Sabe que, não fosse algum mistério inexplicado, seria uma delas agora. Ainda pode ser mandada para os campos, se não tomar cuidado. Ela não estaria igualmente brava se passasse seus dias labutando no canavial e afastando homens que parecem nunca se cansar de tirar vantagem da única pessoa na fazenda que vale ainda menos do que eles? Ela se lembra do sol brutal em seus braços naquela época e das saias quentes por cima das camadas de trapos amarrados que protegiam suas pernas dos escorpiões que infestavam os campos. O caldo de cana saturava a roupa e a fazia grudar sob o sol escaldante da tarde. Os mosquitos se refastelavam com sua carne. E os ratos corriam entre seus pés. O chapéu era a única coisa que oferecia proteção, mas mesmo ele produzia riachos de suor que ardiam e a cegavam, enquanto ela seguia atrás da fila de cortadores. Ela agora observa a fila de trabalhadores — homens, mulheres e crianças — que voltam ao trabalho e é grata por não ser um deles.

De repente, ela sente todos os eventos da manhã pesando sobre si e desaba sobre os caules da cana, dolorida e exausta demais para se mover ou sequer pensar. Suas pernas machucadas estão penduradas pela parte de trás da carroça, e seus braços cortados se agarram às tábuas da carroça que segue em frente. Olhando para o campo, ela mal nota que seus olhos estão buscando a figura do homem alto que a segurou pouco tempo atrás.

Um movimento inesperado chama sua atenção. Aqueles menininhos de novo, desta vez ao longo da estrada, sentados sobre os calcanhares e observando todos os movimentos dela, sorrindo, alegres. Então eles saem correndo, costurando por entre a cana alta, não muito longe de Simón, que golpeia com a machete, totalmente desatento à proximidade deles. Por que essas crianças estão aqui? Eles são pequenos demais para esse tipo de trabalho. Um golpe longo da lâmina, e serão partidos ao meio. Ninguém os nota. Ela está prestes a gritar um aviso, mas eles subitamente desapareceram para dentro do canavial, e ela fica com as palavras penduradas na boca. Seus olhos examinam a área, mas não há sinal deles em lugar nenhum.

Com um solavanco, a carroça vira à esquerda na estrada e volta para a casa de fazenda. No entanto, a mente de Pola ainda está com aquelas crianças, buscando sua memória para localizá-las. Ela precisa se lembrar de perguntar a Pastora ou Tía Josefa sobre elas.

*

Tía Josefa observa Pola do outro lado do *batey*. Ela está em pé diante de Las Agujas e nota a mulher desgrenhada que desce da carroça — os hematomas, as manchas de sangue, as vestimentas rasgadas e o andar claudicante. Ela não sabe o que aconteceu no campo, mas consegue imaginar. Tía observa Pola devolver os utensílios para a cozinha e sair de novo para se limpar no barril de água da chuva. Ela ainda está observando quando Pola segue para os fundos da cabana da cozinha, onde começa a reparar o vestido rasgado.

*

As mulheres do campo têm bons motivos para se ressentir das mulheres em Las Agujas. As costureiras são algumas das negras mais bem-vestidas da região. O trabalho delas é altamente valorizado pelas famílias ricas da cidade e de toda a ilha. As costureiras e bordadeiras às vezes trabalham o dia todo e até de noite para cumprir prazos de *fiestas* elegantes ou para produzir itens de luxo para os lares dos muito ricos. Damas da sociedade desejam vestidos de noite e roupas formais dessa oficina. Homens da capital estimam a técnica delicada das *guayaberas* e as camisas chiques de babados que são confeccionadas sob o olhar atento de Tía Josefa.

Pilhas e pilhas de tecidos luxuosos entram todo dia em sua sala de trabalho. Um dos benefícios desse trabalho é que elas podem ficar com as sobras da costura. Estas são consideradas farrapos insignificantes pelos clientes e ficam no chão da sala de corte. As costureiras usam esses restos para criar adornos modestos para suas próprias roupas, melhorando vestidos simples com uma barra impressionante ou uma gola bonita. Elas com frequência recebem vestidos descartados da *patrona*, que sempre ainda servem. Dessa forma, suas roupas são bem-feitas, com pregas, babados, fitas e outros enfeites. Elas acrescentam ornamentos aos vestidos de domingo das outras mulheres escravizadas, camuflando os tecidos e técnicas para que nenhuma dama tenha motivo para reclamar. A *patrona* faz vista grossa para as obras do grupo, desde que não haja reclamações das clientes.

*

Depois do incidente no campo, Pastora manda outras mulheres entregarem a refeição do dia. Pola é mandada para ajudar Rufina a juntar ervas e colher no jardim, além de suas tarefas normais. Uma semana depois da briga, Tía pede a Pola para esperar antes de voltar para a cozinha. A velha está sentada com as outras mulheres em volta da mesa de trabalho quando Pola se aproxima. Tía interrompe seu trabalho e levanta os olhos.

— *Mujer*, você está horrível com esse vestido que parece um saco. É hora de trocar para outra coisa.

— ¿*Cómo*? Você sabe muito bem que não tenho mais nada para vestir.

— Você tem agora. Entre e se troque. Tem algumas coisas na sua cama. E jogue fora esse horror que você remendou. Não posso ter uma das minhas mulheres vestindo essa bagunça que você chama de vestido.

Confusa, Pola faz o que é dito e entra. Sobre sua cama estão dois trajes completos, um ao lado do outro. Só a cor já a seduz. Ela nunca usou nada além de sacos descoloridos e sem forma, dados a uma mulher que não significa nada, não merece nada e não vale nada. Cores são um luxo que não se dá aos escravizados do campo. Mas aqui estão saias, blusas, echarpes, para ela — e em cores. Ela olha em volta para garantir que essa é *sua* cama, e que essas coisas são realmente para ela.

Pola se joga no chão e passa a mão pelas roupas mais perto dela. Aqui está uma saia verde, um pouco desbotada e surrada por ter sido muito lavada, mas bem melhor do que qualquer coisa com que ela já tenha sonhado. A blusa dobrada ao lado é feita de um pano branco firme e tem as mangas curtas para facilitar o trabalho, simples exceto por um pouco de renda verde no pescoço. O avental é comprido e funcional, em uma estampa floral que já viu dias melhores, mas tem bolsos grandes e largos e uma nova faixa forte para a cintura.

O outro traje é muito mais grandioso. Outra saia. Essa de uma fazenda de algodão elegante e azul profundo, com uma cintura ajustada que termina em longas fitas do mesmo tecido. Logo acima fica uma blusa de gola alta amarelo-clara com longas pregas que descem pela frente e pequeninos botões brancos nas costas. Cada manga termina com um pequeno botão no punho. O turbante listrado de azul e amarelo combina com o resto, tudo novinho. E, separado, um avental comprido e branco com bolsos fundos e flores bordadas na barra.

Alguém trabalhou nessas peças durante dias. Exceto pelo avental, essas últimas são roupas de uma *señorita*, nunca usadas antes — Pola consegue notar. Ela se encosta, boquiaberta. Antes de vir para cá, via essas preciosidades apenas de longe. As mulheres brancas que as usavam nem sequer reconheciam a existência de mulheres parideiras como ela, muito menos se aproximavam delas.

No chão, perto de seus joelhos, está um par de sapatos de cadarço, que parecem duros e doloridos. Não podem ser para ela. Pola nunca usou sapatos na vida e, a julgar por estes, ela se considera sortuda de nunca ter precisado. Ela os empurra para baixo da cama, bem fundo, onde podem ser ignorados. Talvez ninguém note.

Ela coloca as mãos sobre a cama e toca em tudo — o tecido azul a faz lembrar muito das águas do oceano que ela tanto amava em sua juventude; a blusa, tão parecida com as que usam as jovens mulheres que vêm visitar La Señora, é estranha em seu mundo. Ela desvia os olhos das roupas chiques, com certeza pensadas para o domingo. Estão lisas e quentes, como se tivessem acabado de ser passadas.

Ela veste as versões mais simples, deslizando para dentro da saia e brigando com os botões da blusa. A sensação das roupas é macia em sua pele, como uma carícia inesperada. Pola se deleita com a sensação do tecido roçando suas pernas, enquanto caminha de volta para a mesa de trabalho. Olha em volta. Garantindo que está sozinha, ela abre os braços e gira, sentindo as roupas grudarem e ondularem em volta de seu corpo, luxuriando-se na alegria de possuir algo tão precioso. Então ela para, lembrando-se de não ficar muito confortável nesse mundo de privilégio que pode ser arrancado a qualquer momento. Ela enrola a cabeça com o pano simples e branco das mulheres do campo para manter o equilíbrio.

Querendo agradecer a velha mulher por esses presentes, Pola se lembra das últimas palavras da Tía: *Não posso ter uma das minhas mulheres vestindo essa bagunça que você chama de vestido... Minhas* mulheres... *minhas* mulheres... Maravilhada, Pola compreende que ela agora é oficialmente uma das costureiras de Las Agujas. Ela pode respirar sem o medo constante do canavial. Sente uma pressão estranha em seu rosto. Faz muito tempo desde a última vez que tentou sorrir.

10. NA MENTE DE SIMÓN, I

Eu guardo Pola em minha mente, e tudo volta. As sombras da memória despertam, e a imagem da minha Amina, negra como a lâmina de um guerreiro, flutua vindo do passado, ainda nítida e brilhante depois de todos esses anos. Ela também tinha mundos que viviam por trás de seus olhos. Ela também era uma guerreira enfrentando seus perseguidores, adaga na mão, turbante caído e ignorado, modéstia esquecida, em sua necessidade de proteger.

Eles caíram sobre nós antes de conseguirmos reagir. Eu ainda consigo sentir o fogo de aço das algemas mordendo minha carne, rasgando a pele e então cortando até o fundo do meu corpo, enquanto eu brigava contra as correntes.

Depois que começou, não senti mais dor, apenas ódio e futilidade. Furioso com minha impotência, eu me ajoelhei envergonhado;

lágrimas nublando, mas não apagando o que estava acontecendo diante dos meus olhos. No final, eu fiz a única coisa que podia fazer por ela. Eu rezei minha dua.

Alá, é apenas para você que peço ajuda... Ela se manteve, de costas para mim, encarando nossos perseguidores... *Alá, o grande e bom...* Craque! O primeiro golpe rachou a cabeça dela... *Alá, o mais amoroso...* Sangue se acumulou embaixo da cabeça dela... Homens grunhindo enquanto caíam sobre ela... Os socos incessantes... *Alá, o mais misericordioso, leve minha Amina para seu seio e a poupe do resto.* Minha Amina morreu... Mãos protegendo sua barriga inchada... Minha prece atendida... *Alá, o misericordioso... Alá, o bom, obrigado pela bênção que derramou sobre ela.*

Eles olharam de cima para o que tinha restado, ergueram seus rifles, atiraram repetidas vezes, até que tudo que restasse dela fosse um monte ensanguentado. Eu amaldiçoei os homens, os céus; eu amaldiçoei a mim mesmo. Para onde eu iria e o que faria deixou de importar. Selei meu coração. Fiz meus votos há muito tempo. Eu não permitiria que nenhuma mulher ficasse muito tempo ou se aproximasse de mim. Nunca mais haveria outra Amina, nunca outra criança. Nenhum homem tiraria tanto de mim outra vez. E nenhum nunca tirou.

E agora aqui está essa mulher, essa Pola da fúria silenciosa e espírito indomável. Por que ela traz de volta desejos que eu pensei estarem há muito mortos? Como ela toca cordas que ficaram silenciosas por anos? Ela desperta em mim um sentimento de reconhecimento profundo, não apenas uma fagulha de recordação, mas um sentimento de familiaridade inerente dentro de mim.

Por quantos anos e quais sofrimentos vêm fervendo dentro daquele corpo quebrado? Como ela aprendeu a alimentar o fogo de sua raiva e mantê-lo queimando sem se destruir no processo? A raiva dela vive logo abaixo da superfície, e eu a vi ser solta duas vezes. Ela é destemida em sua fúria completa. Mas, por baixo de tudo isso, por baixo de sua muralha de defesa, além da raiva fervente, por baixo da língua afiada, consigo ler que ela é tão terna e apaixonada quanto a jovem guerreira de muito tempo atrás, com a barriga de cabaça. Consigo ver a fagulha de vida em Pola, mesmo que ela não seja capaz.

Eu me lembro da sensação de seus músculos em luta quando enrolei meus braços em volta dela e a levei embora. Eu ouvi as pimentas quentes dançando em sua língua. Ela está escondendo as lágrimas no coração, a dor nos olhos. Mas eu vejo para além da visão, e ela não pode se esconder de mim.

Trabalhar os nós me ensinou algo: esperar não é perda de tempo; esperar é levar o tempo de ver, escutar, desdobrar e desemaranhar o que veio antes. Eu vou trabalhar os nós de Pola, um de cada vez. Vou soltar seus fios. Vou desvendar os emaranhados, devagar, puxando a rigidez e deslizando os filamentos. E um dia ela estará solta o suficiente para me ver. Ela vai entender que não sou um inimigo para temer e combater. Ela vai escutar e me deixar entrar. Ela ainda não sabe. Mas saberá.

11. A ÁRVORE DA CURA

Hacienda Las Mercedes,
Carolina, Porto Rico, janeiro de 1851

Logo depois da briga no campo, o *patrón* decide que a comida não será mais levada ao meio-dia. Os trabalhadores terão um café da manhã leve e levarão um pedaço de pão com manteiga ou sobras frias para o campo, para comer no almoço. Isso terá que sustentá-los até voltarem, no final do dia.

Então agora os trabalhadores dos campos marcham toda manhã e se arrastam de volta toda noite, às vezes tarde da noite, se virando com o café da manhã como sua única refeição. Labutando sob o sol escaldante ou a lua indiferente, são forçados até estarem prestes a desabar. Quando voltam, só têm energia suficiente para se sentar e olhar fixamente para a refeição da noite sendo servida. Alguns pegam no sono com bocados de comida ainda na língua. Outros, especialmente as crianças, simplesmente desabam assim que entram no *batey* e precisam ser acordadas para comer ou são postas na cama sem jantar.

Pola observa-os enfiando a comida na boca e engolindo com o mínimo de mastigação, rápido, alto e sem muita atenção ao gosto. Os esforços da cozinheira para temperar passam despercebidos. Eles simplesmente engolem a comida e seguem para suas camas. Observando os trabalhadores do campo exaustos, os corpos feridos, queimados e aleijados, o coração dela se parte. Mas no fundo ela precisa admitir que está aliviada por viver sua vida como uma das mulheres de Las Agujas.

*

Ela começou a ver a tarde de domingo como um tempo para si; não que qualquer escravizado seja dono de nada, muito menos do tempo. Ela não consegue sair toda semana, mas o faz sempre que pode. Meses se passam, e ninguém nota sua ausência esporádica. Pola começa a baixar a guarda. Desde que volte a tempo da refeição, ninguém questiona onde ela passa a tarde. É na paz e relativa segurança de sua árvore que começa a organizar seus sentimentos conflitantes e descobrir peças de si mesma que tinha há muito enterrado.

Depois da briga no campo, ela mal consegue esperar por um domingo no qual possa sair sem ser notada. Uma vez em seu poleiro, acomoda-se completamente no galho, apoia-se contra o tronco e ali solta o cansaço e a preocupação.

Primeiro houve a briga com Leticia la Loca, aquela mulher com língua de faca. Pola espumou por dias. Imaginava-se socando o desdém para fora do rosto da mulher. Mas, conforme o tempo passou, ela admitiu para si mesma que, em seus dias como trabalhadora do campo, ela também teria se ressentido de uma negra doméstica bem-alimentada e mimada aparecendo nas *fincas*, onde ela era obrigada a labutar em farrapos, quase sem comer, e vivendo sob o capricho de todo capataz e guarda.

Desde que foi para Las Agujas, Pola se acostumou a ser ela mesma uma das negras domésticas. E, agora que esse trabalho parece oficial, ela pode respirar mais abertamente. Mas resiste em se ver como privilegiada. Algum escravizado pode ser realmente mimado, protegido ou mesmo estar seguro? Não há como negar que sua vida na colina está longe da existência desumanizadora das mulheres que trabalham nos campos. Não é fácil admitir, nem sequer para ela mesma, que ela tem benefícios que os trabalhadores do campo nunca desfrutam. Ela tem comida melhor, tarefas mais leves e mais mobilidade. Há olhos sobre ela sempre, e a possibilidade de perigo e crueldade é uma fera que sopra em seu pescoço, mas ela deixou para trás a brutalidade diária do passado. Aqui em cima dessa árvore, longe da distração do mundo e das outras pessoas, Pola é forçada a olhar para a verdade de sua vida. Com toda a sinceridade, ela entende muito do ressentimento de Leticia.

Mas, embora não tenha nenhum desejo de se juntar aos trabalhadores do canavial, ela ainda não se sente totalmente confortável com as mulheres com quem trabalha todos os dias. Seus ouvidos estão sempre alertas para algum comentário afiado ou insulto não tão sutil. As piadas continuam, mas, conforme os anos se passaram, Pola aprendeu a ler as sutilezas da provocação delas. São irritantes, mas não movidas por ódio. Elas a provocam nem mais nem menos do que umas às outras.

Doña Filo tomou a decisão de não mandá-la de volta para o canavial, e Pola está fazendo tudo que pode para evitar que a mulher se arrependa dessa decisão. Está aprendendo a controlar seu temperamento. Segura a língua o máximo que pode, trabalhando duro em medir suas palavras e o tom. Às vezes precisa morder os lábios para engolir algum comentário cáustico ou sarcástico. Ela se torna tão atenta ao seu próprio comportamento quanto ao comportamento dos outros. Nada disso é fácil. Mas suas defesas começaram a amolecer um pouco, e suas presas começaram a se tornar menos afiadas.

Acima de tudo, Pola é grata por estar fora do inferno que era a Hacienda Paraíso. Aqui não há performances para o entretenimento d'*el patrón*. Mesmo Romero, com sua ameaça constante e desdém explícito, manteve-se distante. *El patrón* pode precisar dele para supervisionar os trabalhadores dos campos, mas Pola consegue notar que nem Don Tomás nem Doña Filo gostam muito dele como pessoa.

Ela ouviu dizer que Don Tomás herdou Romero de seu pai, o velho *patrón*, que tinha um estilo brutal de comando e dava ao capataz domínio total dos escravizados. Mas Don Tomás é um tipo muito diferente de *hacendado*. A rudeza do capataz e sua violência são apenas contidas pelo jovem *patrón*. A verdade é que Romero é necessário, mas não desejado. Esse antagonismo entre os dois homens dá a Pola uma medida de alívio. Enquanto Romero estiver mais interessado em manter o emprego do que em tornar a vida dela horrível, ela pode respirar, mesmo sob seu olhar hostil.

Por esse motivo, as mulheres com quem ela trabalha não olham por cima do ombro o tempo inteiro. Não existem medos de mãos indesejadas as arrastando para fora e brutalizando seu corpo, encorajadas por um senhor que paga muito pelo teatro da vulgaridade.

Muitas mulheres tentam roubar um momento aqui e ali ao longo da semana para passar um tempo com amantes, mas, em geral, o domingo à tarde é o momento da corte explícita — e como elas cortejam! Algumas não se cansam, e tem aquelas que desaparecem para dentro dos bosques para encontros clandestinos com seus homens. Tía Josefa conhece bem suas mulheres e faz vista grossa para as necessidades delas. O que elas fazem sob o manto da noite é problema e escolha delas, desde que voltem antes do amanhecer e estejam prontas para trabalhar na hora marcada.

Pola as observa e se pergunta como seria *querer* ser tocada, precisar ser conhecida, explorada, por dentro e por fora, ser querida. Mas quando esses pensamentos surgem, ela rapidamente os afasta. Ela é grata por ser ignorada pela maioria dos homens. Seu rosto amassado não é bem um convite.

Ainda assim, tem Simón, e ela não é tonta. Desde o primeiro dia, está ciente dos olhos dele a seguindo. Ela nunca demonstrou notar ou encorajou a atenção dele. Mas não deixou de perceber que, quando menos espera, ele está aguardando por perto ou observando do outro lado do *batey* ou roubando olhares por baixo de sua *pava*. Sempre que está próximo a ela, ele deixa claro que seu foco é Pola, mas nunca pressionou, nunca insistiu, nunca pediu ou tentou tomar nada. Ele só observa abertamente e espera. Bom, ela pensa, desde que ele mantenha distância.

*

Devagar, tudo que ela sabe sobre si mesma, sobre esse mundo, está mudando. Com a passagem do tempo e os sentimentos cada vez mais conflitantes em sua vida se intensificando, ela se acomoda em sua árvore, tentando desemaranhar as linhas enroladas da mudança.

Ela observa a tela azul do céu sobre sua cabeça, quando as nuvens começam a se mover. Um vento súbito corre pelas árvores, trazendo consigo o som de milhares de folhas se esfregando umas contra as outras, enchendo a cabeça dela com um *vushhhh, vushhhh* familiar, atordoante e sedutor. Pola tenta lembrar, mas antes que consiga puxar toda a memória, o som fica tão alto, que não deixa espaço para pensamentos. Então, ali, dentro dele, cresce outro som do passado: o quebrar das ondas batendo em uma costa deserta, a dança do avanço e do recuo. Ela quase consegue sentir a força da água. O mundo se inclina. Seu corpo responde com um movimento de balanço, ondulando para a frente e para trás como se atraído e libertado. Ainda assim, o som fica cada vez mais alto, enche a cabeça de Pola, e a pressão começa a aumentar, até ela achar que sua cabeça não pode mais contê-lo. Então, assim como veio de repente, ele se vai, como se uma porta tivesse sido fechada.

Pola volta a si com um susto, seu coração aos saltos, suas mãos tremendo, e o cheiro de sal marinho permanece. Sacode a cabeça e fica imóvel por um momento. Imagens, foi só isso. Um sonho. Ela se agarra ao seu galho. Foi um sonho tão vívido. Ainda está tremendo quando desce e volta para Las Agujas.

*

Algumas semanas depois, mais uma vez na árvore, ela alterna entre estar acordada e cochilar, vivendo no entremundo onde mais imagens reluzem na sua frente. Uma mulher alta e negra dança nas águas em uma espiral de azuis. Sua saia se ergue em volta das pernas em ondas cerúleas que afundam em azul-marinho, azul-marinho se misturando ao esverdeado, esverdeado se tornando turquesa, turquesa fluindo para cobalto, cobalto se alongando em azul-real, azul-real se aprofundando em índigo, índigo amadurecendo em safira — tudo isso criando uma sinfonia de tons que seduz. Os seios amplos, quase inchados, trazem imagens de coloridas escamas de peixe, que se movem e separam e remodelam imagens de animais marinhos que, depois de revirar e serpentear, se acomodam nas formas de ainda outras criaturas impossíveis e hipnóticas — todas espiralando em sua pele nua. E enquanto isso ela dança, braços estendidos. Uma pequena concha, um caranguejo, um cavalo-marinho, uma tartaruga, uma estrela-do-mar flutuam por cima de cada dedo. O cabelo dela ondula em volta de sua cabeça, tentáculos de algas trançados em seus longos *dreadlocks*.

Os velhos pesadelos ficaram raros agora, mas essas novas imagens a invadem em um crepúsculo entre o despertar e o sono. Eles a emboscam quando ela está mais relaxada e desarmada. Mais uma vez, Pola só nota que pegou no sono quando acorda.

Ela se assusta. O sol está baixo. Ela perdeu a noção do tempo e precisa correr de volta antes que sintam sua falta. Recolhe a saia para começar a descer, mas se assusta ao encontrar uma sombra à espreita logo depois dos galhos mais baixos. Os arbustos lá embaixo estão farfalhando, e há uma sombra emergindo da folhagem. Alguém já foi mandado atrás dela? A sombra faz o menor dos movimentos. Apertando os olhos através das folhas, Pola consegue ver que o que ela de início pensou ser parte de uma moita é na verdade um pequeno corpo. Ela prende a respiração, o medo subindo por sua espinha. Mas quando a figura emerge, Pola pode ver uma massa de cabelo embaraçado escondendo o rosto, membros frágeis e um corpo pequenino. É uma menininha, a julgar por seu vestido solto. Seus dedos longos e magros agarram uma goiaba meio comida enquanto ela olha em volta, assustada.

Quando Pola se move para ver melhor, a menina vira a cabeça e inclina a orelha por um momento. As duas congelam. Então a menina sai correndo antes que Pola possa reagir. As sobras de sua refeição e o movimento que resta nos arbustos são a única evidência de que ela esteve ali. Pola espera até que tudo se acalme de novo. A escuridão se aproxima rapidamente. Ela é impulsionada pelo medo da descoberta. Salta os últimos metros e se põe a caminho, imaginando se realmente viu a menina ou se a imagem fugaz foi vestígio de um sonho seguindo-a para a vida real.

*

Depois de várias visitas sem mais sinais da menina, Pola desistiu de ficar de olho nela. No entanto, um dia, quando está sentada em sua árvore, perdida em pensamentos, a menina se aproxima pé ante pé e se acomoda contra o tronco, checando para ter certeza de que está sozinha. Ela abre seu saco e puxa uma grande *guanábana*, quebrando a casca em uma pedra afiada à sua frente. Tornou a se sentar, tirando as sementes pretas e mastigando a carne branca e macia da fruta.

Imóvel, Pola examina a criança em seu poleiro. Ela tem cor de nozes esmagadas, não um tom uniforme, mas uma mistura de diferentes tonalidades de cor de pele. O cabelo dela é um mato seco puxado com pressa em uma trança grossa que cobre as orelhas. Pedaços de folhas ficaram presos no farrapos que mal cobrem seu torso. A pele nua, as pernas finas, cobertas de lama, e as costas afiadas escapam de suas roupas escassas.

A menina se inclina para a frente, puxando rápido sua trouxa e mordendo um pedaço de pão, enfiando sorrateiramente pedaços na boca. Seus olhos correm pela clareira, girando de um lado para o outro para garantir que ela não foi seguida. Quando termina a refeição, ela limpa a boca com o antebraço, estica as pernas e finalmente respira fundo. Olha em volta mais uma vez antes de se encostar na árvore e fechar os olhos.

Pola está fascinada. Ela se reposiciona para ver melhor. No mesmo instante, a menina se senta de novo e examina a área. Sem ver ninguém em volta, ela se acomoda um pouco, mas então olha lentamente para as folhas acima. Seu rosto está manchado com as sobras de sua refeição. Ela ergue a mão, protegendo os olhos do sol e apertando os olhos para o verdor. Espiando a mulher na árvore, a menina foge, desaparecendo mais uma vez em meio aos arbustos antes que Pola possa reagir.

*

A menina obviamente estava com fome. Pola cria um plano, e seu tempo na cozinha de Pastora é bem gasto. Ela começa a levar pequenas sobras de comida consigo toda vez que consegue se esgueirar para o bosque. A cada visita ela deixa uma trouxa no pé da árvore. Logo a menina reaparece.

Na primeira semana, a menina vê a trouxa e olha em volta, indo devagar até o tronco. Ela agarra o pacote, cheira-o e sai correndo. Na segunda semana, ela se aproxima mais devagar, estica a mão e abre o pacote, devorando a comida assim que a desembrulha. Enquanto enfia o conteúdo na boca, olha em volta e então para, espiando a árvore no alto. Vendo Pola por entre as folhas, ela agarra a trouxa e hesita por um momento antes de se levantar de um salto e fugir de novo. Na terceira semana, ela vai diretamente para seu posto, ataca a grande *dita* que Pola deixou e consome desconfiada a comida embaixo da árvore, olhando para cima para garantir que sua benfeitora não se aproximou. Quando termina de comer, faz um aceno de cabeça e desaparece.

Torna-se um ritual implícito. Pola deixa a comida, e a menina a devora. Depois de muitas visitas, a menina deixa sete *amapolas* vermelhas sob a árvore, uma para cada refeição que recebeu. Coloca as flores vermelhas logo abaixo dos galhos mais baixos da árvore, onde a mulher possa encontrá-las. Antes de recuar, ela ergue os olhos e sorri.

*

Hacienda Las Mercedes,
Carolina, Porto Rico, maio de 1851

Pola fica em pé sob a árvore e chama:

— Olá... eu sei que você deve estar aí. — Faz semanas que ela não consegue escapar e agora tem medo de que a menina tenha seguido em frente, para outro local mais recompensador. Ela sente falta da companhia da garota, mesmo que elas nunca tenham trocado uma palavra. Pola está muito quieta, escutando em busca do farfalhar de um corpo se movendo entre os arbustos.

Silêncio.

— Meu nome é Pola. Qual o seu? Você deve estar com muita fome.

Nenhuma resposta, nenhum movimento.

Pola ergue a trouxa consigo.

— Eu tenho uma coisa para você.

Nenhuma resposta.

— Eu nem sempre consigo vir. Eles me vigiam, você sabe.

Ainda nada.

Pola finalmente se senta e começa a abrir as folhas de bananeira que guardam a comida.

— Acho que você não está com fome, então.

Ela ouve o farfalhar e se move com cuidado, para não afugentar a menina. Primeiro um braço serpenteia para fora do arbusto, então uma cabeça, os olhos, enormes e penetrantes, uma pausa, um exame, então, hesitante, outro braço. A menina emerge e tenta agarrar a comida, mas desta vez é Pola quem é rápida. Ela pega o pulso da criança antes que ela possa fugir.

— Eu não vou te machucar.

A menina tenta se desvencilhar, mas Pola continua segurando.

— Meu nome é Pola. Qual o seu? — Ainda segurando o pulso fino com uma mão, Pola baixa a outra, pega um pedaço de linguiça ainda quente e o estende para a menina. Os olhos da menina nunca deixam o rosto de Pola, mas ela sente o cheiro da comida oferecida e fecha os olhos como se transportada para outro lugar.

— É seu. Tudo que você precisa fazer é se sentar aqui e comer, comigo.

A menina abre os olhos e se inclina para a frente, lambendo os lábios. Mantendo seus olhos na oferta, ela relaxa até se sentar diante de Pola e pega a linguiça. Pola solta seu pulso e coloca o pedaço de carne na mão estendida. A criança o devora imediatamente e estende a mão, pedindo mais. Pola lhe dá um ovo cozido, mas o segura diante dela antes de soltá-lo.

— Meu nome é Pola. E você é...?

— O nome é Cha... chi... ta. — A voz dela é rouca.

— Melhor assim. — Pola enfia as mãos por entre as folhas e puxa um pedaço de batata-doce. E assim a dupla repete esse movimento, várias vezes seguidas.

Dar e receber comida é o laço que as une. Enquanto a garota devora a comida, Pola tem a chance de examiná-la. Ela não pode ter mais do que doze ou treze anos — uma coisinha, da altura de um barril de água, o contorno de suas costelas claramente visível através dos farrapos. Seus quadris ainda estreitos confirmam a pubescência. Ela é magra, mas suas pernas e os braços longos têm uma definição clara. É forte, ágil e definitivamente veloz. Mas, de longe, sua característica mais marcante é seu cabelo impressionante, um emaranhado que cai por cima de suas orelhas e por suas costas, terminando em cachos grossos como cordas. Deve fazer anos desde que essa juba notável viu pente ou escova. Suas maçãs do rosto proeminentes fazem seus olhos grandes se destacarem ainda mais. Apesar de sua aparência extraordinária, a menina irradia inocência e uma vulnerabilidade que comove o coração de Pola.

Enquanto ela engole um bocado, Pola pega o resto da linguiça. Mais uma vez, ela não a solta na mão ansiosa de Chachita.

— Há quanto tempo você está se escondendo aqui? — A menina não tira os olhos da linguiça.

— N-n-não escondendo... moro aqui.

Pola solta o pedaço na mão gulosa da menina.

— Ninguém mora no bosque. De onde você é?

Chachita está focada em mastigar, mas responde.

— N-n-não sei. — As palavras saem em volta do monte em sua boca.

— *Cómo que* "não sei"? De onde você é? Quem é sua gente? Quem é seu *patrón*?

— Sem *p-patrón.*

— Você está mentindo. Uma menina nova e negra como você vale dinheiro.

Mais uma vez a menina estica sua mão pedindo mais comida.

— S-s-s-sem g-g-ente... S-sem *p-patrón.*

— Fugitiva?

Sem resposta.

Pola faz como se fosse guardar o resto da comida, mas Chachita responde rápido.

— Vi-vivia com M-M-Mamá... T-t-trabalhava café para D-Don Her-mi-ni-o, mas... — A menina para e fareja. Uma mudança no rosto dela. Antes que Pola possa reagir, Chachita salta e foge.

Pola não ouve o farfalhar dos arbustos atrás de si até alguns minutos depois. Tarde demais para ela mesma sair. A folhagem se abre, e Tía Josefa emerge. Os olhos da velha notam o resto da refeição.

— É melhor voltarmos antes dos outros sentirem sua falta também. Vai ser hora do jantar daqui a pouco, e Pastora vai precisar de você na cozinha. — Ela fica de lado, sem mencionar a refeição parcialmente comida no chão. — Você não tinha sido tão irresponsável antes. Cuide pra Romero não te encontrar aqui. Vamos. — Tía Josefa chama por cima do ombro enquanto se vira para continuar no caminho de Las Mercedes. Então ela para e espera que Pola tome a dianteira no caminho. — Pode deixar essas coisas aí. Tenho certeza que algum... animal vai apreciar.

Pola faz questão de não olhar na direção que a garota tomou e segue Tía sem dizer nada.

*

Nas semanas seguintes, Pola arranca o resto da história de Chachita usando a isca da comida em troca de informação.

— Quando meu s-sangue veio... lá embaixo... tudo mudou... tetas... voz... cabelo... minha pele mudou também... Mamá viu e não disse nada... Pele continuou mudando... especialmente aqui. Minhas orelhas... — Como está desacostumada a falar, a história de Chachita vem devagar.

Com o tempo, a pele em torno das orelhas dela começou a se enrugar, repuxar e ficar mais escura que o resto, eventualmente inchando em erupções duras. A mãe tentou todos os remédios que conseguia pensar, mas nada funcionou. Elas tentaram cobrir com o cabelo da criança e deu certo por um tempo. Mas o cheiro...

Então um dia o capataz, que tinha notado que seu corpo jovem havia começado a assumir traços de mulher, decidiu que era hora de se aproximar. Ela lutou contra, mas ele era forte. Tentou beijá-la, mas parou ao sentir o cheiro dela. Ela o afastou o melhor que pôde, mas, na briga, caiu no chão, expondo suas orelhas deformadas. O capataz congelou, então começou a recuar lentamente, fazendo o sinal da cruz e xingando.

— ¡*Maldita sea la mierda*! — Ele continuou recuando até finalmente se virar e correr. Naquela noite a própria *patrona* veio examinar a menina. Suas costas enrijeceram, e ela também recuou.

Uma noite, dois homens jogaram um saco sobre a cabeça da menina, amarraram o corpo que se debatia a um cavalo e saíram correndo. Chachita ouviu os gritos cortantes da mãe conforme o cavalo e o cavaleiro a carregavam para longe do único lar que ela já tinha conhecido.

Em seu pânico, Chachita continuava gritando.

— *O que você está fazendo*? *Pra onde está me levando*? *Por quê*? *Por quê*? *Por quê*? — Ela estava tão assustada, que perdeu o controle da bexiga. Conseguia ouvir o *clop, clop, clop* dos cascos do cavalo, enquanto eles a carregavam cada vez mais para longe do único lar que ela já tinha conhecido. Ela os ouviu xingando, falando da marca do demônio.

Levou dias. À noite ela escutava os homens falando uns com os outros. Os *patrones* tinham medo de que todos fossem se contaminar com o que quer que ela tivesse. Os homens queriam matá-la e acabar logo com isso, mas a *patrona* tinha medo de que matar uma menina assim fosse trazer azar para eles. Eles não podiam vendê-la. O que fazer? O que fazer com essa menina antes que ela espalhasse sua doença para os outros e para a família? Deus nos livre! Algo precisava ser feito antes que os rumores se espalhassem. Eles decidiram levar a menina para o fundo da floresta e abandoná-la tão longe de casa que ela nunca encontraria o caminho de volta. O que quer que acontecesse com ela depois disso não era problema deles. Deus tinha dado essa doença a ela, e ele cuidaria para que ela encontrasse um fim adequado. *La patrona* fez o sinal da cruz. Ela tinha feito seu dever cristão ao deixar a menina nas mãos de Deus. Se ela morresse, não seria culpa de nenhum deles. Com isso, ela os tinha despachado e lavado as mãos da coisa toda.

Os olhos de Chachita ficaram molhados enquanto ela continuou.

— Eu ch-chorei e ch-chorei… i-implorei. Eu n-não e-entendia nada. Eles p-pareciam ter… m-medo de m-mim… mas por quê? Por quê?

A menina odiava viver naquela fazenda com a labuta infinita e o medo constante dos capatazes brutais, mas pelo menos tinha sua mamá e os outros. Então, pela primeira vez na vida, ela estava totalmente sozinha no meio de uma floresta. Os homens não tinham deixado água, nem comida, nem uma forma de sair dali.

A sobrevivência venceu o medo; a sede, a perda; a fome, a solidão. Ela aprendeu a cavar em busca de tubérculos, *yautías* e *yucas* e *ñames*. Aprendeu a subir em árvores e colher frutos — *aguacates, guanábanas, acerolas, jobos* e *quenepas*. Em suas viagens, encontrou uma fazenda aqui, um celeiro ali, pomares abandonados, varais sem supervisão com roupas penduradas. Sob o manto da noite, pegou apenas aquilo de que absolutamente precisava, nada mais. Bebeu água doce do rio. Água de coco era um mimo, já que as palmeiras eram muito difíceis de escalar.

— M-muito sozinha. À-às vezes, p-pessoas vinham pro bosque... Q-queria f-falar com e-elas e v-ver se elas sabiam c-como eu podia i-ir pra casa. M-mas... em quem eu p-poderia c-confiar? En-então ho-homens b-brancos com a-armas v-vieram... Sabia que eu p-precisava me e-esconder deles. Precisava me e-esconder de todo mundo. À-à-às vezes outras p-p-pessoas vinham, homens e mulheres juntos... f-fazendo coisas... m-mas eu sou uma b-boa m-menina... v-v-você sabe.

"Um d-dia... l-lá e-estava você... *me* o-observando. Eu f-fiquei com medo, m-mas então eu soube que v-você estava se e-escondendo também... P-p-pensei p-por que você e-estava lá em c-cima, mas t-tinha muito m-medo de d-descobrir... Um d-dia... Eu e-estava p-pensando em M-Mamá... en-tão lá es-estava você c-com c-comida q-q-quente... A-a-agora a-aqui e-e-estamos."

Chachita para e coça a cabeça ao terminar sua história. Algo atrai Pola, algo há muito enterrado e quase esquecido. Ela rapidamente se recompõe e tenta escapar da clareira.

— Eu preciso ir agora, antes que venham me procurar.

— S-sim, eu sei... V-v-você v-vai v-voltar?

Pola vê a ansiedade no rosto da garota. Sim, ela esteve sozinha. Nenhuma criança deveria viver como um animal selvagem nos bosques.

— P-por favor, v-volte, eu v-v-vou e-e-esperar por v-você... P-P-Pola.

Pola observa e escuta. O autocontrole de sempre se foi, e Chachita é só uma criança assustada. As lágrimas escorrem pelo seu rosto, misturando-se com a sujeira e deixando trilhas por suas bochechas. A mudança tão súbita pega Pola desprevenida. A criança obviamente está em necessidade. A dor dela toca Pola.

Por instinto, ela se aproxima de Chachita, envolvendo com seus braços os ombros ossudos da menina e sussurrando sons reconfortantes. Da última vez que Pola acalmou alguém assim em seus braços, era sua própria bebê, que desapareceu na noite. Sentimentos há muito guardados despertam e colidem com sua atual precaução. Mas quase de imediato a apreensão se dissipa, substituída por um sentimento atordoante de ternura. Pola se maravilha com o quão consolador é abraçar esse corpo frágil; como o simples toque, a sensação do calor de outra pessoa, pode arredondar as arestas pontudas de sua alma. Ela não deixa de notar que recebe tanto conforto quanto oferece, talvez mais. Ela aperta com mais força, apreciando essa sensação renovada. Enterrado bem no fundo, um canto destrancado de sua mente está gritando. *Essa criança precisa de uma mãe.*

— Não se preocupe. Eu *vou* voltar. *Te lo prometo.*

*

Meses se passam, e mulher e criança se acostumam com os domingos nos quais compartilham uma refeição. Chachita engorda. O contorno de suas costelas não é mais visível, suas bochechas ficam roliças, e um brilho mais saudável ilumina seu rosto. Com o tempo, a postura dela melhora. Acostumada a passar muito tempo sem conversar, a menina ainda oferece pouco, e Pola não insiste.

Às vezes, Pola contribui com uma história sobre Las Agujas. De vez em quando elas se sentam e não dizem nada durante toda a visita. Observam o rio ou escutam os pássaros. Nenhuma se aproxima, mas as duas ficam felizes quando a outra compartilha algum detalhe de sua vida. É como se tivessem um pacto não verbalizado de existir apenas nos limites da clareira perto da árvore. Os galhos acima e a folhagem densa em volta da árvore protegem o mundo delas do escrutínio indesejado.

Pola sempre traz mais do que Chachita consegue comer, garantindo que fiquem sobras suficientes para a menina guardar para mais tarde. Um dia, traz algumas roupas velhas e as entrega a ela. A menina assente com a cabeça em gratidão e imediatamente descarta seus farrapos e os substitui pelas vestimentas desbotadas, mas limpas.

Elas ficaram tão confortáveis uma com a outra que uma tarde, satisfeitas e sonolentas depois da refeição, Chachita se aninha ao lado de Pola e pega no sono. Pola, gostando da experiência, senta-se contra a sombra da árvore, observando o sobe e desce rítmico do sono sereno da menina. Logo ela também relaxa em um meio-sono na tarde silenciosa. Através dos olhos semicerrados, ela observa os arbustos na sua frente se abrirem e dois meninos pequenos saírem dele, encarando-as abertamente. Os meninos riem, se abraçam e começam a mover o peso de um pé para outro, em uma espécie de dança alegre. Pola tenta focar, mas suas pálpebras estão muito pesadas. Ela se esforça para ficar alerta e olha em volta. Chachita ainda está aninhada e dormindo, mas os meninos se foram, sem traço de terem estado ali.

*

Hacienda Las Mercedes,
Carolina, Porto Rico, fevereiro de 1852

A fazenda está no meio da quarta colheita desde que Pola chegou. Durante a *zafra* todo mundo é necessário, e muitos recebem tarefas adicionais. É necessário saber onde todos estão, o tempo todo. Todo mundo está focado na colheita. Pola é forçada a abrir mão de seu refúgio na floresta. É fevereiro, e ela ainda não conseguiu voltar para sua árvore e a menina.

Homens, mulheres e crianças são mandados para os campos, onde trabalham até a noite. Carros e mais carros de boi deixam os campos, pesados com os caules da cana que devem ser entregues ao depósito ferroviário para viajarem até *la central,* o engenho local. Os trabalhadores do campo às vezes dormem lá para continuar seu trabalho ao amanhecer. Nenhum tempo é desperdiçado em uma refeição prolongada ou com socialização. Durante semanas eles dormem, comem, conversam em serviço. Trabalhadores exaustos erram no manuseio de machetes e cortam membros. Quando os trabalhadores voltam para o *batey,* comem como um exército e caem como peso morto na cama.

As negras domésticas também ficam com as mãos cheias. As senhoras dos *hacendados* estão ocupadas, preparando-se para o festival da colheita, que encerrará a temporada. Dezenas de vestidos de baile e acessórios precisam ser desenhados, cortados, costurados, provados, ajustados e entregues. As roupas de baixo, as luvas e os xales exigem tanto trabalho quanto as peças maiores.

Os braços e as costas de Pola doem por causa das muitas pilhas de tecido que ela leva do depósito da Tía para a mesa de trabalho. Agora também esperam que ela ajude com as provas, quando as jovens damas e suas mães vêm experimentar seus pedidos. Este ano é particularmente difícil, porque duas das *señoritas* vão se casar também. Então enxovais, vestidos de noiva e roupas para os convidados, tudo isso precisa ser feito.

Até o fervor religioso de Doña Filo precisa recuar em nome dos negócios. As mulheres de Las Agujas trabalham a semana toda, inclusive aos domingos. As lanternas quase nunca são apagadas, e as mulheres empunham agulhas até tarde da noite, com os olhos embaçados e vermelhos pela privação do sono. As costureiras lidam com os raros tecidos europeus e chineses com todo o cuidado. Elas têm tanto trabalho para terminar, que Doña Filo manda duas de suas criadas para ajudar a passar as roupas. Uma noite, uma criada sonolenta esquece o ferro quente em um delicado vestido de seda, e a peça toda precisa ser refeita, as costureiras rezando para terem sobras suficiente para cobrir o erro.

Depois de meses de atividade frenética, a maioria das peças está pronta e precisa apenas das últimas provas. As costureiras restantes têm tempo para descansar e esperar antes da última rodada de ajustes. Elas passam óleo de coco e massageiam as mãos umas das outras, eliminando a rigidez de seus músculos e curando os sempre presentes cortes e furos. Então, seguem para a cama, para um descanso merecido, e rezam para seu trabalho agradar e não haver necessidade de mais ajustes.

Os últimos meses foram agonizantes para Pola. Ela seguiu com seus deveres como sempre, mas seus pensamentos estavam na menina do bosque. Ela tenta dizer a si mesma que a criança sobreviveu sem ela antes, que pode fazer isso de novo. A maior parte das árvores está sem folhas agora. O crescimento abundante do verão se foi, e há poucas frutas e vegetais silvestres para colher. Os pensamentos irritantes lhe fazem companhia dia e noite. E se Chachita não encontrar nada para colher? Isso é ridículo, é claro; a menina com certeza sabe sobreviver melhor naquele bosque do que a própria Pola. Sua preocupação lhe pesa bem no momento em que distrações e erros caros podem trazer uma punição severa sobre ela e as outras. No final, nada vai satisfazê-la até ela saber que a menina está bem.

Pola fica deitada na cama, mas seus sentidos viajam pela cabana. O movimento parou um tempo atrás, a respiração uniforme e os roncos que enchem o local dizendo tudo o que ela precisa saber. Uma por uma, as mulheres pegaram no sono. É perigoso, loucura, mas ela não consegue tirar o rosto de Chachita da cabeça. Pola não consegue ficar parada, não consegue fechar os olhos, não consegue pensar. No final, não pode mais esperar. Aproveita a oportunidade e escapa por uma hora, não mais, diz para si mesma.

Ela coloca seu plano improvisado em ação enquanto cruza o *batey* até a cozinha. Com o coração acelerado, Pola desliza silenciosamente e pega qualquer comida que esteja mais próxima. Por sorte, a família fez uma boa refeição, e Pola encontra várias sobras. Ela joga tudo em uma *dita,* a enrola em seu avental e se esgueira para fora, sem perturbar a cozinheira adormecida.

*

Pola leva a refeição quente para a árvore. Ela puxa um tecido e cuidadosamente desenrola a comida, liberando o aroma de batatas-doces, ovos mexidos, em uma *dita* coberta cheia de *bacalao* cozido.

Ela arruma a refeição e se senta, dando à menina tempo para se aproximar. Mas não há farfalhar de folhas, nenhum passo abafado, nada. Ela chama o mais alto que tem coragem e espera. Mas não há som, nenhum movimento que indique a presença de outra pessoa. Ela passou tempo demais longe, mas a menina deve ter conseguido o suficiente para se sustentar. Ainda assim, ela com certeza deve estar faminta por uma refeição fresca. Onde ela poderia estar? Para onde ela poderia ter ido? E se ela não encontrou nada para comer? Talvez ela tenha se ferido. Pola anda de um lado para o outro, dizendo a si mesma para ser paciente e, ainda assim, está ciente do tempo passando e de seu próprio perigo de ser exposta. Ela não sabe quanto tempo se passou, mas fica desesperada. Não quer ir embora, mas não pode ficar. Precisa voltar antes que sintam sua falta. Por fim, está prestes a sair quando sente ser observada. A menina está em pé na clareira, lágrimas enchendo seus olhos.

— O-o-onde v-você e-estava?

Pola não deixa de notar a acusação.

— Sinto muito. Sinto muito, mesmo. Eles estavam vigiando todos nós. Muito trabalho a fazer. Sem tempo pra descansar. Sem igreja... eu não podia... Espera, não tão rápido.

A menina já está devorando a comida. Enquanto Chachita come rapidamente, vomita e então come de novo, Pola afunda no chão e observa. A mão dela treme enquanto Chachita enfia a comida na boca. A menina ficou muito magra outra vez. Seus olhos parecem imensos acima das maçãs do rosto saltadas. O coração de Pola se aperta quando pensa na comida que ela própria havia consumido durante as últimas semanas.

Quando a menina acaba de comer, ela rasteja até Pola e descansa a cabeça em seu colo. Ela imediatamente cai em um sono profundo, migalhas ainda grudadas em sua boca seca. Neste exato momento, Pola promete a si mesma que isso nunca mais vai acontecer de novo, sabendo muito bem que não pode fazer essa promessa.

Ela olha para cima, lendo o céu. O tempo passa rápido. É muito mais tarde do que ela imaginava. A menina ainda está dormindo, mas Pola sabe que precisa voltar. Com certeza Tía já notou a ausência dela. Não há mais tempo a perder. Ela desliza a perna debaixo da cabeça da menina e se prepara para voltar. Olha para Chachita, que não acordou. Em vez disso, a menina encolhe as pernas, uma mão segurando a outra, e ronca de leve, cansada demais para ser puxada para fora do mundo de sonho que está habitando. Pola não consegue imaginar como as últimas semanas devem ter sido para a criança. Não consegue imaginar onde ela realmente mora, dorme e se abriga do tempo. Existe tanta coisa sobre essa criança que ela ainda não sabe. Deixá-la ali, assim, é a coisa mais difícil que Pola precisou fazer em muito tempo.

12. AS MÃOS DAS MULHERES

Hacienda Las Mercedes,
Carolina, Porto Rico, setembro de 1852

Adela carrega a pilha de roupa de *la casa grande* para a mesa de trabalho sob a mangueira. As mulheres de Las Agujas estão começando o dia.

— *Buenos días,* Tía Josefa. *Buenos días, muchachas.*

— *Hola,* Adela. — O coro a cumprimenta enquanto as mulheres circulam a mesa, preparando-se para o café da manhã.

Tía Josefa ergue os olhos.

— *Buenos días, m'hija.* O que te traz aqui tão cedo?

— *Bendición.* — Adela inclina a cabeça.

— *Santa.* — A bênção pedida e concedida é automática entre a jovem e sua anciã respeitada.

— Pola, faz um tempo que não te vejo.

— Bem, eu não tinha por que estar na casa. Além do que, tem muito pra fazer aqui.

— Falando em trabalho — Adela se vira para Tía —, Doña Filo quer essas coisas consertadas o mais rápido possível. — Ela as apoia na ponta da mesa e está prestes a se sentar, quando duas das mulheres trazem tigelas de *viandas* para o café da manhã. As outras mulheres largam o que estão fazendo e contornam a mesa.

— *Por fin.*

— Estou morta de fome.

— Já era hora.

— Por que você demorou tanto?

— Hmmm, que cheiro bom.

— *Permiso* — Adela sussurra e rapidamente se afasta da mesa.

Pola observa Adela correr para os fundos da cabana. Há algo de uma urgência perturbadora nos seus movimentos, e Pola escapa em silêncio e a segue. Quando ela alcança a mulher, Adela está curvada e vomitando nos arbustos. Instintivamente, Pola estende a mão e a coloca sobre a testa de Adela, e a outra acaricia suas costas conforme as ondas de náusea correm pela garota. Quando ela termina, Pola tira o avental e passa para ela se limpar. Adela está corada, gotas de suor em sua testa e as mãos tremendo enquanto limpa o rosto. Ela olha para trás para garantir que Pola está sozinha.

— Não se preocupe. Ninguém notou além de mim.

Adela solta um longo suspiro e deixa os ombros caírem aliviados.

— De quanto tempo você está? — A voz calma de Pola parece relaxar a mulher estremecida. Os olhos de Adela correm de um lado para o outro, evitando olhar diretamente para a amiga.

Com a preocupação estampada claramente em seu rosto, Adela se vira de costas.

— *Gracias.* Eu vou lavar isso e te devolvo amanhã.

— Você não respondeu minha pergunta. Quanto?

— Não tenho certeza.

— Adela, *mírame.* — Mas Adela não quer se virar. Em vez disso, os ombros dela começam a tremer.

Pola estica o braço e toca a mulher aflita.

— Você vai ficar bem. Eu vejo mães com bebês o tempo todo aqui. Ninguém vai levar seu bebê embora. Você e o pai podem...

Adela se vira e enterra a cabeça no peito de Pola, soltando lágrimas que, sem dúvida, foram engolidas por algum tempo. Mais uma vez Pola se vê apoiando e consolando uma jovem mulher. Não Chachita dessa vez, mas, inesperadamente, Adela. Adela, que sempre parece tão dona de si e alegre, está tirando forças dela, Pola, em seu momento de crise. Pola, a silenciosa; Pola, a confiável; Pola, a forte; Pola, a amorosa. Essa é uma roupa que ela não está acostumada a usar e, ainda assim, é uma que está começando a caber e a parecer bem-ajustada.

— Você não entende. — Adela solta as palavras entre soluços.

— *Pues, dime.* Por que você está tão infeliz? Quem é o pai do bebê...? Você não deve ter medo. A primeira vez é sempre a pior, mas...

Adela parece estar falando mais consigo mesma que com Pola:

— Não, você não entende. Tantos planos. Eu não sei... Como eu posso...? Como nós podemos...? — Então os olhos dela focam Pola de novo. De repente, ela parece desesperada. — ¡*Prométeme*! Você precisa me prometer que não vai contar para ninguém.

— Mas, Adela...

— Não! Não conte pra ninguém. Por favor, guarde meu segredo. — O desespero pesa na voz dela de tal forma que ela não soa mais como a jovem amiga de Pola.

— Mas você vai precisar de ajuda, e logo todo mundo vai saber de qualquer forma. Você ainda não contou para o pai?

— Pola, jure... me jure! ¡*Júralo*!

— Tudo bem, tudo bem. Se acalme, Adela. Você pode confiar em mim. Respire. De novo... Bom.

Adela fecha os olhos e controla a respiração. Seu peito parou de arfar e se acalma a um ritmo normal. Finalmente, ela se recompõe o suficiente para falar em seu tom normal de voz.

— Você foi muito boa, minha amiga. Eu queria poder responder suas perguntas, mas eu... não posso. É... difícil. Eu não quero você envolvida...

Mas antes que possa terminar, elas ouvem Tía chamando. O café já está quase acabando e deram pela falta delas. Adela seca o rosto de novo. Seus olhos agradecem Pola enquanto corre pelo *batey*, evitando Las Agujas. Pola observa sua amiga ser engolida pelo escuro da porta dos fundos da elegante casa-grande.

Ela se vira e volta por onde veio, na direção da mesa de trabalho. As outras mulheres limparam as coisas do café da manhã e organizaram as ferramentas. Ela encontra uma tigela de tubérculos frios e ovos em seu lugar. Engole tudo antes de começar o trabalho.

Pola passa o dia ocupada, mas seus pensamentos ficam em Adela e trazem de volta memórias próprias. Naquela noite, enquanto os outros dormem, ela se vê mais uma vez na cabana de parto.

*

Hacienda Paraíso,
Piñones, Porto Rico, julho de 1840

O sol já tinha passado das montanhas quando mãos cuidadosas trançaram seu cabelo e enrolaram sua cabeça em um pano limpo. Elas tiraram suas roupas e lavaram seu corpo, especialmente a barriga enorme e a região genital, com folhas amassadas de *yerba buena*, para garantir um bom resultado. Jogaram um vestido curto por cima de sua cabeça que alcançava até logo abaixo das nádegas, o que daria pleno acesso a Dolores quando fosse a hora. Finalmente, ajudaram-na a deitar-se na mesa acolchoada que tinha sido montada na ponta do cômodo e seguiram em silêncio com as outras tarefas.

Enquanto isso, Dolores, a parteira, preparava-se para os *santiguos*. Ela derramou o óleo de palma nas mãos, espalhando-o dos pulsos à ponta dos dedos, sovando os músculos até suas mãos ficarem quentes e formigantes e cantando baixo enquanto trabalhava. Então ela se virou para Pola. Começando no alto da barriga, ela massageou com firmeza para baixo, concentrando-se na região mais baixa e cantando enquanto isso. Fechou os olhos, concentrada, como se escutando alguma canção particular entre ela e a criança não nascida. Seus lábios se moviam em silêncio, mandando para o alto as preces apropriadas para a chegada da criança e parando de vez em quando para verificar a dilatação.

As contrações de Pola vinham com frequência e intensidade cada vez maiores. Seu corpo se tensionava enquanto ela suportava cada rodada de dor. Os gemidos progrediram para gritos. Horas depois, todo o corpo de Pola estava arrebentado de dor. Tudo doía, e ela se resumia a chorar como uma criancinha.

As roupas dela estavam encharcadas, e o lenço da cabeça tinha caído há muito, enquanto ela se debatia e chutava na cadeira de parto. O suor tinha saturado as muitas camadas de acolchoamento dos braços. Alguém limpou o rosto dela com uma toalha fria. Quando a dor recuou, Pola olhou para baixo. O rosto fechado de Dolores entre seus joelhos a deixou em pânico.

— *¿Qué pasa*?

A parteira estava ocupada examinando, medindo, ainda esfregando o ventre inferior de Pola enquanto seus dedos trabalhavam do lado de dentro para guiar o primeiro bebê pelo canal.

— ¡*Vamos*! *A caminar se ha dicho*. — Foi uma ordem que as mulheres seguiram imediatamente.

Pola, incrédula, encarou Dolores enquanto elas trabalhavam para tirá-la da cadeira.

— *¿Qué, qué*? *No puedo*. *No*. Não posso...

Dolores se recostou, secando o suor de sua testa.

— Escuta, esses bebês precisam de ajuda pra vir ao mundo. Você *precisa* se levantar e andar. — A voz dela era firme. — Você entende o que estou dizendo?

As mulheres renovaram seus esforços para puxar Pola para fora da cadeira. Com a pouca força que lhe restava, Pola tentou afastá-las, mas só conseguiu deslizar para o chão.

Uma das mulheres se abaixou e sussurrou no ouvido dela.

— *Por favor*, Polita. Ande. Vai ajudar a guiar seu bebê pra baixo.

— Mas eu não consigo... ¡*No puedo más*!

— Sim, você consegue. Venha. Te ajudamos.

As mãos experientes delas a ergueram e a colocaram para andar. Caminharam juntas de um lado para o outro do cômodo. Pola, exausta e encharcada do próprio suor, colocava um pé na frente do outro. Mas a cada contração, elas precisavam parar e esperar. Elas permitiam que a parturiente se apoiasse nelas, mas a colocavam de pé assim que a dor arrefecia. E então começavam tudo de novo. As contrações, que tinham se acumulado na lombar, moveram-se para a barriga, longas correntes de dor que a faziam se dobrar e arfar. A pressão tinha se transformado em torção, e os apertos eram enlouquecedores. Então a umidade. Água? Não, urina deslizando por suas pernas. Ela sentiu o cheiro de suas próprias secreções corporais e ficou com nojo de si mesma. E ainda assim as contrações vinham.

Naquela noite, quando as outras mulheres se sentaram perto do fogo para a refeição do fim do dia, o jantar foi pontuado pelos gritos de Pola preenchendo o *batey*. Sem nenhum comentário, todas elas sabiam que estava demorando demais. Pola precisava de ajuda. As mulheres que trabalhavam no campo se juntaram às mulheres grávidas do lado de fora da cabana de parto e começaram um canto ancestral. Com batidas sincopadas e o som de dezenas de mãos e pés, elas criaram a música que tinha ajudado mulheres em perigo desde tempos imemoriais. Algumas delas cantavam, enquanto outras batiam palmas, e então se alternavam. Assim mantiveram o canto até que as trabalhadoras do campo fossem expulsas pelos capatazes, que estavam prontos para trancá-las para dormir. Mas, mesmo ao longe, seus cantos-mãe encheram a noite.

Quando o sol nasceu, as contrações se intensificaram, mas os bebês não vinham. Nenhum incentivo conseguia fazer Pola se levantar de novo. Ela simplesmente tinha ficado sem a energia necessária para continuar se movendo. Na cadeira de parto, todo o seu corpo estava escorregadio por conta de seus vários fluidos; seu cabelo estava pingando, seu vestido era um trapo encharcado, e um odor fétido enchia a cabana. Dolores se sentou e descansou antes de continuar.

Mesmo para um primeiro parto, e de gêmeos ainda por cima, isso estava demorando demais. Dolores examinou Pola uma última vez antes de enfiar a mão e cuidadosamente trabalhar com seus dedos hábeis, soltando a água e começando a próxima etapa. Ao seu sinal, as duas ajudantes torceram os lençóis em longas cordas que enrolaram no corpo de Pola, logo acima da sua barriga. Então elas começaram a rolar suavemente, aumentando a pressão para baixo, para ajudar os bebês a saírem.

Pola era uma mulher forte, mas não conseguia mais se segurar. Com cada contração, gritos explodiam para fora dela e se afundavam nas paredes. O corpo dela mandava jatos de suor quando ela se debatia para a frente e para trás na cadeira. Dolores enfiou um rolo grosso de tecido entre os dentes de Pola e voltou à tarefa. O corpo de Pola entrou em grandes espasmos, sua barriga se contraindo, seus braços e pernas se enrijecendo em longos troncos nodosos, e ainda assim as crianças se recusavam a sair. Ela agarrava os braços da cadeira de parto, sentindo o vapor da água quente entre as pernas enquanto suas regiões baixas estavam penduradas por cima da cadeira aberta. Dolores espalhou um bálsamo lubrificante em volta da abertura, torcendo para que ajudasse a passagem das crianças para esse novo mundo.

Porém, como se soubessem o que as aguardava, as crianças se recusavam a descer. Ainda destruída pela dor lancinante, exausta em seus esforços para ajudar a parteira, Pola ficava mole entre as contrações. A cadeira estava ensopada de transpiração, e o chão abaixo e em volta dela tinha poças de fluidos. Quando ela pensou que não aguentava mais, um último grito abafado trouxe o sofrimento ao fim.

— *Casi, casi,* Pola. Mais um empurrão.

Pola foi rasgada ao meio, e a cabeça e os ombros da primeira criança finalmente deixaram seu corpo. Outro empurrão, e o bebê por fim deslizou pela abertura abaixo e para as mãos de Dolores, que a esperavam. Ela passou a criança para a ajudante e voltou para a mãe, pronta para receber a próxima entrega.

Mais cólicas, mais empurrões, e, bem quando pensou que não tinha nada mais para dar, ela ouviu os choros. Pola estava totalmente exaurida quando o segundo bebê deslizou para o mundo, mas, mesmo exausta, seus olhos nunca deixaram os filhos recém-nascidos. Ela mal conseguia erguer os braços, mas suas mãos estavam ávidas pelos corpinhos que quase a tinham partido ao meio. Ela queria segurá-los, senti-los respirar, cheirar sua pele.

— *Si, un momento,* Polita. — Dolores e suas ajudantes trocaram olhares. Elas trabalharam rapidamente, mãos voando, esperando colocar os bebês nos braços de Pola antes que o inevitável acontecesse. Mas elas sabiam que não funcionaria.

O canto do lado de fora parou subitamente. Não havia mais tempo. A porta se abriu de supetão, e um dos capatazes entrou no cômodo, empurrando Dolores para o lado. A remoção imediata do recém-nascido evitava o problema da mãe se apegar à criança. Haveria outras mulheres em outros lugares que amamentariam e cuidariam dos pequenos estranhos até eles estarem prontos para o mercado. Qualquer apego entre mãe e filho era visto como um impedimento ao bom funcionamento das operações. Os bebês de Pola se foram antes dela sequer ter a chance de tocá-los.

Mãos amorosas a seguraram. Nada podia ser feito. Os uivos de Pola encheram o cômodo mais uma vez. Desta vez, a dor não tinha nada a ver com o parto e tudo a ver com uma perda primordial. As mulheres, conhecendo a agonia e a trivialidade de tudo isso muito bem, seguraram a nova mãe, afagando-a em sua angústia. Pola não parou de gritar até que sua garganta estivesse ferida demais para produzir muito mais que um resmungo.

Depois de parir seus primogênitos, Pola, mãe por talvez dez minutos, não era mais uma mãe. Ela não tinha notado a pena e a tristeza que viviam nos olhos das mulheres, mesmo enquanto ajudavam a trazer essas crianças ao mundo. Tinham tentado durante meses, mas não havia como prepará-la para o desespero que se abateu sobre ela.

Não permitiram a Pola os quarenta dias completos da *cuarentena*, a recuperação pós-parto. Isso era reservado para mulheres brancas. Mulheres negras na cabana de parto recebiam uma semana antes de ser mandadas de volta para os campos. Da primeira vez que Pola segurou uma machete de novo, olhou ao longe e viu um dos homens que a tinham puxado para a noite dentre um grupo de vários. Ele conversava e ria e saboreava seu rum. Era presunçoso na sua torre de marfim. Qualquer um deles poderia ser o pai dos bebês, e aqui estavam todos eles, sem nem pensar nos seus pequenos que tinham ido embora.

Pola sentiu o suor escorrendo pelo seu braço e para a sua mão. Sentiu o cabo se acomodando confortável em sua palma, pesado, familiar. Mas a lâmina curta e cega não poderia enfrentar os elegantes, longos e afiados *sables* usados pelos capatazes. Ela seria ferida antes mesmo de chegar perto o suficiente para tocar qualquer um deles. Afrouxou a mão. O sol caiu sobre ela e queimou seu impulso. Haveria outra vez, outra forma. Ela se voltou para a cana. Foi preciso toda a força de vontade que ela tinha para erguer aquela machete e descer pela fileira com o resto dos trabalhadores. Ela se moveu mecanicamente, arrastando seu luto pelos campos consigo.

13. NA MENTE DE SIMÓN, II

No tempo antes deste tempo, em um país antes deste, uma vez houve uma noz-de-cola, muito respeitada pela gente. Tinha um sabor amargo de início, mas um homem cuidadoso poderia puxar sua doçura, trabalhando a boca em volta dela. Ela então aliviava sua fome e aumentava sua vitalidade, seu bem-estar geral e sua qualidade de vida.

Um dia, Pola vai permitir que esse amargor se dissipe e vai me oferecer a doçura lá de dentro, um bocado macio. Por enquanto, como uma noz-de-cola, ela está protegendo seu tesouro dentro de uma casca dura. Mas, quando o homem certo golpear, e bem no ponto certo, Pola vai ceder, e ele vai descobrir a delícia do centro.

E assim será.

14. AS FACES DO AMOR

Hacienda Las Mercedes,
Carolina, Porto Rico, outubro de 1852

Um dia, Pola está levando um *remédio* para uma das cabanas distantes, quando encontra Plácida la Mula saindo de um dos arbustos depois das latrinas. Pola a reconhece como uma das trabalhadoras do campo que conheceu entregando comida. Lembra-se dela como a mulher quieta que ficava longe das outras. Desde então, viu-a apenas de longe, nos jantares de domingo. Mas aqui está ela, bem perto. Enquanto a mulher corre para a clareira, ela cospe e usa o turbante para limpar a boca. Seu cabelo é um ninho, e sua blusa está abotoada errado, como um sorriso torto. Ela hesita ao ver Pola, um subtom rosado brilhando nas bochechas e um leve tremor do queixo rompendo seu rosto impassível.

Domingo Sevillano vem em seguida. Pola fica surpresa ao ver que ele ainda está aqui. Toda temporada de colheita, o *jornalero* loiro de olhos verdes desce das montanhas para a *zafra* junto com os outros *jíbaros*. Orgulhoso de seu sangue ibérico, esse homem — que desdenha da companhia dos negros com quem labuta durante meses —gaba-se abertamente de que nunca mancharia seu sangue com uma *negra sucia*. E, ainda assim, aqui está ele, ajustando as calças enquanto segue La Mula para o céu aberto. Ele pode não sujar as mãos, mas Pola consegue ver claramente que existem outras partes do corpo com as quais é menos cuidadoso. Ele joga algumas moedas aos pés de Plácida e passa por Pola, desequilibrando-a.

La Mula agarra o dinheiro, conta com rapidez as moedas e enfia a mão por entre as dobras da saia quando vê Pola. Seus olhos estão úmidos, e ela seca o rosto rapidamente. Sem dizer uma palavra, ela também foge, os ombros parecendo curvar-se sob um pesado fardo.

Pola observa quando, depois de alguns passos, Plácida para por um momento, endireita a coluna e segue para sua cabana ali perto. Assim que chega à *choza*, o marido dela, Flaco, a encontra na porta. Sem dizer nada, ela joga as moedas nas mãos dele e entra para a escuridão da cabana. Ele nota Pola olhando em sua direção e desvia o rosto, fechando a porta. Pola se lembra de alguma fofoca a respeito de La Mula dormir por aí apesar do marido, mas o que a mantém presa no lugar é sua surpresa ao ver que um homem branco pode na verdade pagar uma mulher negra para usar o corpo dela.

*

As mulheres estão se preparando para o dia. A maior parte delas recebe ordens de Tía Josefa enquanto esta inspeciona os projetos inacabados e distribui tarefas de última hora. Pola esqueceu sua tesoura e corre de volta para pegá-la na cabana quando nota que duas das mulheres ainda estão nos fundos da cabana.

Lupe e Paquita estão se vestindo. Como sempre, elas habitam um mundo próprio quando estão sozinhas. Lupe está ajoelhada entre as pernas de Paquita enquanto esta arruma seu cabelo. Os dedos ágeis da mulher mais jovem separam os cachos grisalhos com cuidado, usando um pente para riscar o couro cabeludo enquanto aplica óleo.

Pola já viu essa cena mil vezes e, embora a lembre de sua infância, há algo diferente. Essas mulheres habitam sua própria ilha particular, da qual entram e saem com facilidade, uma ilha que ninguém ousa invadir. O ar de intimidade na cabana é inegável e imensurável. Em vez de estar de costas para sua cabeleireira, Lupe se ajoelhou de frente para Paquita, seus braços envolvendo os quadris estreitos da mulher mais jovem, seu rosto enterrado no colo dela. É quase como se Lupe estivesse inspirando a própria essência de Paquita cada vez que puxa o ar. Paquita sorri, cantarolando enquanto trabalha. Em certo ponto, Lupe vira a cabeça, ajustando-se em uma nova posição e olhando bem nos olhos de Pola. O rosto dela é aberto e sereno. Ela não demonstra surpresa ou embaraço por ter sido pega em um momento tão íntimo. Pola, por outro lado, cora, sente que está se intrometendo ao testemunhar uma troca afetuosa que não era para seus olhos. Ela pega rapidamente a tesoura e desliza para fora da cabana.

*

— Pegue. Isso vai acalmar sua alma, e você vai precisar do sono amanhã. — Sem se virar, Pola sabe que Tía Josefa está sentada ao lado da sua cama. Ela tem visto a velha se sentar ali toda noite, enquanto a novata se remexe durante o sono, presa em um pesadelo. Nesta noite, como nas outras, Tía oferece uma xícara do chá calmante de Rufina para a mulher. Nesta noite, como nas outras, a mulher recusa a oferta.

Pola se lembra. Há quanto tempo foi? Não... Pode já fazer três anos que ela chegou a este lugar? Ela se lembra de Tía Josefa ali, na escuridão, quando ela se debatia com seus próprios terrores noturnos. Agora a velha protege outra mulher de seus demônios do escuro. Pola pensa em Tía Josefa, uma mulher que se senta e vela, noite após noite; sua oferta de gentileza rejeitada noite após noite. De onde ela tira a paciência? Pola já teria desistido a essa altura. Mas ela sabe que, na noite seguinte, Tía vai mais uma vez tomar seu lugar e mais uma vez ser rejeitada.

*

Nas tardes de domingo, a maior parte dos capatazes fica livre para ir à cidade em busca de sua recreação semanal. Os que ficam para trás, silenciosos, emburrados e ressentidos, provavelmente estarão mais interessados na *cañita* do que nos escravizados miseráveis que os prendem àquele lugar. Eles encontram um espaço sob a sombra de uma árvore e bebem até ficar estuporados. Quanto aos negros, as refeições de domingo são um grande alívio. Depois da missa obrigatória interminável, eles ganham tempo para socializar ou relaxar. A maioria se senta em volta do círculo no *batey* inferior e compartilha a refeição da tarde. Esse é o único momento no qual eles podem viver a vida longe dos olhos atentos dos capatazes. Todas as coisas que borbulharam a semana toda fervem quando pessoas que passaram a semana separadas se juntam em relativa liberdade.

Nesse domingo, Leticia substituiu seu turbante verde por um amarelo limpo. Ela veste um vestido florido vermelho e amarelo, desbotado, mas chamativo ainda assim. Ele não acomoda bem seus seios fartos, mas ela não parece se incomodar muito com isso; na verdade, parece gostar da exposição. A mulher passou gordura nos membros, de forma que braços e pernas brilhem sob o sol da tarde quando ela passa na frente dos aposentos dos homens. Seu rosto está polvilhado com algo que o deixa alguns tons mais claro que o resto do corpo. Os lábios estão manchados de um vermelho forte, o que faz o que sobrou de seus dentes parecerem ainda mais brancos. Ela se orgulha de saber que ela é a única negra que usa *maquillaje*, um luxo normalmente reservado apenas para as mulheres brancas da cidade. Onde e quando a conseguiu ninguém sabe. Agora, caminha a passos largos para o círculo, um jovem Pepe atrás dela. Deixa que ele a siga, e se vira para fazer um breve comentário para ele de vez em quando. A risada dela é alta e frequente enquanto olha em volta, garantindo que é o centro das atenções.

As outras mulheres observam com desdém, sem nem tentar modular o coro de suas vozes.

— ¡*Presentá*! — O desprezo é difícil de ignorar.

— Aquele Pepe é pouco mais que um menino — fala uma mulher, estufando o peito.

— Ela não se importa. Parece que quer deslizar *para baixo* do menino. — Um coro de risadas. — ¡*Sinvergüenza*! — Muitos muxoxos.

— Aquela mulher não tem vergonha.

— ¡*Presumida*!

— Olhem o rosto dela. É ridículo. — Todos os olhos estão nela.

— Ela é uma puta! — A mulher cospe.

— Cadela no cio! — Os murmúrios estão ficando mais altos.

— *Bellaca* até o fim!

— Você quase consegue sentir o cheiro quando ela se esfrega em algum homem.

Uma mulher cospe no chão quando Leticia chega ao círculo. A hostilidade dessas mulheres mais velhas alimenta a vaidade dela, o que a permite enxergá-las como invejosas em vez de cheias de desprezo.

Leticia encontra o que estava procurando. Ela deixa Pepe no meio de uma frase e se acomoda ao lado de Paco, que está sentado contra o tronco de uma árvore, dando seu último trago. Ela estende um braço para apoiar o corpo no tronco enquanto se inclina por cima dele, produzindo um sorriso convidativo. Paco, que não é nenhum anjo, endireita-se o máximo que pode e dá toda sua atenção a ela.

Eles estão flertando há alguns minutos quando a esposa dele, Inés, um metro e oitenta de altura e robusta como uma parede de pedras, sai da cabana deles e vai direto para a árvore. Ela leva uma vassoura, embora Deus saiba que ela não precisa disso. Chega por trás de Leticia e toca seu ombro.

Pola não consegue ouvir toda a conversa de seu lugar na colina, mas escuta algo sobre varrer o lixo, seguido pelo estalo da vassoura se quebrando na cabeça de Leticia, e a mulher cai de joelhos. Inés enfia as mãos no cabelo da outra e a puxa para cima, onde consegue acertá-la com mais facilidade. Então, as duas se engalfinham em uma tempestade de tapas e socos.

Depois de todo esse *pitorro*, Paco leva algum tempo para se levantar do chão e parar a esposa antes que ela mate a mulher. Quando consegue separar as duas, Inés está com a respiração pesada como a de um touro. O cabelo de Leticia está em pé e apontando para todas as direções, e o que sobrou de sua blusa está em farrapos, seus grandes seios expostos ao público. Ela também está com a respiração pesada e pronta para retaliar. Mas Paco se coloca entre as duas, conhecendo a esposa bem o suficiente para compreender que, se deixar por conta dela, Leticia será jogada no chão, com ou sem vassoura.

Uma plateia se juntou. A briga causa uma boa comoção. As crianças param de brincar para espiar por entre as pernas dos pais. As mulheres estão prontas para assistir à derrota de Leticia. Homens gostam do entretenimento. Se ninguém acabar com a briga, os *patrones* terão a tarde de domingo interrompida, e os capatazes precisarão se envolver. E isso tornaria a questão séria para todo mundo.

Enquanto Paco puxa sua mulher para longe, o sempre pronto Fermín, que estava se divertindo com o espetáculo, se enfia para segurar Leticia. Ele agarra a mulher raivosa, garantindo que suas mãos explorem a carne exposta dela. Leticia ainda está distraída e com a respiração pesada. Fermín aproveita cada balanço dos seios dela enquanto a apalpa, tentando tirar a atenção dela do incidente. Ele serpenteia o braço pela cintura dela e sussurra algo em seu ouvido. Leticia se vira e coloca toda sua fúria frustrada em um poderoso tapa que acerta a orelha esquerda de Fermín.

— ¡*Mira, aprovechao*! O que te faz pensar que eu quero alguma coisa com você? — Ela o afasta e segue para sua cabana. — ¡*Gran pendejo*!

Enquanto isso, Paco e Inés voltam para a cabana, a esposa raivosa pisando duro e o marido se arrastando atrás, tentando acalmá-la.

— *Pero*, Mami, você sabe que eu nunca iria… Você é a única… Ela nem chega a seus pés.

Inés empurra o marido com raiva, limpando as mãos do que quer que seja a substância que estava cobrindo o rosto de Leticia.

*

Um dia, enquanto Pola está voltando para a fazenda, depois de mais uma jornada até sua árvore, ela cruza com Adela no bosque. Dá de cara com a mulher determinada a ajustar sua saia. Assustada com o som da chegada de Pola, Adela dá um salto e está prestes a fugir, quando nota que é apenas a amiga. Ela para, olha em volta e então suspira aliviada.

— Ah, Pola — ainda olhando em volta para garantir que estão sozinhas —, o que você está fazendo aqui? — Sua voz treme de leve enquanto ela prende o cabelo.

— O que você... — Pola atribui o nervosismo de Adela à sua aparição inesperada no bosque. Mas um leve farfalhar dos arbustos próximos lhe diz que Adela não estava sozinha.

— *Ay*, me desculpe... — Pola cora. — Eu não sabia.

Mais calma agora, Adela sorri enquanto puxa uma fita e prende seu longo cabelo.

— Claro que não. Como poderia? Nós tomamos muito cuidado.

— Mas... quem? Eu pensei que você...

— Tudo vai ficar bem, mesmo.

— Eu... — Pola hesita. — Não é da minha conta. Eu estava só...

— Sim? Você estava só...?

— Nada, só dando uma caminhada. Você vai voltar também?

Aliviada mais uma vez, Adela diz:

— Sim, sim, eu estava a caminho. Vamos. — Ela pega o chapéu, enfia-o na cabeça e enlaça o braço de Pola pelo cotovelo, levando-a embora com um último olhar na direção da clareira.

Pola não se lembra de já ter sido tocada com tanto acolhimento.

*

O calor se espalha como um cobertor pesado pela região. Mesmo à noite, o ar guarda o bafo úmido de uma fornalha acesa. Pola se revira na cama e finalmente desiste. Limpando o suor e prestes a ir até o barril de água, ela para quando vê a novata, a muda Fela, em pé na porta da cabana delas. O luar atravessa seu vestido fino enquanto ela fica lá, olhando para o segundo andar da casa-grande.

A mulher está tão envolvida no que quer que esteja observando, que não nota que é o foco da atenção de Pola. Depois de alguns minutos, Don Tomás aparece no *batey*, a menos de um metro e meio da porta delas. Ele está descalço e sem camisa, olhando diretamente para Fela, essa mulher que se exibe com tanta ousadia a apenas alguns passos da porta dos fundos dele. O homem se aproxima e, sem dizer uma palavra, toma Fela pela mão. Ele a guia noite adentro, e ela segue sem hesitar.

Não pela primeira vez, Pola se pergunta o que leva uma mulher negra a se deitar voluntariamente com um homem branco que a vê como pouco mais que um animal de carga. Ela se lembra de suas próprias brigas, as chicotadas e indignidades.

Pola tinha lido a distância de Fela como dignidade, mas agora ela enxerga com clareza. O homem branco nem precisou forçá-la. Como ela conseguia? Como qualquer uma delas conseguia? De repente, sente um gosto amargo na boca. Nunca mais olhará Fela do mesmo jeito. Na verdade, se puder evitar, prefere não olhar para Fela e pronto.

Não muito longe de Pola, Tía Josefa está em pé nas sombras, observando a partida da moça também. Seus olhos brilham na escuridão. Ela se move para a cama de Fela, onde se senta e espera.

*

Uma Fela sai para os campos com o *patrón* e outra retorna. Ela saiu por vontade própria, com seus próprios pés, deixando que ele a puxasse pela mão para a noite. Mas quando Don Tomás a carrega de volta, ela está pendurada mole nos braços dele. Sua vontade parece ter sido drenada, seus olhos estão vidrados, ela vive em seu próprio mundo. Tía espera na porta da cabana enquanto Don Tomás deposita Fela em sua cama e sai sem dizer nada.

Sentada na escuridão da cabana, Pola está estupefata. Don Tomás nunca teve a reputação dos outros *patrones* que brutalizam e estupram. Pola tinha tomado um cuidado especial com ele, já que nunca tinha conhecido um *patrón* que não pegasse o que e quem quisesse. Em todos esses anos, ela nunca tinha visto ou ouvido desse homem dando um passo contra qualquer mulher da fazenda.

Quando ela os viu se afastando, notou que ninguém tinha forçado Fela a agir contra sua vontade. Não houve intimidação nem violência na forma como ele veio pegá-la. Pola não viu medo, nem ódio, nem apreensão na mulher. Isso era algo mais. Algo que Pola conseguia sentir, mas não compreender.

Ela cuspiu quando viu a mulher se afastar com Don Tomás, pensando que Fela era só mais uma negra disposta a fazer qualquer coisa para conseguir favores com poderosos homens brancos. Afinal, ela o seguiu; não, ela andou ao lado dele para dentro da noite. Não havia triunfo em Fela, nenhuma satisfação, ostentação ou comemoração. Como essa noite melhoraria a vida dela? O que ele tinha prometido?

Revirando sua mente, Pola tem outra ideia. Fela está apaixonada por ele? Ela se enganou e acredita que existe algo especial entre eles? Mas não havia antecipação nem ansiedade, nenhum sinal de desejo em Fela. Não, não é isso também.

Agora, mais do que qualquer coisa, Fela parece *quebrada*.

Não importa o quanto Pola revire a coisa em sua cabeça, não consegue entender o que aconteceu. Essa mulher que ela pensou que poderia ter muita coisa em comum consigo, uma guerreira *bozal* orgulhosa, ferida, mas inquebrável, mostrou-se um enigma e uma decepção.

Nenhuma mulher de Las Agujas está dormindo agora. Algumas estão sentadas assistindo abertamente; outras ficam deitadas, com os olhos desfocados, mas prontas para ajudar se necessário. Elas observam Paquita trazer bacias de água, Belén trazer toalhas limpas. As duas se movem rápido, sem comentários, e então voltam para suas camas. Lupe tenta ajudar Tía, mas é afastada.

Tía Josefa remove as roupas sujas de Fela e lava seu corpo com movimentos longos e ternos, esfregando a terra e a poeira que ainda se grudam nela. Puxa pedaços de folhas e grama do cabelo da mulher e a veste com uma camisola limpa. Fela se permite ser movida, escovada, vestida e colocada na cama. Ela só fica ali, olhando fixo, até que Tía Josefa tenha terminado. O rosto da velha está rachado de dor quando ela assopra a lanterna e se senta de volta nas sombras.

Pola nunca compreendeu o laço entre essas duas mulheres. Talvez seja a mudez de Fela que comova Tía Josefa a ser tão protetora. Elas parecem viver em sua própria linguagem de silêncio. Talvez Tía sinta falta de suas filhas, ou de uma irmã, ou mãe. Para dizer a verdade, Pola sabe muito pouco sobre a velha. Ela nunca fez um esforço para descobrir. Mas agora, observando seus cuidados, não consegue não se sentir tocada pelo amor que Tía tem por essa mulher despedaçada.

Nos dias que se seguem, Fela não mostra interesse no mundo à sua volta. Ela ganha vida apenas nas noites, quando gruda seus olhos no céu como alguém que busca libertação. Rufina tenta administrar seus *remédios*, mas essa é uma doença do coração que nem mesmo *la curandera* consegue curar. Pastora manda guloseimas saborosas que ficam intocadas. Nem mesmo Tía consegue alcançá-la, parada ali na janela, olhando fixo. Fela as deixou e habita outro mundo. Finalmente, Tía move a cama de Fela para debaixo da janela, onde esta pode observar a lua de uma posição reclinada, esperando que ao menos o seu corpo consiga encontrar algum descanso, mesmo que sua mente não possa.

Na noite da lua cheia, Fela finalmente pega no sono e, na manhã seguinte, surpreende as outras mulheres ao se juntar a elas na mesa de trabalho. Ela não as acompanha nas refeições ou trocas sociais, mas, como sempre, fica sentada, uma presença silenciosa em seu lugar. Faz o trabalho que é colocado diante dela, e isso é tudo. Quando e onde ela come é um mistério para o resto. Quando as outras estão comendo ou metidas na atividade clandestina que escolhem para o tempo que conseguem roubar, ela caminha. Caminha sozinha ou com Tía Josefa. Às vezes, é vista com Cheito, o filho de Melchor, que está entalhando uma grande caixa para ela. Mesmo com a barriga cada vez maior, ela vaga pela noite, quando ninguém sente sua falta e ela é acompanhada apenas por seus próprios pensamentos.

Quase exatamente nove meses depois da sua noite com o *patrón*, ela puxa sua caixa entalhada de debaixo da cama e desliza noite adentro. De manhã, Fela desapareceu. Don Tomás manda homens para os campos atrás dela. O peso de seu corpo sem vida quase toca o chão quando eles a trazem de volta para Las Agujas. Eles a colocam na cama. A caixa contendo a criança recém-nascida é colocada no chão ao lado.

Tía Josefa se move pesadamente com o peso da dor. Mal olha para a caixa, deixando o bebê para as outras mulheres. Afastando Rufina, sai sozinha para colher as ervas e flores necessárias. Então, enche panelas e põe água para ferver. Outras pessoas podem fazer isso, mas Tía insiste em trabalhar sozinha.

Ela fecha as cortinas e começa o longo trabalho de preparar o corpo para sua viagem final. As folhas flutuam na superfície da água.

Como fez nove meses antes, Tía remove a grama e a lama e, desta vez, os restos do parto, tudo isso enquanto canta em alguma língua há muito esquecida. Ela faz tudo com calma, sabendo que essa será a última coisa que fará por Fela. Finalmente, veste-a com uma camisola branca e prende seu cabelo com um lenço novo.

Quando tudo está terminado, Tía Josefa tira o avental molhado e os sapatos e sobe na cama estreita com o corpo frio de Fela. Abre a garganta e canta para ela uma última canção de ninar. Pola e as outras mulheres escutam do outro lado da cortina. Embora não compreendam as palavras ancestrais, os sons da dor são universais: um canto fúnebre.

Quando a manhã chega, os homens vêm levar o corpo.

— *Permiso*, Tía. — Eles precisam arrancar as mãos de Tía Josefa de Fela. A velha fica sentada, de mãos vazias, e não diz nada enquanto eles fazem seu trabalho. Ela envelheceu dez anos em uma noite, suas rugas se aprofundaram, seus movimentos ficaram mais lentos. Quando os homens se vão, ela se deita em sua cama e vira o rosto para a parede. Durante dias, não responde ninguém, não reage a nada. Seu luto é inalcançável.

*

Hacienda Las Mercedes,
Carolina, Porto Rico, julho de 1853

As outras mulheres tentam manter Las Agujas funcionando apesar do coração do lugar — o coração de Tía — ter ido embora com Fela. Elas respeitam seu luto, mas sabem que mais cedo ou mais tarde Tía Josefa terá que responder a Doña Filo. Por enquanto, elas a encobrem, dando-lhe privacidade para viver o luto de sua perda.

Na ausência da mãe e no silêncio de Tía Josefa, as mulheres decidem chamar o bebê de Matilde — Mati. Tornam-se uma mãe coletiva para ela. Todo dia, uma mulher é encarregada de cuidar da criança. Cada manhã, a criança é colocada em sua caixa e posta na ponta da mesa de trabalho, onde sua mãe trabalhava em silêncio. Três vezes por dia, Cheito vem com uma jarra de leite fresco de vaca ou cabra, e a mulher designada do dia cuida para que o bebê seja alimentado, trocado e ninado.

Pola observa conforme, dia após dia, a criança se torna parte de sua rotina diária. Ela conta os dias que passam. Logo será sua vez de cuidar do bebê. Pensar nisso faz sua barriga se contrair. Ela baixa a toalha de mesa de linho na qual está trabalhando, para não estragar o tecido com suas mãos suadas. As mulheres gostam de segurar, alimentar e dar banho na criança, mas Pola toma cuidado para manter distância.

Uma tarde, todas as mulheres são chamadas, e Pola, que ainda precisa terminar a toalha, é deixada sozinha com o bebê adormecido. Quando tudo fica quieto, ela se aproxima lentamente da caixa e olha para a criança. Esta é a primeira vez que ela se aproxima o suficiente para examiná-la em detalhes. Seu peito pequenino sobe e desce ritmadamente, pequenos punhos e dedos dos pés se movem no ar. Logo será hora de alimentá-la. Hesitante, Pola estende a mão para tocar a pele suave do bebê. Ela é imediatamente transportada para outro tempo e lugar.

*

Hacienda Paraíso,
Piñones, Porto Rico, setembro de 1849

— Pola, você é uma nova *mamá*. Depois de todos esses anos, ¡*una niñita*! Uma menininha!

— ¡*Qué linda*!

— Bom trabalho, Pola.

— *Una niña bella*, Pola.

— Que criança linda!

— *Que Dios la bendiga*.

Pola escutava e não via nada do que acontecia à sua volta. Agora que finalmente tinha a filha nos braços, queria sentir sua pele, medir seu peso, tocar seus membrinhos. Uma força primordial a atraía para o pequeno embrulho, pernas e braços se movendo contra seu corpo. Ela ergueu a criança e olhou seu rosto. Tudo desapareceu, exceto a visão, a sensação e o cheiro da criança.

Nunca lhe tinha sido permitido tocar nenhum de seus bebês, nem aquele que nasceu imóvel e frio. E aqui estava ela, segurando sua nova filha. Sorrindo, abraçou seu bebê, *sabendo* que desta vez seria diferente. Gargalhou. Essas outras mulheres não sabiam. Só ela sabia. Ela tinha mantido sua fé em Mãe Yemayá. Mãe graciosa, Mãe amorosa, protetora das mulheres, guardiã da vida. Yemayá tinha salvado sua menininha. Pola só precisava de paciência, esperar a graça amorosa que ela receberia neste que era o mais sagrado dos dias. Só ela podia sentir o guarda-chuva da proteção da Mãe. Ela sabia sem questionar que sua menininha seria poupada. Sua fé havia sido recompensada.

A parteira apertou a mão dela. Seu sorriso era triste, porque, por mais que ela quisesse ficar feliz por Pola, sabia muito bem o que viria a seguir. E então a cena aqui seria muito diferente. Mas por que estragar isso para Pola? Deixou-a ter um momento reluzente de felicidade.

Dolores limpou as mãos e deu parabéns à nova mãe. Ela também estava animada. Quase todos os homens brancos estavam fora, perseguindo três fugitivos da vizinhança. A recompensa era atraente demais para deixar passar. O único capataz que ficou para trás estava muito irritado por lhe terem negado a oportunidade de ganhar um bom dinheiro e muito sobrecarregado comandando os campos para pensar na cabana de parto. Desta vez, desta única vez, Pola teria o que nenhuma das outras nunca tinha recebido: tempo com sua recém-nascida.

Dolores sabia que seria apenas uma questão de dias, ou talvez apenas horas, até eles voltarem. Mas quem era ela para negar a Pola qualquer felicidade que ela poderia ter com sua filha? Haveria tempo suficiente para lavar a pequena depois. Dolores colocou o bebê nos braços de Pola e virou as costas.

Quanto a Pola, tudo que ela sabia é que essa era sua filha, *sua* filha. Eles não tinham levado essa embora. Sua bebê estava ali, quente, ingênua, um *milagro*, um sinal. Com certeza essa, esse pequeno pedacinho dela, lhe daria o único prazer que ela já conheceu nesse lugar. Ela examinou a bebê. Era pequenina, braços e pernas se debatendo no ar. O cabelo estava grudado na testa, tão preto e brilhante quanto a asa de um corvo. A pele tinha cor de café queimado, tão escura, que não havia linha de demarcação entre pele e cabelo. E, incrivelmente, a criança tinha olhos que mudavam de verde para âmbar mesmo sob a luz da lanterna.

— Pola, você sabe que os homens *vão* voltar, mais cedo ou mais tarde. Eles virão e levarão...

Mas ela conseguia ver que Pola não estava escutando, *não podia* escutar. Era como se um escudo invisível insulasse mãe e filha da realidade do mundo à volta delas. Pola alimentou a criança pela primeira vez. Ela sentiu a pequena boca grudada nela, sugando vida e alimento de seu peito. Sem vazamentos. Sem leite precioso desperdiçado em blusas ensopadas. Seu leite deixaria sua bebê forte e saudável. Ela fechou os olhos e se deitou, ainda agarrada à bebezinha, aproveitando o volume e o peso dessa pequena vida que ela tinha acabado de trazer ao mundo.

*

Três dias depois, Pola acordou com um susto, sabendo imediatamente que algo estava errado, alguma coisa faltava. Seus braços estavam vazios. O ar era frio contra seu seio nu. Sua bebê? Desaparecida? Não! ¡*Imposible*! Os homens tinham ido embora. Como poderia...? Não. Não podia ser. A Mãe nunca seria tão cruel.

Pola pulou da cama e caiu de joelhos. Estendeu os braços, buscando em todas as direções. O quarto estava quieto.

— *¿Dónde está mi hija*? — Aos gritos de Pola, a parteira correu para dentro do quarto. No mesmo momento, Pola sentiu os braços de Dolores em volta dela.

— ¡*Ay, cómo lo siento*, Pola! Não tinha nada que pudéssemos fazer.

— Do que você está falando? — Ela olhou em volta do quarto, e um medo gelado entrou em seu coração. — Eu a escutei, a senti, a *alimentei*. Me traga meu bebê. Eu quero meu bebê!

— Pola, nós tentamos te avisar. Você não ouvia. É assim que é, é assim que sempre foi. Quantas vezes você passou por isso antes? Você teve sorte de tê-la pelo tempo que teve. O que você achou que iria acontecer, *m'hija*? — Havia compaixão na voz da mulher, mas Pola não encontrou bondade nas palavras que saíam de sua boca.

— Mas essa era uma *menina*, minha menina. Ela era especial.

Ainda não queria acreditar. Sua Mãe Yemayá... o sinal...

— O quê...?

Pola tinha se convencido de que com uma menina seria diferente, que a Mãe nunca abandonaria sua filha recém-nascida.

Os gritos de Pola ecoaram por todo o *batey*.

— ¡*NOOOO*! ¿*Mi niña, dónde está mi hija*? — Ela atacou a parteira, que tentava consolá-la. Uma Pola atordoada bateu no ombro da mulher, puxou o próprio cabelo, gritando o tempo todo por sua filha.

— Pola, por favor. Não tem nada que possamos fazer. Por favor, se controle.

Mas Pola não seria acalmada. Ela continuava exigindo, buscando, implorando por seu bebê. Por fim, seus gritos se tornaram um tipo de grunhido primordial que penetrou a noite.

— ¿*Qué escándalo es este*? — A voz de El Caballo cortou o ar. Os gritos dela atraíram a atenção do capataz, que tinha acabado de voltar de sua missão inútil. Toda a fúria de ter perdido a recompensa para outro caçador de escravizados ainda estava crua, esperando liberação. Essa comoção na cabana de parto despertou a raiva dele até a explosão.

A parteira recuou, sabendo que não podia impedir o que viria.

Pola, atordoada demais para tomar cuidado, o confrontou.

— Mi hija, quiero a mi hija.

O homem se ergueu acima dela e devagar, muito devagar, seus lábios se abriram em uma careta assustadora.

— Bebê? Que bebê? Eu não sei de nenhum bebê. Alguém aqui viu um bebê? — Ele olhou em volta e desdenhou. Então, de repente, ele se tornou ameaçadoramente sério. — Você não tem nenhum bebê. Quando você vai enfiar nessa cabeça dura que *você* não possui nada? Ao contrário, *nós* possuímos *você*. — Ele cuspiu o pedaço seco de cana que estava mastigando. — Mas não se preocupe. Você fez bem seu trabalho. A *negrita* vai fazer um bom preço, não? — A risada desdenhosa encheu a cabana.

Pola, usando a pouca força que lhe restava, voou em cima dele, mordendo, gritando e arranhando seu rosto. Sua última esperança, vendida?

— Nãoooooo! ¡*Desgraciao*! ¡*Jodio hijo'e la gran puuuuta*! Foi você, não foi? *Você* a levou. ¡*Maldito jabao*! Você me esperou pegar no sono e levou meu bebê!

Ele se moveu tão de repente, que ela nem viu o punho vindo. O golpe acertou o seu rosto, e ela caiu, ferida e sangrando. Ele se ergueu acima dela, garantindo que ela não se levantaria de novo. Então se virou, desferindo um último golpe verbal enquanto ia embora.

— *Acostúmbrate.*

Acostumar-se? Como qualquer mãe poderia se acostumar a perder seus bebês? Naquele momento, aquela única palavra, atirada com todo o veneno frio da certeza, afundou-se nela como uma adaga. Ela sabia, no fundo de si mesma, que nunca lhe seria permitido manter qualquer filho, nunca, não importava quantas vezes o útero dela a traísse.

Na manhã seguinte, El Caballo foi até a cabana ao nascer do sol.

— Se apressem. A cana está esperando. — Ele olhou em volta do quarto antes de se virar para Pola. — Quanto a você, se sua língua é tão afiada e seu gênio tão forte, é bom sua machete acompanhar. Hora de voltar para os campos. — Ele chutou a cama dela, deixando marcas das botas imundas nos lençóis. — ¡*Vamos, muévete*!

A parteira interferiu.

— Não, ela não está pronta. Ela está aberta por dentro.

O rosto duro dele não deixava espaço para discussões.

— Ela parece bem forte pra mim. Apronte-a.

Ela fez uma última tentativa.

— Mas ela vai sangrar até a morte lá na cana. Quem o *patrón* vai culpar por isso?

O capataz olhou de Dolores para Pola e de volta.

— *Bien*. Eu dou até amanhã. Amanhã ela volta para a cana.

— *Pero...*

As objeções dela morreram em sua língua quando a voz ameaçadora do capataz encheu o quarto.

— ¿*Pero qué*? — Ele fechou um punho e voltou o olhar para a mulher. — Você também está esquecendo seu lugar?

Depois do parto, Pola devia ter permissão para descansar. Ela precisava de tempo para recuperar a força e controlar as emoções. Mas esse era um luxo dado a mulheres brancas, aquelas que podiam manter seus bebês. Mulheres como Pola podiam dar à luz os bebês, mas nunca lhes era permitido ser a mãe deles. Não nesse lugar. Para mulheres como ela, havia só trabalho e bebês que desapareciam assim que deixavam a segurança do útero.

Eles levaram meu corpo. Eles levaram meus meninos e até minha menininha, mas essa foi a última coisa que eles vão levar de mim.

Três semanas depois, Pola se agachou atrás da cabana das mulheres, todos os sentidos aguçados até doer. Tinha esperado até que o capataz surgisse na cabana e fosse embora a passos duros, puxando uma mulher relutante atrás de si. Em sua ansiedade pela recompensa pelo desempenho no teatro, ele foi descuidado e se esqueceu de trancar a porta. Ela prendeu a respiração até eles descerem pelo caminho. Memorizava cada som e movimento do *batey* durante a noite. Tinha as ervas necessárias para os cachorros. Passou a mistura de óleos de pinho e magnólia por todo o corpo. Quando estava tudo pronto e a lua dormia atrás de nuvens macias, ela saiu e começou a fuga.

*

Hacienda Las Mercedes, Carolina, Porto Rico, agosto de 1853

Afastando com rapidez sua mão da pele do bebê, Pola agarra a caixa de Mati e segue para Las Agujas. Ela afasta a cortina de Tía Josefa, que permaneceu fechada por todas essas semanas desde a morte de Fela. Nenhuma das mulheres ousou invadir o luto de Tía Josefa. Pola está determinada a acabar com isso hoje.

Tía Josefa está sentada na cama, olhando para a parede. Pola coloca a caixa em uma mesa próxima e olha para as costas ossudas da mulher. Está definhando. As costureiras lhe trazem comida e água todo dia, mas muito pouco é consumido. Ela se entrincheirou por trás de uma parede de silêncio, nem sequer se virando para ver quem se aproxima. Nada na mulher convida à conversa.

Mesmo por trás, Tía Josefa parece dez anos mais velha, uma corcunda no lugar das costas eretas de sempre. O cabelo, embaraçado e bagunçado, agora está totalmente branco. O cheiro acre dos que não se lavam ocupa o ar. A idosa meticulosa que Pola conhecia se foi, e uma velha descuidada ficou no lugar. Pola inspira profundamente e começa.

— Tía Josefa — ela sussurra, sabendo que a mente da velha está vagando com o espírito de Fela. Não há resposta.

Pola continua com cuidado, sem vontade de adiar mais essa conversa:

— Tía, eu sinto muito, mas tem uma coisa da qual precisamos falar.

Tía Josefa continua a encarar a parede branca, de costas para a visitante.

— Vá embora, Pola. — A voz dela soa mais profunda, enferrujada. Embora tenha diminuído fisicamente, sua vontade de se retirar criou uma barricada emocional impossível de ser cruzada.

Pola continua.

— Tía, está na hora. Doña Filo quer respostas. Nós dissemos a ela que você está doente do coração. Ela até veio te visitar e foi embora, sabendo que você não está bem. Mas isso não vai durar muito mais tempo. Ela é *patrona* primeiro, e este lugar não consegue funcionar sem você por muito mais tempo. E tem outra questão que precisa da sua atenção. Sinto muito, Tía Josefa. Não há mais tempo.

Tía vira a cabeça só um pouco, como se tivesse entendido mal o que foi dito a ela. Ela se vira e encara a visitante.

— ¿*Cómo*? Você está me dizendo o quê? Onde está seu respeito?

— *Con respeto*, Tía, o bebê precisa de você.

Tía Josefa fica muito quieta. Finalmente, ela diz:

— Ela tem você... e as outras.

— Ela precisa de *você* — Pola continua. — A criança precisa de uma mãe, não de um grupo de mulheres que já têm mais que o suficiente para cuidar sem fazer seu trabalho também.

O corpo de Tía Josefa se enrijece e parece crescer, sentado ali na cama.

— Você não está esquecendo com quem está falando?

As palavras de Pola quebraram as defesas da velha mulher. É só uma rachadura em sua barricada emocional, mas é o suficiente para que Pola entenda que a única forma de alcançar a velha é sair da norma. Ninguém nunca diz a Tía Josefa o que fazer. Ela decide quando e como as coisas serão feitas.

Pola ignora o tom, respira fundo e continua, dedicada à sua missão.

— Tía, *me perdonas*, mas eu tenho que dizer o que precisa ser dito. As outras têm medo demais de te dizer, então sobrou para mim. — Pola sente pena da velha mulher, mas precisa alcançá-la. Levantando a voz, ela continua: — Sinto muito, Tía, mas alguém precisa dizer. Você precisa colocar sua dor em segundo lugar e a criança em primeiro. Nós sabemos que você perdeu alguém especial, uma filha. Mas essa coisa de se trancar em si mesma precisa parar. Não é bom para você, não é bom para a oficina e não é bom para o bebê.

Tía Josefa se vira para encarar Pola, a invasora, seus olhos apertados, a raiva represada, correndo o risco de transbordar e atacar quem ou o que se intrometer em sua privacidade. Ela olha feio para a outra, os músculos de seu pescoço se esticando com o esforço para controlar a fúria. Pola sabe que está levando a mulher para além dos limites que ela normalmente permitiria. Mas algo precisa ser feito.

— *Cálmate*, Tía. Me escute. Nós todas sabemos o quanto Fela era importante para você e você para ela. Ela deixou todas nós para trás, mas deixou sua criança para *você*. Para *você*, Tía, não para nós. Você acha que ela iria querer que nós, que *eu*, criássemos o bebê dela?

Algo na velha se move, e ela parece se solidificar, ganhar mais substância, ao se levantar da cama. Ela de repente está mais forte, mais alta, mais larga, mais parecida com seu velho eu. Pola se endurece conforme as duas ficam cara a cara.

— *Nós* precisamos de você, Tía, e, mais importante, a *criança* precisa de você. — Pola consegue sentir suas palavras quebrando a muralha que Tía Josefa construiu com tanto cuidado, e insiste. — Como Fela pode descansar em paz quando você está abandonando o bebê dela? — Ao ver uma abertura, Pola se apressa. — Você a conhecia melhor do que ninguém. A quem ela teria confiado esse tesouro? Essa criança, essa Mati, é um pedaço dela que ela deixou para você. Essa menininha é a única parte dela que te restou. Pense, Tía. O que Fela iria querer que você fizesse?

Começa com as bochechas, um leve tremor, então as maçãs do rosto murcham e os olhos se enchem. Em seguida, os ombros caem, e o torso libera algo profundo. Os joelhos são os últimos, e Pola se move com rapidez para pegar a velha mulher antes que ela caia no chão.

Tía Josefa se dobra como um velho pedaço de papel, dissolvendo-se em uma massa trêmula de pranto. Os soluços reverberam por todo o seu corpo, e Pola segura com força, esperando, deixando que Tía Josefa se esvazie das semanas de angústia reprimida. Essa mulher velha e forte, que armazenou a dor, finalmente cede o corpo e a alma à destruição que segurou por dentro.

Essa mulher orgulhosa e poderosa de que Pola desgostou tão intensamente em certo momento agora está chorando suas perdas, recriminações e arrependimentos nos braços dela, só uma velha mulher sofrendo pela perda da filha. *Isso* é algo que Pola entende até os ossos. Ela mais uma vez é levada de volta à Hacienda Paraíso. Suas perdas ainda são palpáveis, mesmo depois de todos esses anos. Que coisa maravilhosa que um bebê seja deixado na mão de uma mulher negra. Que mundo diferente é este comparado àquele que ela conhecia. Ela aperta os braços em volta da mulher em prantos. E assim elas ficam, Tía Josefa se permitindo ser confortada, e Pola aprendendo a consolar.

Na manhã seguinte, o tilintar das chaves precede Tía Josefa quando ela volta à rotina. Ela acorda cedo, cuida da criança e leva o bebê lavado e alimentado para a mesa de trabalho. Mati fica deitada na caixa enquanto as mulheres cuidam das tarefas diárias. A velha Tía Josefa voltou, distante e eficiente como sempre, só um pouco mais familiar com Mati. A nova conexão delas foi estabelecida.

*

Assim que Adela coloca o último grampo e está prestes a acrescentar flores ao elaborado penteado de Doña Filo, Celestina entra no quarto.

— Eu só queria confirmar se está tudo pronto para o baile do governador, *mi señora*. — Os olhos de Celestina encontram os da *patrona* no espelho. Ela espera ser reconhecida.

La patrona está imóvel, examinando seu reflexo, enquanto Adela prende as flores que Doña Filo usará no cabelo.

Com um aceno da mão, *la patrona* dispensa sua criada pessoal e continua examinando seu reflexo.

— *Mi señora...* — Celestina começa assim que Adela fecha a porta.

— *Sí*, o que você quer, Celestina?

— Ah, não, nada. Eu só quero o que for agradar *mi señora*.

Os olhos de Doña Filo se movem no espelho para encontrar os de Celestina. A senhora prossegue.

— Neste momento, eu ficaria satisfeita se conseguisse fixar essas flores direito. — Ela tenta colocá-las em diferentes lugares do complicado penteado antes de desistir.

Celestina se intromete.

— Deixa que eu faço. A senhora sabe que estou sempre à sua disposição.

Doña Filo, ainda olhando no espelho, aperta os olhos desconfiada para Celestina e espera.

— Adela estava indo bem antes de você interromper. Agora, sobre o que exatamente você queria falar comigo?

— O que a senhora quer dizer?

Doña Filo detesta esse lado submisso e dissimulado da mulher. Ele não aparece muito, mas, quando o faz, é extremamente irritante.

— O que é que você quer, Celestina?

— *Señora*? — Suas sobrancelhas pálidas se erguem, fingindo inocência.

A paciência de Doña Filo chegou ao fim.

— Celestina, daqui a pouco a casa estará cheia de gente. Eu ainda não terminei de me vestir e não tenho tempo para jogos. O que é tão importante que não pode esperar? Há algo errado com os preparativos? Eu pensei que você teria...

— Não, não. Nada. Não é nada.

Filomena retira as flores e se vira para Celestina, que agora está recuando para fora do quarto.

— Ah, por favor, vá em frente, mulher! Você veio aqui por um motivo. Não gaste mais do meu tempo. O que é?

O tom de voz de *la patrona* imediatamente interrompe o recuo de Celestina, que agora percebe que calculou mal. Em uma voz trêmula, ela diz:

— Eu, eu achei que a senhora gostaria de... é apenas um rumor... — Ela observa as mãos de Doña Filo brincando com seu leque. Obviamente este não era o momento certo. — Mas não é nada. Eu vou cuidar dos preparativos.

A irritação se torna exasperação, e a exasperação se torna raiva.

— Você veio aqui me dizer algo. Era obviamente importante o suficiente para interromper minha toalete. Agora, o que era? — A voz de Doña Filo subiu para um ponto perigoso, e Celestina não pôde mais voltar atrás.

— Eu estou só preocupada... com Las Agujas. Eu sei o quanto a senhora admira sua oficina e o quão importante ela é para *la familia*. Mas ultimamente... as coisas não estão indo bem.

— *¿Cómo*? Eu não sei nada...

— Não, a senhora não saberia... é claro... — Finalmente, Celestina endireita os ombros e vai direto ao ponto. — Desde que Fela morreu pondo pra fora aquele bebê mestiço, o lugar não é mais o mesmo. — Ela corre para terminar o discurso antes de perder a coragem. — O trabalho ficou mais devagar, e eu vi que alguns pedidos se acumularam. A senhora sabia que Tía Josefa passa o dia todo cuidando daquele bebê e... bem... ela é babá ou costureira?

A *patrona* a encara, sem palavras. Celestina aproveita o momento.

— As mulheres a substituem, mas o bebê está interrompendo o trabalho delas e atrasando os pedidos. Elas quase não terminaram seu próprio vestido a tempo do evento de hoje. Se fosse minha casa, a criança iria embora, vendida para algum fazendeiro do interior. Além disso, a bastardinha sempre será um lembrete das brincadeiras do *patrón* com...

— *¿Cómo*? — A única palavra de Filomena ressoa pelo quarto.

Celestina está tão determinada a contar sua história, que não nota o tamanho do perigo que está crescendo em sua senhora, um perigo que agora se concentra nessa única palavra.

Mas ela foi longe demais para recuar.

— *Bueno, las malas lenguas* estão dizendo há meses, e então quando o bebê nasceu lá nos campos, a mãe soltando ele lá como um animal na selva... Bem, eles dizem que o pai, que Don Tomás...

Filomena não consegue acreditar na audácia da mulher. Uma coisa é se alimentar de fofoca, outra é trazer essa história até ela. *La patrona* fica imóvel por um momento, tentando controlar a raiva.

Confundindo a imobilidade da senhora com interesse, Celestina continua, recontando cada detalhe da história de Fela e Tomás e da noite no campo e o bebê.

— Dizem que tem olhos azuis... como os do *patrón*...

Doña Filo percorre os poucos passos entre elas em um instante. Celestina não tem tempo de reagir antes de sentir o ardor do leque de *la patrona* contra sua face, as hastes, com a força do golpe, deixando um corte na pele de alabastro de Celestina.

— Como ousa? — As palavras explodem no quarto. — ¡*Malvada mujer*!

Celestina agarra sua bochecha ensanguentada, quando a *patrona* ataca de novo, seus olhos brilhando, braços acertando golpe após golpe na criada. Doña Filo agarra o espelho de mão, um quadro emoldurado, sua escova nova, qualquer coisa para acertar a mulher que teve coragem de trazer essa história a ela.

— Saia daqui! — Filomena mal consegue conter a raiva. Os cachos escorregam dos grampos, as mãos se abrem e fecham em busca de algum outro objeto para atirar em sua escravizada, todo o corpo tremendo de indignação. — Saia da minha frente. ¡*Lárgate*! E não me deixe ver sua cara de novo, ou vou terminar de quebrá-la.

Tarde demais, Celestina entende a enormidade de seu erro. *Se le viró la torta*. Que erro de cálculo! Ela sabe que precisa sair antes que a *patrona* ataque de novo. Ao se lançar pela porta entreaberta para fugir da senhora enraivecida, dá de cara com Tía Josefa.

O olhar de Tía Josefa abre um buraco na mulher albina. As veias em volta de seus olhos estão inchadas com uma raiva fria, seu maxilar está duro e seu rosto corado. Todo o seu corpo está tenso, uma mãe tigresa prestes a dar o bote. Tía Josefa não diz uma palavra. Não precisa. Seu silêncio é pior que qualquer explosão. Seus olhos guardam um fogo assustador. Seu corpo inteiro grita perigo. Ela acena a cabeça em uma compreensão gelada.

Celestina nota que cometeu mais de um erro nesta noite. Tanto Doña Filomena quanto Tía Josefa ficarão de olho nela. Ela não sabe qual é mais perigosa, uma *patrona* furiosa ou uma Tía Josefa vingativa.

*

Faz três semanas que Pola não vai à árvore. Ela está ansiosa pelo sorriso de Chachita e pelo tempo em que compartilham silenciosamente sua comida. Mas, quando chega lá, a menina não está em lugar nenhum. O que Pola encontra, esperando em um raio de sol, é um intrincado chapéu. Ele tem uma coleção elaboradamente entrelaçada de folhas de palmeira, uma coroa alta e uma aba larga. As folhas devem ter sido trabalhadas enquanto ainda estavam verdes, mas agora foram desbotadas até um bege natural, como as *pavas* usadas pelos outros trabalhadores da fazenda. Pola fica intrigada pelos laços complicados e costura apertada da peça. Olha em volta em busca do dono e não encontra ninguém. Então ela o ergue, ainda alerta a uma companhia inesperada, e o coloca na cabeça.

Quem poderia ter deixado uma coisa tão bonita aqui? Ao ajustá-lo na cabeça, começa a se sentir confortável com o caimento dele. Escuta alguém se aproximando e arranca o chapéu, então se vira e encontra Chachita parada no caminho, segurando mais tiras de folhas e torcendo-as em uma nova forma.

— Ah, n-não. Não t-tire. Eu f-fiz para você.

— Você fez isso?

— *Claro que s-sí.* — Ela olha em volta. — Quem mais?

— Para mim? Mas é lindo. É o presente mais lindo que já ganhei.

O rosto de Chachita se abre em um sorriso cheio de orgulho. Ela solta as folhas, corre até Pola e a envolve com os braços. Aperta com tanta força, que as duas quase caem. Pola, pega de surpresa, abraça os ombros da menina. Elas ficam ali, sentindo o calor uma da outra. Os sons começam no fundo das gargantas e se expandem. Mulher e menina começam a rir, algo novo para as duas.

15. TIEMPO MUERTO

Hacienda Las Mercedes,
Carolina, Porto Rico, junho de 1854

A maior parte da cana já foi levada para o pátio da ferrovia pelo carro de boi para ser transportada para *la central*, o engenho local. A quinta colheita desde que Pola chegou foi boa para o *patrón*.

Ele vendeu toda a safra e não perdeu nenhum trabalhador. Nenhuma vida se perde em Las Mercedes, mas, como em todas as *haciendas*, ferimentos e decepamentos são comuns ainda assim. O trabalho exaustivo de cortar a cana é substituído pelas tarefas torturantes do *tiempo muerto*. Há a *melaza* grudenta a ser feita, *ron* forte a ser destilado, mais de um tipo de açúcar a ser refinado.

Meses de cortar, picar e arrastar são substituídos por tarefas secundárias, mas não menos torturantes, como moer, ferver e processar a cana que é reservada para uso na fazenda. Homens e mulheres, ainda exaustos da colheita, recebem ordens para limpar os campos para a plantação futura. Mulheres e crianças exaustas colhem frutas que caem de árvores nos pomares. Hematomas e torções abundam. Uma menina distraída perde um membro ao ficar presa no trapiche, quando estavam espremendo o caldo de cana para preparar melado. Aqueles que fervem o caldo precisam ser especialmente cuidadosos. Os infelizes que cochilam cuidando do fogo que mantém os tonéis borbulhando pagam por seu sono com queimaduras graves. Mas o trabalho continua, o trapiche mastigando os caules de cana com seu maxilar de metal, a fornalha acesa que nunca se apaga.

As poucas horas de descanso entre turnos são passadas em um sono de coma que até pode descansar, mas nunca restaura. A fazenda é uma máquina que nunca desliga, simplesmente passa de uma marcha para a outra. Consistência é a regra. Os proprietários precisam colher os ganhos, e os trabalhadores precisam aguentar os fardos físicos. Não importa o que aconteça.

*

Para os amos, é tempo de comemoração. Cada *hacendado* gasta em profusão, querendo fazer mais que o vizinho ao exibir a abundância de sua colheita, dando a maior *fiesta*. As damas planejam um banquete de colheita após o outro. Suas novas roupas estarão à mostra — vestidos de tarde, de noite, de baile e acessórios para acompanhar —, tudo adequado para as esposas e filhas dos ricos fazendeiros. Essas mulheres, vestidas com fineza, vivendo em casas grandes cheias de móveis maravilhosos, são a encarnação do sucesso dos maridos. Suas casas são transformadas em cenários luxuosos para o linho novo e os itens comprados para a admiração da nobreza do condado.

Os trabalhadores do campo cuidam das frutas do pomar e das oficinas metalúrgicas, além de reparar telhados; do lado de dentro, escravizadas domésticas estão igualmente ocupadas. As bordadeiras e costureiras trabalham o dia todo e até de noite, produzindo dezenas de novos vestidos, anáguas, cortinas e toalhas de mesa para as clientes. As negras domésticas limpam e lustram centenas de peças de porcelana, cristal e prata. As peças em madeira, os espelhos e os azulejos precisam brilhar sob a luz da lâmpada, refletindo uma vida de riqueza e ócio.

Neste ano, *la familia* está animada porque, embora a deles seja uma das menores *haciendas*, o governador e sua comitiva escolheram ir à sua celebração sazonal. Será a primeira vez que essa família vai receber um convidado de tanta honra, e os *patrones* estão fazendo de tudo para impressionar positivamente os visitantes.

Las Agujas está inundada de pedidos de todas as melhores damas do condado. Com o trabalho infinito, dezoito provas, passar, dobrar e transportar os vestidos pesados, todas as mulheres estão esgotadas e ansiosas por descanso. Pola fica feliz ao ver as últimas entregas deixarem o *batey*.

Mas, conforme o dia do jantar tão importante se aproxima, e horas antes do sol surgir no horizonte, Pastora espera com as lanternas acesas na porta da cozinha. São incontáveis as tarefas a serem feitas. Pola trabalha lado a lado com a cozinheira, temperando três acompanhamentos de carne e preparando meia dúzia de *lechones* para assar. As cozinheiras, que normalmente se concentram em alimentar os trabalhadores, fazem viagens e mais viagens para a porta dos fundos da cozinha, entregando pedaços de carne vindos da cabana do açougue, vegetais, tubérculos e ervas frescas colhidas do jardim. Pastora supervisiona tudo isso antes de se voltar à preparação da refeição de sete pratos.

Tudo precisa ser preparado e guardado, pronto para ser cozido amanhã. Quando todo o sovar, descascar, picar, fatiar e temperar termina, quando tudo que resta é assar, Pola está ansiosa para finalmente se sentar e descansar. Ela passou o dia todo de pé e sonha com escaldar seus pés doloridos em água quente por um bom tempo.

Mas La Señora avisa que Celestina precisa de mais ajuda na casa.

Além de estar cansada, Pola se prepara para ainda ter que trabalhar com a mulher albina que, mesmo de longe, ela passou a desprezar. Pelas poucas vezes que elas se cruzaram, ela acredita que o sentimento é mútuo. Pola espera poder cuidar diretamente da tarefa em questão sem ter que ver a mulher. Essa esperança não dura muito.

— ¡*Carajo*! Eu devia saber que iam me mandar a *cocola* mais preguiçosa e feia que tem. — O desprezo na voz dela preenche a sala.

Pola fecha as mãos em punhos e as enterra nas dobras da saia. Tenta segurar a língua.

— O que eu vou fazer com você? — A mulher fica parada com os braços abertos, aparentemente esperando uma resposta.

Por mais que Pola tente enterrar sua repulsa natural pela mulher, as palavras correm para fora.

— Bem, se eu sou tão inútil, me mande de volta para Pastora. Eu não pedi para vir aqui fazer seu trabalho por você. Prefiro limpar o chiqueiro.

— Então a *cocola* tem uma língua afiada. Eu ouvi isso de você. Bem, falando em merda, você pode começar com os penicos perto da *letrina*. Pelo que soube, seus talentos limitados devem servir pelo menos pra isso.

Pola fecha os olhos para evitar olhar para a mulher, reunindo toda a sua força de vontade para não tirar essa malícia do rosto dela com um tapa.

— Eu fui mandada aqui para ajudar na casa, não...

— *Aquí la que manda soy yo*, e você vai fazer o que *eu* mandar. — A voz de Celestina corta o ar. — Pastora cuida da cozinha como quer, Tía Josefa cuida da oficina como quer e eu cuido da minha casa como quero. Eu vi como te mimaram lá fora. Não aqui. Não comigo. Ou você é burra demais para entender?

Pola recua antes que a mulher termine seu discurso. Quando chega à latrina, está tremendo. Respira fundo, tentando controlar seu temperamento em chamas, lutando contra as lágrimas irritantes da frustração.

Onze penicos foram deixados sob o sol quente por horas. Pola os lava, bufando e xingando em sua cabeça enquanto segue com a tarefa até que o tilintar das chaves de Celestina anuncie sua chegada. A figura da mulher enche a porta.

— Bem, vamos ver se você consegue fazer alguma coisa direito. — Celestina inspeciona o trabalho. Fareja. — Serve.

Pola então é mandada para limpar os sapatos da família. Penicos são uma coisa, mas ela não tem ideia do que fazer com calçados de couro fino. As botas do *patrón* estão enlameadas e têm fezes incrustadas, seus sapatos chiques estão opacos e empoeirados. As sapatilhas de dança da *patrona* estão manchadas de suor, e suas botas de tarde são feitas de um couro bordado que Pola nunca viu antes. Ela está tentando entender o que fazer quando a albina entra. Pola sabe que Celestina está só esperando que ela cometa um erro.

— Qual o problema, não sabe como cuidar de gente da elite? Como eu esperava! — Ela cospe as palavras. — Saia daqui. Vá ajudar as outras com os lençóis. Você é inútil para mim aqui.

Aliviada, Pola encontra o armário de roupa de cama. Ela segue as instruções da criada ao pé da letra. As toalhas de mesa recém-lavadas precisam ser passadas e dobradas com cuidado: dezenas de guardanapos e uma toalha de três metros. Durante horas, Pola lustra prataria e lava a porcelana da família. Então ajuda com dezenas de flores que precisam ser cortadas, arranjadas graciosamente e distribuídas pela casa. A cada tarefa, Celestina fica por perto, inspecionando, questionando, e, quando não consegue encontrar defeito, designa de má vontade outra tarefa a Pola.

Por sorte, Celestina não confia nela para entrar na sala de jantar formal. As criadas de serviço estão pendurando novas cortinas, decorando as mesas laterais e pondo a mesa de banquete quando Pola é finalmente dispensada. Já é tarde da noite quando ela cai na cama.

Na manhã seguinte, ela volta para a cozinha, onde se junta a Pastora nos preparos finais da comida. Garrafas de bebida são separadas para satisfazer o gosto de todos os cavalheiros. Enormes bandejas cobertas são levadas da cozinha para a dispensa de serviço. Tudo precisa ser mantido quente e fresco para a mesa cheia. Mais tarde, a equipe da sala de jantar vai cuidar de servir a refeição da noite.

Bem mais tarde, quando *los blancos*, saciados e satisfeitos, foram levados de volta para a capital em suas *calesas*, e *la familia* se retirou para suas camas, *los negros* podem se sentar e comer sua própria refeição. Muitos estão cansados demais para isso. Outros pegam no sono sobre o prato. Todo o *batey* está vivo com os roncos dos negros que estão exaustos demais para chegarem até a cama. Eles se deitam sob árvores, por cima da grama, onde quer que o sono finalmente tome conta deles. Pola se senta embaixo de uma mangueira e come sua refeição. Ela ainda está lá na manhã seguinte.

*

Quando o melado é guardado, o rum é engarrafado e os sacos de açúcar são armazenados, todos os trabalhadores são enviados para colher frutas e vegetais. Essas safras não são para uso comercial; diferentemente da cana, não há a demanda frenética por uma colheita rápida.

Agora que as festividades terminaram, as mulheres de Las Agujas podem relaxar um pouco. Novos pedidos só chegarão daqui a algumas semanas, e elas podem se concentrar em organizar a oficina — repor materiais, separar tecidos, reunir sobras que as *patronas* chamam de farrapos e as mulheres chamam de adornos para suas roupas.

Los negros nunca ficam parados, mas sua carga de trabalho diminui o suficiente para que haja tempo de relaxar depois das tarefas diárias. É um momento em que muito de sua verdadeira natureza é exposta. Sem a vigilância constante dos capatazes, eles mesmos ansiosos para relaxar um pouco, toda a fazenda descansa coletivamente.

*

Tía Josefa passou a manhã toda lutando contra uma dor de cabeça. Ela manda Pola até a cabana de Rufina para buscar um remédio. É um dia quente, e Pola se senta na entrada, esperando pegar uma brisa. Enquanto olha para as outras *chozas*, a atividade em frente à cabana de Melchor chama a sua atenção.

Simón está sentado diante da *choza* do carpinteiro, separando as folhas de ráfia e palmeira que ele colheu. Separa-as em pilhas. Uma vez selecionadas, ele enrola os dedos em volta de cada caule ou espinha e os arrasta para baixo, arrancando as partes folhosas com um movimento econômico. Deixa as folhas de lado e coloca os caules e as espinhas do outro. Repete isso muitas vezes com as várias plantas, até ter uma pilha de longos caules, galhos flexíveis e folhas medicinais. Pola viu esse processo o suficiente para saber que ele vai deixar tanto os caules quanto as folhas em água até ficarem moles, prontos para serem torcidos e dobrados na forma das peças desejadas. O resto ele vai pôr para secar, para que Rufina as corte e amasse para seus próprios usos.

Um grupo de crianças agora se junta em torno dele. Elas estavam esperando que ele terminasse para poderem começar sua aula semanal de cestaria. Simón organiza as crianças em um círculo e distribui o material. As mãos dele, mãos ásperas e cortadas de um homem trabalhador, de alguma forma falam de suavidade, habilidade e paciência. Como pode ser?

Antes que possa terminar esse pensamento, Pola é distraída pelo movimento nos galhos acima do grupo. Ela aperta os olhos e nota com dificuldade um e então dois pequenos rostos em meio às folhas. Um tem um tom avermelhado enquanto o outro é de um marrom suave. Ambos têm olhos particularmente grandes. Eles olham para baixo, apontando e obviamente se divertindo ao observar a atividade lá embaixo. Então, quase como se tivessem ensaiado, eles olham diretamente para ela, ao mesmo tempo. Um convite sem palavras: "Se junte a nós. Por favor".

Pola fica surpresa por sentir um desejo súbito e avassalador de fazer exatamente isso. Ela se levanta, mas antes que possa dar o primeiro passo, Rufina chama:

— Tudo pronto, Pola. Diga a Tía Josefa que isso deve funcionar.

— Rufina?

— *Sí, dime.* — Distraída, a mulher continua mexendo o remédio.

— Quem são aqueles menininhos?

Rufina olha pela janela e aperta os olhos.

— Que menininhos?

— Aqueles na árvore.

— Não vejo nenhum menininho. Onde eles estão?

— Lá em cima, viu? — Pola puxa a mulher e aponta.

Rufina olha melhor.

— Você está olhando para meninos imaginários ou pro homem bem real sentado lá e te encarando?

Pola se sente corar e baixa o olhar.

— Nada de errado nisso. Vinha querendo falar com você. Tô observando você, sempre sozinha, toda fechada. *Mira, mujer*, cuidei do seu corpo quebrado, mas não posso consertar seu coração partido. Hora de você começar a viver uma vida plena. — Ela a olha com cuidado. — Ou já começou, hein?

— Não, Rufina, não é...

— Sei melhor que ninguém o que você passou. Provavelmente só consigo imaginar a metade. Mas o que aqueles homens fizeram com você — não me interrompa — o que aqueles homens fizeram com você, bom, se você pensar nisso o tempo todo, você nunca vai viver toda a sua vida.

— Eu não sei o que você...

— Eu detestaria pensar que eu fiz todo aquele trabalho no corpo só pra você deixar o coração secar e morrer. É hora, Pola, já passou da hora. Escuta seu coração antes de esquecer como fazer isso. Que existe um homem bom. E ele colocou os olhos em você. O que você vai fazer com isso, bem, isso é coisa sua. E deixa de inventar coisas sobre menininhos. Você sabe que está olhando para ele tanto quanto ele olha pra você.

Rufina não espera uma resposta.

— Agora, aqui. Leva isso enquanto ainda tá quente. Fala pra ela que se não funcionar eu tenho um mais forte.

Pola pega a tigela e volta colina acima. Mais uma vez, ela busca pelos menininhos nos galhos. Mas as folhas estão paradas agora, não há traço dos meninos de olhos grandes. Então ela nota que Simón ainda está olhando para ela. Seus olhos, feixes de luz mesmo a essa distância, a prendem. Ela hesita, e Simón assente, um sorriso lento e sabido abaixo de seu olhar fixo. Atordoada, ela segue em frente, sem corresponder.

*

Tía Josefa está sentada embaixo da mangueira, os pés mergulhados em água com sabão. Ela se inclina para trás, aproveitando as poucas horas da tarde durante as quais não precisa ir a lugar nenhum nem fazer nada. Está quieto e quente, e ela relaxa, passando uma porção de masca generosa de uma bochecha para outra, eventualmente soltando um jato de suco de tabaco.

Celestina se aproxima, tirando o lenço de cabeça e sacudindo a juba exuberante ao chegar perto da velha mulher reclinada. Tía a vê se aproximando por suas pálpebras baixas. Ela não faz nenhum movimento no sentido de reconhecer a mulher que se aproxima e, em vez disso, acomoda sua cabeça de volta na dobra do braço.

— Está bem quieto aqui. Onde foi todo mundo?

Seu tom casual deixa Tía em alerta imediato, mas ela não se move. Celestina persiste.

— Acho que quase todo mundo está se recuperando do trabalho da semana passada e descansando para a próxima.

— Arrã — Tía responde com relutância.

— Eu notei que as coisas ficam especialmente quietas perto da sua cabana nas tardes de domingo. Na verdade, não me lembro de nem sequer ver aquela sua *cocola* nos domingos. Onde você acha que ela vai?

A mulher cutucou a ferida. Tía move o peso de um lado para o outro e se senta direito. Ela afasta os lábios e cospe o suco de tabaco, errando por pouco a saia de Celestina. Esta dá um salto para trás e fecha o rosto para Tía, que ergue os olhos para a mulher, falsidade pingando de cada palavra.

— Ah, me desculpe. Minha mira não é como costumava ser.

— Escute, *vieja*, eu não sou cega e definitivamente não sou burra. Alguma coisa está acontecendo aqui.

— Mesmo? E o que você acha que é?

— Ainda não sei, mas vou descobrir.

— Escuta aqui, sua bruxa sem bunda, desbotada, seca e de perna torta. — Tía Josefa nunca ergue a voz, nem se move de sua posição, mas de repente suas palavras estão carregadas de perigo, como o som de uma cobra sibilante. — *Nunca mais* meta seu nariz enrugado nas minhas coisas. Você cuida das suas negras da casa, e eu cuido das minhas. Você não quer me deixar brava. Eu poderia começar a perguntar sobre o que está "faltando" ou "fora do lugar" ou "quebrado" lá na casa-grande Eu podia começar a me perguntar quem é aquela mulher que vai escondida até Romero de noite. — Tía Josefa para, a fim de garantir que Celestina tenha entendido o que ela disse. — Mas eu não sou assim. Toda mulher tem seus segredos. Eu? Eu gosto do toque pessoal. Eu penso nas minhas meninas como minha família. Então, se você aprontar com elas, você estará aprontando comigo. — Os olhos de Tía se conectam com os de Celestina. — É melhor você não mexer comigo.

Por um momento, as duas mulheres encaram uma à outra, presas em uma disputa sem palavras que só é quebrada quando Tía Josefa subitamente cospe de novo, dessa vez acertando o alvo. Tarde demais, Celestina salta para trás. Desta vez o respingo marrom mancha a saia boa dela. Ela sai furiosa, xingando e jurando vingança. Tía volta para sua posição reclinada e fecha os olhos. Ela odeia quando a paz e o silêncio de sua tarde de domingo são perturbados por idiotices.

*

Lupe se inclina por cima dos travesseiros cilíndricos espetados com dezenas de alfinetes *mundillo*. Ela é alta e larga, seu cabelo comprido riscado de faixas de cinza. Seus dedos longos e finos se movem mais rápido do que é possível acompanhar. Esses dedos criam a renda cara que enfeita os vestidos de baile das mulheres mais chiques e as mantilhas usadas por sobre a cabeça das damas mais piedosas na missa de domingo. As voltas e os nós levam meses para ser transformados em uma barra de renda que, às vezes, tem a largura de um dedo de bebê e, outras vezes, é tão larga quanto uma mão. Quando não está trabalhando em pedidos específicos, Lupe ensina as outras mulheres a fazer esse trabalho minucioso. Nem todo mundo tem a habilidade ou paciência para devotar semanas de trabalho à produção de alguns centímetros de produto fino.

Paquita, que nunca está a mais que um metro ou dois de Lupe, é seu completo oposto. Quando vista por trás, parece um menino adolescente, com seus quadris estreitos, ombros largos e cabelo cortado e cacheado. Ela é pequena, rápida e se mantém em movimento constante. Enquanto Lupe é normalmente quieta e muito focada, Paquita está sempre cantando. É possível saber seu humor pelas músicas que ela escolhe enquanto faz seu trabalho em roupas de baixo para senhoras, véus de casamento para jovens noivas e camisolas de batismo para os recém-nascidos dos *hacendados*. Seus pontos são pequenos, mas fortes. Suas roupas ficam planas e lisas, prontas para acariciar o corpo de quem for usá-las.

Lupe não precisa dizer muita coisa, porque Paquita sempre termina suas frases; às vezes ela as começa também. Observando as duas, tem-se a impressão de que alguma força invisível coreografa seus movimentos e sua vida conjunta. Na hora das refeições, Lupe guarda o trabalho delas, e Paquita prepara os pratos, que traz de volta para o lugar delas na mesa. Depois do jantar, elas se sentam lá fora sob o luar ou o manto da noite, o cachimbo de Paquita mandando uma fumaça acre pelo ar do *batey*. Lupe solta o cabelo e descansa a cabeça no colo de Paquita, e elas ficam sentadas assim por horas, até que os mosquitos as façam ir para dentro. Ocupam as duas últimas camas da cabana, as mais distantes da porta da frente, onde o pano velho que serve de cortina lhes dá alguma privacidade. As outras mulheres respeitam o espaço delas como se uma parede sólida as separasse.

Embora Lupe seja a mais velha e forte das duas, Paquita é ferozmente protetora quando sua parceira é ameaçada. Uma vez, muito antes de Pola chegar a Las Mercedes, Romero cometeu o erro de tentar apalpar uma Lupe distraída. Antes de qualquer outra pessoa ter chance de reagir, Paquita saltou nas costas dele e enfiou seus dentes na lateral do seu pescoço. Ele rugiu de dor, debatendo-se para agarrar a agressora. Mas os braços dela estavam firmes em volta do pescoço dele, e o corpo dela era pequeno demais para que ele alcançasse. Enquanto isso, o sangue que saía da ferida só parecia alimentar a fúria dela. Romero girava violentamente, tentando desalojar sua perseguidora. Os gritos trouxeram as pessoas do *batey*, que assistiram incrédulas à pequenina mulher continuar seu ataque. Finalmente, Romero usou toda sua força para se bater contra uma árvore, esmagando o corpo de Paquita contra o tronco. Atordoada pelo golpe, Paquita caiu no chão com um baque. Ignorando o sangue que cobria seu pescoço, Romero se inclinou sobre a mulher, acertando golpe atrás de golpe no corpo encolhido dela. Estimulada a entrar em ação, Lupe saltou em cima de Romero, tentando sem sucesso afastá-lo. Embora ela fosse forte, não podia competir com o capataz raivoso.

Paquita ficou inconsciente no chão. Lupe, com as tranças soltas chicoteando em volta da cabeça, continuava tentando afastá-lo. Finalmente, Romero se virou para Lupe e a nocauteou com um soco na cara. Os espectadores entraram em ação. O *batey* se tornou um turbilhão de galinhas cacarejando, mulheres gritando, homens correndo e capatazes xingando.

— *Pero ¿qué es lo que pasa aquí*? ¡*ROMERO*! ¡*La vas a matar*! — A voz de Doña Filo atravessou todo o quintal. O pescoço de Romero estava sangrando em profusão, manchando sua camisa de um vermelho vivo. Paquita estava deitada imóvel, coberta de sangue também; se dela ou de Romero, ninguém conseguia dizer. Lupe seguia atordoada no chão. A essa altura, as mulheres de Las Agujas haviam cercado Paquita e Lupe, enquanto os outros capatazes seguravam Romero, que se debatia contra eles em sua fúria acumulada. Os dois lados se encarando pareciam prontos para atacar.

O som do rifle fez tudo estancar subitamente. Doña Filo estava em pé na varanda, a arma fumegante ainda nas mãos. Por um momento, tudo congelou no lugar.

Rufina correu com sua cesta e começou imediatamente a cuidar de Paquita.

Doña Filo desceu pisando duro pelos degraus e se enfiou na multidão. Ela se virou para as mulheres.

— Ela está viva?

Rufina terminou de examinar Paquita.

— *Sí, señora,* por pouco. Se machucou bem.

— *Llévensela.* — Olhando para os homens assustados, ela cuspiu: — O que vocês estão esperando? Ajudem. — Os homens pegaram a Paquita inconsciente e a carregaram colina abaixo, até a cabana de *la curandera,* deixando as mulheres e os outros reunidos para testemunhar o resto.

Com as narinas alargadas, as costas rígidas e a arma ainda nas mãos, Doña Filo se virou para o capataz.

— *Tú, ven aquí.*

Romero se aproximou e parou diante de sua senhora. Doña Filo virou o rosto dele de lado, examinando a ferida no pescoço. Era óbvio que ele também precisava de atendimento imediato.

— ¡*Qué mierda*! — Ninguém nunca tinha ouvido *la patrona* xingar. Ela tremia de raiva.

— *Patrona,* me deixe explicar...

Ela ergueu a mão.

— *No, no me tienes que explicar nada.* Eu posso imaginar.

— Mas não foi minha culpa. Ela...

— ¡*Silencio*! Nunca é sua culpa.

— *Pero...*

— *Pero nada*. Vá se cuidar e não me deixe ouvir que você chegou perto de Paquita ou Lupe de novo. Está dito, e eu não vou te dizer de novo. ¿*Me entiendes*?

— *Pero, patrona...*

— Você me entendeu? — Quando as palavras voaram para fora, todo mundo parou.

— *Patrona...*

Com as mãos prontas para atacar, a mulher mal controlava sua raiva.

— ¿*Sí o no*?

— *Sí, patrona*, eu entendi.

— *Bueno*, eu não quero ouvir mais uma palavra. *Se acabó*. — Dando as costas para ele, ela subiu com força os degraus e bateu a porta. Os outros saíram correndo antes que Romero pudesse descontar sua ira neles.

*

É uma noite quente, e Pola está se esgueirando de volta para a fazenda depois de uma visita curta a Chachita. Ainda está sentindo o prazer do calor de seu tempo juntas, quando escuta duas vozes sussurradas à frente. Ela congela, com raiva de seu descuido, rezando para que as vozes sigam seu caminho sem notá-la ali perto.

— Eu não aguento mais. Benito e eu estamos desesperados, e eu estou chegando ao ponto em que faria *qualquer coisa*.

— Adela, cuidado. Não enlouqueça. Este é o pior momento. Você sabe de...

Pola reconhece as vozes e espia pelo arbusto. Plácida e Adela estão próximas. Pola está prestes a se juntar a elas, quando algo no tom e na postura delas a impede. Ali, nas sombras, está claro que elas preferem ficar sozinhas.

— Eu sei. Eu sei. Mas eu não sei quanto tempo mais... — Adela torce as mãos.

— Eu sei como você se sente. Eu estou chegando a esse ponto também. El Sevillano, aquele porco, fica mais depravado. Eu preciso de toda força para não vomitar toda vez que ele...

— Plácida, eu não vejo o que você quer com aquele homem, para começo de conversa. — Adela pega a mão da amiga.

— Você acha que eu quero que aquele *puerco* me toque?

— Mas, então, por quê?

— Dinheiro. — A resposta é curta, definitiva.

— Dinheiro? Que dinheiro?

— Alguns querem comida, outras coisas bonitas, eu preciso daquele dinheiro.

Adela dá um passo para trás, boquiaberta.

— Você trai Nando por dinh...?

Plácida solta uma risada amarga.

— Trair? Adela, eu achei que você me conhecia melhor. Trair? Eu sei que todo mundo pensa que eu sou só uma puta velha. Mas eu não sou. Eu sou uma boa mulher. Eu amo meu marido.

— Mas então por quê?

— Nós temos quase o suficiente.

— Suficiente para quê?

Plácida sussurra:

— Suficiente para comprar nossa liberdade.

— O quê? Nando sabe?

— Claro que sabe. Na outra noite ele caiu no choro. Mas não tem outro jeito.

— Ah meu Deus!

— Ele não é bom com as mãos como Melchor ou Simón. Ele não sabe fazer nada para vender. O *patrón* não pode emprestá-lo para algum outro *blanco*. Para fazer o quê? Nós não temos nada para vender ou negociar. Nada exceto eu.

Adela não tem palavras de conforto.

— Eu não sabia que você estava tão desesperada.

— *Desesperada*? Não estamos todos desesperados? Você não está?

Os ombros de Adela caem, e ela fica em silêncio.

Plácida continua, sua voz falhando.

— Adela, eu estou *morrendo, morrendo*! — Ela anda de um lado para o outro. — Todo dia eu deixo pedaços de mim lá no campo. Um dia não vai sobrar nada. E quanta humilhação ele aguenta? El Flaco, é como o chamam. Eles nem se lembram mais do nome dele. Não é culpa dele ser pequeno e não muito forte. Isso impacta um homem, ele ter que limpar latrinas e chiqueiros o dia inteiro. Os *blancos* nem dão uma pá ou machete para ele, como para os outros homens. Então nosso próprio povo ri dele e o chama de *cueh'nú*. Eu, eu! Eles acham que coloco chifres no meu homem. E isso lhes dá mais um motivo para rir dele.

Adela cora, sem querer olhar para a amiga. As palavras saem suaves.

— Mas, Plácida, você sai com esse homem...

— É a única chance de ir embora. Nós dois detestamos, mas não tem outro jeito.

— Não, tem outro jeito. *Tem* outro jeito. — A voz de Adela baixa de forma que Pola mal consegue ouvir, embora elas estejam a apenas centímetros de distância uma da outra. — É perigoso, mas...

— Nem diga.

— Mas... Benito e eu temos falado sobre...

— Pare.

— Vocês podem vir junto.

Plácida ergue a mão em uma chicotada e a coloca sobre a boca de Adela, olhando em volta para garantir que estão sozinhas.

— ¡*Cállate, mujer*! Eu não quero saber... e ninguém mais deveria saber também. — A voz de Plácida ganha uma ferocidade palpável. — Escutou? Não diga nada para ninguém. As paredes têm ouvidos, e muitos venderiam a alma da própria mãe por algumas pesetas. *Por Dios*, Adela, me prometa que você nunca, jamais, vai dizer nada para ninguém. Não confie em ninguém. — A intensidade das palavras de Plácida faz Adela baixar a voz ainda mais e um arrepio descer pelas costas de Pola.

— *Pero...*

— ¡*Não*! ¡*Prométeme*!

— Tudo bem, tudo bem. Eu prometo.

— Agora vamos embora antes que sintam nossa falta.

— Eu não posso nem me despedir de você quando a hora chegar?

— Não. Eu sei tudo que preciso saber. Demais, na verdade. *Vámonos*. — Plácida de repente se vira e passa os braços em volta de Adela, apertando-a com força por um momento. — Que Deus te acompanhe, minha amiga. E lembre-se, não confie em ninguém. — Então ela a solta e desaparece nas sombras.

— A você também... — Mas as palavras de Adela se afundam na escuridão, uma vez que as sombras já engoliram sua amiga.

Pola observa as mulheres irem em direções diferentes. Ela teme por sua amiga Adela. Ela não sabe dos detalhes e não precisa. Pensa na outra mulher, em sua força, sua capacidade de se sacrificar, no esforço que deve ser necessário para se manter de cabeça erguida apesar dos rumores. Pola nunca mais vai chamá-la de La Mula. Plácida é o nome dela... Plácida, esposa de Nando.

As três mulheres não sabem que ali perto uma quarta mulher, Leticia la Loca, também está escutando e absorvendo tudo que foi dito.

*

Duas semanas depois, Pola espera até que Pastora vá consultar Doña Filo a respeito do cardápio da semana e então usa a oportunidade para esconder dois inhames e um pedaço de porco em sua cesta de ervas. Ela procura em todos os armários e cantos, mas não sobrou muito: três ovos cozidos, meia cabeça de alface, um punhado de nozes. Na mesa estão duas malangas e um punhado de cenouras que ela colheu esta manhã. Vai tudo para a cesta. Ela a cobre com uma lona e segue para o jardim, seus sentidos atentos ao menor movimento. Se for interceptada, Pola está indo colher tubérculos para a mesa da família. Ela se esgueira para fora, ansiosa por uma hora sozinha no bosque. Quando encontrar a menina, elas irão lavar os vegetais no rio e comer uma refeição simples juntas.

Enquanto a menina está focada na costeleta de porco ainda quente, Pola a examina mais de perto. O cabelo bagunçado expõe suas orelhas, quase totalmente obstruídas por uma crosta que está se espalhando na direção do cabelo. Pola estende a mão, mas a menina se afasta com um salto. Ela puxa rapidamente o cabelo para cobrir as laterais do corpo.

— Tudo bem. Eu não vou te machucar.

Leva um tempo para Pola convencer a menina a voltar e terminar a refeição. Ela não tenta tocar Chachita de novo. Em vez disso, senta-se e a observa comer devagar, desconfiada. Mas Pola não consegue tirar as orelhas apodrecidas da cabeça. Quando volta para a fazenda, ela tem um plano.

*

A colheita das frutas está em andamento. Escadas ainda estão apoiadas contra as árvores de tamarindo, *jobo* e *caimito*. É uma noite sem lua, e o *batey* está pesado de escuridão. Há horas não há movimento na casa. Celestina pega as chaves e sai pela porta dos fundos. Ela se esgueira na direção dos pomares e, quando está sob a sombra dos limoeiros, vira à esquerda. Ao contrário da maior parte da comunidade escravizada, ela pode vagar abertamente pela propriedade quando quiser. Todos sabem que Celestina gosta demais de sua posição para querer deixar a *hacienda*. Sua presunção é uma âncora melhor que qualquer capataz.

Celestina se tornou uma pária para toda pessoa negra da área. Ela odeia os negros ainda mais do que eles a desprezam. Escolhe viver em um mundo que fica em algum lugar entre eles e *los blancos*. Esforça-se bastante para manter sua vida privada em particular, temendo que a exposição seja vista como fraqueza e perda de pose. Ela faz de tudo para manter a distância que construiu cuidadosamente entre si mesma e os outros. Por esse motivo, cuida para que suas jornadas noturnas não sejam descobertas.

Agora seus passos determinados a levam até a frente da casa de Romero. Poucas mulheres sobem esses degraus por vontade própria, e nenhuma abertamente. Ela e o capataz têm uma relação especial. Compartilham de sua posição de excluídos, ambos sentindo superioridade em relação aos negros escravizados e rancor dos brancos que se sentem superiores a eles e que determinam sua existência. Talvez nem gostem um do outro, mas se entendem muito bem. E precisam um do outro. Em sua presunção, cada um afasta a solidão que vem com a arrogância.

Embora Romero espere a visita de Celestina, ele não se dá ao trabalho de levantar e abrir a porta para ela. Ela afasta a coleção de chicotes que ele tem pendurada no teto da varanda e abre a porta. Vai diretamente para a cadeira no canto, desviando-se de correntes, algemas quebradas, garrafas vazias de rum e pratos espatifados no caminho. As lanternas cobertas de fuligem banham o quarto em uma meia-luz macabra. Objetos individuais não parecem ter peso, cor ou relação com qualquer outro objeto, como se compartilhassem uma dimensão embaçada e desconectada da realidade. Tudo parece coberto pelo cheiro e a pátina da morte, tudo exceto a mesa de canto.

Imaculada e arrumada com cuidado, ela guarda uma coleção preciosa. Um chicote ricamente torcido domina a mesa. Diferente dos que estão pendurados do lado de fora, essa cauda fina é trançada em um padrão de cobra intrincado. As macias curvas em S mostram que ele é frequente e cuidadosamente oleado. Seu cabo prata é a única coisa que brilha no quarto sombrio, como se guardasse uma luz interna. Ao lado dele está uma correia entalhada em couro vermelho-sangue que termina em uma argola para a mão em vez de uma fivela. Há cinco velas aninhadas em uma cesta e vários pedaços de corda enrolados em outra.

Quando Celestina entra, Romero está sentado na cama, molhado de suor, com a camisa meio aberta. Ele ainda está de calças, sujas com uma mistura de terra e esterco de cavalo. Seus dentes mordem com força o charuto apagado, e ele cospe no canto quando ela se aproxima. Uma cheiro acre flutua no ar, o aroma de dias de penicos não esvaziados que sem dúvida estão embaixo da cama.

Celestina, ignorando seus arredores, solta o cabelo e tira o vestido, pendurando-o por cima da única cadeira do quarto que não está quebrada. Foi um dia longo e quente, e ela passou horas ansiosa por este momento. Ela pode ignorar muita coisa para ter o que precisa.

Romero não consegue ser romântico, mas é bem hábil no que consegue fazer. Quando ele tira a roupa, ele se deita de barriga para cima na cama amarrotada, braços cruzados atrás da cabeça, e espera. Não oferece uma preliminar, e ela não espera uma. Em vez disso, ela sobe em cima dele e observa seu peito largo, seus pelos corporais e sua genitália imponente. Então ela se curva e o cheira, sentindo prazer na masculinidade pungente dele, um animal no cio. Ela se torna a besta felina que sua juba sugere, sua língua lambendo todo o torso de Romero antes de espalmar as mãos no peito dele e cravar as unhas pontudas, deixando rastros sangrentos para trás. Sorrindo, lambe os dedos, provando os pedaços de carne que raspou de seu amante. Ela provoca, balançando os seios por cima dele, roçando os pelos pubianos pela barriga dele, beliscando seus mamilos, mordendo aqui e ali, até ficar satisfeita com a sua reação. Finalmente, ela se senta nele, balançando e ondulando os quadris até soltar um uivo satisfeito. Ele não se move um centímetro, recusando-lhe a satisfação de saber que ela o satisfez.

Quando é a vez dele, ele se levanta e se ergue acima da figura sentada dela, agarra-a pelos dois braços e a joga na cama. Prendendo-a com os dois joelhos, ele começa lentamente: um toque no queixo e então golpes cada vez mais fortes, até estar estapeando o rosto dela com toda a força, xingando-a e dizendo a ela todas as indignidades que ele lhe infligira. Ele sorri quando vê um fio de sangue no lábio inferior dela. Mas os golpes não param, não até que ela implore.

Ele se vira para a mesa de cabeceira, pega vários metros de corda e amarra os pulsos e tornozelos dela aos postes da cama. Ela implora para que ele pare, mas não faz um esforço real para se soltar. Ele amarra um lenço na boca dela e continua o ritual, empunhando o chicote trançado que reserva para essas ocasiões. Finalmente sorri quando vê os vergões subirem na barriga dela. Ela luta silenciosamente até ele desamarrá-la e virá-la, usando a correia como usaria em uma égua rebelde. As nádegas nuas dela estão num vermelho vivo depois da agressão. As marcas vermelhas contra o branco da pele dela parecem excitá-lo mais do que qualquer coisa que ele tenha feito.

Finalmente, cansado e ensopado de suor, ele afunda o rosto dela na roupa de cama suja, sobe nela e se alivia da pressão em suas entranhas. Os gemidos abafados dela são engolidos pelos grunhidos dele ao chegar ao clímax repetidas vezes. Quando ele preencheu todas as cavidades e está exausto de seus esforços, finalmente a empurra para o lado e volta para a sua posição na cama.

Celestina tem dificuldades para se manter silenciosa enquanto recebe os golpes. Mas ela adora cada um deles, que se acumulam até um ponto em que ela pensa que vai morrer. Romero também gosta de causar dor e humilhação, embora ele nunca vá admitir isso. Ela dá de boa vontade o que ele precisa tomar de outras. Eles se satisfazem de formas que ninguém mais consegue. Gostam desse jogo mutuamente prazeroso que os sacia em uma intensidade que nenhum dos dois havia antecipado. Ela se sente incrivelmente poderosa sabendo que pode dar a esse homem exatamente o que ele precisa para satisfazer a besta dentro de si.

Celestina se levanta e junta suas coisas. Refazendo seus passos, para no barril de água para se limpar antes de entrar na casa principal. Durante as noites que passam juntos, nenhuma palavra é pronunciada por nenhum dos dois. Palavras são desnecessárias.

*

Pola não demora a visitar Rufina. Não sabe bem como abordar *la curandera*, já que tomou tanto cuidado em esconder suas excursões para o bosque. Ela entra na cabana enquanto a velha está debruçada por cima de um enorme *mortero* posicionado entre seus joelhos. Seus lábios estão se movendo, sussurrando em um ritmo que combina com seus movimentos para a frente e para trás. Seus ombros rodam quando ela levanta o pilão e o baixa na tigela. O odor dos pedaços de folhas e óleo, misturando-se em um emplastro verde, encoraja Pola em sua missão. Rufina ergue os olhos, limpa o suor do rosto e sorri para a visitante antes de voltar ao trabalho.

Pola se demora perto da porta, observando-a.

— Rufina, eu sempre fico impressionada com a força necessária para moer seus remédios. Para quem é isso?

A curandeira para de cantar e levanta os olhos, a testa enrugada.

— Você sabe que não é pra interromper minhas orações. Agora vou ter que começar de novo.

— Desculpa. Mas agora que você parou...

— Tá, o que é? Eu ter muita coisa para fazer e pouco tempo.

— Não, não é nada.

— Nada? Você veio aqui por nada?

Pola hesita.

— Eu tenho uma amiga que precisa de ajuda.

— Uma amiga? Doente? Febre? Eu não fiquei sabendo de ninguém doente. Quem é?

— Não... você não conhece.

— Eu não conheço? — Rufina solta o pilão e enfia os punhos nos quadris. — Que bobagem é essa? Quem eu não conheço aqui?

Pola passa seu peso de um pé para o outro, pensando em como falar.

— Eu... eu só...

Rufina afasta o almofariz e se inclina na direção de Pola, sua cabeça virada para o lado.

— O que te deu? Desde quando você engolir a língua?

— É só que eu estou preocupada. As orelhas dela... as orelhas dela parecem... carne apodrecendo. — Então sai tudo de uma vez. — Algumas partes incrustadas, outras com furúnculos cheios de pus, alguns pedaços com sangue... Achei que você poderia ter um remédio.

— Quem é essa mulher?

— Não posso dizer.

Rufina lê o rosto de Pola e hesita. Finalmente, com os lábios apertados em uma linha tensa, ela expira lentamente e considera.

— Que tipo de cura eu posso fazer sem examinar a paciente?

Pola inclina a cabeça.

— Isso ter algo a ver com seus sumiços misteriosos?

A cabeça de Pola se ergue. A súplica em seus olhos comove a amiga.

— Certo. Pode guardar seu segredo. Vou ver o que posso fazer. Ela sente dor? Não? Ela coça a área? Não? A pele fica quente? Eu vou fazer algo para ela. Vai levar alguns dias para preparar. Mas, lembra, cura cega nunca funcionar. Vou precisar botar minhas mãos nessa pessoa, e aí veremos.

A preocupação no rosto de Rufina não acalma a ansiedade de Pola. Na verdade, o dedo gelado do medo penetra seu coração, enquanto ela observa a amiga voltar ao trabalho.

16. QUANDO A CHUVA VEM

Hacienda Las Mercedes,
Carolina, Porto Rico, junho de 1854

Na Hacienda Las Mercedes, 1º de maio, o começo tradicional da temporada de primavera, é um dia de descanso para toda a fazenda. Uma boa chuva nesse dia anuncia boa sorte para o ano que vem. Os *hacendados* rezam por um dia de chuva, o sinal de uma colheita saudável e bonita. Os trabalhadores ficam felizes de ter um dia de descanso. Todos os olhos se viram para o céu azul.

Mas neste ano as primeiras chuvas estão atrasadas. Mentes supersticiosas temem o pior. Todo mundo observa os céus em busca de algum traço de chuva. Finalmente, quando as primeiras gotas caem, no início da manhã de 1º de junho, há um suspiro coletivo de alívio, e todos correm para fora, a fim de celebrar o bom sinal. Homens e mulheres tiram os sapatos e enfiam os pés na grama molhada e então no solo fértil. Mas a celebração mingua quando o chuvisco se torna uma pancada; e a pancada, um temporal. A expectativa se transforma em ansiedade nos olhos voltados para cima, enquanto a chuva continua dia após dia após dia.

O trabalho da fazenda retorna sob uma cortina constante de água. Um dia, dois dias, três. Não há respiro. No final da semana, as torrentes de água impedem o trabalho externo. Os canais de irrigação, cavados com cuidado pelos *paleros*, não aguentam. Na manhã do sétimo dia, o rio transborda as margens, e as poucas pontes que o cruzam são levadas. A terra agora está ensopada. O campo recém-plantado já não consegue absorver a chuva, e os cortes são ameaçados pela ruína. Depois de dez dias, o dilúvio faz a máquina que é a fazenda parar. Não há nada que possa ser feito pela cana recém-plantada, que agora está sob muitos centímetros de água.

Poças se transformaram em piscinas lamacentas, e estas se tornaram um lago que engole os pés. Tábuas são instaladas entre as construções, mas elas também logo afundam na meleca. Barris de águas e bacias se tornam obsoletos com a chuva enchendo e transbordando de todos os recipientes. Correntes descem pelas colinas, fluindo para dentro do estábulo, do chiqueiro, das latrinas e das *chozas*. Nos aposentos dos escravizados, a área mais baixa da fazenda, camas, mesas, roupas e utensílios de cozinha flutuam em piscinas de água suja. O equipamento na frente da casa do capataz está salpicado de lama. Os chicotes ondulam como cobras mortas sob as ondas da chuva. Não há nenhum lugar seco para as pessoas se esconderem do dilúvio incansável, e logo as crianças ficam doentes, com tosse e resfriado.

No alto da colina, Doña Filo cuida para que seu bordado lucrativo, *mundillo*, e os projetos de costura fiquem bem protegidos em baús forrados. Padrões individualizados, talvez a coisa mais valiosa que ela possui, são cobertos, amarrados e guardados antes que a umidade destrua as linhas finamente desenhadas em papel-manteiga.

As mulheres de Las Agujas entram em ação. Tudo é passado da cabana de trabalho para os aposentos dos fundos da casa da fazenda. Normalmente usados para provas e alterações, esses cômodos agora se tornam áreas de depósito para o trabalho feito do lado de fora. Pilhas de tecido importado ficam seguras em armários fechados. Projetos pela metade são terminados às pressas em meio à comoção dos materiais sendo reorganizados e apertados em um espaço pequeno.

Linhas, fitas, renda, ferros, latas, argolas, ferramentas de costura, alfinetes, moldes de vestidos — tudo fica à mão para que o trabalho continue do lado de dentro, caso, Deus nos livre, o temporal continue por mais muitos dias.

Conforme os dias se transformam em semanas, o número de pessoas doentes se multiplica. A *choza* de Rufina é inundada, mas, como Las Agujas agora está vazia e relativamente seca, a enfermaria é movida para o alto da colina, na cabana das costureiras. Primeiro os pacientes são os jovens, mas logo as crianças são acompanhadas das mulheres e dos homens que caem tremendo no chão. Muitas das costureiras que vivem e trabalham nessa cabana agora são mandadas para ajudar Rufina a cuidar dos enfermos, cujo número continua a subir. Logo, mal há espaço para caminhar por entre os corpos que precisam de cuidado.

E ainda assim a chuva segue. As pessoas de Las Mercedes ficam observando impotentes vilas descerem pela montanha e desaparecerem sob uma avalanche de lama, árvores desenraizadas, tábuas de madeira, *bohíos* precários e placas de metal fundido que antes eram os telhados de casas frágeis. Em meio às ondas enormes de sujeira estão vacas, cabras e pessoas que não tiveram tempo ou não pensaram em abandonar suas posses terrenas. Toda a encosta da montanha parece estar se desintegrando em câmera lenta, mandando uma corrente de barro para baixo, para os infelizes vizinhos que não se moveram rápido o suficiente.

Logo os *jíbaros* que vivem mais perto do vale aparecem na porta da fazenda, exaustos, seminus e famintos, trazendo consigo seus filhos e idosos. Uma mulher grávida de muitos meses, carregando um bebê nos braços e guiando outra criança, perde o equilíbrio e o bebê ao cair. Uma criança mais velha resgata o bebê antes que ele se afogue na lama. O marido e outro homem param, erguem a mulher e a carregam pelo resto do caminho. Seus gritos de ajuda são abafados pelas torrentes de água.

Doña Filo os recebe na porta dos fundos e manda os homens direto para o cômodo transformado em enfermaria. Conforme mais pessoas buscam abrigo, as mulheres e crianças vão para a casa, onde são alimentadas, vestidas e recebem tarefas. Água potável precisa ser trazida; a comida, cozinhada; camas devem ser arranjadas para os recém-chegados, alguns doentes e exaustos demais para ficar em pé.

Don Tomás aprecia a ajuda dos homens, dando-lhes tarefas e distribuindo ferramentas para cuidar do que ainda pode ser salvo. Quatro deles são mandados para a cabana de lenha em busca de troncos secos para a cozinheira e outras necessidades da família. Seis são mandados para reunir o gado solto que ficou preso na lama do pasto. Outros reforçam as cercas. Os carros de boi e as carroças se juntam às *calesas* na casa de carruagens, e os cavalos vão para o estábulo. Três homens são mandados para garantir que os chiqueiros estejam seguros e que a água entrando possa ser drenada.

Por mais que Doña Filo e as mulheres rezem para que a chuva pare, ela continua sem piedade. Água pinga de todas as vigas, e a lama suga tudo que cai no chão. A umidade toma conta de boa parte das áreas internas. Nada se move em seu ritmo usual. As pessoas desaceleram até parar. Não há nada a ser feito exceto aceitar a impotência diante de um ato da natureza tão extraordinário.

Os *patrones* ficam do lado de dentro. Os capatazes não têm trabalho para supervisar. Os trabalhadores fazem o que é mandado, mas há muito pouco a ser feito. Desacostumados ao ócio, eles se reúnem em grupos e se perguntam quando a chuva vai parar. O *batey* vai de um formigueiro eficiente de atividade a uma imobilidade total.

*

Duas semanas depois de ter começado, e de forma igualmente súbita, a chuva para. A primeira preocupação do *patrón* é a cana. Depois do relatório de Romero, Don Tomás se enfia em sua biblioteca e fecha a porta em silêncio. Quando sai, uma hora mais tarde, ele entra em ação.

O *patrón* não precisa ver para saber que as folhas foram arrancadas dos caules recém-plantados. Ainda assim, ele e os capatazes montam seus cavalos e se espalham pelas muitas *cuerdas* para examinar os danos. Com a enchente e a chuva, isso é enlouquecedoramente lento.

Como todas as plantações vizinhas têm o mesmo problema e precisam da mesma solução, Don Tomás age o mais rápido possível. Todo *hacendado* guarda cortes excedentes para emergências. Pedaços valiosos da base da cana são plantados cedo na esperança de uma colheita frutífera. Mas, depois desse desastre, apenas os cortes secundários e menos previsíveis vindos das partes mais altas da colheita do ano passado estão disponíveis. Mesmo esses serão difíceis de garantir nessas circunstâncias. Don Tomás precisa adquirir esses cortes. Se ele não os plantar logo, vai perder a *cosecha* do ano inteiro. Esse fracasso monumental não vai acontecer, não em Las Mercedes, não com ele.

Ele manda Romero e três de seus capatazes mais experientes, que são conhecidos dos *hacendados* dos distritos próximos. Eles cavalgam o mais rápido e mais longe que as estradas inundadas permitem, cada um viajando em uma direção diferente em busca de fazendas longínquas que não foram afetadas pela chuva. Pode levar semanas para localizá-las e fazer os arranjos necessários. Don Tomás terá que competir com outros fazendeiros pelos mesmos cortes. Não há tempo a perder.

O *patrón* está com lama até o tornozelo e olhando para o céu. Conseguindo ou não os cortes de que precisa, ele depende totalmente de elementos que estão fora do seu controle. O sol terá que fazer seu trabalho no preparo da replantação. O solo deverá absorver a água parada e secar antes que qualquer coisa possa ser feita. E, mais importante de tudo, não pode haver mais chuva.

Doña Filomena está muito ocupada com a casa e o número cada vez maior de pessoas que dependem deles. Don Tomás deixa Ricardo Mejía no comando dos campos e dos trabalhadores. Ele é jovem, relativamente novo, mas um bom homem. A limpeza e o preparo para a plantação o manterão ocupado. Ele terá que supervisionar os trabalhadores do campo — *jíbaros* e *jornaleros* vizinhos, além dos escravizados. Sem a cana para ser trabalhada, tarefas individuais devem ser designadas.

Os animais precisam de pastoreio e cuidado. Ferramentas que foram guardadas ao final da temporada de plantio já estão começando a enferrujar e têm que ser salvas e consertadas. Carcaças de animais precisam ser removidas e enterradas antes que atraiam vermes e causem doenças. Frutas e vegetais arruinados precisam ser colhidos e compostados.

A água parada deve ser drenada de toda a fazenda o mais rápido possível. Ovos de mosquitos flutuando na água que se acumulou em piscinas e poças irão chocar, e trabalhar no meio de enxames de insetos será um pesadelo. As centopeias e salamandras, pestes já em circunstâncias normais, se tornarão ainda mais irritantes.

Muitos trabalhadores e seus filhos já estão na enfermaria improvisada em Las Agujas. Nessas condições, os pacientes atuais certamente terão muita companhia. As costureiras, há muito tempo transformadas em enfermeiras de tempo integral, esperam pelo melhor, mas se preparam para o pior.

Don Tomás monta seu cavalo e segue para a cidade, rezando para conseguir os fundos de que precisa para salvar a fazenda. Se não tiver sucesso no banco local, terá que cavalgar o dia todo e até à noite para chegar à sede principal em San Juan, onde com certeza terá que competir com dezenas de outros fazendeiros pelos recursos tão necessários.

*

Mesmo antes da chuva parar, Pola pena para descobrir como sair para o bosque e encontrar Chachita. Pensar na menina sozinha nesse dilúvio é insuportável. Ela se agarra à crença de que a menina encontrou abrigo. Afinal, ela vive nos bosques há anos. Quem teria habilidades de sobrevivência melhores? A menina deve saber de lugares altos o suficiente para escapar das águas que sobem. Mas a visão dos deslizamentos de lama pelas montanhas a oeste apresentam uma imagem bem real dos perigos de se procurar um lugar alto.

Conforme os dias passam, Pola fica histérica. Não tem como ela voltar para a menina nessas condições. Doña Filo chama todas as costureiras para ajudarem com os doentes. Embora Pola esperasse levar o remédio de Rufina para a menina muito mais cedo, agora a curandeira tem tantos doentes para cuidar que nem começou a trabalhar no medicamento de Chachita. Com o aumento dos pacientes, Doña Filo está sempre perto para supervisionar e reorganizar os trabalhadores.

E, mesmo se Pola conseguisse escapar, há ainda o problema do terreno. A lama e a sujeira tornaram viajar nas estradas, e ainda mais em trilhas cheias de árvores, quase impossível. Mesmo que ela soubesse onde procurar, é questionável se conseguiria chegar até lá. Pola está presa em sua preocupação. Tenta acalmar seus nervos exaustos. Com certeza, depois da tempestade, conseguirá sair sem ser vista. Não pode demorar muito mais. Ela só vai precisar de uma ou duas horas — só o tempo suficiente para garantir que Chachita está bem. Ela acha que as outras mulheres vão substituí-la. Tía Josefa pode fingir que não viu. Pastora vai guardar seu segredo. A verdade é que Pola não sabe quem procurar ou em quem confiar.

Dois dias depois que a chuva para, o frenesi se transforma em um pânico sufocante que lhe rouba o fôlego. Ela não consegue dormir ou comer. Salta com qualquer som inesperado e está sempre à beira de um grito. Não tem como adiar isso mais.

Uma noite, ela fica sentada até o amanhecer, observando o céu. Seus olhos brilham na escuridão. Cada alma dessa fazenda passou por dias e mais dias de trabalho exaustivo e tensão permanente. Ela espera que todos eles tenham desmaiado em seu sono.

Em Las Agujas, os pacientes estão grogues com os remédios de Rufina, e as mulheres que cuidam deles cederam à exaustão e estão dormindo sentadas em cadeiras próximas. Tudo está em silêncio e nada mais pode ser feito até a luz do dia. Pola desliza para o chão, remexe embaixo de sua cama e encontra o fardo. Então, fechando os olhos para a razão, age.

O *batey* está imóvel e silencioso. Ela o cruza rapidamente e, assim espera, sem ser detectada. Na cozinha, encontra duas grandes folhas de banana-da-terra. Ela solta o bolo de roupas velhas e secas em uma das folhas e a amarra com firmeza. Há pouca esperança de mantê-las secas, mas ela trabalha por instinto em vez de planejamento cuidadoso. Então se volta para as parcas opções de comida disponíveis. Com tantas pessoas a serem alimentadas, as escolhas são reduzidas. Quando termina com o pouco que está disponível, embrulha os itens na folha que sobrou. Sem querer perder mais tempo, agarra as trouxas e sai correndo pela porta dos fundos.

*

Ela faz pouco progresso no escuro. Com as trouxas amarradas nas costas, usa suas mãos como guia, mas os marcos familiares foram levados, e há caminhos impossíveis. Cega pela escuridão, Pola segue o som do rio que corre. Não vai conseguir cruzá-lo, é claro, mas ele lhe oferece conforto e uma âncora em uma paisagem agora estrangeira.

Sua voz hesitante é absorvida pelas árvores caídas e as trepadeiras pendentes. Gritar é perigoso e inútil contra os sons aumentados da noite. Será impossível chegar à árvore como ela tinha planejado, mas deve haver um jeito de encontrar Chachita.

A cada passo a meleca lamacenta da floresta inundada engole seus pés até os tornozelos. É necessária uma quantidade enorme de energia para que ela se puxe para fora e siga em frente. O cheiro fétido das folhas amassadas e apodrecidas é atordoante. Os sons da noite são ensurdecedores. Mosquitos torturam seu rosto e seus braços. O ar arranha sua pele. Algo cai em seu pescoço, e ela dá um salto e um tapa no animal que aterrissou ali, tarde demais para evitar a picada dolorida.

Pola segue em frente, mas logo se perde, o som do rio recuando com o barulho que nasce por trás de um cobertor de nuvens cinzentas. O pânico cresce quando ela percebe que sua ausência será notada. E então, com uma mistura de decepção e alívio, ela se vê de volta nas pedras, sem conseguir nada do que estava determinada a fazer.

Por trás da proteção da pedra, ela nota que as pessoas da fazenda começaram a acordar. Pastora já está tentando acender o fogo com o que sobrou da lenha seca. As mulheres de Las Agujas andam de um lado para o outro, cuidando de mais pacientes do que poderiam dar conta. Já devem ter dado falta dela a essa altura. Tía vai até a porta e olha para o céu e em volta do *batey*. Rufina corre até ela, e elas têm uma conversa agitada. Seus olhos procuram por todas as partes do quintal e então se voltam com relutância para dentro.

Por mais que Pola queira voltar e continuar a busca, com a claridade crescente, ela sabe que precisa voltar para o *batey* agora. Ela solta as trouxas atrás de uma árvore com pouca esperança de que talvez Chachita se arrisque a chegar mais perto. Pola afasta os pensamentos e enterra os medos. Desliza de volta por uma pedra e corre para os fundos da *choza* vazia de Rufina, aproximando-se de Las Agujas como se tivesse passado esse tempo todo nas *chozas*.

Rufina a encontra na porta de Las Agujas. Josefa não está longe. Elas a recebem, perguntas em seus olhos.

Como sempre, Josefa toma conta da situação.

— Tem água ali no canto. Se limpe e troque de roupa antes de ser vista.

As duas mulheres mais velhas trocam olhares cúmplices e seguem em frente com seus trabalhos também. Haverá tempo para conversar mais tarde.

Pola faz o que foi mandado, com um suspiro de alívio. Seu corpo havia retornado para a relativa segurança, mas sua mente ainda estava lá fora, vagando pelos bosques, em busca da menina que era o foco da sua atenção.

17. BURACOS

Hacienda Las Mercedes,
Carolina, Porto Rico, julho de 1854

No final da noite, duas semanas depois da chuva ter parado, Don Tomás cavalga para dentro do *batey*. Suas roupas estão salpicadas de lama e rasgadas. O cavalo não consegue galopar nem sob a ameaça do chicote — não que Don Tomás tenha força para fazer isso. Ele está emaciado e curvado por cima da sela. Quando se aproxima da varanda de sua casa, joga as rédeas para o escravizado mais próximo, desliza para fora do cavalo e sobe os degraus. A porta se fecha silenciosamente atrás dele, e ele não é visto durante dois dias.

Romero segue um dia depois e, após um dia de descanso, volta sua atenção para a operação nos campos. Os cortes que ele trouxe não são os melhores, mas são os melhores que havia. Eles precisam ir para a terra o mais rápido possível para maximizar sua viabilidade. Ele fica de olho no céu.

Na manhã seguinte, o *patrón* ainda não está disponível. Romero, deixado sozinho, monta cedo e, com Ricardo Mejía logo atrás, vai inspecionar o trabalho feito enquanto ele estava fora. O capataz cavalga com altivez, parando para exigir respostas do subordinado. Conforme a manhã avança, usa as esporas e o chicote com mais frequência e intensidade. Quando voltam para o *batey*, as narinas dilatadas de Romero combinam com as de seu cavalo. Mejía, cabeça baixa, segue em silêncio seu superior enraivecido.

Os dois entram na casa de Romero, e logo a voz de trovão do capataz pode ser escutada por todo o *batey*. Dois negros, um homem e sua mulher, desapareceram. Como Mejía pode ter deixado uma coisa assim acontecer?

— *¿Qué carajo hacías tú*? Onde estavam seus olhos? *¡Tienes los ojos metidos en el culo, puñeta*! — As palavras são pontuadas com o som surdo de carne entrando em contato com carne. — *¡Hijo de la gran puta y la chocha que la parió*!

Romero sai pisando duro da casa, a porta da frente batendo contra a parede. Ele segue direto para a casa-grande, esquecendo que o *patrón* está indisposto. Terá que lidar com Doña Filomena. Uma das criadas o encontra na varanda e pede que ele espere.

— *¿Estás loca*? Eu vou entrar e vou falar com Don Tomás agora! — Com isso, ele a afasta do caminho e fica cara a cara com Doña Filomena.

Ele dá um passo para trás.

— *Señora*, eu preciso falar com *el patrón*.

Filomena bloqueia a porta.

— Meu marido precisa de descanso. Ele não vai ver ninguém hoje.

Romero mal consegue se conter.

— Doña, eu não sou qualquer um. Eu preciso...

— Você não me ouviu? Hoje, não.

— Nós temos um problema sério e...

— *Mira*, Romero, seu trabalho é cuidar da fazenda. Meu trabalho é garantir que meu marido tenha o descanso de que precisa. Agora vá embora e talvez amanhã...

— *Pero*...

— *No*, e ponto. Volte amanhã à tarde e veremos se ele vai estar bem o suficiente para te ver.

Bufando, Romero salta para fora da varanda e volta para sua própria casa. Os escravizados o veem descer a colina, cruzando a avenida entre as *chozas* e indo em direção à sua casa, em frente à casa-grande. Ele sobe dois degraus de cada vez, abre a porta com tudo e a bate com tanta força, que os chicotes pendurados no teto da varanda dançam no calor da manhã.

*

Na manhã seguinte, um Romero mais controlado bate à porta dos fundos. Ele é levado até a biblioteca, onde por um breve momento se reúne com Don Tomás, antes dos dois saírem correndo. O *patrón* pede os cavalos e sai em disparada. Romero reúne seus homens e lhes dá ordens em particular. Ao crepúsculo, todo mundo está em movimento. Mejía não está em lugar nenhum. Mandam *los negros* ficarem em suas *chozas*, e há capatazes em cada porta.

No amanhecer do dia seguinte, os trabalhadores são acordados por vozes cortando a neblina do início da manhã que lhes convocam para a área aberta entre as cabanas. Romero está em pé em sua varanda, olhando a atividade lá embaixo. O resto dos capatazes supervisiona a multidão crescente de negros que são puxados para fora de suas casas e pastoreados para o centro do quintal. Os trabalhadores de olhos sonolentos são forçados a ficar em um círculo em volta de dois homens que já estão cavando um buraco. Mesmo no ar fresco da manhã e à meia-luz da aurora, os homens sem camisa brilham de suor. Suas pás golpeiam repetidas vezes, os homens de bota forçando as lâminas para baixo, cavando cada vez mais fundo na terra macia. Eles deslocam o solo fértil, deixando uma ferida aberta no chão. Os montes de terra escavada já estão crescendo, o cheiro sedutor de terra molhada subindo do buraco. Os únicos sons humanos são os grunhidos que saem com cada punhado de terra jogado de lado.

Logo os trabalhadores do campo reunidos, Leticia la Loca, Plácida la Mula, Flaco, Simón e o resto são acompanhados pelo pessoal do *batey* e os trabalhadores domésticos, além de Herminio, o açougueiro;

Pastora, a cozinheira; Melchor, o carpinteiro; Rufina, *la curandera;* Celestina, a governanta, e as costureiras de Las Agujas, Pola entre elas. Uma onda silenciosa de corpos negros desce pela colina para se reunir no canto da área dos escravizados, logo abaixo da varanda de Romero. O capataz olha para a massa de humanidade negra, cospe seu charuto e sorri.

Pola sente um arrepio assim que ouve o barulho das pás golpeando, cavando, retirando a terra. Ela já ouviu homens fazendo esse trabalho antes, mas isso é diferente. Algo nos sons, acompanhados pela assembleia silenciosa, cria nela a sensação de um espetáculo macabro que a faz segurar os cotovelos e parar sobressaltada. Mas mãos invisíveis a empurram para a frente. Quando ela se aproxima da multidão, fica mais fácil enxergar o que está diante de si. Todos os negros da *hacienda* estão ali, cercados por um anel de homens brancos armados e uniformizados que ela nunca viu antes. Romero, erguendo-se acima de todos, olha com raiva de sua varanda. Atrás dele, os chicotes pendurados assumem uma vida própria enquanto ondulam na brisa da manhã. Os joelhos de Pola começam a tremer.

Raios do novo sol agora acendem o céu. A multidão está imóvel, em um silêncio sinistro. Apenas o som ritmado das pás enche o ar. Pola nota tudo: os trabalhadores do campo, os capatazes inquietos, os homens uniformizados com armas longas e pesadas. Uma palavra, *militares,* é sussurrada. Quando o grupo dela se aproxima, esses homens uniformizados se separam, aceitando as recém-chegadas no círculo e fechando de volta atrás delas, mantendo distância.

O suor se acumula entre as escápulas de Pola e pinga por suas costas. Ela tenta controlar o tremor que tomou todo o seu corpo. Tem dificuldades para mover os pés. Mais uma vez, sente um empurrão impaciente vindo por trás. E então fica parada ali, uma testemunha involuntária do que está prestes a acontecer.

Os homens com as pás se erguem e o buraco chega à altura da cintura; eles ainda golpeiam, cavando a terra. São impiedosos, enfiando, partindo o solo que deveria alimentar e deixando no lugar um portal para a morte.

Os sons aumentam e hipnotizam. Pola encara a mácula escura no chão. A mente dela está correndo, levando-a para um lugar sobre o qual ela não pensava há anos. O mundo gira e se nubla. O som se vai, a multidão desaparece, e Pola é puxada de volta para um outro tempo, um no qual ela encarou outro buraco na terra.

*

Hacienda Paraíso,
Piñones, Porto Rico, 1839

Mãos masculinas agarraram e puxaram para forçá-la até o lugar demarcado. Quatro estacas marcavam os cantos, e as cordas já estavam amarradas em volta da fossa. Os pés dela estavam ensanguentados de terem se enfiado no chão, resistindo ao avanço. As roupas foram arrancadas de seu corpo, e a evidência do espancamento que sofreu nas mãos do caçador de escravizados já marcou seu rosto e seus seios. A garganta dela está seca. Ela abandonou os protestos há muito tempo — uma fugitiva capturada, mesmo grávida, não receberia misericórdia. Cada passo a levava mais perto do fosso escuro. Ela imaginava escorpiões ou cobras rastejantes no fundo; ouviu histórias assim. Mas não desta vez.

Os homens pararam e a seguraram na frente do capataz, que esperava ao lado do buraco. Ela ergueu a cabeça e olhou no rosto dele. Esse era jovem, imberbe, com lábios rosados e suaves. Talvez o coração dele fosse suave também. Talvez ele ainda não tivesse começado a amar sua tarefa.

Mas o gato de nove rabos pendurado em suas mãos acabou com a pouca esperança dela. Os homens a forçaram a se ajoelhar na borda do buraco e então a deixaram de cara para a abertura, amarrando suas mãos e pés às estacas, o buraco se tornando uma capa protetora para a barriga dela. Cega para qualquer coisa além de alguns centímetros nas laterais de sua cabeça, Pola sentiu seu terror se multiplicar e perdeu todo o controle de suas funções corporais. O choque súbito de um jato d'água em suas costas a fez dar os primeiros gritos de pânico. Com o primeiro golpe, os gritos escalaram até grunhidos. Depois do quinto golpe ela desmaiou.

*

Hacienda Las Mercedes,
Carolina, Porto Rico, julho de 1854

— *Ya, jefe.* — Os cavadores erguem os olhos para o *mayoral* e esperam o próximo comando. Eles terminaram de cavar e estão apoiados nas pás.

Romero olha em volta do círculo de rostos negros e aponta.

— Lembram disso? Não veem um desde a época do velho *patrón*, não é?

Silêncio.

— Bem, está de volta. Don Tomás finalmente viu a luz. Nós fomos moles demais com vocês recentemente. *Jodío negros,* não sabem ser gratos. Eu vou ajudar vocês a lembrarem.

Silêncio.

— Alguns de vocês são novos e ainda não sabem, mas vão aprender. — O desdém ilumina o rosto dele. — Você, Goyo. Diga a eles o que é isso.

Um dos homens armados empurra um velho negro para a frente.

Goyo está parado, sua cabeça grisalha abaixada, olhos fixados no chão.

— *Habla, viejo.* Não me faça ter que te convencer, velho. Você sabe que vou usar meu amigo aqui. — Romero acaricia o chicote ao seu lado. — Explique para eles o quanto eu amo meu trabalho. — Ele cospe um jato de suco de tabaco e sorri.

Goyo ainda não diz nada. Uma mancha escura começa a se espalhar pela perna da calça dele. A chicotada súbita contra a coluna da varanda o faz soltar a língua.

— Eles, eles e-e-enterram o homem até os ombros.

— Prossiga. — Romero sorri.

— Eles d-d-derramam mel nele e d-d-deixam ele ali até acabar.

— Até o que acabar? Fale alto! Não consigo te ouvir!

— Até os insetos... f-f-fazerem... — O homem começa a soluçar.

— ¡*Carajo*! Você nem consegue falar uma frase inteira? — Ele se vira para os outros capatazes, escarnecendo as pessoas embaixo. — E eles ficam tagarelando sobre querer liberdade! Liberdade para fazer o quê? G-g-gaguejar e se s-s-sujar todo?

Risadas dos capatazes. Nenhuma palavra das pessoas reunidas abaixo dele. Então uma mudança súbita, e Romero se volta para a assembleia.

— Certo, quem são eles? Para onde estão indo? — A pergunta explodiu para fora dele.

Nenhuma resposta.

— Quando foram embora? — Os olhos dele rastejam pela multidão.

Nada.

— Quem os ajudou?

Silêncio.

— Aquele Benito e sua cadela chinesa, Adela, onde eles estão? Com a barriga dela, não podem estar longe.

Ninguém se move. Pola sente um arrepio e engole uma golfada de ar. A voz de Adela lhe volta. "Benito e eu estamos desesperados."

A voz de Romero interrompe.

— Eu sei que alguém sabe para onde eles foram, e eu vou descobrir de um jeito ou de outro.

Ainda nenhum som vindo da multidão.

Mas as palavras de Adela ainda estão soando nos ouvidos de Pola. "Eu estou chegando ao ponto em que faria qualquer coisa... qualquer coisa."

A voz de Romero interrompe mais uma vez.

— Bem, vou contar uma coisa pra vocês. Trabalho demais foi gasto nisso. — Ele aponta com seu chicote. — Alguém vai pra esse buraco. Vocês decidem quem.

Pola, sentindo as lágrimas ameaçarem se soltar, fecha os olhos para que elas não a denunciem. A imagem segue em sua mente. Sua amiga, aquela mulher pequena e suave com o sorriso gentil. Ela se lembra do conselho de Plácida para Adela. "Não confie em ninguém! E Que Deus te acompanhe, minha amiga." Finalmente Pola entende tudo. *E sim*, ela pensa, *que seus deuses os acompanhem, meus amigos.*

O *mayoral* ainda está falando.

— Bem, bem. Eu acho que todos vocês precisam de um dia de folga. Vocês vão ficar aqui no sol até eu ter o que quero. Sem comida e sem água. Só continuem olhando para esse buraco e pensando em um de vocês indo praí no lugar deles.

Ele encara a multidão silenciosa e finalmente cospe ordens para seus homens.

— Vocês sabem onde me encontrar.

Quanto mais tempo Pola passa no círculo, mais fraca se sente. O sol a acerta sem piedade, e ela se perde em algum lugar entre imagens de seus amigos em fuga e memórias indesejadas. Ela não faz ideia de quanto tempo eles vão passar ali antes de Romero decidir libertá-los.

*

— ¡*Lárgense ya*! — A voz de Romero chega até ela.

As palavras gritadas a trazem de volta para o presente, no qual ela se encontra derrubada pela multidão e então erguida por um corpo enorme. Ela se vira e vê o rosto de Simón. As imagens daquelas chicotadas de tanto tempo atrás se misturando aos rostos de Adela e Benito ainda estão rodando em sua cabeça quando ela sente o movimento à sua volta. Escuta o discurso de Romero vindo de algum lugar distante. Eles finalmente estão sendo dispensados, muito tempo depois do sol ter seguido para trás das colinas a oeste. Conforme os últimos trabalhadores se dispersam, ela afasta as imagens e se solta dos braços de Simón. Mas, depois de horas em pé, suas pernas cedem.

Ele estende os braços, ajudando-a a se firmar.

— Você está bem?

Ele a apoia em uma árvore e desaparece.

Então ele volta, levando uma *dita* de água até os lábios dela.

— Melhor?

Ela faz que sim e dá vários goles. Embora queira responder, não consegue encontrar palavras ao se afastar dele e se juntar ao resto da multidão que se afasta.

— De nada.

Ela consegue ouvir a mágoa na voz dele. Mas emoções demais foram liberadas nesse dia. Ela vai embora tropeçando sem agradecer a bondade dele.

*

Com militares lotando os bosques, não tem como Pola voltar para Chachita. Mesmo Simón e Rufina, cujas tarefas exigem que eles colham itens nos bosques, estão proibidos de entrar lá até a questão de *los cimarrones* ter sido resolvida. Um silêncio de morte cobre o mundo deles. *Los negros* se movem em silêncio. As crianças ficam dentro de casa e não emitem nenhum som. Ao amanhecer, todos os olhos vão com relutância para o canto do quintal, esperando e rezando para que o buraco ainda esteja desocupado. A ameaça de Romero de sacrificar um deles não se concretizou. Pola se pergunta quanto tempo ainda vai levar antes dele perder a paciência e começar a buscar um substituto.

Os capatazes deixados para supervisionar os trabalhadores enquanto Don Tomás e Romero estavam fora são disciplinados severamente por terem permitido uma fuga sob seus olhos. Ricardo Mejía nunca mais é visto de novo. Enquanto a busca ocorre, os outros *mayorales* são especialmente brutais com os negros. "Gerentes" adicionais são contratados para guardar o perímetro dos canaviais e garantir que nenhum outro escravizado siga o casal desaparecido. Qualquer ação repentina ou inesperada por parte de um trabalhador do campo encontra reprimenda imediata. Todo mundo está hipervigilante.

Don Tomás, que diz detestar violência, concorda com Romero que algo precisa ser feito, e rápido. Romero se delicia com o que interpreta como ter caído nas graças de seu *patrón* e se refastela no restabelecimento de seu poder. Mais militares chegam, intensificando o ar de intimidação de uma situação já tensa. Mais tarde, no mesmo dia, todo mundo fica feliz ao vê-los montarem e saírem para os bosques. Mas nenhum negro tem ilusões a respeito do que vai acontecer quando os caçadores capturarem os fugitivos. Quanto mais tempo o casal ficar fora, mais cruéis serão as consequências, se eles forem pegos.

*

Os militares operam com total liberdade e ignorando as leis que deveriam manter, especialmente quando retirados de seu quartel em San Juan. Escravizados mutilados são encontrados com frequência, pendurados ou enterrados, e nenhuma pergunta é feita. Corpos esquartejados são deixados para que os outros escravizados os vejam como uma lição inesquecível. Membros perdidos se tornam a norma.

Pola segue em frente, fazendo seu trabalho, mas sua mente está dividida entre medo por Chachita e terror por seus amigos fugitivos. Com dois *cimarrones* à solta e um exército de milicianos e caçadores de escravizados mercenários atrás do casal, Chachita está em mais perigo do que nunca. Se ela for descoberta e presa, será agredida com selvageria ou coisa pior. Se não conseguirem encontrar mais ninguém, vão descontar todas as suas frustrações e fracassos nela. Ela nunca verá uma cela de cadeia.

As noites de Pola são preenchidas por pesadelos; e seus dias, por um pavor que beira o pânico. O rosto de Chachita flutua na escuridão, pingando água, imóvel e morto. Então por cima de seus traços surgem os de Adela, o rosto dela também molhado, mas a água se torna um vermelho profundo que pulsa para fora de feridas faciais. Essas duas imagens se torcem e giram juntas em uma dança macabra, torturando o sono de Pola até ela acordar enroscada nos lençóis e suando profusamente sob a luz que antecede o amanhecer.

Quando desperta de seu sonho recorrente, ela retoma a consciência, ainda grogue. Abre os olhos, pesados com as imagens que ficaram de seu sonho, e encontra dois pares de pequenas mãos flutuando acima de sua cabeça. Ela não vê os corpos, mas sente a presença deles. Um cheiro fraco de frésia a nina até a imobilidade. Ela deita de costas, deixando que as mãos mostrem o caminho. Estão tão perto, que Pola consegue sentir o calor que emana das pequenas palmas. E com o calor vem o derretimento interno. Toda manhã, o peso que se senta no peito dela ao acordar se alivia, e a respiração dela se acalma. Ela aproveita esses momentos preciosos em que não está dominada pelo medo e pela apreensão. Escuta a mensagem deles em sua cabeça sem que digam uma palavra. *Você pode dormir sem se preocupar. A irmã vai ficar bem. Você vai encontrá-la no tempo certo e vai trazê-la de volta.*

Pola se afunda no sono de novo e, quando acorda, sente-se leve como não acontecia há semanas. Mal se lembra de seus sonhos e tem uma memória desbotada de um cheiro forte de flores ao se preparar para o dia. Ainda assim, os dois desaparecidos e a desaparecida imaginada dos bosques nunca se afastam de seus pensamentos.

*

Leva seis semanas, mas o casal é capturado e trazido de volta para Las Mercedes. Eles já estão no lugar quando o resto da comunidade acorda. Os dois estão cercados por um círculo de homens brancos pesadamente armados, capatazes e soldados que passam garrafas e dão tapinhas de parabéns nas costas uns dos outros. Ninguém se dá ao trabalho de vigiar os prisioneiros, já que os cativos estão totalmente imobilizados. Eles estão plantados até os ombros, encarando um ao outro, para que cada um seja obrigado a aguentar não apenas a própria dor, mas a do outro também.

A preocupação de Pola com Chachita é deixada de lado pela cena diante de si. Ela não quer testemunhar o que vai se acontecer, mas seus olhos estão grudados no casal à sua frente. A cabeça raspada de Benito já está coberta de sangue seco, enquanto a boca dele amaldiçoa os torturadores, a voz áspera quase ininteligível. Caroços roxos e azulados já surgem por toda a cabeça. Há um buraco ensanguentado onde os dentes da frente costumavam ficar.

Adela está quase irreconhecível. Seu cabelo formidável foi cortado, há manchas de sangue onde a lâmina chegou perto demais do couro cabeludo. O cabelo que restou fica em pé como uma vassoura esburacada. Seus lindos olhos amendoados estão tão inchados, que viraram fendas estreitas. Seus lábios generosos têm o dobro do tamanho normal. Ela também está coberta de sangue — não vermelho, mas o marrom encrostado do sangue seco que coagulou. Ela não emite nenhum som, nem se movimenta, como se já estivesse meio morta, como se o que restou fosse apenas uma imitação inchada e sangrenta da pessoa que ela era.

— Não há sinal nem menção ao bebê deles.

Los negros são forçados a assistir quando Romero ordena que *alcolado* seja derramado sobre as cabeças torturadas. Benito se debate e enche *el batey* com seus gritos quando o álcool queima suas feridas. A cabeça de Adela fica mole; a dor da tortura dela é mais do que ela aguenta. Um cheiro acre fica no ar muito depois do líquido ter evaporado. Então Romero ordena que joguem água fria no casal. Ele quer ter certeza de que ambos estejam cientes do que virá a seguir. Um de seus homens traz um pote de mel cujo conteúdo ele espalha na cabeça raspada dos cativos. A essa altura, nem Benito nem Adela reagem a nada do que está acontecendo com eles. Sua carne espasma, mas é só isso. O mel sem dúvida oferece algum alívio da queimação do álcool, mas as pessoas assistem horrorizadas, sabendo o que virá a seguir.

Don Tomás, em pé na varanda, assiste à cena de cima da colina, evitando os detalhes de perto, mas ainda assim parecendo incapaz de ignorar o espetáculo criado sob suas ordens. Ele segura uma garrafa aberta de rum em uma das mãos, enquanto passa a outra pelo cabelo. Grita para a multidão que está longe demais para escutar:

— Por quê? Por que me forçaram? Eu nunca quis isso. — Aponta para o círculo. — Eu não fui sempre justo? O que mais vocês querem de mim? Eu sou um bom *patrón*... todo mundo sabe disso. Um bom *pa*... — Mas não consegue terminar. As palavras empacam em sua garganta, e ele finalmente desiste, virando-se e desaparecendo para dentro da casa. Um momento mais tarde, todas as janelas dos fundos da casa foram fechadas e travadas contra o que está por vir.

Quando começam o que vão fazer com Adela, Pola não consegue testemunhar mais. Ao virar o rosto, nota um movimento lento e esguio com o canto do olho. Ali, se afastando do espetáculo, está Leticia la Loca. Dois militares abrem caminho, permitindo que ela deixe a cena, e piscando os olhos para eles, toda coquete, ela se afasta do grupo rebolando. Quando ela segue para a *choza* das mulheres solteiras, um capataz lhe entrega uma pequena trouxa. Antes de seu braço deslizar para agarrar e guardar o pacote, ela olha em volta, garantindo que não está sendo observada. Está prestes a entrar na cabana, quando para e esfrega a nuca, afastando alguma irritação. Mais uma vez, examina a área e encontra Tía Josefa parada embaixo de uma árvore de tamarindo, a menos de seis metros de distância. Os olhos da velha estão fixos nela, e mesmo dessa distância o ódio neles é palpável. Tía Josefa mantém sua posição, cuidando para que Leticia saiba que foi vista. Leticia desvia os olhos e corre para a segurança da cabana das mulheres, batendo a porta atrás de si.

Uma vez lá dentro, olha em volta para garantir que a cabana esteja livre de olhos curiosos antes de puxar uma caixa debaixo da sua cama. Ela tira os trapos de cima e acrescenta os novos itens ao resto de seus tesouros: sabonetes cheirosos, pó de arroz e pequenos pincéis. Sorrindo para seu estoque, acaricia cada item amorosamente. Tarde demais, escuta um movimento na janela mais longe. Corre para guardar a caixa. Como ninguém aparece, suspira aliviada. Ainda assim, um pensamento irritante e indefinido brinca em sua mente. Ela dá de ombros e se estica na cama, sorrindo ao pensar em todas as possibilidades guardadas naquela caixa.

Tía Josefa sai de baixo dos galhos largos do tamarindo. Segue claudicando na direção da multidão, ainda presa no centro do *batey* inferior. A perda do jovem casal pesa sobre ela. A traição de Leticia aumenta o peso que ela precisa carregar. A mulher é uma cobra, perigosa para todos eles. Será preciso lidar com ela rápido, antes que cause mais danos. Tía Josefa cospe e volta para as sombras.

*

Os corpos torturados de Adela e Benito são deixados ali durante a noite, enquanto os insetos se alimentam de suas cabeças expostas. *Los negros* são forçados a serem testemunhas desse horror durante horas. Mesmo depois que são finalmente mandados para a cama, conseguem ouvir os gritos abafados que se tornam gemidos, os gemidos que se tornam choros profundos noite adentro. De manhã, o silêncio é ainda mais monstruoso do que os gritos da noite.

Quando os trabalhadores são chamados de volta para começar o dia, os corpos se foram. Eles presumem que o casal finalmente seguiu para um lugar melhor, mas não há explicação. De tarde, quando ainda não há menção de um enterro, Melchor é escolhido como porta-voz para abordar Romero, que está sentado em sua varanda, afiando uma de suas muitas machetes. O velho carpinteiro pega sua *pava* e fica ali em silêncio, rodando o chapéu nas mãos e esperando que o capataz o note. Depois de um tempo com a cabeça descoberta sob o sol, ele pigarreia e começa.

— Nós estávamos pensando quando podemos preparar Adela e Benito para o enterro. Está tão quente e...

— *No es necesario.* — O capataz continua sua tarefa sem erguer os olhos ou se interromper. — O que sobrou deles não valia enterrar. Volte e diga isso a eles.

— Mas nós... eu...

— Acabou para eles. É isso. Agora volte ao trabalho, ou você não tem o suficiente para se manter ocupado?

Isso deveria terminar a conversa, mas Melchor, um homem com o dobro da idade de Romero, continua ali. Finalmente, Romero ergue os olhos, irritado.

— Nós só pedimos o que sempre tivemos, um envio decente para a próxima vida. *El patrón* sempre...

Romero parece exasperado.

— ¡*Coño*! — Ele ergue a lâmina e a segura de forma ameaçadora sobre a cabeça branca do velho. — Eu disse *no*, e pronto! Eu acabei aqui, e você também. Volte ao trabalho antes que eu mude de ideia e te dê algo real para reclamar.

Melchor recoloca seu chapéu lentamente, sem nunca tirar os olhos da víbora. Ele vai embora, a aba do chapéu balançando no ar da noite. Muitas feridas foram infligidas nos últimos dias, mas negar ao casal um enterro decente é um tipo novo de ferida — mais uma acrescentada às muitas que já estão infeccionando.

*

Há uma rede imperceptível de comunicação que é essencial à sobrevivência de um povo escravizado. A profundidade e o tamanho dessa rede nunca é mais eficiente do que quando a comunidade é ameaçada. Portas invisíveis se fecham, velhas feridas se abrem, e há uma energia no ar. Naquela noite, trovões e raios enchem o céu. Os brancos se preocupam com mais chuva, mas a carga no ar é reconhecida pelos trabalhadores como um tipo totalmente diferente de tempestade surgindo no horizonte. Na tarde seguinte, *los negros* se sentam para uma refeição rápida antes de voltar para casa. De início, sentam-se em círculo e comem em silêncio, todos talvez perdidos em pensamentos a respeito dos últimos dias — mas logo há uma perturbação no ar contemplativo da assembleia. Um sussurro passa de um ouvido ao próximo. Sussurros se tornam murmúrios, e murmúrios se tornam um subtom de surpresa, descrença e, finalmente, indignação. Há um lábio torcido aqui, um olhar inquieto ali, um franzir de cenho aqui, uma cabeça sacudida ali, palavrões explodindo no final. Os sussurros se alongam até um murmúrio sustentado e crescente que ganha definição conforme viaja pelo círculo. Homens tensionam, mulheres sibilam, crianças observam com olhos arregalados e escutam com orelhas ainda maiores. Todo esse grupo incha de indignação.

Ao final da refeição, eles saem com um sentimento de propósito, famílias para suas *chozas* individuais e mulheres para sua cabana coletiva. Leticia já está na cama. As mulheres marcham para dentro silenciosas e com rostos impassíveis. Lita e Toña vão direto para a cama e se viram de costas para ela. Quando Mariana passa, Leticia se estica para pegar a mão dela. A mulher olha para ela e puxa a mão como se tivesse sido picada por um escorpião. Leticia la Loca, a mulher com o chicote impiedoso no lugar da língua, fica sem palavras. Mariana vai para sua cama, recolhe suas coisas e se instala no colchão do outro lado da cabana.

Na manhã seguinte, quando se alinham, as mulheres fecham a fila, forçando Leticia para o final. Durante todo o dia, ela tenta falar com as amigas, que agora receberam ordens para cuidar dos pomares, enquanto a maior parte dos outros trabalhadores limpa ervas daninhas do canavial em preparação para o plantio dos novos cortes. Desistindo delas, Leticia vai na direção de vários dos homens, mas eles também lhe dão as costas. Toda conversa termina quando ela se aproxima.

— Lita, *mira*, Lita. *Espérame ahí.* — Ela corre para alcançar a jovem, que anda ainda mais rápido quando Leticia se aproxima. Lita para sob a árvore de tamarindo, abaixa-se para pegar e encher sua cesta com folhas molhadas. Ela ignora Leticia, que não para de falar. Finalmente, Lita para e olha feio para ela antes de seguir em frente. Chocada, Leticia observa a menina indo embora, perguntando-se o que deu nela. Lita nunca ousaria lhe dar as costas antes. Mas Leticia a deixa ir. Ela não é importante, afinal, é só uma menina.

Certa da aprovação de Toña, Leticia espera até elas estarem sozinhas, perto do barril de água, antes de cutucar a amiga com um esgar.

— Foi um belo espetáculo que armaram para nós, hein? — Nenhuma resposta. — Você viu aquilo? O cabelo precioso de Adela se foi, careca como um bebê. E viu o rosto dela? — Ela engole uma risada. — Parecia que uma colmeia de abelhas tinha caído em cima dela...

O olhar de Toña a faz parar no meio da frase. Então esta dá seu último gole de água, solta a concha e segue em frente sem comentário ou mais contato visual.

— Toña, *oye*, Toña, espere um minuto. — Leticia está prestes a pegá-la pelo braço quando a mulher gira, suas palavras explodindo para fora.

— ¡*No me toques*! — A ameaça no tom dela é quase um golpe físico.

Furiosa, Leticia desiste de socializar e cuida de seu trabalho. Ninguém chega perto dela, e ela é orgulhosa demais para se permitir arriscar ser rejeitada de novo. Eles vão mudar o tom, ela acha. Ela não precisa deles. Não precisa de nenhum deles. A mulher bufa em silêncio, mas sua mente está em movimento constante. Não leva muito tempo para que entenda o que aconteceu. Aquela *jodía* Tía Josefa deve tê-la visto e aberto o bico. Leticia nunca gostou da velha *bruja* com seu jeito metido. Agora o desgosto se elevou ao ódio.

No final da semana, Leticia, cansada do silêncio, observa Mariana trabalhar no pomar. Mariana é uma mulher grande que, durante a *zafra*, consegue cortar tanta cana quanto um homem. Ela foi posta na tarefa de limpar árvores meio caídas e a vegetação encharcada.

Correndo o risco de deixar o capataz bravo, Leticia tenta a última de suas amigas. Abandona seu posto de limpeza e chega pé ante pé por trás da amiga.

— Mariana, *mujer*, precisamos conversar.

Mariana para por um momento, afasta a mão de Leticia e começa a ir embora.

Leticia vira a cabeça para ter certeza de que vai ser vista e então chama um pouco mais alto.

— Mariana, *mira*, Mariana. — Então segue, sibilando: — Que raios é seu problema?

Sem aviso, Mariana desce sua machete e continua cortando os galhos soltos, quase pegando Leticia no arco da lâmina.

Então, com raiva do descuido da amiga e cansada de ser repelida, Leticia late:

— *Pero ¿qué carajo te pasa a ti*? Você quase cortou meu braço fora.

Mariana se vira, cospe no pé de Leticia e continua cortando.

— Você também? O que eu te fiz?

As palavras de Leticia são ignoradas, e sua antiga amiga segue cada vez mais para longe.

Há um leve farfalhar, e Leticia gira e vê uma roda de trabalhadores reunidos, apoiados nas árvores próximas, machetes nas mãos. Eles a olham com ódio, a condenação silenciosa estampada no rosto.

Leticia se endireita para encará-los.

— Qual o problema de vocês?

Mas ela não precisa perguntar. Todos sabem da traição dela. Ela pode ver isso no gelo dos olhos deles e no silêncio das costas viradas. Leticia la Loca se tornou Leticia la Colaboradora. Todos sabem a traidora, a colaboradora, que ela é.

Leticia olha feio, desafiando alguém a ir até ela. Todo adulto e toda criança no pomar se dispersa na direção das árvores, deixando-a sozinha. Ela se tornou um fantasma que não pertence mais ao mundo deles.

*

Embora ninguém fale com Leticia, ela nunca sai das mentes da comunidade de trabalhadores. O laço mais forte entre eles é a confiança, e, quando isso é quebrado, não há como voltar atrás. Ela não tem mais lugar ali, mas todos sempre sabem aonde ela vai e com quem fala. Os ouvidos e olhos coletivos estão por toda parte. Agora que sabem que essa é mais uma face do inimigo, não há como escapar deles.

Ao perceber que não tem ninguém de sua própria gente para conversar, Leticia tenta cair nas graças dos capatazes, que mal a toleram. Ela foi uma ferramenta e agora se tornou obsoleta. Quando fala com qualquer um dos guardas, *los negros* não deixam passar uma palavra ou inflexão — e com certeza não deixam passar a intenção dela. Desde o momento em que se afastou dos cativos torturados, ela nunca mais teve um momento que não tenha sido anotado no livro de memórias coletivas. A ira deles vive na atmosfera como o ar carregado antes de um furacão.

18. ENCONTRANDO CHACHITA

Hacienda Las Mercedes,
Carolina, Porto Rico, julho de 1854

Enquanto a atenção da comunidade está focada nas mortes do casal e na traição de Leticia, Pola está obcecada com Chachita. Assim que Rufina e Tía Josefa viram seus olhares para La Colaboradora, Pola se esgueira para a floresta. Ela não é tonta e sabe que ser pega nesse lugar seria o final dos seus dias. Mas a ansiedade dela pela menina a conduz para além de considerações pessoais.

Não leva muito tempo para encontrá-la. Chachita está estirada sob a árvore delas, coberta de sujeira e dejetos da floresta, encolhida em posição fetal, sem responder, mas viva.

Pola agarra a menina e a segura com força, tirando-a da lama e segurando-a no colo. Espanando a sujeira, nota as sobrancelhas arqueadas de Chachita emoldurando os olhos fechados e os cílios empoeirados pousados sobre a pele. Mesmo nessas circunstâncias, a criança é linda. Ela respira, mas muito suavemente. Pola a chama, a nina, canta para ela, a sacode até que sua cabeça role de um lado para o outro. Nada. A menina não está morta, mas logo estará. Não há tempo a perder.

Escutando a respiração curta e sentindo a pele fria, buscando freneticamente uma resposta, Pola transferiria todo o seu calor para Chachita se pudesse. Ela fecha os olhos e tenta invocar a consciência da menina. Nada muda. Tenta de novo, focando toda a sua determinação. Nenhuma reação. Sente a vida deslizando para fora da menina. Como pode trazê-la de volta?

Sua mente grita: *Você não pode morrer*! *Eu não vou te deixar morrer*! Ainda abraçando a jovem mulher, Pola se abandona às emoções que vêm partindo-a ao meio há dias. Começa a se balançar para a frente e para trás. Ela faz isso pela perda, pelo medo, pela solidão, pelo luto, pelo terror. E então faz algo que não faz há anos. Ela implora. *Ah, por favor, não de novo. Não posso fazer isso de novo.* Ela implora e reza. Mas implora para quem? Reza para quem?

Então tudo para. Pola para de pensar, para de especular. Esfrega as mãos até sentir o calor gerado ali. Então, coloca-as sobre o coração da menina, uma parte quase esquecida dela assumindo o controle, buscando a menina.

Nada. Pola tenta de novo, cutucando, buscando algo lá no fundo. Mas só sente o recuo da força vital da menina. Não é assim. Ela chama toda a sua força para se afastar de Chachita, reforçando suas reservas, buscando desesperadamente uma dádiva há muito renunciada. Pola luta, tentando encontrar o lugar que abandonou e pensou que nunca visitaria de novo. De início, só encontra escuridão e silêncio. Então, sabe que precisa sair do caminho para o que está por vir, e se entrega.

Através de suas mãos, Pola conheceu a malícia, a ameaça, a dor, a crueldade, o ódio frio, a brutalidade indescritível no coração de muitos homens. E antes ainda também conheceu o amor e o cuidado e a coragem e a compaixão do passado longínquo, quando havia mãe, amigos e uma vida na aldeia. Em algum lugar ali está o caminho que a leva para onde ela começou, um lugar que ela baniu para as sombras do tempo. No intervalo entre as batidas de seu coração, Pola sabe que terá que encontrar o caminho de volta para A Mãe. E lá estava aquela praia antiga de novo, onde ela renunciou à deusa, onde ela começou a jornada que a trouxe a esta clareira, esta floresta, em busca desta criança — e se viu em falta. Tantos anos depois de ter abandonado Yemayá, ela vai se tornar humilde diante da deusa e rezar para que não seja tarde demais, para que A Mãe não a tenha esquecido. Mas será que Ela vai perdoar?

Pola continua a balançar para a frente e para trás, um reconhecimento suplicante de suas limitações, suas falhas, sua falta de fé, removendo barreiras que ela própria construiu. Ela precisa de um guia, uma forma de caminhar no mundo de novo. Balança sem parar, repetindo as mesmas palavras, derramando seu remorso, oferecendo seu coração e sua alma para A Mãe, arrependendo-se de suas dúvidas, implorando por perdão e suplicando por penitência. Parece que ela está balançando há séculos. Sua garganta fica ferida; e sua voz, rouca, falando em línguas, na língua dos ancestrais.

Ela agora existe no não espaço, para além dos limites da sua consciência, flutuando em uma névoa; ela flui sozinha, fria, perdida. E, nesse espaço de solidão, Pola é acometida por imagens do passado, as memórias mais cáusticas, as experiências mais amargas. É forçada a sofrê-las de novo. A tortura, o horror, a brutalidade se enterram nela até que ela cai, indefesa e trêmula, em agonia. Tudo isso a atinge como uma presa enfiada bem fundo em seu âmago.

Ela se debate em meio à devastação de sua vida, tudo isso concentrado em um único instante. E ainda assim, mesmo em angústia absoluta, suas preces por Chachita continuam. Ela suporta as memórias duras, abre caminho por elas até seu arrependimento sincero. Se puder aguentar tudo, o golpe e o tormento de tudo, toda a miséria comprimida em um único momento, e ainda professar sua crença, talvez então, e só então, possa salvar essa criança.

A intenção de Pola se reafirma com onda após onda de súplicas. Seu coração todo entra em consonância com as preces. Ela espera e espera e encontra... nada. Nenhum movimento, nenhum calor, nem a menor mudança na energia à sua volta.

Finalmente, ela é um recipiente vazio. Abandona sua vontade, se abre incondicionalmente para a luz de Yemayá e está pronta para ser preenchida com o que lhe for devido. Finalmente, chega à obediência total, sem pedir nada para si mesma, disposta a fazer o que for necessário, disposta a dar sua vida, se Chachita for poupada.

Mal é perceptível de início o cheiro salino do mar. Ele se torna mais e mais forte, até preencher as narinas dela e golpear seu cérebro. Pola sente ânsia de vômito e luta para respirar ar fresco. Ela acha que respirou pela última vez, quando tudo, dentro e fora, desaparece, e Pola é deixada flutuando, sem amarras, no vazio.

Ali nesse além, na escuridão de uma dimensão distante, há uma mínima abertura de luz. E então ela é levada. Escuta as ondas e sente o cheiro do oceano. Está ali fora, no horizonte, flutuando logo acima da vastidão da água, a ondulação minúscula na superfície: o nascimento de uma onda, o menor dos movimentos, o inchaço, ficando mais distinto, ganhando velocidade e energia. Ele chega mais e mais perto, em seu próprio passo, rolando, um impulso cada vez mais forte até ganhar força total. E então está dentro dele, um redemoinho onde não há em cima ou embaixo, aqui ou ali, apenas a vasta onda azul, o redemoinho giratório. Ela consegue sentir a onda, funde-se à corrente veloz que a envolve.

Ali está Ela, erguendo-se no interior de uma coluna de água corrente. É só uma ligeira impressão de início, mas Ela cresce e se expande e continua crescendo até se avultar por cima de Pola e fluir através, por dentro e por fora da sua consciência. Suas vestes se dissolvem nas correntes de azul que A sustentam, as linhas de Seu rosto distintas, um marrom rico como o de Pola. Seus olhos brilham fortes com conhecimento, reluzentes mesmo através do véu de minúsculas conchinhas. O cabelo Dela se enrola, descendo pelos ombros, e está vivo com lampejos de pequeninos peixes iridescentes, cavalos-marinhos, estrelas-do-mar, tartarugas e caranguejos, todos eles presos na rede de Suas madeixas. Dessa massa de cabelo crescem as hastes de Sua coroa, cada uma terminando em uma pequena estrela. Seu brilho é quase ofuscante.

Pola fecha os olhos, e A Mãe flutua com, em volta e através dela. Ela A sente nas profundezas de sua consciência humana. As palavras dançam na corrente de água, Suas palavras.

Então você voltou, minha filha. Você há muito tempo se desviou do caminho e agora vem a mim. Você, que me rejeitou com tal determinação, agora vem com tais súplicas. Eu estive aqui o tempo todo. Foi você quem virou o rosto.

Em sua mente e coração, Pola se curva à verdade. Ela se lembra daquele dia, naquela costa distante, quando ela perdeu toda a esperança. Ela se lembra da raiva, da escuridão fria que a envolveu quando achou ter sido abandonada, traída pela Mãe.

Foi você quem me deixou.

Pola se lembra de sua desolação completa. Ela rastejou para um buraco de desespero mais escuro do que qualquer um que já tinha visto, e viveu ali por anos.

Pense de novo, minha filha. Pense e se lembre. Você não encontrou tesouros em seu caminho? Você não encontrou nada para aliviar o fardo ou amenizar a dor?

Pola busca dentro de si e de repente há um tipo diferente de memória brilhando em sua mente, um novo conhecimento: sua árvore, a liberdade do mundo verde, o sentimento de paz naquele espaço elevado, o sonho azul, os meninos de espírito, até a própria menina — todas essas dádivas que ela recebeu sem reconhecer ou apreciar.

Como você pode não ter reconhecido minha mão na sua vida? E todos os outros que a ergueram quando você caiu. Você acha que é tudo coincidência? Olhe para dentro e veja as muitas dádivas que eu lhe concedi, polvilhei por seu caminho. Se você não tivesse sido tão cega, teria encontrado seu caminho muito antes. Você precisa aprender a ver e a lembrar; mais do que tudo, precisa aprender que dádivas vêm não como você as quer, mas como necessita. E elas vêm de diferentes formas.

A gentileza de Simón, as mãos restauradoras de Rufina, as vigílias silenciosas de Tía Josefa, até mesmo os pratos incríveis de Pastora. Pola se assusta com todas as conexões e chega a um nível mais profundo de conhecimento. O remorso a inunda, e ela sente vergonha.

Eu caminhei com você mesmo quando você me amaldiçoou. Você virou as costas para mim e para tudo que conhecia. Você abandonou sua proteção e a riqueza de seu espírito. Em sua pequena mente, você sentiu que sabia todas as respostas, quando você mal tinha começado a formular as perguntas. E agora você vem a mim com algo que você quer, uma coisa que você precisa de mim.

O ribombar da água é quase ensurdecedor, mas as palavras continuam a chegar.

Você me causou uma grande ofensa. Redenção não é algo simples. Você começou a enxergar, mas enxergar é só o começo.

Você vem a mim a serviço de outra, implorando para encontrar seu caminho de volta ao colocar as necessidades de outra acima de sua própria vida. E isso é sua salvação. Sim, eu lhe darei a dádiva da vida que você busca, mas há um preço a ser pago.

Nunca mais pode haver outra rejeição. Você receberá, mas também dará e dará e dará. Você o fará de coração aberto para qualquer um que precisar. Sua dádiva não lhe será restaurada por você, mas pelos outros. Cuide de nunca se esquecer disso.

Pola é imediatamente preenchida de luz. Ser perdoada, ser mais uma vez abençoada com sua dádiva do toque profundo, lhe traz uma comunhão, uma aceitação, uma misericórdia. Ela abre seu coração e deixa que sua verdadeira gratidão se derrame. Quando abre a porta, os sentimentos fluem — alívio, amor, apreciação, gratidão —, deixando-a exausta.

Que assim seja.

Então as palavras vêm a ela, erguendo-se pelo longo túnel azul. Subindo, cada vez mais, e quebrando com o som da água, vivendo dentro e fora do cérebro dela. Ela não sabe de onde as palavras vêm. Só sabe que vêm de algum lugar muito profundo e muito distante — palavras, ela entende, que estavam esperando por ela. Agora despertam e ganham vida de novo em sua mente, seu coração, sua garganta e, finalmente, sua boca. Saem, a canção primordial, aquela de antes do começo. Ela se deixa ser guiada por instinto — instinto e memória ancestral.

O som da água recua. O cheiro de sal se dissipa. Pola se vê de volta na clareira e ainda está cantando, ondulando por cima do corpo de Chachita. As lágrimas que se prenderam nos cílios de Chachita começam a descer. O que pareceu uma eternidade para Pola se passou no intervalo de alguns batimentos. A respiração da menina pega. Ela também está encontrando seu caminho de volta.

Ainda cantando, Pola esfrega as mãos em um movimento circular, imaginando o resultado: o sorriso da menina, dedos pegando a comida, olhos cheios de deleite, o corpo dela estourando de saúde.

Enquanto canta, Pola encontra sensações lembradas. O formigamento familiar começa em suas palmas e se irradia para os dedos. O calor pulsa, e suas mãos sabem o que fazer antes que ela forme o pensamento. Ela estica os braços e coloca uma mão firme no peito de Chachita e a outra em sua testa.

O tendão das memórias fluindo de Chachita para os dedos de Pola se transforma em ondas de choque, quando Pola experimenta a jornada emocional da menina — a ansiedade enquanto ela buscava abrigo da chuva incessante, o frio e a fome com a chuva caindo dia após dia após dia, seu desespero quando não encontrou mais nada para colher no terreno alagado, nenhum lugar seco onde deitar a cabeça. Lama cobrindo tudo, e logo os arrepios começaram. Ela cansada de lutar contra a febre e a exaustão que a tomaram. No final, retraiu-se e deixou-se ser levada pelo sono, rendendo-se ao fato de que Pola não viria ajudá-la. Por fim, encolheu-se em si mesma e perdeu a vontade de lutar.

Sentada com Chachita no colo, Pola tem o lampejo de outra menina cuja vida ela segurou nos braços. Ela falhou com aquela, mas não vai falhar com esta. Olhando para Chachita, reza para que desta vez ela, Pola, possa proteger e curar. Desta vez a criança não será tirada dela.

Os braços e as coxas de Pola estão dormentes com o peso da garota. Suas costas doem, e suas mãos têm cãibra. Mas ela ainda mantém a mão sobre o coração de Chachita, aplicando pressão. A vontade de Pola é forte, e finalmente ela sente um movimento da menina. Continua a focar até trazê-la de volta por pura força de vontade. De sua parte, Chachita se rende ao puxão que a traz de volta do limiar. Finalmente abre os olhos.

Pola se reposiciona para aninhar Chachita em um braço, pega uma cabaça de água ali perto com o outro e derrama um fio de água fresca na boca da menina. Chachita engole a primeira golada, engasga-se e imediatamente abre a boca em busca de mais. Pola lhe dá mais um ou dois goles. Os olhos da menina estão grudados em Pola, quando esta pega a cesta de itens que trouxe consigo. Ela cava o interior polposo de uma *guanábana*, amassando a carne já macia antes de empurrar pequenos punhados de fruta pela boca de Chachita. A menina engole, deixando que o suco escorra por seu queixo. Em seguida, Pola empurra pequenos pedaços de *pan sobao* pelos lábios secos da garota e os acompanha de mais água.

— A-achei que você tinha m-me e-e-esquecido, n-n-unca ia v-v--voltar.

— Como eu poderia te esquecer? — A menina se arrastara para dentro de espaços que Pola pensava ter fechado e selado muito tempo atrás.

Ela se endireita para observar a menina comer e beber com vontade. Quando toda a comida se foi, Chachita se endireita ela mesma, uma figura triste, tremendo nas sombras dançantes. Pola busca uma última coisa na cesta. As roupas secas que trouxe ficam penduradas na menina.

Alimentada e seca, Chachita se aproxima e se aconchega em Pola, que a envolve em seus braços. Elas ficam sentadas assim até Pola sentir a mudança de peso, quando a menina relaxa na respiração ritmada do sono. Uma Pola exausta se curva e beija a testa úmida de Chachita. Ela solta um longo suspiro. Sua garota ficará bem.

Pela primeira vez no que parecem eras, Pola se torna mais consciente de seu entorno. A lua fez seu caminho pelo céu. O amanhecer não está longe. Ela baixa os olhos mais uma vez para a respiração ritmada de Chachita. A menina está encontrando paz depois de todos esses dias de incerteza e medo. Pola vai deixá-la dormir por um tempo antes de acordá-la e então vai voltar para Las Agujas. Não consegue suportar a ideia de Chachita acordando sozinha e com medo mais uma vez. Apoiada no tronco da árvore, seus olhos se fecham, e a exaustão a puxa para seu próprio sono.

*

Rufina e seus pacientes ainda estão instalados em Las Agujas. Enquanto a *choza de la curandera* é parte do mundo do *batey* inferior, e portanto responsabilidade do capataz, durante esse momento de crise o capataz tem mais do que suficiente para fazer supervisionando os trabalhadores do campo. Fazia sentido a enfermaria de Rufina ficar sob a supervisão de Tía, liberando os homens para se concentrarem exclusivamente na restauração da fazenda. Tía Josefa aproveitou a situação para pedir a Doña Filo que encaminhasse todas as costureiras para Rufina, que estava sobrecarregada e precisava de ajuda. Quanto mais ajuda Rufina tivesse, mais rápido os pacientes poderiam se recuperar e ser mandados de volta para suas tarefas, liberando as costureiras para retomar sua oficina e voltar ao trabalho. Doña Filo, cheia de tarefas na casa-grande, concordou com o que Tía Josefa estava pedindo. Ela mandou Tía e as costureiras para ajudar na enfermaria de Las Agujas. Romero, que sentia ter trabalho mais importante a fazer, ficou feliz de se livrar da chatice que era o trabalho das mulheres.

Grata por esse arranjo, Tía acorda Rufina com um chacoalhão antes do amanhecer do dia seguinte. Ela puxa *la curandera* de lado e aponta para a cama vazia. As duas velhas sabiam que as escapadas de Pola para a floresta só seriam adiadas por um tempo. Agora elas notam que ela saiu de novo de noite. Mas logo será de manhã. A milícia ainda está vigiando a área e em busca de mais fugitivos. A ausência de Pola será vista como outra tentativa de fuga. Elas precisam trazê-la de volta, antes que mais alguém saiba que ela sumiu.

Tía Josefa sussurra algumas frases no ouvido de Rufina, e elas entram em ação. *La curandera* se move silenciosamente e com precisão, juntando o que precisa no escuro. Enquanto isso, Tía cruza o *batey* e bate na porta da cozinha de Pastora. Depois de uma breve conversa, a cozinheira logo entende, e as duas vão ao trabalho. Logo Rufina se junta a elas na cozinha. Ela passa uma trouxa nova para Tía Josefa.

O plano de Tía está quase completo. Mas ela precisa da ajuda de Simón, e isso não é tão fácil de se arranjar. Ele trabalha diretamente sob a supervisão de Romero. Ela precisa encontrar um jeito. E então vai mandar Rufina e Simón em uma missão. Eles devem levar as trouxas com eles e fazer o que for necessário para trazer Pola de volta antes de darem pela falta deles.

*

Quando Rufina e Simón as encontram, Pola e a menina estão dormindo profundamente. Pola é a primeira a acordar com um susto e, quando Chachita desperta, ela fica imediatamente tensa, enterrando-se em Pola em busca de proteção.

— *¿Qué hacen aquí*? — Pola está na defensiva, mantendo Rufina e Simón afastados, olhando desconfiada para eles e examinando o entorno em busca de outros que possam ter vindo atrás.

— *Mujer, está bien*. Tía Josefa nos mandou. *Venimos a ayudarte*.

Pola relaxa quando reconhece amigos que vieram por preocupação. Mas as palavras reconfortantes de Rufina não fazem nada para aliviar a apreensão de Chachita, e o tremor da menina retorna imediatamente. Sua aflição está entalhada em seu rosto.

— Não, *m'hija*. Não, não. Eu os conheço. Eles vieram ajudar, não nos ferir. — A voz suave de Pola acalma a menina, mas ela ainda consegue sentir a tensão no corpo enfraquecido de Chachita. Pola começa a niná-la de novo. — *Cálmate*. Vai ficar tudo bem. *Shhhhh*. — Os olhos de Pola imploram desesperadamente, buscando uma confirmação silenciosa de Rufina.

Erguendo as mãos, Rufina se apressa em acalmar.

— Claro que viemos ajudar. A menina precisar de cura, roupas secas, comida e...

Rufina tenta se aproximar, mas Pola recua, suas mãos estendidas em proteção.

— Eu trouxe tudo que ela precisa. Vocês podem voltar agora. Ficaremos bem.

— Não, você não ficar bem. Doña Filo anda distraída, mas logo vai esperar que você, que todos nós, voltemos ao normal. Rufina precisa de ajuda com os doentes, e Las Agujas precisa ser remontada. Eles vão procurar todas as mãos.

— Eu não me importo. — Ela aponta para a menina assustada. — *Ela* precisa de mim. — Os dedos de Pola se lembram de arrancar a menina da beira da morte. — Eu não posso deixá-la aqui sozinha, não de novo...

— Pola, você fez o que podia. Deixa o resto comigo e Simón aqui. Eles não vão nos procurar por um tempo. Nós temos incumbências, fomos mandados para buscar o que precisamos colher na floresta, mas você, você não pode só ir embora. Vão sentir sua falta com certeza.

Pola segura mais forte.

— *Váyanse*, nós não precisamos de vocês.

— Pola, eu não preciso te dizer o que está acontecendo. Romero se recusa a aceitar que o resto de nós não sabia nada da fuga. Ele está se coçando para punir alguém. Doña Filo está ansiosa para colocar a casa dela em ordem. Você não pode ficar aqui.

— ¡*No la dejo*! Nada que você disser vai mudar...

A voz de Simón interrompe a discussão quando ele afasta Rufina e se aproxima, tomando todo o espaço no campo de visão de Pola.

— Me escute, *mujer*. — Os olhos dele perfuram os dela. A voz dele é profunda, forte e segura. — Adela e Benito não foram os únicos que fugiram durante as chuvas. Ainda tem cinco *cimarrones* por aí. Eles mandaram a tropa de San Juan como reforço. *Los hacendados* estão furiosos com as fugas recentes e dobraram o dinheiro da recompensa. Todo diabo branco com um cavalo e uma corda está buscando fazer fortuna, e você não pode se dar ao luxo de estar aqui quando isso acontecer. Acredite em mim, você...

— Eu não me importo.

— Não se importa? Se você ficar aqui, você vai ser pega, você e a menina. — Ele aponta para Chachita. — Eu não preciso te dizer o que isso significa. Captura, tortura, ou pior... muito pior. — O olhar significativo dele congela as palavras na boca de Pola. — Você me entende?

Imagens explodem na mente dela: as mãos brutais, a rendição, o prazer em infligir dor. Ela se curva com o ardor da memória.

— ¡*No*! — A palavra escapa. Ela se lembra bem demais e não pode arriscar isso com Chachita.

Simón ainda está falando.

— Ninguém conhece esse bosque melhor do que nós. — Ele olha para Rufina antes de continuar. — Você sabe disso. Você realmente acha que consegue escondê-la melhor do que nós? Pola, pense. O melhor jeito de protegê-la é voltar e nos deixar fazer o que pudermos por ela. Você fez sua parte. Agora nos deixe fazer a nossa.

Pola olha para a menina, cujos olhos suplicantes estão grudados nos dela, olhos que arrancam seu coração. Ela olha de Rufina para Simón — Rufina, que cuidou tanto dela, quando Pola podia facilmente ter morrido, e agora também tem Simón. Como ela pode entregar

Chachita para um homem que ela mal conhece? E ainda assim, ele não esteve lá quando ela mais precisou de ajuda? Mas tem aqueles outros homens, brancos e negros, que cruzam os bosques só procurando negros sozinhos. Uma mulher negra e jovem, fraca e faminta? A menina não teria nenhuma chance.

Simón interrompe.

— Está ficando tarde. Logo vai ser dia e não podemos ficar aqui. Pola, você está colocando todos nós em perigo. Há muito o que fazer e nós precisamos agir... agora!

Com o tom da voz dele, Chachita fica tensa. Ela se agarra a Pola, uma súplica sem palavras escrita claramente no rosto dela: *Não me deixe, por favor.*

As mãos de Pola vão para o peito da menina de novo, e ela as deixa ali, fazendo a conexão e mandando uma mensagem de conforto. *Você precisa ir com eles, criança. Eu preciso ir, mas eu vou voltar. Confie neles como você confiaria em mim.*

Então ela se arranca para longe, lutando para superar o instinto de virar e ficar nos braços estendidos da sua menina.

*

Rufina sabe que, se a menina estivesse forte o suficiente para correr, eles nunca teriam conseguido alcançá-la. Mas na condição que está, ela não consegue brigar muito. Rufina estende mais comida.

— Come. Você precisar força.

Chachita vira o rosto, mas Rufina leva a comida quente para o nariz dela. O aroma supera sua relutância, e logo a menina engole bocados de malanga cozida em molho de feijão e engole tudo com água de coco.

Simón fica longe, vigiando e deixando que a menina se acostume com a presença dele. Ele está imóvel, controlando a ansiedade que ferve por dentro. Quando a menina termina de comer, ele se aproxima de novo, devagar.

— Precisamos ir agora. Perigoso demais ficar aqui a céu aberto. — Ele ergue Chachita e abre caminho pela folhagem densa antes que ela possa reclamar. Rufina segue logo atrás, com a agilidade de uma mulher vinte anos mais jovem. Eles se movem com rapidez, às vezes correndo, até chegarem ao pé de um penhasco. A parede de pedra se ergue quase reta para o céu.

Enquanto seguem para lá, Simón está afundado em cálculos. A menina está frágil e mal consegue ficar em pé, muito menos escalar o necessário para chegar ao destino deles. Ele terá que encontrar outra forma.

Ele deixa as mulheres nos arbustos e é rapidamente engolido pela vegetação em volta. Tudo que resta dele é um leve movimento nas moitas, e então tudo fica quieto. Rufina passa os braços em volta de Chachita para acalmá-la, mas a tensão da velha está em todos os músculos. Elas se sentam aninhadas contra a parede, seus sentidos em alerta para uma aproximação. Elas esperam e esperam.

Finalmente, Simón desliza de volta sem fazer nenhum ruído. Ele pega a menina, e todos seguem um caminho quase invisível até uma entrada no pé do penhasco. Desse lado, a inclinação não é tão íngreme.

Como se tivessem lido a mente um do outro, Simón e Rufina se abaixam para tirar os sapatos. Rufina então recolhe a saia e prende a bainha na cintura.

Chachita olha do penhasco para Simón, quando começa a entender o que está prestes a acontecer. Ela mede a inclinação e estremece, dando um passo para trás. Subir em árvores é uma coisa. Isso é completamente diferente.

Rufina vê a reação da menina e se vira para ela, agarrando-a pelos ombros.

— Olha para mim. Escuta. — A curandeira se certifica de que a menina está focada nas suas palavras. — Só tem um jeito, e é pra cima.

Chachita ainda está resistindo.

— Eu não consigo...

— Sim, consegue sim. Você precisa.

— Não, eu... eu não consigo.

O sussurro feroz de Simón não abre espaço para mais discussão.

— Menina, ou você sobe com a gente ou espera aqui os caçadores de escravizados virem te pegar. Não temos mais tempo. Sim ou não?

Chachita para, mas não se move.

— Você vem ou não? — Com isso, ele se vira e insere os dedos no primeiro apoio.

— Espere!

— Confie em mim. — Seu tom amolece, e ele dá as instruções a ela. — Se torne um peso morto, jogue todo seu peso em mim. Eu consigo te carregar. — Ele olha para ela. — Você acredita que consigo te carregar?

A menina o examina por um momento antes de fazer que sim.

— Então feche os olhos e os mantenha fechados até eu te dizer para abri-los.

Chachita se vira e olha para Rufina, que assente com a cabeça uma única vez.

— E você precisa ficar em silêncio. Mais do que tudo, você precisa ficar muito quieta. Um movimento e nós dois caímos. Consegue fazer isso?

— Sim, vou fazer.

Com isso, Simón amarra os pulsos da menina com um pedaço forte de corda, vira-se e passa a argola dos braços por cima da sua cabeça, de forma que ela fique pendurada em suas costas. Então ele começa a subir, os pés nus agarrando, sentindo os encaixes escondidos entre as folhas. Os pés e braços dele se esforçam. Chachita fecha os olhos com força e se segura, cuidando para não mover um músculo depois que é posta em posição. Ela consegue sentir o suor do esforço do corpo de Simón, enquanto ele continua a levar ambos cada vez mais para cima.

A escalada é escorregadia e cada vez mais perigosa. Leva tempo para Simón subir com o peso de outra pessoa em seus ombros. Ele para, apoiando-se contra a parede para recuperar o fôlego, e agradece por a menina ser tão pequena e frágil.

Finalmente chegam até uma saliência sem marcas, onde ele afasta os cipós para revelar uma plataforma ainda mais larga. Ele enfim pode soltá-la. Massageando seu pescoço e os ombros, ele se prepara para descer, garantindo a ela:

— Não se mexa. Eu preciso ajudar Rufina, mas não vai demorar. — Ele não espera a resposta dela antes de desaparecer.

Chachita escuta a respiração dele se tornando mais difícil, como se estivesse puxando algo pesado. Pouco tempo depois, Rufina se junta a eles.

Quando estão descansados, Chachita observa Simón golpear a muralha de trepadeiras emaranhadas que se penduram no penhasco, a menos de um metro e meio da borda. Ele puxa as trepadeiras, trabalhando rápido e com eficiência para expor uma porta de madeira. Então, puxa uma pequena lâmina e raspa anos de terra e sujeira que selam a porta. Em seguida, ele e Rufina usam todo o seu peso para empurrar, até que as bordas seladas cedam e a porta se abra.

O cheiro de musgo da escuridão cavernosa os atinge. Rufina corre para dentro. Mais trepadeiras cruzam a entrada, mas Rufina rapidamente passa por elas. Então um fósforo é riscado, e ela acende uma vela. Simón carrega Chachita para dentro e a coloca no chão. Depois, volta para a entrada, olhando ao longe e para baixo antes de fechar a porta atrás deles. Leva um momento para Chachita identificar as sombras nesse espaço enorme.

— *¡Aha! Aquí está.* — Rufina encontra uma lanterna descartada e a acende. — *Gracias a Dios.* — A velha faz o sinal da cruz.

Agora a menina consegue observar as dimensões e os detalhes da caverna. Outros claramente a usaram antes. Velas meio queimadas, móveis quebrados e itens espalhados povoam a área. Camas cobertas de pó e velhas caixas estão empilhadas contra a parede.

Seus salvadores trabalham rápido e em silêncio, como em uma dança bem ensaiada, enquanto Chachita assiste. Rufina sacode uma das velhas camas de armar e bate nela até ficar relativamente livre de pó, folhas secas e insetos mortos, que cobrem todas as superfícies. Ela estende os panos que trouxe consigo e faz um colchão simples. Simón vira e espana uma velha mesa e um banquinho de três pernas. Ele sai e volta com um punhado de galhos que transforma em uma vassoura. Com ela, ataca os detritos no chão.

Sem dizer uma palavra, Rufina derrama um pouco da garrafa de água que tira de seu saco, e limpa a sujeira que cobre o corpo de Chachita. Quando termina, joga um vestido limpo por cima da cabeça da menina e a guia para a cama recém-feita. Então, em silêncio e com eficiência, puxa o resto dos itens que trouxe e os deixa embaixo da cama, facilmente acessíveis para sua nova ocupante.

Simón traz gravetos para dentro da caverna e constrói um grande ninho. Então trabalha do lado de fora, recolhendo e amarrando folhas para consertar a camuflagem da entrada.

— Se sentir calafrios ou tontura, mastiga essas folhas e cospe. Sem comer. Descanse até melhorar. — Rufina continua com as instruções. — Eu deixo roupas secas. Não acho que você precisa, mas Simón deixou gravetos. Fumaça te entrega, então só usa se precisar muito. Usa lanterna só se cobrir a porta. Luz também te entrega. Essa cortina bloqueia bem luz, mas cuidado. Vela melhor, mas só poucos pedaços aqui e queimam rápido. Nós trazemos mais logo. Água fresca no fundo da caverna.

Quando estão certos de que fizeram o máximo que podem para deixá-la relativamente segura e confortável, eles juntam as coisas e se preparam para ir embora. Rufina volta e abraça a menina ainda trêmula.

Sentindo a partida deles, Chachita fala pela primeira vez.

— Q-q-quando MaPola v-v-volta?

— Assim que puder, criança. Assim que puder. — Rufina aperta o ombro da menina, sorrindo para ela. Com isso, eles se vão.

19. DESCOBERTAS

Hacienda Las Mercedes,
Carolina, Porto Rico, julho de 1854

Quando Simón e Rufina finalmente se aproximam do *batey*, o sol está só começando a surgir por cima das montanhas a leste. A área ainda está em silêncio. Os trabalhadores do campo já saíram. A casa-grande está silenciosa, os *patrones* provavelmente se sentando só neste momento para o café da manhã. As pessoas em Las Agujas, os pacientes e as mulheres que cuidam deles estão acordando. O par volta com um suspiro de alívio. Parece que ninguém notou a ausência deles. Rufina se espana e arruma o turbante antes de ir direto para Las Agujas. A primeira pessoa que ela vê do outro lado do quarto é Tía Josefa, suas sobrancelhas grisalhas franzidas em pontos de interrogação. Rufina a acalma com um aceno de cabeça, e Tía se volta para seu paciente. Mas, ali perto, o rosto de Pola é todo preocupação e dúvida. Ela mal consegue conter a ansiedade ofegante quando corre até Rufina.

— *¿Dónde...?*

Rufina a para com um arregalar dos olhos e um olhar em volta do quarto. Esse não é o lugar nem a hora para conversa. Esse dia precisa parecer rotineiro. Ignorando a angústia no rosto de Pola, *la curandera* segue com a prática diária, sem pressa, indo de paciente para paciente em cada lado do quarto, parando para tocar este, acariciar aquele, sorrir ainda para um outro. Quando termina com o último paciente, chama Pola de lado para ajudar a enrolar bandagens.

— Ela está segura e bem. — O sussurro sai em um sopro quente quando elas se abaixam para realizar a tarefa.

— Mas... — A angústia de Pola está gravada em seu rosto. Ela agarra as mãos para impedi-las de tremer.

Rufina a puxa pelo cotovelo e para o sol, espichando o pescoço para a direita e a esquerda e endireitando os ombros.

— A menina, ela descansa onde outros já descansaram antes.

— Onde? Eu preciso ver...

— Não, confie em nós um pouco.

— Mas ela vai pensar...

— Ela vai pensar nada. Mais, ela precisa de descanso. Eu dei algo pra mantê-la dormindo por um bom tempo. Eu... *nós* deixamos bastante água e comida, tudo que ela precisa por enquanto. Ela não é a primeira e não vai ser a última a encontrar descanso lá. — Ela dirige um olhar significativo a Pola. — Ela vai ficar bem se a gente manter a calma. Entendeu?

— Sim, mas...

— Eu dei uma boa olhada naquelas orelhas que você comentou com tanto mistério. Já vi antes. Levo pomada e posso tentar outros remédios... Mas verdade, não tem cura. Não é bonito, mas não é fim do mundo. Polita, sua menina, ela vive por muitos anos. Doença continua a comer sua carne, e ela perder audição, mas ficar viva. É nisso que estamos todos trabalhando, não é?

Pola está perdida em pensamentos. Tanta coisa para absorver.

— Agora venha. Eu preciso de ajuda com remédios.

Elas vão embora, as cabeças próximas em uma conversa intensa. Os lábios de Rufina se movem e suas mãos gesticulam. Pola para uma vez, encarando a velha, incrédula. Mas de novo *la curandera* a empurra para a frente, para longe de ouvidos e olhos curiosos. Quando Rufina terminou de contar as atividades das últimas horas, o sol já nasceu completamente, e o dia está a caminho.

— Você deve um agradecimento a Simón. Foi ele que salvou sua menina.

— Chachita.

— Ele que salvou sua Chachita. Ele guiou o caminho e carregou o peso. Eu não fiz nada sem ele.

— O quê? Como?

— Agora não. Precisamos voltar. Precisa de cuidado especial agora. Um erro, e foi tudo pra nada. — Quando ela está prestes a ir embora, para e olha diretamente para Pola. — Você pode agradecer a *ele* mais tarde.

*

Naquela noite, depois que o último paciente finalmente caiu no sono, Rufina se alonga e morde a bituca de seu charuto. Ela sopra a lanterna a caminho da porta. Está quente e grudento, e ela precisa caminhar antes de se recolher. Trabalhou o dia inteiro, e seus músculos estão duros e doloridos.

Ela relembra e não sabe como conseguiu chegar até Cueva Cimarrón. Na verdade, tinha esquecido a caverna até Simón tomar a dianteira e a encontrar de novo, depois de todos esses anos. Quantas vezes aquele homem esteve lá para ela quando ela precisou dele? Ele foi o filho que ela nunca teve.

Ela ainda está revivendo a noite anterior no bosque enquanto se acomoda sob a mangueira e estica as pernas. Terá que esfregar com manteiga essas pernas velhas para eliminar a rigidez antes de deitar. Quando se abaixa para massagear a panturrilha, uma sombra chama sua atenção.

É uma mulher, olhando em volta com cuidado ao deixar o volume escuro da casa de Romero e subir pela estrada por entre as *chozas*. Ela olha para a direita, esquerda e direita de novo, verificando, esgueirando-se de uma construção para a próxima. Pela sua forma e cor, não há dúvidas de que é Celestina, escapulindo de volta para a casa. Não há nada particularmente estranho nas visitas noturnas de Celestina à casa de Romero. Mas há algo suspeito na forma como ela caminha colina acima na direção da varanda de *la casa grande*. O que ela poderia ter a esconder, a Señora Más-Blanca-que-las-Blancas?

Rufina espera deliberadamente que Celestina esteja no primeiro degrau da varanda antes de chamar:

— *Buenas noches*, Celestina. O que te traz pra fora tão tarde?

Celestina salta, errando o degrau e quase caindo.

— Quem está aí?

— Sou só eu, Rufina. *Cálmate, mujer*. — Ela cospe um pequeno pedaço de tabaco. — Por que tão nervosa, *mujer*?

Celestina se recompõe o suficiente para partir para a ofensiva.

— *Mira*, Rufina, você precisa cuidar da sua vida. — Ela joga os ombros para trás e se endireita. — Eu poderia te perguntar a mesma coisa.

— Ah, mas não fui eu que escapuli para a casa do capataz e voltei no negro da noite. ¡*Qué curioso*! Incrível o que velhos olhos conseguem ver no escuro.

Celestina dá um passo na direção de Rufina, seu dedo indicador tremendo ameaçadoramente.

— *Mira*, Rufina...

— Sabe, Celestina. Eu sento e eu observo e eu penso e eu me pergunto: O que você tanto esconde? — Rufina sorri, mas suas palavras acertam o alvo.

A mulher albina congela. A voz dela muda, trêmula agora, nervosamente desdenhosa.

— Eu não tenho tempo pra ficar falando com você. Vou pra cama. — A mudança de tom e postura de Celestina confirmam as suspeitas de Rufina. Ela não sabe dos detalhes, mas sabe que a mulher está armando algo.

— É exatamente daí que você está vindo... cama. — A risada de Rufina segue Celestina até a porta dos fundos da casa. Mas *la curandera* não está achando graça de verdade, e sua risada para abruptamente assim que a outra mulher já não pode ouvir. Rufina fareja a maldade no vento e já decidiu que vai descobrir exatamente o que essa cobra está aprontando.

*

Chachita sente as mãos calejadas da mãe esfregando óleo de coco em sua pele, especialmente na pele em volta das orelhas. Cada vez mais essas orelhas preocupam sua doce mãe. Ela não diz muito, mas cuida bastante para manter a filha o mais limpa possível. Ensinou a menina a arrumar o cabelo de uma forma que cubra as laterais do rosto. Ultimamente, vem passando óleo por todo o rosto e couro cabeludo de Chachita, para impedir que os pedaços ressecados se espalhem para áreas mais visíveis.

O rosto lindo e redondo de sua mãe agora tem rugas profundas pela testa. Ela morde o lábio concentrada enquanto aplica camada após camada de óleo, como se seus dedos pudessem levar embora os calombos, apagar as marcas e massagear a pele até ficar lisa de novo. Ela faria isso durante horas, se pudesse, sem nunca reclamar.

— ¡Mamá, ya! Você está me machucando!

— Tudo bem, tudo bem, só se vire e me deixe terminar seu cabelo.

Chachita obedece. As mãos da mãe são fortes, e ela trabalha rápido. Quando termina, a menina se vira para agradecer. Mas quando Mamá se inclina para beijá-la, a luz muda, e as dimensões do rosto dela se borram, abandonando o padrão familiar. A suave pele caramelo fica mais escura e assume uma textura diferente. As linhas fluidas finalmente se acomodam em uma longa cicatriz que corta o rosto diagonalmente. E de repente Mamá tem um novo rosto, um que sua filha passou a conhecer muito bem.

Chachita acorda assustada. Ela não sonha com Mamá há muito tempo. E agora esse sonho estranho a deixou confusa. Fica um sentimento de perda. Mas também um sentimento profundo de confiança.

*

Leticia aparece atrasada para o jantar de domingo, andando a passos largos até a fila para ser servida. A distribuição de comida no *batey* inferior tem um padrão fixo. Os homens vêm primeiro, depois as crianças e, finalmente, as mulheres. Leticia sempre abriu caminho até o início da fila das mulheres, e as outras, intimidadas, deixavam. Agora a fila está apertada contra ela, e ninguém lhe dá um centímetro para se enfiar. Ela é relegada ao fim da fila. Finalmente, é sua vez. Mas as cozinheiras se servem e vão embora. Ela é forçada a encontrar sua própria *dita* e raspar os feijões queimados e tubérculos molengas presos no fundo das panelas.

*

Pola está diante da janela aberta da cozinha, descascando os *ñames* que comerão no jantar. Suas mãos movem a faca, mas seus olhos estão grudados em Simón, sentado em uma pedra, sem saber que está sendo observado. Aquelas mãos.

Ela insistiu para Rufina lhe contar todos os detalhes, e agora os repassa em sua mente. Consegue ver as mãos dele carregando o corpo de Chachita e a puxando até a caverna. Cortando galhos e trepadeiras para tornar seguro o esconderijo. Consegue imaginá-las agarrando e escalando e cortando e torcendo e amarrando — tudo isso por Chachita, uma menina que ele sequer conhecia. Pola precisa admitir para si mesma que foi tudo por ela, Pola, na verdade. Outro resgate.

Enquanto o observa, lembra a sensação dos braços dele a carregando depois da briga. Ainda consegue sentir o calor do corpo dele em seus braços, suas costas. Ele a ergueu sem esforço e prendeu seus braços para baixo até ela se exaurir. Não conseguia vê-lo, mas conseguia sentir seus músculos trabalhando para mantê-la imóvel e segura. E mesmo quando ele finalmente a soltou, ela continuou a sentir a pressão, o calor deixado como um lembrete; tudo isso perturbador.

Pela primeira vez em anos, lembra-se de uma sensação há muito esquecida. Ela escondeu esse sentimento por muitos meses, banindo-o para o domínio do imaginado. E agora aqui está ele de novo, desta vez muito mais forte e inegável. A verdade é que ela não é mais tão rápida em fugir dele.

As primeiras coisas que notou nele foram as cicatrizes. Várias vezes, ela encontrou oportunidades para examinar secretamente os caroços em seu rosto e pensou a respeito do desenho deliberado, a intenção amorosa das marcas dele, tão diferentes de sua própria deformação. Como ele pode ter concordado com a dor, com o horrível, mas de alguma forma também lindo, sacrifício da pele? As cicatrizes, o que elas significam? Qual seria a sensação delas sob seus dedos?

Ela fica feliz por não conseguir ver seus próprios calombos. Em alguns dias, quase consegue se esquecer das linhas cruzando suas costas. Mas a cicatriz que serpenteia por seu rosto e puxa sua boca em um esgar é outra coisa. Ela acredita que isso a define, como seu nome de escravizada. Mas com Simón é diferente. As cicatrizes dele revelam sua beleza, em sua pele, em seu sorriso.

Ela se estica para ver melhor e toma um susto com o barulho da bacia caindo a seus pés e mandando tubérculos e cascas por todo o chão da cozinha.

No momento em que ela está terminando de recolher a bagunça, a voz de Pastora subitamente ressoa na cozinha.

— Pola, está sonhando de novo? — Pola se assusta e derruba a bacia de novo. — O que te deu ultimamente? *¡Apúrate, mujer*! Precisamos desses inhames… pra hoje.

Pola corre para pegar a comida. Ela segura a língua, mas vem se fazendo a mesma pergunta há semanas. Quando ela vira de costas para a janela para completar sua tarefa, nota Simón olhando diretamente para ela, sem nenhuma tentativa de esconder os sentimentos refletidos ali.

*

Diferentemente das roupas de *la familia*, que a lavadeira lava todos os dias em enormes tonéis no *batey*, *las negras* lavam as próprias roupas durante seu banho semanal. Elas compartilham piadas e histórias, fofocas, e aproveitam a intimidade da camaradagem feminina.

Nesse dia, Leticia chega depois que todas as mulheres estão espalhadas nas pedras chatas. Estão relaxando, seminuas e tranquilas, cercadas por pilhas de vestimentas recém-lavadas. Depois de semanas sendo evitada, Leticia escolheu esse momento e lugar com muito cuidado, sabendo que elas não vão abandonar suas roupas ou ir embora seminuas. Não, desta vez ela sente que vai ganhar.

Ela desliza sua cesta pesada da cabeça e se acomoda com um baque. Olha em volta deliberadamente e massageia o pescoço e os ombros.

— Deus, que semana dura — diz em uma voz alta para ninguém em especial. Todas as conversas param quando ela se junta às mulheres nas pedras.

O mês desde a traição de Adela e Benito não aliviou a tensão que ela traz a qualquer reunião. As mulheres de Las Agujas não precisam de Leticia mais do que as trabalhadoras do campo, que são forçadas a dividir trabalho e moradia com ela. Seguem sua vida com a mulher *entre* elas, mas não *parte* delas. Apagaram-na completamente de seu mundo. Os capatazes podem forçá-las a trabalhar com Leticia, mas longe dos olhos deles, ela deixa de existir.

O grupo olha para ela com raiva e em silêncio. Mesmo de longe, o som da respiração pesada de Pola chega a ela. O rosto de Plácida la Mula está corado, e suas narinas dilatadas. Paquita não diz nada, mas a veia em sua testa pulsa perigosamente. Lupe se levanta, mãos na cintura, desafiando um confronto. Rosita fica sentada em silêncio, seus olhos viajando pelas companheiras, lábios comprimidos com firmeza. Belén examina sua blusa molhada, olhos grudados no tecido, recusando-se a sequer reconhecer a presença de Leticia. Inés continua a lavar sua roupa, os dedos trabalhando com tanta força que o material fino logo se rasga.

— Tem feito tanto calor. Eu só queria... quero... quero... — Mas quando Leticia olha em volta do círculo, não consegue ignorar a muralha de hostilidade, uma camada de perigo logo abaixo da superfície. Sua tagarelice para.

Um silêncio pesado se espalha pela área, palpável em sua intensidade. Não há como confundi-lo ou ignorá-lo. Elas não podem ir embora, mas também não a deixam entrar. Encaram-na até ela ficar desconfortável.

— *Bueno*, acho que vou procurar alguma sombra. Está quente demais hoje, mesmo aqui perto da água.

Ela pega a cesta, coloca-a sobre a cabeça e sai pisando duro para longe do grupo. Enquanto vai embora, ouve as vozes retomarem a conversa. É como se sua mera aproximação fechasse uma porta que sua partida reabre. Elas não a querem ali.

Leticia diz a si mesma que não se importa. Ela tem coisas melhores para fazer. São só um bando de *mulatas* metidas. São vira-latas, mestiças pobres que não sabem nada de estilo ou beleza. Não precisa delas. Ao contrário, *elas* têm muito a aprender com *ela*. Enquanto anda, seu peito incha com sua própria superioridade.

— Eu vou ensinar a elas. Elas vão aprender quem eu sou. Eu não preciso delas. Eu não preciso de ninguém. Elas vão se arrepender. Eu não preciso de ninguém... ninguém... ninguém...

20. NO CORAÇÃO DE SIMÓN, I

Ela desperta. Os nós de minha Pola começaram a afrouxar. Eu consigo ver, depois de todos esses anos, que ainda não conseguiram matar o espírito dela. Ainda assim, mesmo o espírito mais forte pode sobreviver sozinho e fechado apenas por um tempo antes de começar a definhar. Mas tenho esperança. Acredito que a primavera está chegando, e ela está começando um florescer hesitante. Tenho uma paciência infinita e quanto mais vejo as cores dela nascendo, mais gosto da paisagem que elas prometem. Cada dia ela revela um pouco mais. E cada dia ela rouba um pouco mais do meu coração. Eu vou, como sempre, esperar até ela estar pronta. E um dia ela vai me convidar para entrar.

Toda graça a Alá!

21. GANHOS

Hacienda Las Mercedes,
Carolina, Porto Rico, agosto de 1854

Doña Filo acorda se sentindo mal, doente demais para ir à missa. Volta para a cama e comunica seu desejo de que, mesmo em sua ausência, os escravizados tirem o dia para honrar o Senhor por suas bênçãos. Don Tomás está fora em uma viagem longa de compra, então fica para o *mayoral* informar aos trabalhadores a mudança de rotina.

Quando o anúncio é feito, os trabalhadores baixam a cabeça com a preocupação apropriada pela saúde de *la patrona*. Uma vez dispensados, retornam em silêncio para suas *chozas*, supostamente para se dedicarem às devoções religiosas habituais de um domingo de manhã. O *batey* fica quieto até que os capatazes saiam para seu dia de relaxamento, deixando um associado infeliz para supervisionar os trabalhadores. Seu ressentimento logo é amenizado por goles generosos de *cañita*, e logo mais ele está dormindo no estábulo.

Quando Melchor dá o sinal de que a barra está limpa, as pessoas emergem para começar uma rara manhã de domingo a seu dispor. Pela primeira vez desde que se lembram, vão passar o dia todo fazendo o que quiserem, ou nada.

O *batey* ferve de atividade. Em um canto, as meninas estão jogando seus jogos favoritos. Dançam em volta de uma que fica no meio e cantam suas canções — *arroz con leche se quiere casar...* No canto mais longe da casa, os meninos golpeiam com galhos que se tornam espadas e brincam de ser corajosos, tomando cuidado para não fazer muito barulho e perturbar o guarda adormecido. Preparando-se para a missa de domingo, as mulheres já foram ao riacho para o banho semanal. Agora, puxam as enormes tinas e trazem baldes e mais baldes de água. As crianças pequenas são as primeiras a irem nas tinas. Depois delas, virão os irmãos mais velhos e então os homens, todos antes da hora do almoço. As mulheres se ocupam do preparo da refeição. As meninas ignoram discretamente os meninos seminus, que amam exibir o físico bem trabalhado.

No meio de toda essa atividade, Leticia sobe a colina para se juntar à companhia. Com uma ondulação exagerada dos quadris, ela caminha até o centro. Um silêncio de chumbo cai sobre o pátio quando todos — adultos e crianças, trabalhadores do campo e domésticos — param e encaram a aparição.

Leticia usa um vestido de cores brilhantes feito de peças disparatadas de tecido. Diferente de sua roupa chamativa habitual, essa está larga, de forma que precisa ficar puxando a blusa para evitar expor os seios. Luvas de renda rasgadas cobrem as mãos e os braços até os cotovelos.

Longas madeixas de cabelo negro e rígido caem em ângulos esquisitos pelos ombros. Um chapéu esfarrapado com flores mortas completa o traje.

Mas de longe o elemento mais impressionante é o rosto dela. Sua pele, de um marrom profundo, está lambuzada com uma pasta branca que secou em manchas cinzentas nas bochechas e na testa. Os olhos dela estão traçados com uma substância preta. Sua boca é uma ferida de vermelho-sangue, o que dá aos lábios a aparência de estarem caídos.

Ela não fala com ninguém, envolvida em uma conversa que parece estar tendo há um tempo. Na voz de uma coquete, dirige-se à árvore mais próxima.

— Eu adoraria, mas não posso. Tenho um compromisso esta noite e não teria como te encaixar.

Ela vai até um homem aturdido e continua a conversa sem olhar diretamente para ele ou qualquer outra pessoa.

— Você é tão exigente. Não, não. Você precisa esperar sua vez. Eu sei que te fiz esperar, mas não valho a pena? — Com isso, ela acaricia os quadris em um convite inconfundível. Dá um sorriso largo com o rosto virado para cima e pisca enquanto vai em frente.

— Ah, não fique irritado. Tem o suficiente para todo mundo. Não se preocupe. Eu arranjarei tempo para você também.

A companhia reunida está chocada demais para reagir.

— Não foi minha culpa, você sabe. Eu preciso, *preciso* de coisas. Bem, o que eu poderia fazer? Não, agora chega disso! Nós vamos nos divertir muito, né? Vai ser maravilhoso.

Ela se vira para a mulher mais próxima.

— Celestina, pegue minha capa. E não esqueça os meus novos sapatos. Você é tão esquecida. Tome cuidado ou terei que te substituir.

Ela ajusta a blusa mais uma vez, vira-se e vai embora colina abaixo, deixando para trás um odor atordoante de flores murchas. Passa pelas *chozas*, pela casa de Romero, pelas latrinas e sai para os campos. Nos dias seguintes, os capatazes buscam por toda parte, mas nunca encontram a mulher desequilibrada. Ninguém na fazenda vê Leticia outra vez. E ninguém sente falta da presença dela.

*

Faz semanas desde que os últimos pacientes foram mandados embora. Pola está sentada na frente da cabana de *la curandera*, separando as últimas ervas, mas está perdida em pensamentos. Sua calma exterior esconde um coração turbulento. Ela anda inquieta, ansiosa para voltar a Chachita, para tocá-la, vê-la sorrir, observá-la comer. Uma coisa é lhe dizerem que Chachita está bem, outra bem diferente é ver por si mesma. A doença de Doña Filo e o afrouxamento da vigilância que veio junto dão a Pola a abertura perfeita para agir. Mas as coisas são mais difíceis do que imaginou. Ela não faz ideia de onde exatamente Chachita está. Rufina compartilhou alguns detalhes a respeito dos arredores da menina, mas não sua localização exata. Não há como Pola chegar ao esconderijo sozinha. Ela precisa de ajuda, e só duas pessoas podem ajudá-la.

Ela olha para Rufina e sabe que não pode pedir para a velha mulher refazer o caminho. *La curandera* está finalmente tendo o descanso que merece, depois de tantas semanas cuidando de todo mundo. Às vezes, pega no sono no meio de uma tarefa ou permanece na cama muito depois do sol ter nascido. Pola não consegue imaginar como Rufina conseguiu fazer tudo que fez por Chachita da primeira vez. Como poderia pedir que fizesse de novo? Não, só existe uma maneira. Só Simón pode levá-la até lá e trazê-la de volta em segurança. Mas ela se lembra de como o tratou e cora. Como ela pode pedir o que quer que seja para ele?

Rufina examina o rosto de Pola. Ela tem observado a ansiedade crescente de Pola em silêncio. Agora, inclina-se para a frente.

— Aqui, eu não esqueço. — *La curandera* passa um pequeno frasco para as mãos de Pola. — *Para tu niña*. Passa um monte disso dentro e fora das orelhas. Então cobre com *yerba buena*. Lembra que isso talvez ajuda, mas sem cura.

— Eu não sei como...

— Por favor, eu li no seu rosto há dias. Mas você fech2ada, então eu falo.

— Mas como... eu nunca vou encontrar.

— Simón te mostra o caminho.

— Ah, mas... não posso... pensei que você poderia, mas...

— Polita, estou cansada demais e olhos demais em mim. Confia nele. Ele só quer ajudar.

Pola hesita.

— Eu não sei.

Rufina afasta a hesitação de Pola.

— *Mujer*, você é cega e teimosa. Quando aprende a confiar nele?

Pola pesa suas muitas emoções conflitantes. Ela não sabe o que fazer.

— Para você é só uma pergunta. Quanto você quer ver a menina?

E de um só golpe, Pola sabe a resposta, a única resposta. Ela encara a velha que parece conhecê-la melhor do que ela mesma se conhece. Naquela tarde, afasta suas emoções conflitantes a respeito de Simón e o segue para o bosque.

Pola sabe que chegar até Chachita não vai ser fácil. Eles ainda estão preocupados com os militares por aí e se movem lenta e silenciosamente, olhos em constante alerta, ouvidos atentos ao menor som. Simón, uma corda grossa enrolada em seu braço e ombro e carregando um saco de lona, mostra o caminho. Ela também carrega uma bolsa com suprimentos. O caminho é demorado e difícil.

Finalmente chegam a um penhasco. Simón para e aponta para cima. Pola fica sem palavras. Ela não vê nada além de pedras e arbustos. Sabe que a caverna está em algum lugar lá em cima e, ainda bem, é totalmente indetectável de onde ela está. Subir em sua árvore é uma coisa, mas isso é impossível. Como eles conseguiram...? Como Rufina conseguiu?

— Não consigo.

— Sim, consegue.

— Mas...

— Quer ver a menina ou não? Quanto tempo você quer perder discutindo?

Pola assente uma única vez. Não há escolha.

Simón se dedica à sua tarefa, puxando o que precisa de sua bolsa, enrolando e prendendo a corda por baixo dos braços dela e do peito dele. Quando termina, e estão prestes a começar, ele para.

— Eu sei que você está com medo. Mas nunca vou deixar nada acontecer com você. Você acredita nisso?

Pola se recusa a ver todas as camadas de significado dessas palavras e simplesmente assente.

Com a outra ponta da corda ainda enrolada no ombro dele, Simón escala o penhasco primeiro, passando um braço por cima do outro com cuidado. Ele parece um réptil gigante e se camufla nas pedras e trepadeiras. Desaparece e então puxa a corda presa a ela. Como instruído, ela mantém seus olhos à frente, encarando a rocha e usando mãos e pés para se proteger da pedra afiada na subida, confiando que ele não vá derrubá-la. A corda a iça cada vez mais para o alto.

Ela sente o suor pingando do rosto e reza para que a corda seja firme. Depois de um tempo, escuta a voz dele vinda de cima, baixa, encorajando-a, estabilizando seu medo. E então chega à borda, passa por galhos baixos e trepadeiras secas e encara uma porta entalhada. Simón a abre, e de repente ali está ela: Chachita, sentada em uma cama, parecendo muito melhor do que quando Pola a viu pela última vez. Suas bochechas encheram; seus braços e pernas não estão tão ossudos. Seus olhos se arregalam. Ela se levanta, estende os braços e dá um sorriso caloroso para Pola.

— Você v-v-veio! — A menina se agarra a Pola com uma força considerável.

— É claro que vim. Você achou que eu não viria?

As duas não conseguem se soltar. Elas conversam e se abraçam e se sentam e conversam mais. Finalmente, quando a excitação de se verem alivia, Pola puxa o frasco de Rufina.

— Um presente? Ah, que maravilha!

— Bem, é algo para você, para suas orelhas. Isso deve ajudar.

Chachita imediatamente baixa a cabeça e puxa o cabelo pelas laterais do rosto. Está prestes a se virar quando Pola afasta a mão dela do cabelo.

— Não há motivo para ter vergonha, você sabe.

A menina só sacode a cabeça, relutando em sequer falar disso.

Pola a toca no ombro.

— Você confia em mim?

A menina faz que sim.

— Você acha que eu algum dia faria algo para te machucar?

Chachita faz que não.

— *¿Me dejas ver*? —Pola pergunta em sua voz mais suave, baixa, quase um sussurro. — Vou tomar muito cuidado.

A menina deixa que Pola se aproxime, tremendo quando esta puxa sua cabeça para o colo e começa a inspecionar. Pústulas amarelas e roxas vazam pela superfície da pele. Furúnculos e pedaços de carne viva agora cobrem a abertura onde as orelhas de Chachita costumavam ficar. Engolindo a repulsa, Pola cutuca suavemente a pele torturada com os dedos. As lesões estão começando a se espalhar e logo tomarão as lindas feições da menina. Então nenhum cabelo poderá esconder o dano.

Pola puxa o frasco. De início, a menina fica tensa, mas Pola continua a falar e acariciar o cabelo dela, e Chachita relaxa e permite que a outra trate das duas orelhas. Ela aplica porções generosas da pomada fedorenta, cobrindo e protegendo as orelhas com um pedaço de tecido ao redor da cabeça. Chachita toca a bandagem ansiosa e então aconchega sua cabeça de volta no colo de Pola. Ela cai imediatamente no sono.

*

Simón está esperando no chão, apoiado contra a parede da caverna e observando as duas mulheres. Ele nunca viu Pola tão alegre como quando ela se encontra com Chachita. Toda a sua atenção está voltada para a menina, igualmente feliz em vê-la. Para Simón, valeu o esforço e o risco, só pela possibilidade de ver além da máscara essa mulher que se escondeu com tanto cuidado e habilidade por tanto tempo. Ele se recosta e se deleita em observar a Pola calorosa, suave e vulnerável que ele sempre imaginou que ela fosse, uma mulher cheia de força, propósito e, sim, amor.

Pola olha para Chachita e sorri. Essa alegria incontida é um sentimento que ela não experimenta há muitos anos. Uma vida jovem, respirando, dormindo, confiando em sua proteção. Que sorte ela tem por ter encontrado isso de novo! Ela se sente abrindo como uma flor de primavera, crescendo até seu potencial total. Como esse farrapo de menina pode lhe dar tudo isso? Tudo que ela perdeu há tanto tempo? Que bênção inesperada.

Ao erguer a cabeça, Pola nota Simón a examinando com liberdade. Os olhos dele encontram e sustentam os dela. Ela cora, mas não desvia o olhar. Em vez disso, sorri com gratidão. Ela ficou devendo a palavra "obrigada" a ele tantas vezes nos anos em que esteve neste lugar. Sim, há uma gratidão não dita, mas ultimamente tem havido mais. Ela nota que desconfiou dele, o testou e se manteve o mais longe possível. Ela observou e julgou e antecipou. E em todo esse tempo ele nunca tomou nada dela, como muitos fizeram antes dele. Ele só esteve ali, como o sol ou a terra ou a água, quando ela precisou. Por que ela ainda hesita tanto em deixá-lo se aproximar? Por que ainda é tão difícil abandonar o medo, parar de erguer muros? Ela algum dia conseguirá confiar, amar? De onde vêm esses sentimentos inesperados e indesejados? Ela precisa admitir para si mesma que amolece sempre que esse homem está por perto. Ela se sente aquecer, se abrir, expandir. É tão confuso, porque, por mais que exista atração, ainda há uma relutância, algo insistente que a segura.

Eles ficam sentados um de frente para o outro, olhando-se, sentindo muito e dizendo nada.

*

Chachita, enroscada e com a cabeça ainda no colo de Pola, entra e sai do sono, mas está consciente, hiperconsciente, do espaço à sua volta. Por suas pálpebras baixas, vê Simón encarando Pola. De sua posição, ela consegue sentir a reação de Pola, os pequenos tremores que sacodem seu corpo. Ela quase consegue sentir os tentáculos de energia fluindo entre essas duas pessoas e eletrizando o ar.

O que quer que eles estejam gerando flui para ela também. Pela primeira vez em muito, muito tempo, Chachita se sente segura e quente e confortável. Ela poderia ficar ali, bem assim, para sempre e se sentir absolutamente feliz. É uma sensação nova para ela, uma que a delicia. É essa a sensação de ter uma mãe e um pai? Ela se move, e o momento se quebra.

A voz de Pola carrega alívio e relutância.

— Precisamos ir agora. Está ficando tarde, e vão sentir nossa falta. — Ela fica aliviada de se afastar dos pensamentos que a perturbam, mas relutante em deixar Chachita mais uma vez.

— Eu vou também!

Por mais que Pola quisesse que isso fosse verdade, ela sabe que é impossível.

— Você ainda está fraca demais para a viagem. Você precisa permanecer e ficar forte e saudável de novo. — Ela ajuda a menina a se deitar na cama.

— Mas eu não gosto de ficar aqui sozinha.

Pola está prestes a acalmá-la quando Simón responde.

— Você não vai estar sozinha. Nós viremos ficar com você sempre que pudermos. — Pola não deixou de notar o "nós" na afirmação de Simón. Deixando isso de lado por ora, ela se afasta de Chachita, mas a menina a agarra com força.

— Eu te amo, MaPola.

Pola fica sem palavras. Ela se abaixa, beija a menina e sai correndo.

*

Pola absorve o perfume das árvores e do carpete esponjoso de folhas caídas enquanto segue Simón de volta para Las Mercedes, permitindo-se se perder nas muitas emoções que a atravessaram nesse dia. A alegria de ver Chachita, o medo da descoberta, a esperança de uma cura, o vai e volta da presença de Simón, e a atração inegável que vem com ele.

De repente, uma mão agarra seu braço, e então ela está no chão, um grande peso a prendendo. Pola se debate quando a enorme mão tampa sua boca. Imediatamente ela é levada de volta para o passado. Ela está mais uma vez à mercê de algum homem desconhecido, as mãos que apalpam, o peso que esmaga, ela se agitando. Será que faz tanto tempo que ela não tem de se defender que ficou descuidada?

Não há nada que Pola possa fazer contra a enorme força que a prende, esmagando seu rosto contra o chão duro. Ela para de brigar, esperando que ele relaxe por tempo suficiente para ela se defender e talvez até fugir. Mas quando para de brigar, ela escuta sua voz familiar em um sussurro feroz e isso a acalma.

— Sou eu, Simón... Quieta... — Então, sem fôlego: — Militares à frente.

Ela congela. O martelar em seu peito continua, não em resposta a um único agressor, mas de medo dos militares, que ainda estão vasculhando os bosques e arrastando para fora qualquer negro que encontrarem. Seus pensamentos correm enquanto ela examina a situação. Com raiva e frustrados depois de meses de buscas infrutíferas pelos *cimarrones*, eles vão agir primeiro e perguntar depois.

Simón tira a mão, relaxa seu corpo, mas não se afasta. As emoções dela afloram. Em vez de um agressor, ela reconhece Simón como um escudo protetor contra o ataque que está por vir. Os dois sentem as vibrações das botas antes de as escutarem, e as escutam antes de terem um vislumbre dos uniformes. Há uma meia dúzia deles, xingando e discutindo enquanto caminham. Eles chegam tão perto, que Pola consegue sentir o fedor de álcool e suor nas suas roupas. Dois deles param para beber da garrafa que estão compartilhando.

— ¡*Vámonos, coño, que así no daremos con ellos más nunca*! — O líder grita para os outros. A bebedeira está atrasando a busca, e ele não aceita isso. Está cansado, com fome e sem humor para enrolações. Exasperado, volta e empurra os últimos atrasados para a frente, então agarra e joga a garrafa de rum entre os arbustos. — Vocês podem beber o quanto quiserem quando voltarmos e pegarmos nossos bônus. Vocês estão me custando tempo e dinheiro, *carajo*. ¡*Muévanse*!

Pola e Simón estão deitados e tremendo, a apenas alguns metros das botas dos militares. Mesmo depois que os soldados seguiram seu caminho, os dois ainda ficam imóveis. Quando eles têm certeza de que os homens estão bem adiante, Simón desliza de cima dela. Depois de se aclimatar ao calor e peso do corpo dele, ela sente o frio quando ele se afasta.

— *Apúrate*. Precisamos sair daqui. Reze para Romero não ter notado nossa ausência.

De repente Pola para. E Chachita? E se...?

— Vamos rápido. Eles podem voltar a qualquer momento.

Ele está certo. Mas ela está presa no lugar, resistindo às mãos insistentes dele.

— Mas... Cha... — Tudo em Pola quer voltar e garantir que a menina esteja bem.

— Pola, *vámonos*. ¡*Ahora*! — Ele modula o tom, mas a urgência vibra entre eles. — Eu sei o que você está pensando. Mas não podemos ajudá-la se formos pegos. É perigoso aqui... para todos nós.

Ela olha para ele em agonia. O que deve fazer? Ele agarra sua mão e a puxa. Sem tempo para conversa. Ela se deixa ser levada. Ele está certo. Eles não podem ajudar Chachita se forem pegos. E eles são a única esperança que ela tem.

Quando se aproximam da *hacienda*, eles se separam. *Los negros* ainda estão do lado de fora, sentados fumando, bebendo ou flertando enquanto o sol começa a mergulhar por trás das montanhas. Eles relutam em terminar seu dia "livre".

Pola contorna a multidão e sobe a colina na direção de Las Agujas. Pela primeira vez durante todo o dia, respira com facilidade. Todos estavam ocupados demais para notar sua ausência. Ela se deita na cama, torcendo para conseguir um rápido cochilo antes que as outras se juntem a ela.

*

— Acorde, Pola! Rufina precisa de você. Agora! — A voz autoritária de Tía a sacode para fora da cama.

— *¿Qué pasa*?

— É quase dia e há muito a ser feito.

— *Pero*, Tía Josefa, *¿qué...*?

— Sem tempo. Vista-se e vá até Rufina. *¡Apúrate, mujer*! — Tía Josefa quase a empurra para fora da porta.

Quando Pola entra na cabana de *la curandera*, Rufina está de costas para a porta, ajoelhada por cima de uma cama. A mulher está arrancando as roupas do paciente. Pola está prestes a abrir a boca quando Rufina grita por cima do ombro.

— Vá, vá até Pastora... Diga a ela que tem um paciente com feridas graves aqui. Então vá ao jardim e me traga vários grãos de café, babosa, bálsamo, calêndula e vinagre. *¡Corre*! Não temos o dia todo.

A urgência na voz de Rufina a coloca em ação.

— *Sí, ya voy.*

Pola corre pela colina até o *batey* superior e para dentro da cozinha. Ela grita as ordens de Rufina enquanto agarra uma faca de cozinha e uma cesta vazia. Pastora não precisa de muita instrução. Esse não é o primeiro ferimento grave da fazenda, e ela sabe exatamente o que é necessário. As mãos dela voam, juntando grãos de café, cinza de madeira e o resto dos itens. Então ela vai voltar e preparar. Essa será uma manhã longa, e ela tem muito a fazer para ajudar suas duas amigas.

*

O sol está alto e queimando através das nuvens da manhã quando Pola volta com as ervas. Ao entrar na cabana de Rufina, sua cesta cheia, Pola nota a rigidez nas costas da outra mulher. Ela está aplicando uma grande pressão a quem quer que esteja deitado diante dela. Então ela sente o cheiro de sangue, muito sangue.

— ¡*Ven... ayúdame*!

Quando Pola corre para o lado de Rufina, fica chocada ao ver Simón deitado inconsciente na cama diante dela. Por um momento ela congela, encarando o homem inerte. Da cintura para cima ele parece em paz, seu rosto totalmente imóvel, braços quietos ao lado. Mas embaixo o sangue encharca as calças rasgadas e a cama abaixo dele, pingando até o chão. Rufina trabalha, tentando estancar o sangue que continua a emanar das feridas nas coxas dele. Pola conhece bem o dano do chicote e não precisa de muita imaginação para entender o que aconteceu. Enquanto ela voltou sem ser notada, Pola pode ver que Simón não conseguiu.

— Pola, ¡*muévete*! Aqui, limpa os cortes com vinagre primeiro. Depois abre as folhas de babosa. Coloca o gel nas feridas, muito. Eu estou bem aqui. — Rufina, as mãos voando, puxa o penico debaixo da cama e acrescenta as cinzas e o café à urina. Os dedos transformam o conteúdo em uma pasta grossa e ainda estão cobertos com ela quando Rufina volta para a cama. Ela tira Pola do caminho e examina as feridas profundas. Arranca o que sobrou das roupas dele, antes de começar a aplicar a pasta diretamente no corte mais fundo. Então, afasta-se para observar a mistura estancando o sangramento. Satisfeita, Rufina cobre seu trabalho com flores frescas de bálsamo e começa a enrolá-lo em tiras limpas de tecido. Mas são muitas feridas, e não há tempo a perder.

— *Ayúdame*. Preciso que você faz isso em todas as feridas. Mais na bacia. — Ela aponta com os lábios, enquanto suas mãos continuam trabalhando.

Pola, ainda chocada por ter visto Simón nessa condição, está imóvel, encarando o corpo quebrado dele.

— Vai deixar ele sangrar até morrer? — O olhar de Rufina faz Pola entrar em ação. Com as mãos trêmulas, ela obedece o que foi mandado, limpando e cobrindo as feridas uma a uma, pressionando com todo o seu peso, e *la curandera* vai preparar mais remédios.

Enquanto Rufina se move pela cabana, Pola olha para Simón. O homem está seminu, os restos das roupas cobrindo pouca coisa. Pola desvia os olhos e dobra o foco na tarefa que lhe foi dada. Mas as memórias a atacam sem piedade. Quantas vezes genitais como esse foram forçados nela e para dentro dela? O suor brota em seu rosto e pinga por suas mãos. Ela consegue sentir seu coração acelerado. Quantas vezes ela pensou em escapar do corpo de um homem? Ela fecha os olhos e se sente enfraquecer. Não consegue fazer isso. Precisa sair dali, recuperar suas mãos. Ela não tocou nenhum homem voluntariamente em todos os anos desde que foi trazida para cá acorrentada. Corpos masculinos — dor, perigo, humilhação, lágrimas, perda, nada de bom nunca.

Rufina volta. Nas mãos da curandeira estão os gravetos que Pola colheu, moídos até virarem uma polpa. Agora que *la curandera* voltou, Pola fica grata por ser liberada. Ela mal pode esperar para sair. Mas assim que se levanta para se retirar, as palavras de Rufina a impedem.

— Espera! Aonde vai? Ele ainda precisa de você.

O tom de Rufina não aceita hesitação.

— Me ajuda. Amarra isso. — Ela limpa o excesso da mistura de grãos e aplica o novo emplastro. — Segura no lugar. — Por um momento, Rufina vira de costas e traz fitas de pano branco e uma bacia de água com sabão. — Agora ergue a perna dele. Não assim. Segura bem na coxa e levanta para eu poder trabalhar. Mantém essas folhas no lugar.

Ela enrola as fitas várias vezes, prendendo as folhas.

— Aqui, corta o resto das roupas dele. — O sol está alto e queimando pelas nuvens da manhã. — Preciso lavá-lo.

Relutando em se aproximar muito do corpo do homem, Pola recua.

— Mas...

Rufina perde toda a paciência.

— *Carajo, mujer*, faz o que eu te disse!

Em todo o tempo que se conhecem, Rufina nunca usou esse tom com Pola. Chocada, Pola abre a boca para reclamar, mas está sem palavras.

Rufina olha feio para ela, apontando para o Simón inconsciente.

— Quantas vezes ele ali para você quando você precisou de ajuda? Você deve mais que um pouco a ele, não?

Desde o momento em que Pola entendeu a natureza dos ferimentos de Simón, aquela pontinha de culpa no fundo da sua mente começou a crescer. As feridas desse homem são um resultado direto de sua necessidade de ver Chachita. Ele recebeu uma punição que, por justiça, deveria ser dela.

Sem dizer outra palavra, Pola se dedica à tarefa que lhe foi dada. Elas cortam os trapos que restaram sobre ele e começam a limpar a sujeira e o sangue grudados no corpo. Trabalham em silêncio.

Pola tenta não pensar nos músculos rígidos e membros longos que está limpando. Quanto dano o chicote causou a este corpo saudável? Como retribuir esse sacrifício?

Quando terminam, as mulheres olham para o paciente. A cama está ensopada de sangue, água e outros fluidos.

— Ele precisa ficar limpo. Precisamos movê-lo.

Juntas, puxam uma cama limpa e devagar transferem o corpo dele, o esforço as deixando moles e sem fôlego. Cobrem as feridas recém-higienizadas e cuidam para que ele fique o mais confortável possível. Então vão limpar e organizar a cabana. Lavam as bacias, queimam os trapos sujos de sangue e guardam os remédios que sobraram em cumbucas para serem usados mais tarde. Trabalham em silêncio, removendo a cama ensanguentada e varrendo o que sobrou das plantas cortadas. Enrolam panos limpos em forma de bandagens, que estarão à mão quando necessário. Quando sentam de novo sobre os calcanhares, estão cobertas de manchas de sangue, suor e pedaços de planta. O paciente, pela misericórdia, ainda está inconsciente.

— Ele vai sobreviver? — A culpa de Pola se tornou um fardo pesado de carregar.

Rufina limpa o suor da testa, deixando ali um rastro vermelho.

— Não sei. Perder muito sangue. O que eu sei é, se você não ajudar, ele não vai.

As duas trocam um longo olhar. Finalmente, Pola baixa os olhos, sabendo muito bem o que se espera dela. O trabalho da manhã custou a Rufina, que agora se move mais devagar, arrastando-se de uma tarefa para a outra. Quando terminam, Rufina tira o avental ensanguentado e lava as mãos. Examina Simón mais uma vez.

— Eu preciso descansar, e ele precisa ser bem cuidado. Você conhece de ervas mais que qualquer um. Ele precisa de você, Pola. — E então de forma mais suave: — Eu preciso de você também, *m'hija*. Bom trabalho hoje.

Pastora está na porta com o almoço delas. Ela vai direto para a mesa, onde deixa as *ditas* cobertas e cumbucas para beber.

— Como ele está? — Ela olha para o corpo coberto de Simón.

— Fazemos tudo que podemos. Agora esperamos. — A voz de Rufina carrega a exaustão de suas horas de trabalho.

— Vocês duas estão com cara de quem precisa de uma boa refeição. Volto para pegar essas coisas depois. — Ela limpa as mãos no avental e segue para a porta onde está Tía Josefa, rosto franzido de preocupação, mas no comando como sempre. Pastora toca o ombro da velha amiga ao sair.

— Ele vai ficar bem? — Tía Josefa pergunta da porta.

Rufina ergue os olhos.

— Acho que sim. Precisamos esperar e ver.

Tía Josefa assente e se afasta, suas chaves tilintando enquanto ela anda.

Rufina e Pola comem em silêncio. O sol está alto e queimando através das nuvens da manhã. As duas não têm energia para fazer nada além de comer. Mas a mente de Pola está acelerada. O paciente preenche seus pensamentos. Simón como guia. Simón como parceiro paciente no resgate de sua menina. Simón como protetor. Simón como homem. E então todos aqueles momentos com Chachita. Chachita, a confiante. Chachita, a carente. Chachita, a amorosa. O coração de Pola está cheio, cheio demais, de todas as emoções agrupadas em um único dia.

Sentada no chão ao lado da cama de Simón, Rufina pegou no sono com migalhas da refeição ainda no colo. Essa é a primeira vez que Pola vê Rufina dormir, e ela fica impressionada. *La curandera* se transformou em uma velha mulher cansada, com uma coleção incrível de rugas e pele solta que a fazem parecer vinte anos mais velha em repouso do que quando está se movendo por aí, trabalhando — nada como a mulher autoritária e ágil que está sempre em movimento e a serviço dos outros. Agora a velha dorme, de boca aberta, seu corpo mole, a exaustão pesando sobre si e a tornando quase irreconhecível. Enquanto Rufina ronca de leve, recuperando as forças para seu próximo combate com a doença ou a morte, Pola se reclina e pensa nessa mulher que se tornou tão importante em sua vida.

Rufina nunca decepcionou Pola. Ela enxergou para além da raiva e do amargor de Pola durante sua recuperação. *La curandera* curou o corpo de Pola e tentou ajudá-la a curar sua própria alma. Ela pastoreou Pola em sua entrada nesse novo mundo de Las Mercedes. Mesmo quando indesejada, Rufina aconselhou e apoiou, pondo sua própria vida em risco. Quando Pola estava enlouquecida de preocupação pelo bem-estar de Chachita, foi Rufina que saiu com comida e roupas atrás da menina. Agora Pola a vela, acomodando-se, deixando que sua mente vague enquanto ela pensa nas pessoas que guiaram sua vida em uma direção tão distinta. Quando chegou aqui, ela era uma mulher quebrada e raivosa que não confiava em ninguém e não se importava com nada. Pola não sabe exatamente quem é agora. Há partes contraditórias demais nela. Mas sabe que não é mais a mulher que chegou aqui. E tem essas pessoas a agradecer por isso.

*

Enquanto Rufina descansa confortável, Pola volta sua atenção para o paciente, cujo peito sobe e desce com suavidade, em um sono calmo e profundo. O pano deslizou, deixando-o exposto. Ela olha para o corpo nu e pensa em todos os outros corpos masculinos que trouxeram tanta dor para sua vida. Observa os braços e as pernas fortes, a largura do peito e o comprimento dos dedos. As mãos dele estão imóveis, abertas e vulneráveis, diferentes de durante o dia, quando se mantêm em movimento constante, torcendo, cortando, golpeando com a machete, a única arma que ela já o viu empunhar. As coxas dele, redondas e musculosas, agora estão envolvidas em bandagem que ela ajudou a colocar. Os olhos dela vagam livremente, parando no pênis, flácido e inerte. Não há ameaça ali.

Pola está fascinada. Ele é um homem, como outros homens. E, ao mesmo tempo, não exatamente. O corpo dele não é em nada como as armas usadas contra ela durante tantos anos. Aqui há uma vulnerabilidade que a faz hesitar. Nesse momento, ela tem todo o poder e ainda assim não sente desejo de ferir ou aleijar, coisas que aprendeu serem associadas ao controle. Em vez de controlar, o que sente é uma necessidade profunda de proteger.

Ela pensa nele a protegendo de Leticia la Loca no canavial, sustentando-a no *batey* e a ajudando a esconder Chachita. Ela se lembra do peso do corpo dele sobre o seu, protegendo-a dos caçadores de escravizados. A mão dele era suave, mas firme, puxando-a, guiando-a de volta para a segurança da *hacienda*.

Ela não foi cega para o interesse dele por ela ao longo dos anos, embora o tenha rejeitado o tempo todo. Outro homem teria usado a força para vencê-la, mas não Simón. Ele sempre foi paciente, terno e, sim, amoroso, de muitas formas. Esse homem que veio ajudá-la em tantas ocasiões não pediu nada em troca. Esse homem agora está deitado indefeso na frente dela, com a vida nas mãos dela.

Ela examina o rosto dele, traçando as linhas das cicatrizes gravadas ali. Não pela primeira vez, fica impressionada com a beleza dessas marcas. De novo, ela se pergunta por que ele se submeteria ao que deve ter sido um processo doloroso. E então pensa em suas próprias cicatrizes, as que desfiguram seu rosto e a marcam para sempre. E existem as outras, as invisíveis, queimadas nela por todos os anos de repetidos estupros e abusos. Ela sabe com certeza que a agulha envenenada da humilhação fez muito mais danos do que o chicote poderia ter feito.

Os dedos dela desejam tocar, explorar e ler o que está por trás das cicatrizes. Será que pode? Talvez possa... Lentamente, estica as mãos, esfregando-as antes de pousá-las suavemente no peito dele, buscando lê-lo, enquanto ele ainda está inconsciente. Há ali o pulsar da vida, o coração lento, mas firme, forte. Nada além disso. Ela retira as mãos, temendo ir mais longe.

22. PERDAS

Hacienda Las Mercedes,
Carolina, Porto Rico, agosto de 1854

Pola já tinha ido embora quando Rufina acorda subitamente com a boca seca, o coração acelerado e uma suspeita insistente girando como carvão quente em sua mente. Ela olha para todas as direções, tomando cuidado com seu calor escaldante. Algo não está certo. Algo ameaçador, bestial, vivo e perigoso espreita por perto. Mas a ideia continua a atormentá-la. Ela fica bem imóvel, mas seus olhos voam pela cabana. Está sozinha, exceto por seu paciente.

Simón, ainda inconsciente na cama, quase não conseguira chegar à cabana antes de desmontar em frente à porta. Ele foi chicoteado tão violentamente, que pedaços de suas roupas estavam enterrados nas feridas. O chicote tinha cortado a carne tão fundo, que o homem mal conseguia ficar de pé.

Ele não vai conseguir trabalhar durante semanas, talvez meses. Só Romero o chicotearia com tanta violência. Quem mais ousaria golpear as pernas de Simón a ponto dele não conseguir ficar de pé, um dos melhores *paleros* da *hacienda*? Isso vai ter um preço.

Don Tomás viajou recentemente para conseguir fundos muito necessários. Ele foi se encontrar com banqueiros e outros *hacendados* com o mesmo problema. Acima de tudo, precisam salvar a próxima colheita. Quando voltar de sua longa viagem à capital, ele vai querer saber por que um de seus preciosos escravizados apanhou a ponto de ficar inútil, e é melhor Romero, ainda pagando pela última vez que abusou de um trabalhador, ter um bom motivo. Como a maioria dos capatazes, Romero é um valentão que não arriscaria a própria pele enfrentando seu *patrón*. O que aconteceu ali? O que o fez pensar que poderia se safar com isso tão cedo depois de seu último conflito com Don Tomás?

Quantas vezes Simón tinha sido mandado para a floresta para colher, em busca de juncos e ráfia, folhas de palmeira e outras plantas para projetos da fazenda? Seus movimentos nunca tinham sido questionados. Romero estava patrulhando por aí em vez de seus homens? Se sim, o que o levou a sair nessa noite em particular? Por que estava levando um chicote em vez de um rifle, uma arma mais apropriada para a patrulha? Estava atrás de Simón ou de outra pessoa?

Rufina continua trabalhando seus pensamentos insistentes até ter polido a ideia em brasa numa imagem nítida: o olhar sempre malicioso de Romero para Pola, sua hostilidade cada vez maior por ela continuar em Las Agujas. Rufina consegue ver as mãos dele se transformando em garras de frustração. Ela até o ouviu reclamando para seus homens. Essa aí deveria ter sido mandada para os campos sob o controle dele. Ele teria lhe dado uma lição sobre obediência, cuidado para que sua pele negra ficasse ainda mais negra, borbulhando sob o sol quente. Ele teria tirado o ar de rebeldia dela com um soco, a teria deixado de joelhos, de joelhos! Rufina sabe que ele só manteve distância porque ela é uma das mulheres da colina, uma das mulheres de Doña Filo. Depois de todos esses anos, não tem nada que ele queira mais do que mandá-la se juntar aos trabalhadores dos campos, onde ele sente que ela deveria estar desde o início.

Avisada, Pola sempre foi especialmente cuidadosa perto dele, nunca lhe deu a chance de a encontrar em uma posição comprometedora, evitou ficar sozinha com ele. Romero poderia estar esperando por ela em vez de Simón? Mas por quê? Por que na noite passada? Por que ele teria pensado que ela estava lá fora?

De repente, a imagem de Celestina se cristaliza na mente dela, clara como água. Claro! Agora Rufina sabe por que a albina estava tão nervosa ao sair da casa de Romero algumas noites atrás. Celestina, a cobra branca, e Romero, o mulato selvagem, ambos odeiam Pola. Quanto mais Rufina pensa nisso, mais claro fica. Os olhos dela se apertam até virarem fendas. Não era Simón, mas ela, Pola, que eles queriam pegar. Isso teria mandado Pola para os campos, onde Romero teria mais controle sobre ela e menos supervisão do *patrón*.

Lenta, muito lentamente, Rufina move o maxilar e por fim manda uma gota de cuspe para o chão. Ela se deita de novo, mas desta vez não dorme. Em vez disso, pensa, considera e reconsidera o melhor plano de ação, seus olhos pretos brilhando na escuridão.

Quando a primeira luz ilumina o céu da manhã, Rufina decidiu exatamente o que vai fazer.

La curandera pega a cesta e as luvas, veste o chapéu e sai para colher as ervas do dia. Ela escolhe o avental com os bolsos mais fundos e cuida de levar um conjunto separado de ferramentas de colheita. Então, segue para uma parte da floresta à qual poucos vão, buscando uma erva que a maioria evita. O passo dela é forte e determinado. A aba do chapéu oscila com seu andar duro pelo bosque.

*

Durante a semana, Pola fica dividida. Ela foi dispensada de suas tarefas em Las Agujas para ajudar Rufina a cuidar de Simón. Tratar as feridas dele a abriu para muitos pensamentos inesperados e impulsos imprevistos. Entender tudo isso é exaustivo e perturbador.

Mas, quando o trabalho de limpar e fazer curativos termina, a mente dela muitas vezes voa em outra direção, para a caverna no penhasco. Rufina disse a ela que a Cueva Cimarrón tem sido um esconderijo temporário seguro para fugitivos durante décadas. Depois de visitar ela mesma a caverna, Pola confia que é pouco provável que Chachita seja descoberta. O esconderijo quase não é detectável, mesmo se você sabe dele, e é quase totalmente inacessível. Entre os suprimentos deixados por Rufina e aqueles deixados por Pola e Simón, a menina tem o suficiente para passar semanas. Pola sabe que Chachita está se fortalecendo, e espera que o remédio de Rufina tenha começado a fazer efeito.

O que Pola mais deseja são aquelas horas de proximidade que compartilharam no lugar. Ainda consegue ver o sorriso largo, sentir os braços de Chachita a envolvendo e, mais tarde, o calor da menina aninhada em seu colo. Essas memórias a ajudam em suas tarefas diárias. A antecipação dessa proximidade mais uma vez terá que sustentá-la até ela poder voltar. Sem a ajuda de Simón, ela não tem como fazer isso. Vai levar algum tempo antes que isso possa acontecer. Pola tenta afastar esse pensamento, mantendo as mãos ocupadas. Mas ele dorme no fundo da sua mente.

Todo dia, Doña Filo supervisiona a restauração de Las Agujas. A *hacienda* ainda está se recuperando da tempestade. Agora que os trabalhadores todos voltaram às suas tarefas de sempre, *la patrona* decidiu que Las Agujas precisa ser modernizada. Alguns dos homens foram designados para expandir a construção em si. Os planos pedem um depósito maior e mais seguro. As mulheres passam dias reorganizando a sala de trabalho e levando tecidos e ferramentas de volta para a cabana. Novos tecidos precisam ser comprados para substituir a mercadoria perdida. Projetos interrompidos precisam ser terminados. Pedidos atrasados devem ser entregues. Vestimentas arruinadas pela água e o mofo precisam ser substituídas. Pola recebe tarefas que a mantêm fora da cabana de Rufina pela maior parte do dia. Ela pensa em Simón com mais calma, sabendo que ele começou a responder ao tratamento. Mas Chachita também nunca deixa seus pensamentos.

Romero e seus homens estão hipervigilantes depois do incidente com Simón. Suas sombras, figuras maciças com os longos canos dos rifles à frente, são vistas quando menos se espera — rastejando em volta da parede da cozinha, pairando atrás de Las Agujas, atrás de portas de latrina, andando de um lado para o outro na frente de *chozas*. Na *hacienda*, os guardas estão nervosos. Nos bosques, os milicianos continuam vagando, famintos, pelas árvores.

Pola tenta se ater ao lado positivo enquanto segue com suas tarefas. A menina não sobreviveu sozinha nos bosques por todos esses anos? A caverna lhe dá ainda mais proteção. *Chachita está segura, ela está segura, ela está segura* é o canto sussurrado de Pola, seu refrão e sua prece. Ainda assim, ela sabe que o unguento que Rufina preparou não é uma cura. A audição da menina se deteriorou notavelmente desde que elas se conheceram. Vai saber o quanto ela ainda escuta. Os caçadores de escravizados podem estar bem ao lado, e ela não os ouviria chegar. Quanto mais Pola pensa em tudo que pode dar errado, mais desesperada ela fica. Em seu nervosismo, fica de olho na gente do *batey* e em qualquer movimento do bosque.

Nada escapa à atenção de Tía Josefa. Ela vê por trás do exterior calmo de Pola até sua ansiedade borbulhante. Ela, Pastora e Rufina agem tentando proteger Pola de seus próprios impulsos inconsequentes quando se trata de Chachita. Rufina mantém Pola ocupada com Simón, confiando o cuidado dele cada vez mais a ela, enquanto cuida de suas outras responsabilidades. Pastora tem ainda mais tarefas para Pola na cozinha. Mas as velhas sabem que não poderão impedir Pola de voltar para a menina, e logo.

Depois de duas semanas, as tensões relaxam um pouco em Las Mercedes. Nesse domingo, os animais são guardados, e os capatazes já estão em sua segunda garrafa de *cañita*. A maior parte das pessoas da *hacienda*, negros e *blancos*, estão na missa. A tarde é quente, e os poucos homens que restam na plantação estão sonolentos.

Pola esperou o máximo que pôde e está prestes a agir, quando Tía Josefa passa e resmunga:

— Não é a hora. — Os olhos de Tía Josefa são um aviso, e um movimento quase imperceptível de cabeça indica os galhos lá em cima. Lá, escondidas entre as folhas escuras da mangueira, estão as pernas de um homem e o contorno escuro de sua arma.

O incidente deixa Pola tonta pela proximidade do perigo iminente. Ela se vira e segue Tía Josefa de volta para a segurança de Las Agujas. Sua frustração e angústia finalmente quebram a postura dissimuladamente calma. Tía a abraça até os soluços pararem, e as duas mais uma vez se encolhem por trás de suas máscaras impassíveis sem qualquer comentário.

Nessa mesma tarde, Pola é mandada para ajudar com a refeição da noite. A cozinha está abafada, e Pastora foi até a casa-grande consultar Doña Filo. Pola aproveita a oportunidade para se sentar nos fundos e tomar um ar. Mais uma vez, os pensamentos voltam para Chachita. A fumaça do tabaco de Rufina chega a Pola antes mesmo de *la curandera*. Então, a velha se senta ao lado dela.

Ela começa sem preâmbulos.

— Paciência, Pola. Sei onde seu coração está. Simón não vai ajudar dessa vez. Mas, quando for seguro, eu te levo.

Pola a encara, pensando que a mulher deve ter ficado louca. Ela própria precisou ser puxada até lá. O valor do lugar está em sua inacessibilidade. Como Rufina poderia chegar lá?

— Não me olha assim, com esses olhos tortos. Eu velha, mas não morta. Como você acha que cheguei lá da última vez? Muitas estradas para a liberdade. Nenhuma segura. Então, cada um de nós sabe um caminho, dependendo da necessidade e força. Ninguém sabe o mesmo caminho. Se um capturado, outro seguro. Simón tem o jeito dele. Eu tenho o meu. Mas não é fácil. Se prepara.

— Mas... eu achei que você tinha dito que não podia... que só Simón...

— Lá vem Pastora. Hora de voltar ao trabalho. — Rufina se levanta e começa a ir embora, então se vira. — Confia em mim. — E então desaparece.

As perguntas de Pola morrem em sua língua, mas sua mente está um furacão.

*

Celestina se senta diante do espelho e o encara horrorizada. Ela toca os tufos pálidos — tudo que restou de sua antes bela juba branca. Faz semanas já. De início, notou algumas mechas caindo aqui e ali. Há mais ou menos uma semana, seções inteiras de cabelo começaram a sair toda vez que ela se penteava. Mechas ficavam no travesseiro como ervas mortas. Ela conseguiu disfarçar colando os pedaços mais longos em seu lenço de cabeça. Mas logo isso não será suficiente, e sua calvície ficará evidente. Ela não consegue descobrir o que causou a perda de cabelo.

Pior ainda é a mudança na pele. Outra noite mesmo, ela colocou a lanterna em uma prateleira alta e tirou as roupas até ficar só de *enagua*. Examinou seu colo exposto e encontrou pequenos pontinhos pretos que haviam crescido até ficarem grandes e encrostados. Começaram no peito e então subiram pelo pescoço e desceram pela cintura. Eles estavam crescendo e se fundindo tão rápido, que parecia que a pele dela estava lentamente ficando preta. Nesse ritmo, em algumas semanas todo o corpo dela ficaria preto como piche.

A maior parte dos negros iria imediatamente até Rufina em busca de algum remédio para essa condição. Mas Celestina é orgulhosa demais para revelar sua fraqueza para aquela bruxa. Ela prefere sofrer em silêncio do que arriscar o riso dos negros e o desdém dos brancos.

Ela começa a abotoar as blusas até o pescoço. As mangas também ficam bem abotoadas, para que a mancha não apareça em seus pulsos. Ela fica do lado de dentro, dando ordens, quase nunca saindo da segurança de um quarto fechado. Tenta ficar fora de vista até a noite, mas, é claro, ela pode ser chamada a qualquer momento por *la patrona*. Logo ela terá que encarar sua senhora e explicar a mudança em sua aparência.

Esse momento chega mais rápido do que Celestina havia antecipado.

Doña Gertrudis e sua filha, Dulce, chegam inesperadamente no final de uma manhã, muito mais cedo do que o normal para os convidados da família. É uma quebra de decoro, mas essas mulheres são clientes valiosas, e a boa vontade delas traz muitos pedidos. Doña Filo, irritada, mas sempre graciosa, recebe a mulher e a filha do general com um sorriso.

— Celestina. — Querendo fazer seu melhor, *la patrona* chama a governanta. Uma criada normal não serve.

Enquanto se acomodam em seus lugares, Doña Filo e as convidadas falam amenidades. Nada de Celestina.

— Onde está essa mulher? Celestina! — A senhora não gosta de ter que se repetir.

— *Señora*? — Celestina chama da sala de jantar.

Doña Filo cora até um vermelho profundo, perguntando-se o que deu nessa mulher. Mas não é hora de lavar a roupa suja.

— *Ven aquí, ahora mismo.* — Ela está irritada por ter que erguer a voz para ser servida em sua própria casa.

— Diga, señora.

Doña Filomena ergue os olhos e dá de cara com a jovem Serafina fazendo uma mesura e aguardando ordens. La Señora tenta esconder a irritação com Celestina, que mandou essa menina pouco confiável, quando sua senhora claramente chamou ela mesma.

Doña Filo sorri para as convidadas e se concentra na conversa, mas espuma por dentro. *Maldita*. Ultimamente, sua governanta anda impossível. E não pela primeira vez, Doña Filomena se pergunta se Celestina causa mais problemas do que vale a pena. Contendo a ira, ela dá a ordem a Serafina.

— Traga café e um pouco daquele bolo maravilhoso que Pastora assou de manhã. E diga a Celestina que eu quero que *ela* sirva. — Ela leva as convidadas até uma parte mais sombreada da varanda, acrescentando: — Está quente esta tarde. Diga a ela que comeremos nosso bolo com café aqui. E peça que traga limonada também.

A criada faz uma mesura e desaparece para os fundos da casa.

Celestina aparece um tempo depois com Serafina a reboque. Empurrando a jovem criada na frente, ela cuida de ficar fora da luz direta.

— *Señora*, o café já vem.

Doña Filo respira fundo e cruza deliberadamente as mãos sobre o colo.

— Celestina, eu disse que queria que *você* servisse, e eu não quero ter que dizer de novo. — *La patrona* fala com suavidade, mas Celestina a conhece bem o suficiente para saber que terá de pagar mais tarde.

Doña Gertrudis não segura a língua.

— Ela é sempre tão teimosa, sua negra chefe? Eu não toleraria isso em minha casa. Você precisa impor sua vontade e deixar claro que esta é a *sua* casa. Minhas negras nunca ousariam... Mas é tudo questão de bom treinamento. — Ela oferece um sorriso condescendente que é um golpe disfarçado. E *la patrona* não deixa de notar.

Doña Filo arruma os pequenos fios de cabelo que saíram do lugar em sua nuca e sorri para as convidadas.

— Eu tenho certeza de que sua casa é impecável, Gertrudis. É por isso que você tem tempo de fazer uma visita tão inesperada.

Por sorte, ela escuta Celestina se aproximando.

— Ah, sim. Aqui estamos. Tenho certeza de que vão gostar do bolo. Pastora comanda a melhor cozinha do condado, como vocês sabem. E você *sabia* que ela veio para nós da cozinha do governador, não sabia?

Celestina carrega uma bandeja pesada e está prestes a colocá-la sobre a mesa quando um raio de sol ilumina seu rosto. Para evitar a luz reveladora, ela recua e perde o equilíbrio. Três xícaras de porcelana fina e um bule de café deslizam para fora da bandeja de prata, caindo aos pés de Doña Gertrudis. Uma Celestina atordoada corre para limpar a bagunça, mas em vez disso vira o prato de bolo, que também cai sobre o piso de mármore. Tarde demais, as senhoras se levantam, virando suas cadeiras. Em apenas alguns momentos, Celestina conseguiu cobrir as saias das visitas com manchas de café quente, bolo e chantilly.

Pedaços de vidro, ilhas de bolo e rios de café sujam o piso polido. Doña Filo e suas convidadas não conseguem escapar do fiasco diante delas. Enquanto correm para limpar a sujeira dos vestidos arruinados, xingamentos pouco educados escapam de seus lábios. Lágrimas rolam pelo rosto de Dulce quando um pedaço de porcelana inglesa fura sua fina sapatilha e se enfia em seu pé, e manchas de sangue encharcam os sapatos brancos. A saia de Doña Gertrudis está coberta do mais fino *crème fraîche*, e café quente pinga da frente da saia. Doña Filomena observa horrorizada a tarde tranquila explodir em uma dança de confusão. As três mulheres brancas furiosas e uma governanta humilhada se colocam de lado, enquanto meia dúzia de criadas vem correndo com toalhas úmidas, vassouras e pás, o que só aumenta o caos.

Exasperadas, as convidadas pegam suas sombrinhas, sem esperar uma explicação. Doña Filo tenta acalmar as damas. Incapaz de impedi-las de irem embora, ela faz um convite para o final da semana, enquanto as duas mulheres correm para a carruagem, sem prometer voltar. Doña Filomena fica parada na varanda, cercada por detritos importados e doces arruinados. Ela sabe que o incidente será o assunto do condado durante semanas.

Com raiva, ela se vira para Celestina.

— *¿Qué carajo te entró a ti*? — As outras criadas se concentram em limpar, mas não tão rápido que percam o que vai acontecer. Elas acham que já é hora de Celestina levar uma bronca, e se esforçam para ouvir cada palavra da reprimenda.

Celestina olha em volta, buscando uma rota de fuga, mas, quando tenta escapar, sua senhora a agarra pelo cabelo. Tudo congela. As criadas olham boquiabertas, e Doña Filo fica em choque, segurando um lenço e um punhado de cabelo, enquanto Celestina, sua calvície exposta, tenta desesperadamente cobrir os tufos de cabelo que restam em sua cabeça. Ela corre para a porta da frente, mas a senhora não vai aceitar isso.

— Ah, não! *Ven para acá*. Você não vai a lugar nenhum até eu ter uma explicação. Que raios está acontecendo aqui?

— Sinto muito, *mi señora*. Eu só... eu não... eu... eu...

— Venha aqui. Eu quero dar uma boa olhada em você. — *La patrona* arrasta Celestina até o balaústre da varanda, onde o sol bate mais forte. Ela mal consegue acreditar no que vê. Além da cabeça calva, na disputa entre elas alguns botões da blusa de Celestina se abriram, expondo seu pescoço malhado.

— *¿Pero qué carajo...*? — Esquecendo-se da careca por um momento, Doña Filo olha para as manchas pretas que sobem pelo pescoço de Celestina. — O que é isso?

Celestina se esforça para se cobrir, mas não há como esconder a pele por baixo do tecido rasgado.

— Nada, não é nada.

— Nada? *¿Cómo que nada*? Espere um minuto. Eu vou entender isso direitinho. — Ela corre até Celestina, agarra a blusa e arranca o que sobrou do tecido, desnudando o peito dela. Os seios da mulher são um campo de manchas marrons e pretas que se sobrepõem e se espalham até o pescoço e descem pela cintura.

Doña Filo dá um salto para trás como se tivesse sido escaldada. A raiva pela porcelana quebrada é esquecida. Sua repulsa com a aparência de Celestina se estampa com clareza em seu rosto.

— Doña Filo, me deixe explicar. — Freneticamente, Celestina tenta minimizar o dano.

Mas a senhora de Las Mercedes está atônita, encarando o corpo manchado diante de si. Leva um minuto para que absorva tudo e então ela explode.

— O que tem para explicar? — Ela ergue a mão, prestes a dar um tapa na mulher, mas pensa melhor. Ela recua em vez disso, afastando-se com nojo. — Olhe para você! Você trouxe alguma doença vil para dentro da minha casa? Expôs todos nós a... a... o quê? O que é *isso*?

— *No*, señora. Não entenda mal. Eu não estou doente. Não há nada de errado com... — A esta altura, Celestina está chorando abertamente, implorando para ser ouvida.

— Não me espanta você estar agindo tão estranho. Você estava se escondendo, guardando seu segredinho, não é? Como ousa?!

Ela se vira para as outras criadas.

— Vocês todas sabiam disso? — Ela aponta para a Celestina humilhada. — Eu sou a única tonta que não sabe o que acontece em sua própria casa?

As criadas sacodem as cabeças vigorosamente, negando, e se afastam, não querendo ser associadas a Celestina e sua condição misteriosa.

Com raiva, *la patrona* finalmente empurra Celestina com tanta força que quase a joga para fora da varanda. Ela então afasta as outras criadas e entra irada pela porta da frente da casa.

— Saiam do meu caminho, todas vocês.

Uma jovem criada tenta acalmá-la, mas não há como apaziguar a senhora. Doña Filo se afasta delas, usando as mãos como escudo.

— Fiquem longe de mim. Quem sabe quantas de vocês estão infectadas com... com o que quer que isso seja... e escondendo?

Logo antes de passar pela porta, ela se vira para Celestina.

— E você, eu te quero fora, longe. Eu nunca mais quero ver sua cara de novo. Vá para as *chozas* até decidirmos o que fazer com você. Uma coisa é certa, você nunca mais vai pisar nesta casa de novo. É absurdo, criminoso, você ter colocado todos nós em perigo. Saia, saia. ¡*Lárgate*! Saia!

Tía Josefa e Rufina estão agachadas logo atrás do *balcón*, escutando a comoção lá em cima. Elas olham uma para a outra e sorriem, cúmplices. As duas mulheres dão as costas para a casa-grande, enlaçam os braços e caminham lentamente colina abaixo, até a cabana de *la curandera*. Esse escorpião branco em forma de mulher não é mais uma ameaça à Polita delas. Elas nunca mais vão precisar se preocupar com Celestina.

*

— Me escuta. Não importa o quanto você quer, não ficamos muito. Só pra ver ela bem e deixar mais comida. Os homens vão pra cidade, mas voltam antes de *la patrona* retornar da missa. Nós precisamos voltar antes deles chegarem. Militares ainda por aí. Precisamos ser rápidas e silenciosas. — Rufina continua a estabelecer as regras. — Eu confio em você como você confia em mim. Nunca vá até lá sozinha. Nunca mostre o caminho pra ninguém. Entendeu? Sua memória se torna um túmulo; e sua língua morta. Talvez muitas vidas dependem disso. Concorda?

— Claro. — A resposta de Pola veio rápido demais, sem a consideração devida. Rufina para e se vira para Pola, olhos velhos perfurando os mais jovens.

— Não é uma promessa fácil de fazer. Você jura? Vidas de negros dependem dessa promessa.

Pola estuda o rosto de Rufina e devolve o olhar com igual intensidade.

— Eu juro.

*

Assim que o último vagão vai para o serviço de domingo, os dois capatazes desconjuntados montam suas selas e tomam outra rota, para uma parte diferente da cidade. Imediatamente, Rufina e Pola se esgueiram para o bosque.

Parece levar muito tempo para chegar ao local, muito mais do que quando Pola seguiu Simón. A rota é tortuosa e serpenteia por arbustos muito mais densos, mas elas uma hora começam a subir. A elevação certamente não é tão íngreme, mas os arbustos deixam o caminho lento e difícil. As saias se prendem na vegetação baixa, e trepadeiras tornam o progresso perigoso e árduo. Enquanto sobem, elas precisam parar para recuperar o fôlego com frequência. Pola começa a se perguntar se tem forças para chegar ao fim. Mas, de repente, a vegetação se abre um pouco, e então lá estão elas, nos últimos passos antes da plataforma de pedra. Pola olha para baixo e fica tonta imediatamente.

Rufina a afasta da beira.

— Sem tempo a perder.

Como Simón fez o trabalho de limpar a entrada, as mulheres conseguem entrar rápido. A caverna está escura e úmida. Pola tenta visualizar o espaço como estava da última vez que ela esteve ali. Ela chama suavemente. Sua voz volta, mas nenhuma resposta. Ela se lembra da mesa ao lado da cama junto da parede direita. Então deixa que suas mãos a guiem, tomando cuidado para não esbarrar em nada e talvez assustar a menina. Quem sabe ela esteja dormindo. Pola desliza os pés para a frente devagar, seguindo a curva áspera da parede. Então, busca com cuidado a cama, esperando encontrar Chachita descansando ali. Mas a cama está vazia. Talvez a menina esteja tomando cuidado.

Ela se lembra da lanterna na mesa. Estendendo seus dedos feridos, tateia até encontrar a forma distinta do vidro. Sente os fósforos com cuidado. Riscando um, acende o pavio, e uma luz tênue revela os detalhes da caverna. Pola pisca até seus olhos se ajustarem à luz repentina.

À sua volta estão os restos da caverna de que ela se lembra. Móveis foram esmagados até serem só destroços. As roupas de cama que cobriam Chachita durante a última visita de Pola estão meio em cima e meio fora da cama. A comida deixada para trás agora está amassada no chão de madeira.

O chão conta a história: muitas pegadas de bota em formato de crescente e então dois sulcos paralelos de terra revirada levam para fora da caverna. Alguém que lutou furiosamente foi finalmente arrastado para fora desse lugar com grande força. Pior, uma trilha de sangue acompanha as linhas duplas perto da boca da caverna.

Pola pega e agarra a roupa de cama revirada. Não há calor humano nelas. Ela olha em volta de novo, afastando a ideia que já toma forma em sua mente. Ainda atordoada, vê um brilho metálico perto de seu pé e se abaixa para pegá-lo. É um *real* novo e brilhante. Não viu muitos desses, mas sabe o que é. Pola encara a moeda de prata por um momento antes que seu significado, neste lugar e neste momento, a alcance. E então não há dúvidas: Chachita se foi.

A certeza de que sua menina foi capturada enche Pola de uma agonia insuportável. Em um instante, imagens de tortura e degradação e até mesmo morte enchem sua cabeça, moendo seu coração sem piedade. Seus joelhos cedem, e ela cai no chão. O medo que ela manteve controlado durante semanas agora cresce até um lamento cortante que começa no fundo dela e irrompe para fora, ricocheteando contra as paredes de pedra. Os ecos enchem a caverna com onda após onda de angústia verbal. São os gritos de todo um continente de mulheres que lamentam suas filhas arrancadas delas — o pranto de um mundo de mulheres com braços abertos e úteros vazios, os gritos de "POR QUÊ?" coletivos e cortantes de todas as mães deixadas para trás.

Rufina se abaixa e pega a mulher devastada nos braços. Pola chora por Chachita e por aquela filha de muito tempo atrás que foi arrancada de seu seio, por todos os seus bebês, que agora se foram. Ela chora pela vida que poderia ter tido, por mais uma oportunidade arrancada dela, pelo fim de todas as possibilidades que ela não havia provado plenamente, mas ainda desejava. Sua tragédia é aumentada pelos ecos da caverna, criando um mundo de sofrimento no interior das paredes geladas. E ela ainda chora. Ela pranteia a menina pelo que sabe que a espera. Pensa em seus próprios anos de tortura, sua própria vida de brutalidade agonizante. Seu lamento, reverberando contra as paredes, cresce cada vez mais, até não haver mais espaço, finalmente irrompendo pela boca da caverna na direção das árvores. Frenéticos, pássaros deixam seus ninhos e desaparecem no céu.

Rufina a embala, sabendo que não há nada que possa dizer ou fazer para aliviar a dor de Pola. Derramando em silêncio suas próprias lágrimas, Rufina chora por Pola como Pola chora por Chachita, as duas mães de luto, sofrendo por suas filhas. No final, é o ardor na garganta que diminui o pranto até um soluçar, e de um soluçar até um choramingo, e desse choramingo até uma exaustão silenciosa.

Elas finalmente deixam a caverna, Rufina guiando uma Pola inconsolável de volta para Las Agujas. Pola não fala. Só coloca um pé na frente do outro. Mal tem energia para se mover, nenhuma para resistir. Além disso, não há nada para mantê-la ali.

As carroças estão voltando da missa, onde os crentes são preenchidos e restaurados. A gente da fazenda está ocupada demais em voltar à vida para notar as duas mulheres caminhando com pernas rígidas para a cabana. Eles descem em grupos e seguem com suas atividades de domingo à tarde. Conversam, riem, discutem, brincam, reclamam, fofocam e vivem esses momentos ao máximo. Mas, para Pola, nada nunca mais vai aliviar o peso do que ela perdeu. Rufina a coloca em sua cama e é ali que Pola fica, ignorando a vida ao seu redor.

*

Na casa-grande, Doña Filomena encara Celestina resoluta.

— Eu decidi, e é isso.

Celestina cai de joelhos implorando.

— *No*, por favor, *señora*. Por favor. Eu trabalhei aqui quase minha vida inteira. *Tenga compasión*.

— Você vai para Puerta de Tierra hoje mesmo.

— Não, por favor. — Medo e pânico tomam conta dela, e Celestina rasteja aos pés de sua senhora.

Doña Filo dá um salto para trás.

— ¡*No me toques*! Quantas vezes eu te disse para não tocar em mim nem em mais ninguém? É exatamente por isso que você precisa ir. Já está tudo arranjado, e estão esperando sua chegada.

Celestina recua imediatamente.

— Me desculpe, me desculpe. — Ela trabalha para se controlar. — Mas, *señora*, a casa dos leprosos? Eu garanto que não estou doente. Como posso provar...?

— Não se dê ao trabalho. Eu já decidi. Você está sendo mandada para lá não como paciente, mas como enfermeira. Você vai ajudar as irmãs que cuidam dos doentes lá.

— Mas é uma sentença de morte. Eu nunca vou sair de lá. E mesmo que eu saia, ninguém vai chegar perto de mim.

— Você deveria ter pensado nisso antes.

— Mas...

— ¡*Ya*! Chega dessa bobagem! Você vai aonde eu mando. Você vai trabalhar o resto da vida naquele lugar. Outros dariam outra solução para uma escravizada doente e provavelmente contagiosa. Agradeça por eu ser uma boa mulher cristã. Mas minha fé não exige que eu mantenha uma leprosa sob meu teto. — Ela se vira e vai embora, dizendo por cima do ombro: — Alguém arrume as coisas dela. Eu não quero que fique nada dela para trás. E garantam que ela vá na próxima carroça para a cidade.

— *Sí, señora.*

Celestina é amarrada para evitar que salte para fora da carreta e quebre o pescoço. Ela se senta virada para os fundos, os braços acorrentados aos painéis laterais da carroça. Com o chapéu caído, o rosto malhado e a cabeça careca assam até ficarem vermelhos sob o sol do meio-dia.

Celestina, a mulher que se alimentou de sua própria arrogância, agora está amarrada e uivando como um animal, enquanto observa o mundo que conheceu durante toda a vida se tornar pó. Seus guinchos enchem o *batey*. A carreta que trouxe seu corpo de criança acorrentado quarenta anos atrás agora a leva pelo mesmo caminho.

23. REVELAÇÕES

Hacienda Las Mercedes,
Carolina, Porto Rico, setembro de 1854

Pola só se lembra de fragmentos de como e quando voltou para Las Agujas. Mulheres gritando, uivando... não... uma mulher, uma voz, sua voz, ficando rouca, baixa... várias vezes... alguém puxando... pequenos rostos... pedra fria arranhando suas mãos até a carne... o sol... *palmillas* ardentes cortando seu rosto... pedaços de um cabelo vermelho lanoso... folhas de *helecho* atacando seu corpo... flores vermelhas de *maga* cobrindo o chão, suas lágrimas aos pés dela... o vislumbre de um sorriso... batidas de bambu, afiadas, perfurando o céu... ou talvez esfaqueando o peito dela... pele marrom-cobre, suave... alguém puxando, puxando, puxando... vozes de mulheres de novo, não a dela, cantando, cantando... braços que a envolvem, corpos quentes... batida, batida, corações batendo.

Agora ela olha para baixo e vê os cortes e hematomas em seus braços. Ela vê suas unhas roídas, seus pés marcados de vermelho e inchados. Ela vê tudo. Mas agora não sente nada do mundo.

*

Quando ela e Rufina voltam da caverna, Pola constrói um mundo de silêncio e puxa Chachita para esse mundo com ela. No novo mundo de Pola, nunca é preciso dizer nada ou desejar nada além da presença da garota. Ela se recusa a perder uma menininha de novo. E, então, ela não perde. O mundo exterior gira fora de seu controle, mas aqui, neste mundo, não há nada além de sua menina e o amor dela. Neste mundo, as orelhas de Chachita estão curadas, e ela é ágil e saudável. Ela pode correr e rir, e a gagueira se foi. Não, algo não está certo. Neste mundo, Chachita fica sentada em silêncio, imóvel, e não diz nada e não faz nada. Ela só está presente. E isso é suficiente para Pola.

*

Pola tem uma fraca memória de Tía Josefa sentada em sua cama. A velha fala como se elas estivessem em uma conversa esse tempo todo.

— Eu me lembro de quando você se enfiou no meu luto e se recusou a me deixar afundar nele. Agora é minha vez de retribuir sua bondade. Eu estarei aqui quando você precisar de mim, quando você conseguir abrir um espaço para me deixar entrar. — Com isso, ela desliza de volta para o silêncio do escuro, o brilho redondo de seu cachimbo como a única evidência de que ela está velando o luto de Pola.

*

A escuridão se fecha sobre o quarto, e os meninos, que ninguém mais vê, voltam com ela. Um se senta ao lado da cabeça dela e o outro aos seus pés. Eles ficam sentados imóveis, virando seus olhos úmidos para ela, e seguram as lágrimas. Ela sabe que eles não vão embora. Ela fecha os olhos, sabendo que ficarão de guarda enquanto ela dorme. A presença deles a reconforta.

*

Rufina sobe com dificuldade a colina para visitá-la. Ela leva consigo *té de tilo* e *manzanilla* para ajudar Pola a ter um sono mais tranquilo. Pola gosta do mundo silencioso que habita com Chachita, mas aceita as ofertas com relutância, porque é mais fácil fazer isso do que protestar.

La curandera se senta na beira da cama dela e espera até que Pola termine o café da manhã. Ela recolhe as *ditas* vazias e está prestes a sair, quando para e se volta para o quarto. Coloca as coisas de lado, pega Pola nos braços. Pola enrijece, mas Rufina é implacável enquanto a embala ritmadamente. Pola fica surpresa por permitir o movimento. Ela fecha os olhos e se deixa ser ninada por alguns momentos. Faz tanto tempo que ela não deixa as coisas acontecerem.

Ficam sentadas assim até Pola encontrar forças suficientes para se sentar sozinha. Rufina sorri para ela e limpa a umidade de suas bochechas enrugadas. Antes de ir embora, a velha dá a Pola o único conselho que pode oferecer.

— Nós te ajudamos a carregar esse fardo pesado. Você só precisa nos deixar entrar. Uma vez eu curei seu corpo, mas agora só você pode curar sua alma. Nós ajudamos, mas tudo começa e termina com você. — Rufina se abaixa para beijar a testa de Pola, selando o momento. Pola não se lembra da última vez que alguém a beijou. — *Que Dios te bendiga.* — Com essa bênção, Rufina deixa o quarto.

*

Os lábios de Tía Josefa se movem e seu corpo se afunda em pequenas mesuras repetitivas, enquanto ela sussurra preces para o ar. Rufina e Pastora murmuram litanias para acompanhar as palavras de Tía Josefa. Elas compõem um chamado ancestral, testemunhando, esperando até que Pola esteja pronta para deixá-las entrar. Mas Pola parece estar além de qualquer consolo. Então elas rezam em línguas há muito esquecidas, desde um lugar que elas carregam no corpo, ainda que não na memória. Elas não sabem o significado, só a intenção de suas palavras. Isso leva horas. Suas vozes ficam roucas e cruas, mas seus cantos finalmente acalmam e sedam o suficiente para permitir o sono. Pola se deita, fecha seus olhos e abandona o mundo.

O trio de mulheres para de cantar. Tendo visto as muitas faces do luto e respeitado todas, elas a deixam encontrar sua maneira de sentir. Vai levar tempo antes dela poder encarar a perda de frente. Enquanto isso, elas testemunham e sustentam. Não há nada mais a ser feito por enquanto. As sombras delas se movem em volta da cama, enquanto tentam pegar a lanterna, e todas deixam Pola descansar.

*

No meio-sono do crepúsculo, eles esperam por ela, os meninos de espírito. Ela tinha se acostumado a sua presença súbita e passageira em sua vida, mas agora eles vêm e ficam. Às vezes, eles se enroscam ao lado da cama. Outras, deitam-se um de cada lado dela, aninhando-a entre os dois corpinhos. De vez em quando se penduram na janela ou espiam de dentro do armário. Mas sempre, sempre, seus olhos enormes estão nela, assistindo e esperando. Eles não pedem nada dela, honrando o mundo silencioso de sua escolha. Ela não tem nada a dizer, mas aprecia a companhia. Eles também não têm nada a dizer. E isso em si já é um conforto.

*

Conforme os dias passam e o mundo lá fora se intromete cada vez mais, Chachita fica cada vez menor; e Pola, mais sozinha em seu mundo de silêncio. De início, ela quase não nota. A cadeira que a menina ocupa parece crescer em volta dela. Seus contornos ficam menos definidos, sua pele menos etérea. Ela começa a desbotar, perdendo cor. E então, um dia, Chachita só desaparece. Pola procura por toda parte e não consegue encontrá-la. E assim ela sabe que a menina está realmente morta.

Então Pola deixa que as mulheres façam o que quiserem com seu corpo. Está cansada demais para brigar. Bem quando tinha começado a acreditar que poderia haver outra chance, ela perdeu outra menina. O buraco onde seu coração costumava ficar se tornou uma companhia constante. Ela tenta mergulhar nesse vazio, para escapar da dor.

*

Todas as pessoas escravizadas conhecem a dor e a perda, mas, não importa a intensidade da dor, nenhuma delas recebe tempo para seu luto. Tía Josefa observa Pola e pensa que nesse caso a insensibilidade é algo bom. Talvez mãos ocupadas impeçam que ela se feche totalmente. As costureiras veem que Pola está quebrada, embora não saibam por quê. Vivendo tão próximas umas das outras, as mulheres guardam espaços especiais no coração para segredos queridos demais para serem compartilhados. E, portanto, elas lhe dão uma brecha, desviando dela silenciosamente e honrando seu desespero, enquanto ela é forçada a se mover em seu meio.

Quanto a Pola, ela perde a noção do tempo. Faz seu trabalho em Las Agujas. Ergue e carrega e entrega tecidos onde são necessários. Responde quando falam com ela, obedece comandos e segue com seus dias como sempre fez. Por fora, funciona como sempre, mas nada penetra sua concha externa. Ela se recolhe em si mesma sempre que há uma pausa ou quando pode se retirar de uma atividade. Funciona no mundo do corpo, mas vive no mundo da cabeça e do coração, um tipo de existência suspensa e atemporal na qual ela trabalha e retrabalha suas emoções como faria com um grande emaranhado de linhas — às vezes puxando, torcendo e amarrando, outras vezes soltando e desamarrando, tentando dar sentido ao mundo que ela não entende. As memórias ruins a devoram. A imaginação cria cenas de tortura e morte. Ela faz tudo que pode para não gritar.

*

Um dia, Pola deixa de aparecer na mesa de trabalho. As mulheres ficam sentadas esperando pelos materiais necessários para suas tarefas. Pola não está em lugar nenhum. Tía Josefa não quer saber disso. Se ela a deixar faltar um dia, ela pode nunca voltar. A velha vai até a cama de Pola.

— Eu sei que está acordada e não ligo que você queira que eu te deixe em paz. Você pode enganar as outras, mas não a mim. Eu não vou deixar você se fechar em tristeza. O luto é implacável. Ele vai te comer por dentro e deixar uma carcaça que não ajuda ninguém, nem você mesma. Conheci isso mais de uma vez, e isto eu sei: ele vai te seduzir, te puxar para a escuridão e comer sua alma até não sobrar nada.

— Eu dormi demais. Me desculpe. Vou sair em um minuto. — Pola articula as palavras, mas a verdade é que ela não sabe se consegue encarar mais um dia. Ela puxa as pernas para o lado e começa a se erguer da cama.

Tía Josefa a segura e se senta na cama dela.

— Hoje você vai trabalhar com Pastora. Espere. Eu não terminei. Eu vejo sua dor. Todas nós vemos. Todas nós já sentimos isso ou algo muito parecido na vida. É algo que vem quando você está mais vulnerável, quando não sobrou mais luta em você. Ceder a isso é fácil. É mais fácil não fazer nada, deixar isso tomar conta. Escute uma velha que viveu talvez tempo demais. Expresse o luto. Apenas libertando a dor você vai impedir que ela te mate. Deixe as lágrimas rolarem e a dor irromper da sua boca. Grite, arranque os cabelos, se precisar. Amaldiçoe os céus. Descarregue tudo e pelo tempo que quiser. Porque, sem isso, você não vai começar a cicatrizar e, se você não cicatrizar, você vai abrir mão da sua vida também. Lembre-se do tempo antes da dor, porque é ali que mora a cura. Encontre a alegria do antes e saiba que pode encontrá-la de novo. Não vai ser igual. A menina se foi, e isso sempre vai deixar uma dor no seu coração. Mas você tem um coração grande. E há muitos caminhos para a cura.

Pola ergue os olhos para essa velha mulher. As palavras dela são muito baixas e deliberadas.

— E se eu não quiser me curar?

— Então, *m'hija*, você entrou na cova com ela e você já está morta.

*

Sempre de poucas palavras, Pastora guarda seu conselho para si mesma. Ela aguenta a presença silenciosa de Pola. Conforme as semanas se passam, observa a mulher calada encolher em bochechas emaciadas e ombros emagrecidos.

Pastora não sabe muito de questões da alma, mas sabe como alimentar os outros. Em mais de uma ocasião, a cozinheira coloca um pedaço de algo especial para a *dita* de Pola. Ela dobra as porções quando vê as curvas de Pola desaparecerem. Mas comidas que deliciavam a mulher no passado não fazem nada agora. Ela perdeu o paladar. A *gandinga* bem temperada não tem mais sabor que arroz branco simples. Quem sai ganhando é Pepa, a cabra que se banqueteia com as iguarias que Pastora amorosamente desliza para o prato de Pola. Esta aceita a boa comida de Pastora e então a derrama no pote de Pepa assim que a cozinheira dá as costas. Para Pola, a cozinha é apenas um abrigo de companhia indesejada. Quando termina seu trabalho, ela se senta do lado de fora, de onde olha para os bosques, e ninguém pode vê-la se perdendo em seus próprios pensamentos.

*

A carruagem da família, seguida por duas carroças com trabalhadores da plantação, sai para a missa de domingo. Pola foi dispensada dos serviços de domingo há tanto tempo, que ninguém nota sua ausência mais. Ainda assim, ela cuida para ficar fora do alcance até todos terem deixado a área e o *batey* estar deserto. Sentada no banco atrás da cozinha, ela está tão perdida em seus pensamentos que não nota o que está acontecendo à sua volta até sentir uma sombra cair sobre seu colo, seguida de uma voz profunda.

— Então aqui está você.

Ela dá um salto, temendo que Romero ou algum outro capataz tenha descoberto seu refúgio. Mas não. Ali, a menos de um metro dela, está Simón, apoiando-se em muletas. As gotas de suor e a careta no rosto dele atestam o esforço que deve ter sido necessário para enfrentar a subida desde a cabana de Rufina. Suas pernas ainda estão enfaixadas, e é óbvio que ficar em pé requer um bom tanto de determinação.

Em sua angústia, Pola esqueceu totalmente seu paciente.

— Simón. O que você está fazendo aqui? Por que você...?

— Soube que você não está bem. Pensei em vir ver por mim mesmo.

Ela olha para as próprias mãos e não diz nada.

— Achei que talvez tivéssemos passado dessa fase de silêncio.

Mas a boca de Pola está colada pela emoção.

— Você cuidou do meu corpo quando ele estava quebrado. Agora talvez eu possa retribuir. Ouvi dizer que é seu coração que precisa de cura.

Ele se move na direção dela, mas uma das muletas se enrosca em uma raiz exposta, lançando-o para frente. Ele solta um grito alto e perde o equilíbrio.

Pola instintivamente estende os braços para amortecer a queda dele e acaba segurando seu torso. Os braços dele se movem com rapidez para evitar a queda e tentar aliviá-la de parte de seu peso. As pernas dele, porém, são um emaranhado de muletas quebradas e uma extremidade virada em um ângulo estranho. Por um momento, eles ficam imóveis, a queda repentina dele pegando-os de surpresa.

Quando se recupera, Simón tenta se endireitar, mas range os dentes e engole um gemido com o primeiro movimento. Seus olhos lacrimejam com o esforço de conter a dor.

Pola, presa sob o peso dele, morde o lábio inferior e examina a situação.

— Não se preocupe. Tenho uma ideia. Mas vou ter que te mexer um pouco. Desculpa, sei que dói, mas preciso me levantar para poder cuidar da sua perna.

Simón assente, preparando-se para o que está por vir. Depois do choque inicial, ele está recomposto e é forte o suficiente para se apoiar no banco, enquanto Pola desliza debaixo dele. O menor dos movimentos faz a dor subir por suas pernas, o que se reflete em seu rosto contorcido.

Uma vez livre do peso do homem, Pola se move para endireitar gentilmente cada uma das pernas dele, evitando o rosto, no qual a dor dos ajustes dela se torna plenamente visível. Finalmente o ajuda a se sentar, as costas apoiadas contra o banco. Espera que ele recupere o fôlego. Como ele pode ter chegado até ali nessas condições? Por quê? Como vai levá-lo para baixo de novo sem ajuda? Ela não quer nem pensar no que aconteceria se Romero os visse ali. Quando fica certa de que ele está o mais confortável possível, começa a examinar os danos. A perna direita dele não está muito ferida, mas a esquerda está inchando, e o osso está em um ângulo anormal. Gotas de sangue vazam pelo curativo. Seria melhor se ela conseguisse ir à cabana de Rufina pegar alguns bálsamos analgésicos fortes, mas *la curandera* se foi com os outros, e Pola reluta em se mover tão abertamente. Pelo menos aqui eles estão fora de vista e têm acesso à cozinha vazia. Ninguém nunca entra nos domínios de Pastora sem convite. Eles estarão seguros ali. Ela terá que improvisar. Pastora vai entender se sua cozinha se tornar uma enfermaria improvisada por algumas horas.

Ela corre para dentro da casa, sabendo bem que não há ninguém ali, e volta carregada com uma grande garrafa de rum e um punhado de tecidos e utensílios de cozinha. Então, entra de novo e volta com uma prancha firme, que joga no chão e posiciona em uma rampa por cima dos degraus.

Pola passa a garrafa para ele.

— Beba. Você vai precisar. — Ela o vê fazer uma careta ao engolir obedientemente uma boa golada da bebida.

Simón se enrijece de dor, mas concorda com a cabeça, sabendo bem o que serem pegos causará aos dois. A dor lhe tirou as palavras, então ele se recosta e a deixa fazer seu trabalho.

Pola apalpa a perna e faz ajustes rápidos, sem olhar para a agonia que está causando a esse homem gentil. Então ela posiciona quatro colheres longas em volta da perna quebrada e as amarra com firmeza, usando longas tiras de toalha de mesa seguidas por barbante. Gotas de suor brotam por todo o rosto de Simón. Ele morde os lábios até sangrarem, com o esforço de engolir a dor. Pola enfia um graveto bem enrolado por entre os lábios dele.

Ela limpa o rosto e se afasta, garantindo que ainda não foram vistos.

— Certo, preciso te levar para dentro. Estamos expostos demais aqui. São dois degraus, mas aí o chão estará limpo e liso. Quando entrarmos, eu vou conseguir te deslizar fácil. Essa vai ser a parte mais difícil. Quando eu começar, não tem como parar.

Outro aceno de cabeça.

Manobrar para levá-lo para dentro será uma tortura para ele, mas ela não tem escolha. Pola se posiciona atrás dele e desliza as mãos por baixo dos braços de Simón. Ele usa esses braços fortes para escorregar até a ponta da rampa de madeira. Pola usa toda a sua força para puxá-lo para cima e para dentro da porta da cozinha. Simón ajuda o máximo que pode, mas a dor é demais, e ele desmaia na metade da subida. Talvez seja melhor assim. Pola usa toda a sua força para puxar o peso morto dele pelo resto do caminho. Sentindo que seus braços serão arrancados dos ombros, ela consegue levá-lo para dentro da cozinha e fecha a porta. Faz um travesseiro com uma das toalhas de mesa de linho de Doña Filomena e a desliza por baixo da cabeça dele.

Quando termina, Pola toma um gole generoso de rum. Lava o rosto e as mãos e se senta ao lado de Simón, examinado a perna dele. Ela fez o melhor trabalho que podia, mas ele vai precisar de Rufina o mais rápido possível.

O homem ainda está inconsciente, mas sua respiração é forte e constante. Logo, ela sabe, ele pode ficar febril, mas por enquanto ela fez tudo que pôde. Ela fecha os olhos e deixa que o rum faça seu trabalho. Seus músculos relaxam, e ela saboreia o calor e a tensão que fluem para fora do corpo. Todas as partes dela se rendem a uma expansão. Pela primeira vez em semanas, ela sente que está se soltando.

Quando abre os olhos de novo, os meninos estão ali, esperando. Estão sentados sobre os calcanhares, de costas para Simón e de frente para a porta dos fundos, braços cruzados, de guarda mais uma vez. Quando ela se move, o menino ruivo se vira e olha para ela. *Ele homem bom. Não se preocupe. Ele homem forte.* Ele volta para sua vigília, mas o irmão se levanta e vai até ela, sentando-se perto. *Boa mulher, você.* Atordoada, Pola faz que sim. As idas e vindas dessas crianças se tornaram parte do ritmo natural da vida dela. Suspirando aliviada, ela permite que seus olhos se fechem de novo.

Duas horas mais tarde, quando a carroça volta do serviço de domingo, Pastora encontra Simón no chão da cozinha e Pola enroscada ao lado dele. Ela dá uma olhada na tala improvisada e no uso da boa toalha de mesa da *patrona* e corre atrás de Tía Josefa. Então vai em busca de Rufina. Elas precisarão de boca fechada, cabeça fria e braços fortes nesta noite.

*

Pola está prestes a bater à porta de Rufina nas primeiras horas da manhã seguinte, quando a curandeira corre para fora.

— Precisa limpar e trocar o curativo. Já volto. Pode começar sem mim. Eu dei um calmante forte para não doer tanto. Ele vai dormir umas horas. — Ela some antes que Pola possa dizer uma palavra.

Pola não o vê desde que foi tirado da cozinha de Pastora. Os homens vieram na calada da noite e o levaram colina abaixo, até a barraca de Rufina. Tía Josefa levou Pola de volta para Las Agujas e insistiu para que ela terminasse o rum. Quase na mesma hora, a mulher cansada caiu em um sono profundo. Quando acordou, nas primeiras horas da manhã, o primeiro pensamento de Pola foi Simón. Tía Josefa a informou que ele estava descansando na cabana de Rufina.

Agora Pola está sentada diante da cama dele, observando seu peito subir e descer em um sono ritmado. Rufina deixou a bacia com água e sabão ali perto. Arregaçando as mangas, Pola respira fundo e está prestes a começar. Os músculos dos braços dele, definidos sob sua pele suave, estão expostos por cima do lençol. O pano fino cobrindo a parte inferior do corpo revela o contorno de sua perna recém-enfaixada e deixa pouca coisa para a imaginação.

Subitamente, o quarto parece quente e sem ar. Pola limpa a umidade que cobre seu rosto. Suas mãos estão tremendo. Olhando em volta, ela vê que o quarto precisa de uma arrumação. Dá uma olhada no paciente e decide que ele precisa dormir. O banho de esponja pode esperar. Ao se levantar para começar as tarefas, ela derruba a bacia, derramando água em toda a sua saia. Ela sibila um palavrão e seca a água o melhor que pode. Então, rapidamente verifica que ele não acordou.

Enquanto começa a limpar a área, espera que Rufina volte logo e cuide do banho de esponja ela mesma. Enquanto isso, lava e areja a roupa de cama. Também separa e mói ervas, tomando todo o cuidado para amarrar e pendurar cada maço. Rufina a ensinou bem. Ela organiza e reorganiza a mesa de trabalho. Escova e empilha as camas não usadas. Depois de cada tarefa, ela espia, esperando ver a curandeira retornando. E cada vez ela se volta e nota mais um detalhe que precisa de atenção. Ela traz diversos baldes de água limpa, troca as flores do altar de Rufina e varre o quarto. Então dobra, desdobra e dobra de novo as bandagens. Finalmente, não tem mais desculpas para se manter longe de Simón. Endireita os ombros e respira fundo antes de puxar uma cadeira para se sentar. No mesmo momento, a inquietude da manhã se dissipa e é substituída por uma calma silenciosa. É como se ele a estivesse atraindo para si esse tempo todo.

Ela estende o braço, sentindo a testa dele para ver se há febre, mas a encontra fresca e suave. Quando Pola começa a tarefa, ainda não há sinal de *la curandera*. Mergulhando o pano em um balde de água nova, está prestes a limpar o rosto dele quando para.

Ela se lembra do olhar confuso dele quando ela o mordeu, antes mesmo deles serem apresentados. Ela pensa em quantas vezes levantou os olhos e o pegou a encarando abertamente enquanto ela fazia seu trabalho. Ela tem uma memória da expressão no rosto dele ao vê-la abraçar Chachita pela última vez. *Chachita*! Quase consegue escutar as palavras de Rufina. Chachita se foi, e Simón está aqui e vivo. Talvez a velha mulher esteja certa. Ela guarda a perda e entreabre a porta das possibilidades.

Com a esponja esquecida, Pola mais uma vez admira as linhas do rosto de Simón, os desenhos gravados em sua face. Por instinto, ela estende a mão para sentir a pele dele, pressionando de leve os dedos sobre as cicatrizes elevadas, sem pressa, examinando os calombos grossos que realçam a simetria e a beleza ali, acentuando as maçãs do rosto altas e os lábios cheios. Elas emolduram o rosto dele de tal forma, que as feições saltam nítidas em todos os detalhes.

Sempre confiando em seu tato mais que em sua visão, ela fecha os olhos e tenta ler o rosto dele como um mapa, perguntando-se onde ele viveu, quem era sua gente, quais eram seus sentimentos — tudo isso lendo as cicatrizes que cortam a pele suave.

Sente uma mudança na energia sob seus dedos e, quando abre os olhos, o vê olhando diretamente para ela. Ele a estava examinando tanto quanto ela o estava explorando. Ela está prestes a puxar a mão, quando ele segura os dedos dela com uma agilidade impressionante. As mãos dele são quentes, macias e a seguram com firmeza, mas sem dor. Os dedos dela tremem, pássaros assustados. Ele sente o desconforto dela e alivia a força, permitindo-a se afastar.

Ela sente que precisa preencher o silêncio.

— Me desculpe... eu... eu... estava... estava só... só... Rufina disse... — Ela finalmente desiste. Em vez disso, recolhe os dedos sobre o colo e baixa os olhos para escapar do olhar inquisidor dele.

— Água, por favor. — O pedido sai de lábios secos.

— *Sí, enseguida.* — Ela fica grata por ter algo a fazer, algo que a afaste daqueles olhos investigadores. Quando volta com a água fresca, ele está apoiado nos cotovelos. O lençol embolado no colo dele não acalma a inquietude de Pola. Ela entrega a *dita* da qual ele bebe longa e profundamente, antes de se reclinar de novo.

— Rufina vai voltar logo. Ela vai ficar tão...

— Eu não preciso de Rufina agora. Você precisa? — Os olhos dele voltaram para ela, implacáveis. Um olhar rápido, mas Pola ainda o evita.

— Pola, olhe para mim. Por favor. — Ele espera e continua só depois que ela faz contato visual de novo. — Sobre Chachita...

Não. Ela não quer voltar para os pensamentos que a consumiram por tantas semanas, não na frente dele ou de qualquer outro.

— Talvez seja melhor... — Ela tenta se levantar.

— Não vá embora. — A mão dele busca a dela, mas Pola já se levantou e saiu correndo porta afora. Simón se deita de volta e fecha os olhos. Seu rosto suave esconde a frustração guardada em um canto de seu coração.

24. NO CORAÇÃO DE SIMÓN, II

Minha pobre Pola. Quantos homens a machucaram tanto que você não consegue ver aquele que não vai machucá-la? Quantas feridas você aguentou? Logo você vai aprender a se abrir. Eu passei por suas muralhas e finalmente vislumbrei o que há dentro de você. Apenas um momento fugidio. Embora você tente esconder essa sua parte delicada, é tarde demais. Eu consigo senti-la. Meu coração, quando você vai entender que o único jeito de carregarmos nossos fardos é compartilhando-os? Eu quero ajudar você a carregar o peso da sua vida. Esse desejo se chama amor.

Eu começo a sentir as trepadeiras que a amarram arrefecendo e caindo. Eu vejo suas muitas faces. O coração de Criança ferida, enrolado na armadura da Guerreira, escondido no espírito da Sobrevivente, crescendo em Mãe, Lutadora, Mulher resistente e, tenho esperança, um dia Esposa amorosa. Eu consigo apreciar todas essas Polas com meus olhos e a examinar em minha mente e a guardar dentro do meu coração. Eu acho que você começou a me ver da mesma maneira.

25. NOVOS CAMINHOS

Hacienda Las Mercedes,
Carolina, Porto Rico, novembro de 1854

— Pola, podemos conversar sobre o outro dia? — Eles estão sozinhos de novo. — Eu senti suas mãos no meu rosto.

Silêncio.

Simón continua.

— Fiquei sabendo que é sua forma de conhecer, o toque profundo. Posso te tocar?

Ela não diz sim, mas também não recua. Ele estica o braço e toma o queixo dela, erguendo seu rosto para a luz.

Ela junta toda a força que tem para ficar imóvel, dando a ele mais acesso do que ninguém jamais teve, domando seu desejo natural de fugir. Os dedos dele seguem a longa linha da cicatriz que cruza o terreno de seu rosto. Ninguém nunca tocou essa cicatriz. Ninguém ousaria. E aqui está ela, deixando um homem, *um homem*, aproximar-se o suficiente para sentir suas feridas. Ela se controla, recusando-se a fugir de novo. Está tão cansada de fugir. Deixa que ele explore, consciente de cada movimento dele, da menor mudança de atitude. Não sente nenhuma intenção maliciosa, nenhum julgamento, então fecha os olhos, tentando relaxar no momento.

Os toques dele se tornam mais longos, mais intencionais, mais intensamente quentes. Isso é algo estranho para Pola, estranho e assustador. Ela sente os dedos dele não só em seu rosto, mas em todo o seu corpo. Os olhos dela se abrem de repente e ela dá um tapa na mão dele.

Simón recua, mãos no colo, palmas viradas para cima.

— Sou tão desagradável assim?

Ela vê a mágoa nos olhos dele.

— *No es eso*. Eu não... eu só... não consigo... — Ela começa a se virar, mas a voz dele a impede.

— Fique quieta, *mujer*. — Não é uma ameaça nem um comando, é mais como um súplica gentil. — Faz tanto tempo que você não consegue mais reconhecer cuidado e compaixão?

Lágrimas indesejadas se acumulam nos cílios dela e descem por sua face. Ele as seca, e ela deixa. Quando ele se aproxima, ela faz que não com a cabeça. Precisa se afastar dele. Não consegue pensar na presença dele. Está prestes a ir embora, mas mais uma vez o pedido na voz dele a impede.

— Por favor. Eu já te machuquei? Alguma vez? Por favor, não me afaste. Não mais.

Ela mede a profundidade do olhar dele. Ele encara, sem fraquejar, nu e honesto. Ela se senta outra vez, fecha os olhos de novo.

Ele continua de onde parou, erguendo os dedos para o rosto dela. A careta dela o faz parar por um momento, e ele espera até senti-la relaxar antes de prosseguir. Os dedos dele, quentes, acariciando, movendo-se lentamente pela testa dela, as sobrancelhas, os cílios longos, traçando a linha dos lábios. Ele se move com lentidão e suavidade, tão leve que o toque é como o roçar de uma pétala. Finalmente, ele traça o caminho da cicatriz, cruzando o rosto dela e para dentro do cabelo. Os dedos dele permanecem ali, aumentando a pressão, massageando, soltando a tensão e o medo.

Pola não se move. Sentimentos novos correm pelo seu corpo, bloqueando os pensamentos. Cada centímetro da pele dela está ciente da proximidade de Simón. Seu corpo hiperconsciente das mãos dele, de seu corpo todo, a apenas centímetros de distância. Ela consegue sentir o calor dele, mesmo que só suas mãos a toquem. O tremor na barriga dela cresce, e ela teme que logo vá perder controle do resto do corpo. O abdômen dela se contrai na tentativa de conter esses sentimentos estranhos. Suas pálpebras estremecem devagar. Ela não se lembra de nada parecido com isso, nunca. O tremor morno se torna calor, e ela se sente inclinar na direção dele, querendo mais. Ela se assusta e recua mais uma vez.

— Espere. Desculpe, Pola, eu não quis te assustar.

— Não. Não é… é só que…

— Tudo bem, tudo bem. Olhe. Eu vou ficar aqui. Não vou te tocar de novo. Eu só achei que nós…

— Não é você, mesmo. Você não fez nada… Eu…

— Não, eu acho que fiz algo. Devo ter feito. Você ainda está tremendo.

— Simón, você não entende.

— Certo, estou escutando. Me conte.

— Na minha vida… eu nunca… — Ela não consegue encontrar as palavras.

— Você precisa saber que nunca vou te machucar.

— Eu não acho…

— Sou só *eu*? É algo que *eu* fiz ou disse ou…?

— Não, não. Eu queria conseguir explicar.

— Pola. Eu sou um homem paciente. Esperei todos esses anos. Vou esperar até você estar pronta.

— Não sei se um dia…

— Eu disse que vou esperar.

— Mas…

— Quando você estiver pronta, Pola. Só quando você estiver pronta. E eu vou saber porque será *você* que vai vir até *mim*.

*

— *¿Pero cómo se te ocurre tal cosa*?

Don Tomás, de volta depois de semanas fora, está em pé atrás de sua escrivaninha, porque não confia no que vai fazer se chegar mais perto do capataz, mas suas palavras trovoam contra as paredes da biblioteca. Ele mal consegue conter a fúria contra esse homem de quem ele nunca gostou e que agora lhe custou um escravizado valioso.

— ¡*Coño*! ¡*Qué cojones*! Que raios você estava pensando? Você tem alguma ideia de quanto esse homem vale? Não só o preço de venda. Eu o vesti e alimentei por anos. Ele é um *palero*, o melhor *palero* do condado! Só as botas dele valem mais do que você. Rufina disse que ele está arruinado. Não consegue ficar em pé nos campos e cavar, não consegue cortar. De que ele me serve agora? Tudo por causa das suas suspeitas sem fundamento?

— *Pero, patrón*, eu estava pensando em você. Eu pensei que...

A fúria de Don Tomás fica grande demais para ser contida. Ele sai de trás da escrivaninha e anda de um lado para o outro, parando às vezes para dar ênfase.

— *Esse* é seu problema. Você não é pago para pensar. *Eu* penso. *Você* segue ordens.

— *Pero, patrón...*

Os punhos de Don Tomás sobem e sacodem com o esforço de se controlar. Ele dá um passo para trás e se apoia na escrivaninha, os punhos ainda tremendo.

— ¡*Mira*, Romero, *mejor cállate, ya*! ¡*Qué mierda*! — Ele passa as mãos pelo cabelo, respira fundo e adota um tom mais moderado. — Só cale a boca e escute. Eu quero te demitir, mas, não, você me deve. Você vai trabalhar por metade do salário até me pagar o investimento perdido. Metade do seu salário por dois anos, é isso que você me deve. E você tem sorte de eu não te demitir agora mesmo. E nem *pense* em ir embora antes da dívida estar paga. Sua imbecilidade e sua reputação vão ser divulgadas. Todo *hacendado* sabe da sua história, e ninguém, *ninguém*, vai arriscar te contratar. Você nunca mais vai ser *mayoral* em outro lugar, a menos, é claro, que saia da ilha. *Estás bien jodío*. Agora saia. ¡*Lárgate*!

*

É domingo à tarde, crepúsculo, silêncio. Simón e Pola estão sentados um na frente do outro, sob os limoeiros.

Ele começa:

— Meu nome era e é Dawud, e eu sou da gente azul do norte. Eu completei meus estudos e estava viajando pelo sul com minha mulher para contar à gente dela que nosso filho estava vindo. — Ele para, respira e continua. — Nós tínhamos ouvido falar dos saqueadores, então nos juntamos a uma caravana em busca de proteção. De início, deu tudo certo. Nós muitas vezes ficávamos acordados até tarde, conversando e planejando, muito depois dos outros terem ido dormir. Em uma noite em particular, nós estávamos sozinhos, exceto pelos guardas e as brasas da fogueira. Naquela noite nós pegamos no sono fora da tenda, olhando as estrelas, sonhando com a vida que estava por vir. — Outra respiração profunda. — Eles vieram atrás dos guardas no escuro. Mataram-nos primeiro. Depois foram para cima das tendas. Escapar era impossível. Nós estávamos no descampado, mas não havia para onde correr na grande vastidão do deserto. Então nós resistimos.

"De costas um pro outro, nós puxamos nossas adagas e nos preparamos para lutar. Minha linda Amina, carregando nosso bebê, se tornou a guerreira mais feroz que já vi. Ela era um animal feroz na meia-luz do acampamento, defendendo com uma única faca ineficiente, mas uma guerreira mesmo assim. Não havia esperança. Nós não podíamos combatê-los, e eles vieram para cima de nós. Acorrentaram meu corpo quebrado e me forçaram a assistir, enquanto quebravam minha Amina e quebravam nosso bebê dentro dela.

"Acorrentado, o metal mordendo minha carne, eu não podia fazer nada para ajudar minha amada. Eu joguei minhas maldições neles, as enviei para os céus, rezei pelo único escape que nos restava. Minha voz se foi, tudo que eu podia fazer era mandar minhas súplicas silenciosas para Alá, o Todo-poderoso, o Onisciente.

"Eles caíram em cima dela como animais. Finalmente, rezei para que Alá fosse misericordioso e levasse nós dois. Mas o ataque cruel continuava, e eu, em meu sofrimento, renunciei à minha fé. Eu sabia que não importava o que seria feito do meu corpo, porque eu estava perdido para sempre, um recipiente vazio. Houve a jornada amaldiçoada de barco, as mãos sem fim, a troca degradante. Mas eu tinha criado uma carapaça. Nada importava.

"No meu cativeiro, me fechei para o pouco calor que foi oferecido. Esqueci como ser um humano. Por motivos que eu ainda não entendo, continuei a respirar e caminhar no mundo. Uma hora, voltei a viver mais ou menos. Rufina é uma dádiva que veio sem que eu pedisse. Ela ignorou minhas rejeições e foi impiedosa em seu amor. Ela se recusou a deixar que eu me trancasse dentro de mim. Ela é a coisa mais próxima de uma mãe que eu jamais terei.

"Meu corpo se recuperou; eu mantive meu verdadeiro eu para mim mesmo. Eu era um homem, mas não o homem que eu tinha sido. Um dia, me lembrei da vida de novo. Deixei entrarem um ou dois amigos, mas não havia desejo, nenhuma mulher, durante muitos anos.

"Eu ainda era homem, então não posso dizer que me mantive casto. Mulheres entraram e saíram da minha vida como gotas de chuva sobre pedras. Elas devem ter tido nome, vida própria, mas eu realmente não me lembro. Nunca penetraram minha superfície. Eu aprendi que a vida era suportável, se eu não pedisse muito dela. Então, não pedi.

"E então você veio, trazendo cicatrizes e raiva parecidas com as minhas, e eu te *reconheci*. Você mordeu minha mão. E eu pensei, *Ah! Eu encontrei outra mulher guerreira*."

Pola permanece imóvel e escuta. Ela pensa durante um longo tempo antes e começar.

— Meu nome era e é Keera. Eu sou do povo Iorubá. Yemayá era minha Mãe e meu escudo. Então os navios vieram, e os animais de duas pernas me transformaram em uma égua parideira. Eram tantos, tantas mãos e corpos e espancamentos e invasões do meu corpo, que eu me tornei só um recipiente. Também aprendi a esconder Keera dentro de mim. Precisei aprender a me guardar em algum lugar que eles não pudessem tocar. Eu, também, fui quebrada, quando meus bebês foram arrancados de mim um a um. Me agarrei à minha fé em Yemayá por muitos anos, mas, quando eles levaram minha única menina, eu soube que a Mãe tinha me abandonado aos homens-fera. Se ela não podia proteger nem mesmo uma das suas, a mais indefesa e inocente das filhas, que tipo de mãe ela era? Se eu não podia fazer o mesmo, que tipo de mãe eu poderia ser? Eu caminhava e comia e falava, mas morri quando levaram minha menininha.

"Por muito tempo, acreditei que não tinha mais nada para dar. Foi então que essa criança selvagem, essa Chachita, abriu caminho no meu coração e trouxe um raio de luz para minha vida de novo."

Ela para e olha para ele, lágrimas presas em seus cílios.

Simón continua por ela:

— E então Chachita se foi, e você perdeu uma menininha mais uma vez. — A voz dele é reconfortante. — Meu coração chorou por você, pensando em você seguindo seus dias, tão perdida e solitária. Eu estava preso naquela maldita cama. Rufina me trazia notícias suas todo dia. Eu sabia que, assim que eu conseguisse me mover, eu iria ver com meus próprios olhos.

"E eu vejo, estou tão feliz de ver, uma fagulha ainda brilhando no poço dos seus olhos. É só uma fagulha e pode ser facilmente apagada. Mas, não. Não a deixe morrer e te abandonar no escuro de novo. Nós dois conhecemos bem demais a escuridão para deixá-la vencer depois de todos esses anos."

Pola baixa a cabeça. Durante semanas, ela vem se debatendo com emoções conflituosas. Ela pode confiar em sentimentos que são tão novos e estranhos para ela? Tantas partes dela ficaram mortas por tanto tempo. É essa a sensação de renascer?

*

Ela está parada na borda do bosque, olhando ao longe para o verdor emaranhado que tantas vezes lhe chamou. Pola pensa em sua árvore da cura e agora deseja seus poderes restauradores. Ela se lembra de todas as vezes em que mal podia esperar para sair de fininho da fazenda e viver outra vida ali fora. Levou tanto tempo para aprender a subir até o topo daquela árvore. Ah, que recompensas ela encontrou ali! O cobertor da folhagem verde espalhada diante dela, a imensidão da pele azul do céu lá em cima, a luz cintilante da água no horizonte, tudo isso conspirando para sugerir uma liberdade que ela nunca tinha conhecido. Aquelas jornadas foram uma aposta perigosa, um jeito de escapar por um tempo, um lugar temporário de proteção no qual ela pôde respirar livremente e sonhar. Mas então veio a dádiva da menina.

Pola encara as profundezas da floresta, sabendo que nunca mais vai voltar para a árvore delas. Seria doloroso demais não encontrar Chachita esperando ali. Em sua mente, a menina *se tornou* o bosque; e o bosque, a menina. O lugar que ofereceu tanta liberdade e abrigo agora guarda apenas más memórias. Agora apenas dor vive ali.

Quando Chachita se foi, Pola pensou que tinha perdido tudo outra vez. Ela pensou que nada preencheria o vazio completo que havia sido deixado pela partida da menina. E, então, ela se rendeu. Mas agora descobre que, de alguma forma, ainda não está morta. A vida despertou de formas inimagináveis. Nos últimos meses, o buraco deixado por Chachita, embora ainda esteja ali, parou de devorá-la.

Parada em contemplação, ela considera novos pensamentos, ideias inesperadas. Como a própria floresta, seu coração se regenera, abrindo caminho para outros sentimentos. Parece que Simón, que esteve ali o tempo todo, começou a preencher esse vazio e oferece uma luz na escuridão pela qual ela caminhou por tantos meses. Ela só precisava abrir um espaço para que ele entrasse e crescesse.

Impressionada com as maravilhas de sua vida, ela se vira para voltar para Las Agujas. Está tão perdida em seus pensamentos, que não o percebe até ele estar logo atrás dela.

— Não ache que vai se safar.

Ela gira, reconhecendo o cheiro acre de Romero, e logo ouve as palavras sibiladas dele. Como ela pode ter sido tão descuidada? Ela recua enquanto ele continua o discurso, cuspindo as palavras.

— Eu sei o que vocês dois estão aprontando. Planejando, tramando e sussurrando. Mas nunca vão passar por mim. Vá em frente, tente fugir. Talvez eu deixe. Porque eu vou adorar te caçar e provar quem sou para aquele *jodío patroncito*. Ele vai aprender a agradecer o que posso fazer por ele. Só me dê a chance. Vá em frente, fuja. *Mira, jodía negra sucia*, não ouse me ignorar, ou eu... — Ele ergue o punho acima da cabeça.

Em um instante, toda uma trilha de imagens corre pela mente de Pola: pedaços rasgados e ensanguentados de tecido enfiados em cortes sangrentos de carne viva; o corpo dele imóvel e indefeso; o cheiro do sangue seco que se tornou marrom e farinhento; Simón deitado aos pés dela, contorcendo-se de dor; seu osso quebrado se projetando em um ângulo impossível; a careta de dor contorcendo o rosto lindo dele.

Ela ergue os olhos para Romero e vê o veneno que corre dentro dele. Ele não quer ferir, punir, nem mesmo aleijar. Esse homem quer matar, matar Pola e matar Simón também. Todas essas imagens crescem e se tornam uma rajada súbita e monstruosa de munição emocional.

— Você vai o quê? — Pola parece crescer, ao espichar o queixo e se aproximar de Romero, até que seu rosto fique a apenas centímetros do dele. — *¿Qué*? Você vai me chicotear como fez com Simón? Pior? E o que Doña Filomena vai achar disso? Todo mundo sabe o que ela pensa de você.

O punho de Romero congela.

Agora que encontrou o ponto fraco, ela insiste.

— Homens mais fortes e mais malvados do que você tentaram me quebrar e falharam. O que você vai fazer? O que você acha que *pode* fazer?

Pola está possuída. Não há nenhuma hesitação, nenhum recuo, nenhum pânico. Em vez disso, algo destemido e perigoso se desenrolou dentro dela. Romero não sabe o que mudou, mas ele consegue sentir a alteração na energia.

Ela resiste, deixando toda cautela de lado e batendo no peito.

— Aqui, é isso que você quer? Quer me matar, matar nós dois. Você vai pagar por um bom tempo pelo que já fez com Simón. Imagine então se você dobrar a aposta. Pelo que eu ouvi, você já é a piada do distrito. *Se te viró la torta*, e Don Tomás pode começar a chicotear *você* como o cachorro que você é, antes de te mandar mendigar na rua.

Olhando para Pola como se ela tivesse ficado louca, Romero baixa o punho ainda fechado, dá um passo para trás e se conforma com palavrões vazios.

— *Malparíos. De'gracia'os. Hijo'e puta*. Eu vou ter minha vingança. Não se preocupe. Talvez não hoje ou amanhã, mas vou ficar de olho em vocês dois, e minha hora vai chegar. Da próxima vez não pense que aquela bruxa da Rufina vai te remendar. Quando eu acabar com você, vocês dois, nem *un médico chino* vai te salvar.

— *Buenas tardes*. — Nem Pola nem Romero escutaram Don Tomás chegar. Agora ele está ali, no alto de seu cavalo. Ele observa a cena abaixo, examinando Romero com cuidado antes de falar com Pola.

— Você, sua senhora está te chamando. Melhor voltar. — Enquanto isso, os olhos dele nunca deixam seu capataz.

Pola passa correndo pelo senhor de Las Mercedes, agradecendo qualquer desculpa para se afastar do *mayoral* nojento. Ela mesma está se perguntando de onde tirou a audácia para enfrentar esse capataz perigoso. Seus joelhos estão tremendo quando ela volta para Las Agujas.

Don Tomás ainda está sentado em sua montaria. Pola chega ao outro lado do *batey,*para na mangueira e olha de volta para os dois, *patrón* ainda se avolumando por cima de seu capataz, que parece pequeno e desimportante em comparação.

Está longe demais para ouvir a conversa deles, mas consegue ver a careta de Romero diante do peso das palavras do senhor. Ela precisa avisar Simón do encontro assim que possível. Esse inimigo mútuo é um laço que os deixará ainda mais próximos.

*

Don Tomás e a esposa vêm discutindo o futuro da plantação há algum tempo. Decisões foram tomadas, e mudanças estão por vir. Nessa manhã, Don Tomás chamou Simón na biblioteca. Doña Filo se senta em um canto, trabalhando em sua pintura.

O *patrón* observa Simón mancar para a biblioteca com as muletas firmes. O progresso é lento; sua perna esquerda está dura e fica em um ângulo estranho. Não há dúvidas de que o homem nunca mais poderá trabalhar no campo. O *patrón* se vira enquanto o antigo *palero* espera instruções em pé.

— Bom dia, Simón. Eu sei do que aconteceu. Eu sinto muito por isso. Você foi um bom homem no canavial.

Silêncio.

Sem obter resposta, Don Tomás se vira de volta para seu escravizado.

— Você escutou o que eu disse?

Simón se mantém ereto e olha de volta, sem hesitar, para o senhor.

— Sim, eu escutei. Mas o senhor não fez nenhuma pergunta.

Ocorre a Don Tomás que, embora esse homem tenha sido sua propriedade há anos, o *patrón* nunca *olhou* realmente para ele. A compostura de Simón o surpreende. Lembrando agora, o *patrón* nota que, nas vezes que eles interagiram, Simón, embora nunca tenha sido insolente, também nunca foi servil. Ele está ali agora, olhando diretamente para o *patrón*, esperando com paciência.

Qualquer outro *hacendado* se irritaria com esse autocontrole. Don Tomás o estuda abertamente. Ele descobre que tem um tanto de respeito por esse homem que caminha na linha tênue entre sua posição baixa na vida e sua dignidade — uma palavra estranha para um *patrón* atribuir a uma propriedade.

— Correto. Não perguntei nada.

Simón assente. Eles se entendem.

— Eu ouvi dizer que você é bom com as mãos.

Silêncio.

— É verdade?

— Sim, faço algumas coisas bem.

— Por exemplo?

— Cestos, nós e esteiras. Qualquer coisa que use fibra.

Durante todo esse tempo que Simón trabalhou para ele, Don Tomás nunca teve uma conversa com o homem. Agora ele vê Simón com outros olhos.

— Você fala muito bem.

— Eu fui um homem de estudo muito antes de o senhor pagar pelo meu corpo naquele leilão.

Don Tomás encara seu escravizado e lentamente se senta na cadeira. Ele aponta para uma cadeira próxima da escrivaninha, e Simón tem dificuldade para encaixar seu corpanzil na cadeira estreita diante de si. Ele posiciona a perna rígida em frente ao corpo e apoia as muletas ao lado da cadeira. Então, espera.

Já faz tempo que ele mediu a extensão de seus ferimentos e teme o que certamente virá a seguir. Seus dias como *palero*, o trabalhador que prepara o solo para o plantio e cava os canais de irrigação, estão acabados. Seus dias cortando cana estão acabados também. Não tem mais valor para o homem diante dele. Bem quando sua vida pessoal finalmente parece promissora, ele teme que será vendido sem hesitação. No entanto, há alguma outra coisa se movendo por trás dos olhos azuis de Don Tomás.

— Entendo que você sabe ler e escrever.

— Em várias línguas.

As sobrancelhas de Don Tomás se arqueiam.

— Compreendo. — Ele fica surpreso com a resposta, mas de alguma forma não duvida. Ele olha para a esposa, que ergue os olhos do trabalho por um momento e assente uma vez antes de voltar à sua tarefa. Pigarreando, ele continua. — Eu venho pensando no que fazer com você agora que você não pode mais trabalhar nos campos.

Silêncio.

— Acredito que possa ser útil ter outro *taller* na propriedade. Las Agujas nos tornou famosos por nossa costura. Eu acho que podemos acrescentar mobiliário também. Móveis rústicos de boa qualidade estão muito na moda ultimamente. A carpintaria de Melchor é admirada há tempos, mas agora vamos seguir em frente. Minha esposa me disse... quer dizer, eu vi os reparos que você fez em nossas peças, então conheço seu nível de habilidade também.

"Decidi que você e Melchor trabalharão juntos, criando peças para vender. Ele vai trabalhar a madeira e você, a fibra, o *mimbre*, a ráfia, a cana, o que você precisar para os detalhes das peças. *Eso sí*, precisa ser da melhor qualidade se vai levar nosso nome. Nós temos tudo de que precisamos bem aqui nos nossos bosques. O que você acha?"

Simón dá de ombros.

— Minha opinião importa? Como o senhor disse, está decidido.

— Eu te fiz uma pergunta.

— Eu acho que trabalhar com fibras é mais fácil que trabalhar no campo.

Doña Filo derruba o pincel e, ao pegá-lo, ergue os olhos para o marido com um pequeno sorriso. Don Tomás também sorri, confiante de que tomaram a decisão certa.

Simón se remexe no assento.

— Isso é tudo?

O senhor de Las Mercedes faz que sim.

— *Sí. Te puedes ir.*

Suspirando aliviado por dentro, Simón pega as muletas e se levanta com dificuldade. Com algum esforço, ele se endireita e cambaleia na direção da porta.

— *Buenas tardes*, Simón.

Simón se vira para o *patrón*.

— *Buenas tardes*, Don Tomás. — Então ele se vira para o canto e acena com a cabeça de forma deliberada. — *Señora*.

Doña Filo reconhece a gratidão silenciosa dele.

*

A esposa de Don Tomás abordou o marido muito antes dele falar com Simón. Eles já vinham considerando uma oficina de móveis, além do que eles detestavam a ideia de vender um bom trabalhador. Menos de um mês depois da oficina ser criada, eles já têm vários pedidos vindos das *haciendas* vizinhas.

Agora, Melchor, deliciado por estar trabalhando com o amigo, fez desenhos para móveis externos que enfeitarão os jardins de três famílias. Estes foram aprovados pelos clientes, e eles estão prontos para colher a madeira para as peças.

Melchor já viveu muitos anos, e Simón ainda tem dificuldade para se abaixar e ajoelhar, então eles recebem dois jovens robustos para cortar árvores e recolher o material vegetal necessário para as partes de fibra. Os dois artesãos trabalham bem juntos, fazendo um trabalho que ambos amam.

Agora que o futuro está acertado, Simón encontra muita satisfação em trabalhar os nós. Ele não sente falta do trabalho no campo que o definiu no passado, e sua nova tarefa veio com vantagens que ele nunca poderia ter sonhado. Ele gosta de trabalhar com o amigo Melchor, é claro. A cabana do velho fica bem ao lado da de Rufina, então Simón ficará muito mais próximo do *batey* superior e de Pola durante a maior parte do dia, além de que a proximidade de Las Agujas dá a Simón e Pola mais tempo juntos em noites tranquilas.

Eles roubam esse tempo como ladrões e encontram lugares onde podem se sentar e conversar. Mas, carregados com o medo da vingança de Romero, esses momentos são sempre curtos e vigiados. Só aos domingos eles podem se encontrar abertamente, depois que a semana de trabalho termina, e certos olhos e mentes estão focados em outros lugares. Durante os outros dias, eles desejam a companhia e o corpo um do outro, embora nada desse tipo seja dito entre eles. O tempo que passam juntos envolve tanto do que não é dito quanto do que é.

Um domingo, depois do pôr do sol, eles estão sentados, na noite que se aproxima, atrás da cabana das costureiras. Simón fala primeiro.

— Pola, olhe para mim. — Ele abre a camisa. — Eu quero que você use suas mãos. Eu posso te dizer as palavras, mas eu quero que você me conheça por você mesma.

Ela tenta se afastar.

— Não há necessidade.

— Mas eu quero. Eu quero que você me conheça com seus olhos e ouvidos e, sim, suas mãos. Eu quero que você conheça meu cheiro, minha voz e a textura das minhas mãos calejadas. Eu quero que você me conheça com todo o seu corpo e também com o seu coração. E eu gostaria de te conhecer da mesma forma.

Pola hesita, torcendo as mãos com força no colo. Por que é tão hesitante? Ele já fez alguma coisa que a faria desconfiar dele? Quantas vezes ele veio resgatá-la? Mesmo correndo riscos? *Lembre-se de abrir seu coração. Lembre-se de reconhecer presentes oferecidos ao longo de sua jornada.* As palavras de Yemayá dançam no seu cérebro, e ela afasta sua incerteza.

Esfregando lentamente as mãos, ela concentra toda a atenção em seus dedos, conforme eles esquentam. Quando está pronta, ela os pousa no peito dele e fecha os olhos. Uma corrente de energia branca flui imediatamente para os dedos dela e sobe pelos braços, uma pulsação forte e rítmica que fica cada vez mais forte, até preencher sua visão e começar a espiralar. Ela sente o calor latejante em sua cabeça viajar por todo o seu corpo. Ela é tomada por ele, mantida prisioneira, e então há uma mudança de branco para cores pastel, o mais leve tom de uma cor derretendo em outra, todas elas bem-vindas e reconfortantes. Ela se permite flutuar e aproveitar uma experiência que nunca teve com ninguém. Pola é preenchida por um sentimento de bondade e cuidado infinitos, de pertença. E as cores se intensificam, assim como o calor. Ela é banhada em tons, e logo o calor aumenta, agradável e sedutor, levando-a a confiar. A cabeça dela é preenchida pela imagem de uma flor se abrindo, mostrando sua garganta para o sol. Ela parece flutuar ali para sempre.

Quando Pola abre os olhos outra vez, ainda está tocando o peito de Simón. Seus dedos se movem, sem timidez agora. Ela consegue sentir os batimentos ali. Explora abertamente, afastando o tecido e expondo o torso. Ela se familiariza com as ladeiras e curvas do tronco. Aprecia a disposição dele em deixá-la ir devagar como precisa.

Ele fica perfeitamente imóvel, observando e deixando-a fazer o que quiser, pelo tempo que quiser. Quer tocá-la, mas tem medo de que ela recue. Ele vai manter sua promessa. Então, espera. O convite para ir além deve vir dela.

Ela se inclina para a frente, cheira o pescoço dele e depois usa a língua para provar a pele. Apoia a cabeça no ombro dele, deixando que o sabor e o cheiro intoxicante afastem toda hesitação.

Simón pega a mão dela e leva os dedos até os lábios dele. Ele beija cada um e então a palma de cada mão. Ele é suave e lento, como se o tempo deles juntos se esticasse até o passado e fluísse até o futuro distante. Os lábios dele buscam os dela no escuro. Ele a sente estremecer no ar quente da noite.

— Você quer que eu pare?

— Não. Não, não quero que você pare.

E ele não para.

*

É o som que a acorda. Vem do fundo da garganta de Simón, enquanto ela está deitada nos braços dele. De início, Pola pensa na mãe de muito tempo atrás que a acordava suavemente, acariciando-a com flores e cantarolando. Mas isso é diferente. Pola apoia a cabeça no peito dele, um peito de homem, e se aninha na suavidade ali, escutando o batimento firme lá dentro. Simón acaricia as costas de Pola com gestos longos, afastando o que resta da hesitação dela. Ela está deitada com um homem voluntariamente. Sem medo, sem dor, sem preocupação — um momento milagroso. Pola se enterra nos braços dele e se perde nesse momento.

*

Ela nunca se cansa de observá-lo agora, sorvendo-o abertamente como um elixir. Observa suas mãos enquanto ele trabalha as diferentes fibras, torcendo, dobrando, esticando o material até ficar firme e forte. Observa quando ele ensina as crianças que se reúnem em volta dele, suas mãos se fechando em volta das mãos pequeninas, guiando com paciência e repetição. Observa ele comer e escuta sua voz profunda e, algo novo, sua gargalhada. Ela ama apoiar a cabeça no peito dele para escutar a canção vital de seu coração.

São muitas as descobertas. Há muita risada e encantamento quando Simón desperta partes inexploradas de Pola, que finalmente se permite sentir sua necessidade plenamente. Ela o procura repetidas vezes, impressionada por sua fome insaciável por ele. Eles fazem amor nos bosques, no pomar, sob arbustos, atrás do chiqueiro, em qualquer lugar em que possam ficar alguns minutos sozinhos.

Isso é tão diferente de qualquer coisa que ela já imaginou ou esperou. Ela mal se reconhece, abraçando tão plenamente esse aspecto de sua vida. Quer explorá-lo em todas as configurações possíveis. Estão descobrindo um ao outro, com Pola se deleitando com esse Simón novo e sempre inventivo.

Há muito tempo ele não sentia o prazer de satisfazer uma mulher e ser satisfeito por ela. Ele ama o fato de proporcionar tal prazer a uma mulher que sempre foi tão distante e intocada. Ele é grato — grato por ela estar revivendo partes dele que ficaram dormentes por tanto tempo.

Pola é muito parecida com ele: uma forasteira, alguém que perdeu e reconquistou a fé, uma guerreira restringida, uma prisioneira deste mundo cheio de ódio, uma pessoa marcada que carrega sua dor à vista de todos. Ela lutou com sua dor como ele lutou com a dele, e a luta os uniu.

É um milagre eles terem encontrado um ao outro nesse lugar, nesse tempo. Quando ele contempla essa virada fenomenal do destino, a alegria começa a borbulhar em seu peito e sobe retumbante, ganhando o mundo com um som profundo e alegre. Os outros se perguntam por que ele cai na risada sem motivo aparente. Ele sorri e não sente necessidade de explicar.

26. CELEBRAÇÃO

Hacienda Las Mercedes,
Carolina, Porto Rico, 1º de janeiro de 1855

A muito católica e apostólica Doña Filomenta não quer saber de dar uma cabana para o casal até eles terem sido devidamente casados por padre Bartolomeo. Os negros estão especialmente animados nessa manhã ensolarada de sábado, quando são todos dispensados do trabalho para ir ao casamento de Simón e Pola. É permitido a eles dormir até tarde nesse raro sábado de relaxamento, que será seguido por uma noite de celebração.

Simón e Pola abriram o coração e o corpo um para o outro e não precisam da aprovação de *los blancos* para selar seus sentimentos, mas estão cansados de procurar esconderijos e escapulir para ficarem sozinhos e livres do chicote sempre pronto de Romero. Não precisam da aprovação de ninguém, mas querem viver o mais abertamente que podem, e o melhor jeito de fazer isso é sob o manto da validação de

Doña Filo. Se passar pela cerimônia de *la patrona* é a única forma de conseguir isso, que seja.

Na noite anterior à cerimônia, Pola recebe três visitantes. Primeiro, Rufina lhe traz um saquinho de ervas que Pola deve usar durante trinta dias junto ao coração.

— Nos últimos meses, vi a luz da alegria brilhar cada vez mais forte nos rostos de vocês. Isso alimenta os fogos do amor e repele o dedo gelado da inveja.

Pastora vem em seguida. A cozinheira traz um pequeno bolo com várias camadas de uma textura levíssima e uma piscina de mel quente no meio.

— Construa um altar perto da sua cama e coloque essa oferenda para a deusa. Isso vai garantir doçura e alimento na sua casa sempre.

Finalmente, Tía Josefa vem a ela.

— E trago meu ombro para que você se apoie, quando as coisas ficarem difíceis. Ofereço meus braços abertos, quando a vida ficar desafiadora e você precisar do apoio de outra mulher. E eu te darei meus ouvidos, nos quais você pode depositar suas dores, e meus lábios selados, para garantir que elas não irão a lugar nenhum.

Na manhã seguinte, Paquita lhe oferece pentes, flores e tempo para arrumar o cabelo dela. Pola aceita emocionada, lembrando-se de que sua mãe foi a última pessoa a pentear seu cabelo. Ela guarda essa memória querida como um presente da vida de Keera. Nesse dia, Paquita acorda cedo e começa seu próprio ritual. Dedos hábeis repartem o cabelo grosso de Pola, passam óleo no couro cabeludo, torcem mechas em tranças elaboradas. Lupe fica ali perto, observando e sorrindo. Ela e Paquita trocam olhares. Nenhuma delas vai ver seu amor celebrado abertamente, mas estão felizes por Pola.

Quando os outros acordam, a cabeça de Pola está coberta de voltas intrincadas, formadas por pequeninas tranças entremeadas de frésias e fitas brancas. Sem ter um espelho, Pola ergue as mãos para tatear a criação. As outras mulheres exclamam que ela está linda. Ela é grata a todas elas, mas "linda" não é uma palavra que associa a si mesma. Pouco acostumada a toda essa atenção, agradece a todas elas e pega rapidamente suas coisas, antes de deixar a cabana.

Pola quer se vestir sozinha, então Tía conseguiu uma permissão inédita para usar o salão de provas de Doña Filo. Ao meio-dia, Tía leva Pola pelas escadas dos fundos da casa-grande. Pola olha em volta da sala na qual apenas mulheres brancas e ricas se desnudaram e tiveram o luxo de serem vestidas por mãos negras. Ela encara os espelhos arrumados em volta do cômodo. Sempre evitou olhar para o próprio reflexo, mas hoje olha além da cicatriz, para o penteado elaborado que a coroa.

Tía Josefa fecha a porta em silêncio e tira as roupas de Pola das mãos dela.

— Eu espero que você não esteja planejando se casar com essas coisas velhas.

Pola tomou cuidado especial ao lavar e passar sua roupa de domingo e planeja usar o traje na cerimônia. Mas Tía aponta para a mesa. Tudo está lá, separado e esperando. Roupas que Pola presumiu que as mulheres de Las Agujas estavam fazendo para clientes agora a aguardam.

Ela fica boquiaberta e se vira para Tía, para garantir que não entendeu errado. A velha mulher assente.

— Vamos lá, precisamos te vestir.

Com dedos trêmulos, Pola pega o vestido. É tão fino que parece a mais delicada das camisolas. Ela reconhece as assinaturas. O vestido branco está coberto do bordado intrincado de Rosita. Ali também está a renda delicada de Paquita emoldurando o pescoço e o *mundillo* de Lupe decorando as mangas curtas. Pequenos botões cobertos vão da gola até a cintura.

As peças que o acompanham não são menos detalhadas: roupas de baixo com pregas minúsculas; um par de sapatilhas brancas com solas finas, sapatos de *señorita*. Onde elas conseguiram isso? Uma cinta bordada e um buquê de gardênias brancas estão ao lado das roupas. Ela olha em volta do cômodo, para os presentes que as mulheres — suas amigas, sim, amigas — deixaram para ela. Baixa a cabeça, humilde, abraçando o próprio corpo. Não sabe onde guardar todos os sentimentos que correm por ela.

Tía a ajuda a tirar as roupas, e Pola respira fundo antes de se virar para se ver nos espelhos compridos. Ela passa a mão pelo próprio torso. Não é o corpo de uma mulher jovem, com barriga firme e seios altos. Ela toca as cicatrizes. A língua dela procura os buracos. Sua vida está escrita na própria carne, ela sabe. Queria poder trazer para Simón essas coisas que perdeu muito tempo atrás: juventude, beleza, bebês e a promessa de muitos anos de descobertas juntos. Por mais que ela se sinta comovida por ele, por mais que ela queime só dele chegar perto, por mais que ele a tenha ajudado a descobrir partes profundas e quase intocadas dela mesma, por mais que ela sonhe em dar a ele todos os presentes que puder, não há como escapar do fato de que as tribulações da vida cobraram o preço de seu corpo e sua alma. Ela desvia os olhos do reflexo.

Tía está aguardando para ajudá-la a se vestir. Pola nunca teve roupas suficientes para precisar de ajuda ao se vestir. Não há mais tempo para pensamentos perdidos. Entrando rápido nas roupas de baixo, ela entende por que as mulheres brancas precisam de ajuda para entrar e sair de seus guarda-roupas chiques. São tantos fechos e ajustes! Pela primeira vez na vida, Pola se sente mimada e cuidada. Não lhe impressiona que essas mulheres valorizem tanto seus muitos detalhes.

Finalmente, Tía a ajuda a passar o vestido pela cabeça e deixa que ele caia por cima dos ombros. O tecido sussurra, acariciando enquanto se move na pele de Pola e chega até seus calcanhares. Ela trabalhou com esse material por tantos anos, e ainda assim essa é a primeira vez que entende a sedução pura dele. E são tantas camadas, tantas peças.

— Pola, ¡*apúrate*!

Ela enrola a cinta em volta da cintura e pega o buquê, então se vira para o espelho uma última vez. Lá está uma mulher negra olhando de volta para ela, não jovem, mas certamente não velha. As dobras da saia enfatizam sua cintura pequena e os quadris arredondados, mas o corpete não consegue esconder os músculos inchados e vergões raivosos, resultados dos anos de trabalho duro e espírito indomado. Ainda assim, seu seio farto escapa, criando um decote impressionante no pescoço. As flores e fitas em seu cabelo aliviam a dureza de sua cicatriz. Ela se examina uma última vez e não fica insatisfeita. Ali, bem ali, algo que ela não vê há anos: um sorriso genuíno se espalhando por seu rosto.

*

Simón arrastou a enorme tina que pegou emprestada da lavadeira até o *batey* inferior, onde ele também se prepara para o dia do seu casamento. Depois de um banho de limão e leite, ele finalmente esfrega o cheiro do trabalho. Então, fica nu sob a goiabeira e se demora ao aplicar uma camada de óleo de amêndoas por todo o corpo, fazendo a pele de ébano brilhar. Esfrega uma mistura de lavanda e óleo de palma no cabelo. Por fim, o óleo de coco que ele passa no rosto destaca suas cicatrizes.

As costureiras de Las Agujas também criaram seu traje de casamento. Durante semanas, seguiram as instruções dele com cuidado, guardando metros de algodão descolorido para a veste. Elas admiraram o trabalho, mesmo nunca tendo visto algo assim.

Agora Simón está imponente em sua *dishdasha* branca, bordada com linhas azuis em volta do pescoço. Ao redor da cintura fica um cinto no qual ele trabalhou durante semanas — uma corda finamente trançada, com pequenas contas de metal nas pontas. Ele pensa na adaga que deveria estar usando também, mas afasta esse pensamento. É uma coisa de um passado que se foi há muito tempo. Ele não imaginou que usaria essas roupas de novo, mas também não imaginou a vida que está prestes a começar.

Por cima da veste ele usa uma longa capa branca e um *kaffiyeh* combinando. O turbante é feito de algodão pesado que cai até seus ombros e é preso por um *agal,* voltas de corda que mantêm o pano logo acima do seu cenho. Apenas seu rosto e os braços oleados, lampejos de ébano, são visíveis por entre os metros e metros de seu traje branco. Ele termina colocando alguns ramos de salsinha na boca. Não é um homem vaidoso, mas faz um inventário mental e sorri. Sim, ele está pronto para se apresentar para sua noiva.

*

A cerimônia religiosa, por si só, não importa muito para o casal. Mas Simón olha para Pola e vê uma manifestação física da beleza que ele sempre enxergou no espírito dela. Ela está relaxada e sorridente, algo que ele viu poucas vezes. O cabelo trançado dela o faz pensar na menina de quem ela falou tanto, a menina que se sentava entre os joelhos da mãe e gostava de exibir sua beleza. Ela está vestida com os luxos de uma *señorita*, dados a essa mulher preciosa em uma terra que fez tanto para diminuí-la. Ela caminha mais alta, com mais confiança e com um passo mais firme. Sua aparência externa não é sua essência, mas é um reconhecimento de sua feminilidade querida. E Simón nota tudo isso.

Quanto a Pola, o homem diante dela é Dawud. Nele, ela vê a vastidão do deserto e o calor das areias escaldantes. No rosto dele, vê o estudioso, o artista, o homem de letras que é um estrangeiro para aqueles que enxergam apenas o valor de seus braços e de suas pernas a serviço dos outros. No sorriso dele, enxerga as muitas noites que compartilharam e os muitos segredos que descobriram. Ela sempre foi torturada pelas memórias do que o corpo de outros homens fez com ela, mas a paciência e suavidade de Simón afastaram as imagens dessas violações para um canto distante da sua mente. Agora, ela está ansiosa para receber o corpo marcado, mas amado, que se abriga nas dobras dessas vestes.

Padre Bartolomeo conduz a cerimônia de casamento sob a mangueira, de acordo com o pedido dos noivos. Para Pola, Las Agujas foi o único lar que ela teve desde que saiu de sua terra natal. Em volta deles está sua gente, *los negros*, a comunidade que os recebeu e forneceu o amor e apoio que faltaram em tantas outras partes da vida dela neste lugar.

O casal se coloca sob os galhos da árvore, diante do homem gordo com o traje negro. As palavras de padre Bartolomeo caem como pedrinhas em volta deles, mas não penetram. Nenhum deles aceitou a figura seminua, emaciada e torturada para quem *los blancos* rezam todo domingo. Por sorte, eles não precisam fazer nem dizer muito. Os noivos passam em silêncio pela cerimônia, ansiosos pelo fim.

Don Tomás e Doña Filomena se sentam na frente, sorrindo satisfeitos ao assistirem ao casamento. Eles recitam preces com reverência. Para a comunidade negra à volta deles, essas recitações não têm vida ou ritmo, são apenas repetições. Ainda assim, eles se mantêm em um silêncio respeitoso, já que também querem que termine.

Muito mais presente na mente do casal é o suculento *lechón* que está assando no espeto o dia todo e o gosto do *añejo*, o rum que normalmente é reservado para os senhores. Mas para a bebedeira séria, eles têm seus próprios *pitorro* e *cañita* caseiros. As damas bebericam *coquito* — uma mistura de leite, coco, ovos e açúcar mais um monte de rum. As cozinheiras vêm provando a bebida a manhã toda enquanto marinam, picam e cuidam das fogueiras que preparam o banquete do jantar.

Depois da cerimônia, *la familia* e o padre se retirarão para seu mundo de jogos educados de salão, e *los negros* vão começar sua celebração no *batey* inferior. Os homens construíram uma plataforma com tábuas de madeira que serve como pista de dança. As maracas, *claves* e *panderetas* aparecem. Manolo tem um violão velho; Hernán, seu *guiro* em mãos; e Jaime puxa o *cuatro* que ele vem polindo sem parar há meses. Os músicos mais respeitados do grupo, os percussionistas, sentam-se diante de tambores e congas ancestrais e começam a tocar assim que o padre diz as últimas palavras. Toda a comunidade explode em vivas e segue a batucada para a pista de dança, onde os músicos formam um semicírculo, deixando bastante espaço para os dançarinos. O canto de pergunta e resposta começa.

Os dançarinos se tornam uma massa pulsante de cores rodopiantes e quadris giratórios. Os homens usam chapéu de palha, mesmo enquanto dançam, fazendo mesuras, tirando o chapéu e estendendo a mão direita para pedir uma próxima dança. As mulheres, com flores nos cabelos e usando vestidos coloridos com saias rodadas e ombros nus, tiram os sapatos e se movem ao ritmo dos tambores. Os jovens, que não contêm sua energia reprimida, desgarram-se para a sombra das árvores e das cabanas, sussurrando e provocando, às vezes vindo se juntar aos outros dançarinos, antes de voltar a seus lugares secretos, longe de olhos velhos e vigilantes.

Pastora, vestida em suas melhores roupas, já terminou o trabalho e agora supervisiona os ajudantes, que cuidam das *ollas* transbordantes e dos *calderos* borbulhantes. Ela e Rufina estão sentadas orgulhosas como mães da noiva. Mães se sentam confortáveis, observando o divertimento. Pais aproveitam o rum envelhecido. Crianças brincam perto dos pais. A tarde segue com as coisas da vida: brincadeiras, flertes, ciúmes e discussões.

Simón e Pola aproveitam as festividades, mas estão ansiosos por um tempo sozinhos. Pola olha para Simón, o paciente Simón, o amoroso Simón, o constante Simón, seu Simón, e sorri. Ele é o mais inesperado, mas mais necessário e querido Simón. Seu marido.

Horas mais tarde, depois da comida, quando o sol está descendo na direção das colinas distantes, os homens estão altos de seus licores, os jovens desapareceram de novo nas sombras crescentes, e as mulheres acendem lanternas que emolduram a pista de dança e iluminam os foliões na noite.

Simón e Pola esperam até que a dança esteja a todo vapor, um sensual *guaguancó*. Eles se levantam e saem de fininho, de mãos dadas, a caminho de sua nova cabana. Logo antes de entrar, Pola nota Romero em sua varanda, olhando com raiva para as festividades. Ela pode sentir o fedor do cigarro dele, vê seus dentes agarrando o *puro*. E então a luz muda, e ele fica nas sombras, a trilha de fumaça como único sinal de sua presença. Ele sempre foi uma sombra ameaçadora na vida deles e sempre será. Mas, por enquanto, ela não vai deixá-lo estragar esse dia.

Na colina oposta, sob a mangueira e em frente a Las Agujas, Tía Josefa está baforando o cachimbo, ali onde sempre esteve, seu reino, sozinha, observando sua comunidade. Ela é como um sentinela, silenciosa, resiliente como as árvores que lançam seus galhos protetores por cima das pessoas do *batey* superior. Ela também estará ali, se os deuses assim quiserem, por muito tempo na vida deles.

Quando entram na cabana, Pola dá uma última olhada para a comunidade em festa. Ali, na beira da multidão, estão os dois meninos, ambos nus, olhando de volta pra ela. Ela nota que, em todos esses anos que passaram na vida dela, eles não cresceram um centímetro ou mudaram de forma alguma. Eles a observam com seus olhos enormes, rugas alegres nos cantos externos.

Terminamos aqui e agora vamos embora.

Ela nunca tinha ouvido a voz deles. Eles sempre falaram com ela por meio de pensamentos. Agora jogam a cabeça para trás e soltam uma gargalhada incontrolável, seus dentinhos reluzindo no lusco-fusco. Ainda estão rindo quando passam os braços em volta um do outro, viram-se e seguem para o bosque.

Pola os reconhece por quem são. *Adiós, mis hijos.* Seus meninos nunca se foram de verdade. Eles sempre estiveram com ela. E tem mais uma coisa que ela sabe no fundo da alma. Sua menininha nunca foi embora também. Ela viveu no sorriso de Chachita, na confiança dos olhos dela e no som de sua voz a chamando de MaPola. Pola pensa em Rufina, Pastora e Tía Josefa. Pensa nas mulheres de Las Agujas. E se vira para sorrir para Simón. Eles entram em seu novo lar.

*

É quase a aurora agora. As pessoas foram para a cama. Silêncio e imobilidade cobrem o *batey*. Pola está acordada. Simón, deitado de barriga para baixo, um braço passado por cima do peito dela, ronca de leve em seu sono. Exaustos depois das horas de exploração aberta e amor sem pressa, os dois pegaram no sono. Agora, no meio-sono do amanhecer, Pola devaneia.

Ela está flutuando no oceano, deixando que a água lamba seu corpo nu. Escuta as gaivotas lá em cima e relaxa com a canção delas. O céu está salpicado de estrelas, e a lua é grande e pesada no horizonte. Então, há um rodopio, uma reunião de águas em uma dança circular. O movimento começa lento, ampliando-se e puxando cada vez mais água, até ganhar altura e volume e, de repente, há uma torre de água se erguendo por cima dela. Pola fica bem quieta, observando o líquido tomar forma. Logo ela reconhece A Mãe, erguendo-se até sua total majestade. Com as vestes azuis ondulando, madeixas suspensas no ar, brincos, braceletes, colares reluzindo, vestida para uma celebração, ela está resplandecente sob o luar. Ela paira, sorri e fala suas palavras fluidas vindas do mundo azul: *Você pode descansar agora, m'hija. Você está em casa e encontrou sua família.*

Como sempre, A Mãe estava certa. Parada no limiar de sua nova vida, Pola consegue ver a imagem completa. Ela nunca esteve sozinha. Foi uma jornada muito longa, e essas pessoas, sua nova família, ensinaram-lhe a maior lição de todas: como perdurar.

Fim.

Agradecimentos

Este livro teve muitos padrinhos e doulas em sua jornada.

Eu agradeço minhas *madriñas* literárias contemporâneas, Connie May Fowler, Cristina Garcia, Carolina de Robertis e Dolen Perkins-Valdez. Suas palavras inspiram e me impulsionam a melhorar. Obrigada a Mat Johnson por me ensinar a localizar lacunas e ir direto ao ponto. O controle é tão importante quanto a exuberância. Megaobrigada a Toni Morrison e Isabel Allende, cujas obras sempre me encorajaram a contar minhas histórias, do meu jeito, sem desculpas. Eu caminho nas pegadas que elas me deixaram.

As seguintes instituições e eventos me sustentaram e alimentaram de formas que nem posso começar a explicar: Bronx Council on the Arts, Hedgebrook, associação The Writer's Hotel, oficinas de escrita da Fundação Hurston/Wright, Kimbilio, oficinas de escrita Las Dos Brujas, oficina de escrita St. Augustine, Vermont College of Fine Arts, Yucatan Writing Conference e Voices of Our Nations Arts Foundation.

Mil gracias aos meus amigos e colegas da ilha que compartilharam seus estudos, profissionalismo, arquivos inestimáveis e coleções: La Biblioteca Nacional de Puerto Rico e o Instituto de Cultura Puertorriqueña; Carmelo Dávila, nosso guia em Comunidad Aguirre; Andy Rivera, da Sociedade de Desenhos dos Prédios Históricos de Porto Rico; Hacienda La Esperanza (Manatí); Hacienda Buena Vista e Castillo Serrallés (Ponce); e o Museo de las Américas, o agora fechado Museo de Nuestra Raiz Africana e a Casa de la Familia Puertorriqueña (tudo isso na velha San Juan) por guardarem o espaço para nosso patrimônio.

Obrigada a Tracy North, especialista de referência na Divisão Hispânica da Biblioteca do Congresso, Washington, DC.

Preciso agradecer meus colegas artistas, Samuel Lind e Dudley Vaccianna, cujas imagens sempre me inspiraram e levaram por estradas que precisavam ser exploradas; e a Yolanda Arroyo Pizarro, Mayra Santos Febres e Yvonne Denis Rosario, minhas irmãs literárias e colegas cronistas de nossa ancestralidade afro-boricua — porque viajamos pelas mesmas estradas culturais e históricas e porque nos recusamos a ficar em silêncio. Minha gratidão sincera a Fabiola Jean-Louis, cuja fotografia — que simboliza tão bem o peso da memória — está na capa original deste romance. Eu não poderia ter chegado tão longe sem minhas leitoras beta, Vivian Cotte, Nydia Davis e Linda Molier, que leram e leram e leram cada palavra.

Gratidão imensa à minha família: Ruth e Bert Lessuck, que foram meus apoiadores constantes e sempre estarão comigo em espírito; Minhas Damas, minha família escolhida, que está ali para mim não importa o que aconteça — vocês sabem quem são; para Hector R. Llanos Figueroa, o genealogista de nossa família, que forneceu material cultural, horticultural e histórico para meu trabalho e que tem meu coração; ao dr. Marti Zlachin, Ana Morel e Sonia Fuentes, que me deram conselhos e muito encorajamento.

A dr. Milagros Denis e a todos os professores que apresentaram meu trabalho aos seus alunos. Vocês são ótimos.

Um agradecimento especial à minha agente, Marie Dutton Brown, e minha gerente de mídia *par excellence*, Vivian Monserrate Cotte; e aos meus colegas e amigos, por serem incrivelmente pacientes, sábios, profissionais e por *acreditarem*. Obrigada ao Caribbean Cultural Center African Diaspora Institute (CCCADI) pelo apoio ao longo dos anos.

Minhas equipes na HarperCollins Amistad e na HarperCollins Español foram incrivelmente respeitosas e encorajadoras do meu trabalho e da minha estética literária nesse tempo todo. Todo autor deveria ter essa sorte. Obrigada a Judith

Curr, Tracy Sherrod, Patrik Bass e Francesca Walker. *Y mis más expresivas gracias a* Edward Benítez e *mis compañeras literarias en* Porto Rico, Aurora Lauzardo *y* Ariana Rosado-Fernández.

Supermegaobrigada ao meu marido Jonathan Lessuck, educador, ativista e fotógrafo, que é minha base, sólida como rocha, e meu parceiro de curiosidade global; meu *compañero* no melhor sentido da palavra.

Un fuerte abrazo a cada uno.

Equipe editorial: Lu Magalhães, Larissa Caldin, Joana Atala e Sofia Camargo
Tradução: Isadora Sinay
Edição de texto: Larissa Caldin
Revisão: Marina Montrezol e Francine Castro
Projeto Gráfico e Capa: Casa Rex
Diagramação: Lucas Saade

Dados Internacionais de Catalogação na Publicação (CIP)
(Câmara Brasileira do Livro, SP, Brasil)
Angelica Ilacqua CRB-8/7057

Llanos-Figueroa, Dahlma
Memórias de água e sal / Dahlma Llanos-Figueroa. – São Paulo : Primavera Editorial, 2024.
336 p.

ISBN 978-85-5578-158-2

1.Ficção porto-riquenha I.Título

23-6432 CDD PO868

Índices para catálogo sistemático:
1. Ficção porto-riquenha

PRIMAVERA
EDITORIAL

Av. Queiroz Filho, 1560 — Torre Gaivota Sl. 109
05319-000 — São Paulo — SP
Telefone: + 55 (11) 3034-3925
+ 55 (11) 991.97-3552
www.primaverabiz.com.br
contato@primaveraeditorial.com